위대한
자동차 도둑

GTA를 만든
무법자들의 숨겨진 이야기

데이비드 쿠쉬너 저

김낙호 역 / 백선 감수

위대한 자동차 도둑
GTA를 만든 무법자들의 숨겨진 이야기

2022년 12월 31일 초판 1쇄 발행
| 저　　　자 | 데이비드 쿠쉬너
| 번　　　역 | 김낙호
| 감　　　수 | 백선
| 협　　　력 | 오영욱
| 디 자 인 | 디자인 글로
| 편　　　집 | 이현오, 엄다인
| 발 행 인 | 홍승범
| 발　　　행 | 스타비즈(제375-2019-00002호)
　　　　　　　주소 [16282] 경기도 수원시 장안구 조원로112번길 2
　　　　　　　팩스 050-8094-4116
　　　　　　　메일 biz@starbeez.kr

정가 28,000원

ISBN 979-11-91355-99-4 (03840)

위대한 자동차 도둑

GTA를 만든 무법자들의 숨겨진 이야기

데이비드 쿠쉬너 David Kushner

앤디 쿠쉬너에게

목차

저자서문

이 책은 10년 넘게 조사한 내용을 바탕으로 했다. 나는 1997년에 처음으로 〈그랜드 테프트 오토〉를 플레이해 보았고, 그로부터 2년 뒤부터 그 게임을 만든 락스타 게임즈에 대해 보도하기 시작했다. GTA 프랜차이즈가 붐을 일으키는 동안, 나는 '롤링스톤', '와이어드', '뉴욕 타임스', '게임프로', '월간 일렉트로닉게이밍' 등에 게임 문화와 산업의 연대기를 게재했고 첫 책인 '둠의 창조자들Masters of Doom'을 출간했다.

보도를 위해 나는 뉴욕의 락스타 사무실에서부터 〈GTA〉가 탄생한 스코틀랜드 던디까지, 미국 전역을 가로지르고 세계를 돌아다녔다. 게임박람회와 스타트업 기업 현장에서 기나긴 날과 끝없는 밤을 보냈고, 수백(수천?) 시간 동안 게임을 했다. 아타리 창업자인 놀란 부쉬넬과 〈퐁〉을 플레이했고, 위스콘신 주 레이크 제네바에서 〈던전 & 드래곤〉을 만든 게리 가이객스와 주사위를 굴리며 끝내주는 오후를 보내기도 했다.

게임 산업이 성장하는 가운데 나는 폭력적인 비디오 게임, 특히 〈GTA〉를 둘러싼 논쟁이 불거지는 과정을 목격했고, 양쪽 진영 모두를 취재했다. 테네시의 작은 마을에서는 울고 있는 한 어머니와 배석했다. 아들이 한 사람을 살해하고 다른 사람에게 중상을 입혔을 때였다. 이 사건은 락스타 등을 상대로 〈GTA〉가 범죄를 유발했다고 주장하는 2.59억 달러 규모 소송전을 촉발했다. 나는 〈GTA〉의 주적인 잭 톰슨을 만나러 플로리다주 코랄 게이블에 있는 그의 집에도 갔다.

나는 워싱턴 D.C.에 있는 엔터테인먼트 소프트웨어 협회의 수장

들과도 이야기하고, 뉴욕의 ESRB(오락 소프트웨어 등급 위원회)의 은밀한
회동에도 들어가 평가과정을 보았다. 아이오와시티에서는 작고 갑갑
한 방에 앉아 전극을 몸에 붙인 상태로 〈그랜드 테프트 오토〉를 플레이
했고 대학 연구원들이 나의 뇌를 연구했다. 맞다, 그 일은 정말 기이
했었다.

　이런 모험이 책 속에 전부 명확하게 등장하지는 않지만, 내용 속에
스며들어 있다. 이 책은 서사적 논픽션으로 GTA의 이야기를 재구성
했다. 장면과 대화는 내가 직접 한 수백 건의 인터뷰와 관찰, 수천 건
기사, 법정문서, TV 및 라디오 보도를 바탕으로 구성했다. 이 책에
등장하는 '롤링 스톤'지 기자가 바로 나다.

　처음 락스타 게임즈를 방문한 이래로, 나는 여러 해에 걸쳐 락스타의
공동 창업자들을 비롯한 수많은 인물을 인터뷰했다. 비록 현재의 락스타
수장은 이 책에 참여하기를 거부했지만, 나는 이전에 했던 인터뷰를
참조할 수 있었고 지금은 회사를 떠난 이들과 집중적으로 대화했다.
몇몇 사람들은 개인적 또는 직업적인 이유로 신원을 공개하지 않기를
바랐다. 또 다른 이들은 처음에는 대화를 꺼렸다가 나중에는 반겼고,
아니면 반기다가 꺼리기도 했다. 결국에는 대부분은 보도를 허락했다.
이런 류의 책을 쓰다 보면 재미있는 일이 벌어지는데, 사람들이 자기
자신이 더 큰 이야기의 일부였음을 깨닫는다는 것이다. 자기 자신만의
이야기가 아닌 모두의 이야기 말이다.

프롤로그. 게임 플레이어 대 게임 혐오자

주요목표: 수도로 이동.

사전조건: "락스타" 임무완수.

실패조건: 연방수사국에 수배가 되면, 체포당함

당신은 믿음을 위해 얼마나 멀리까지 갈 수 있는가?

어느 겨울날, 샘 하우저는 평소에 그가 상상하거나 두려워했던 것보다 더 멀리 나아가고 있었다. 연방수사국의 조사에 응하기 위해 국회의사당으로 가는 길이었다. 이 34세의 젊은이는 맨바닥에서 자신의 환상을 현실로 만들어낸다는 만인이 꿈꾸는 일을 이루어내었다. 그러나 이제 현실이 모든 것을 앗아가려 위협하고 있었다.

뉴욕에서 대제국을 운영하는 꾀죄죄한 영국인, 샘은 자기 게임에 몰두하는 게임 플레이어의 이미지 그 자체였다. 텁수룩한 수염, 조종사 안경으로 눈을 가리고 새까만 포르쉐의 운전대를 움켜쥐고 있었다. 우뚝 솟은 건물들. 경적을 울리는 택시. 라디오 채널을 이리저리 돌려댔다. 페달을 끝까지 밟자 세상이 흐릿해졌다. 마치 그를 그토록 부유하고 갈망을 받게 만든 비디오 게임인 〈그랜드 테프트 오토〉의 한 장면처럼.

샘의 회사 락스타 게임즈가 발매한 프랜차이즈 GTA는 역사상 가장 성공적이고 가장 악명 높은 비디오 게임 중 하나였다. 〈GTA IV〉만으로도 역사상 가장 수익성이 높은 오락물로 기네스 기록을 깨뜨렸다. 모든 블록버스터 슈퍼 히어로 영화들과 심지어 해리 포터 시리즈의 마지막 책까지도 GTA의 물결로 덮어버렸다. 게이머들은 GTA Ⅳ를 1억 1,400만 부 이상 구매했고, 30억 달러 이상을 지불했다. 이 거대 공룡 게임 하나로 비디오 게임은 엔터테인먼트 사업 중에서 가장 빠르게 성장하는 사업이 되었다. 2011년에는 세계 게임 산업이 600억 달러 규모로까지 성장하여 음악과 영화 박스 오피스 매출을 합산해도 따르지 못할 만큼 까마득히 커졌다.

GTA는 한 산업에 혁명을 일으켰고, 한 세대를 정의했고, 또 다른 세대를 화나게 했으며, 아이들의 유희라고 여겨졌던 매체를 문화적으로 의미가 있고 음울하게, 즐거우며 엄청나게 자유로운 무언가로 바꾸었다. 언젠가 샘이 말했듯이, GTA는 플레이어를 "자신만의 범죄 세계의 중심"으로 캐스팅한다. 여러분은 마이애미, 베가스, 뉴욕, 로스앤젤레스 등 실제 도시를 꼼꼼하게 재구축해놓은 가상의 도시에서 나쁜 짓을 하는 나쁜 놈이었다.

그 게임을 만들어낸 정신 나간 영국인 친구들에게 있어 GTA는 영국이 미국의 환상적인 과잉에 대해 보내는 러브 레터였다. 성과 폭력, 돈과 범죄, 패션과 마약이 모두 넘치는 환상 속의 미국에 말이다. 이 게임의 놀랍도록 재능있는 예술감독인 애런 가버트가 언젠가 내게 말했듯, GTA의 목표는 "플레이어가 자신만의 미친 스콜세지 감독판 만화에서 주연을 맡았다고 느끼게 하는 것"이었다.

표면적으로는 플레이어는 폭력조직 보스가 시키는 대로 적을 쳐부수고, 차를 털고, 마약을 거래하는 등 일련의 임무를 수행한다. 하지만 더 좋은 점은, 정해진대로 게임을 할 필요가 전혀 없었다는 것이다. GTA는 탐험하기에 눈부신 열린 세계였다. 달성해야만 하는 하이 스코어나, 구출해야 하는 공주는 없었다. 플레이어는 총구를 들이대며 컨테이너 트럭을 훔치고, 라디오 볼륨을 높이고, 액셀을 밟고, 즐거운 시간을 방해하는 행인이든 가로등이든 다른 무엇이든 제거해버리면 되었다. 성매매 여성을 고용하고 경찰을 죽일 수 있다는 사실이 이 게임을 논쟁적이고 애태우게 만들기도 했다.

한편으로는 GTA는 샘 하우저를 게임 산업의 록스타로 만들었다. 샘은 열정적이고, 의욕적이고, 창의적이었다. '타임'지는 샘을 "발자크나 디킨스처럼 세밀한 현대사회의 태피스트리를 만들어 내었다." 면서 오바마 대통령, 오프라 윈프리, 고든 브라운 등과 나란히 세계에서 가장 영향력 있는 인물[주1]로 꼽았다. '버라이어티'는 GTA를 "미디어 산업의 다른 분야에서 거의 타의 추종을 불허하는 히트 머신[주2]"이라고 칭했다. '월스트리트 저널'은 샘을 "비디오 게임 시대의 선두주자 중 한 명[주3]이며, 할리우드 거물에 걸맞은 기질과 예산을 다루는 비밀스럽고 까다로운 일 중독자"라고 불렀다. 한 애널리스트는 샘의 회사를 "[파리 대왕]이 있는 섬의 아이들[주4]"에 비유했다. 그러나 힘든 일과 긴 업무시간은 모두 샘의 궁극적인 사명, 오해받는 매체인 비디오 게임을 최대한 멋지게 만드는 일을 위한 것이었다. 하지만 무법자에 관한 게임을 만드는 일을 실제로도 그렇게 무법자처럼 할 수 있으리라 생각한 사람은 아무도 없었다. 그리고 그 때문에 샘이 이 추운 날에 워싱턴 D.C.에 오게 된 것이었다.

여러 해 동안 〈그랜드 테프트 오토〉가 살인과 범죄를 자극했다고 비난해오던 정치인들이, 이제 막 결정적인 증거를 발견한 듯했다. 새 GTA 게임에 숨겨져 있던 섹스 미니 게임이 그것이있다. '핫 커피'로 불리는 이 장면의 발견은 업계 최대의 스캔들이자 비디오 게임판 워터게이트 사건으로 폭발했다. 락스타는 해커들을 비난하고, 해커들은 락스타를 비난했다. 정치인과 부모들은 GTA를 금하라 외쳐댔다.

게임을 두고 수백만 달러의 집단소송을 제기한 소비자부터 사기혐의 조사에 들어간 연방거래위원회에 이르기까지, 이제 모두가 진실을 원하는 듯 보였다. 락스타는 돈을 벌려고 일부러 GTA에 포르노를 숨겼나? 만약 그랬다면 게임이 끝날지도 몰랐다. 샘의 라이벌, 도덕전사로 불리우는 잭 톰슨 변호사는 "우리는 락스타를 파괴할 것입니다. 믿으셔도 됩니다.[주5]"라고 경고했다.

어떻게 이런 일이 일어났을까? 그 답은 새로운 세대와 그 세대를 정의하는 게임의 이야기에 있다. 미디어 이론가 마샬 맥루한의 말처럼, "사람들이 하는 놀이로 그들에 대해 많은 것을 알 수 있다." GTA를 이해하지 않고서는 밀레니엄의 전환기에 성년이 다다른 한 세대를 이해하기 어려울 것이다. 〈그랜드 테프트 오토〉는 하나의 강력한 미디어가 자신의 목소리를 찾으며 성장하려고 애쓰던 어색한 사춘기의 흔적이다. 또한, 조지 W. 부시 시대의 유물이자 시민의 자유를 위한 싸움이었다.

GTA가 미디어 역사상 가장 변덕스러운 시기에 히트했다는 사실은 우연이 아니었다. 그것은 화면 저편에 밝아오는 기묘한 신세계의 자유와 두려움을 상징했다. GTA는 세계를 게임 플레이어와 게임 혐오자로 갈라놓은 것 같았다. 사람들은 게임을 하거나 안 하거나 둘 중 하나였다. 플레이어에게는 게임에서 차를 훔치는 일은 마치 '이제 이건 내 차야, 우리가 운전할 시간이야.'라고 말하는 느낌이었다. 게임 혐오자들에게는 무언가 불길한 예감이었다.

공정위 조사관들 앞에 앉아서 샘은 GTA에 대해 타협할 때 동료에게 보냈던 이메일을 떠올렸다. 그는 이렇게 썼었다. "우리가 게임에 무얼 넣을 수 있고 없는지를 고작 잘난 가게(월마트) 따위가 명령하다니, 너무나 많은 이유로 용납할 수 없어요[주6]. 이 모든 소재는 성인(당연히!)에게는 완벽하게 타당하므로, 우리의 미디어가 주류 오락 플랫폼으로 받아들여지고 존중받도록 계속 추진할 필요가 있습니다. 우리는 항상 경계를 넓히는 일에 매달려 왔고, 여기서 멈출 수 없습니다."

1장

무법자
The Outlaws

1. The Outlaws

조작 방법	
앞으로	(↑) 윗쪽 화살표
뒤로	(↓) 아래쪽 화살표
왼쪽	(←) 왼쪽 화살표
오른쪽	(→) 오른쪽 화살표
차량 탑승/하차	(Enter) 엔터
공격	(ctrl) ctrl

　음울한 도시를 위에서 내려보는 시점으로 검은 옷을 입은 남자가 강을 따라 달리고, 빨간 스포츠카가 그를 뒤쫓고 있다. 그때 갑자기 나타난 흰색 오픈카. "여기야, 잭!" 운전석에서 젊고 아름다운 영국 여성이 소리친다. 잭이 차에 오르자 여성이 액셀을 밟는다. 긴 적갈색 머리에 멋스러운 은테 선글라스를 쓴 그녀가 수줍게 웃으며 묻는다. "당신에게 요정 대모가 있는 줄은 몰랐죠?"

　"그럼 어디로 가는 겁니까, 공주님?" 잭이 응대한다.

　"물론 마왕의 성으로죠." 그녀는 기어를 변경하여 최고 속도로 주차장을 통과해 안전한 곳으로 질주한다.

　1971년 당시, 영화 [겟 카터Get Carter]의 이 장면에 나오는 여배우 제럴딘 모팻보다 더 멋진 도주 전문 운전자는 없었다. [겟 카터]는 그해에 개봉한 영국 범죄 영화인데, 비평가들은 "그딴 영화를 추천할

바에는 차라리 비누로 입을 헹구겠다."라고 일축했다. 그러나 흔히 있는 새로운 논란들처럼, 결국 팬들의 승리로 끝이 났다.

모팻이 마이클 케인과 침대에서 벗은 채 누워있는 장면은 (침대 옆 탁자에는 롤링스톤스 앨범이 놓여 있었다.) 영화라는 것이 얼마나 힙해질 수 있는지 실감하게 했다. 영화 [겟 카터]는 컬트 클래식이 되었고, 모팻은 런던에서 가장 인기 있는 스타 중 하나가 되었다. 모팻은 영국에서 가장 핫한 재즈 클럽인 로니 스콧츠Ronnie Scott's Jazz Club를 운영하는 뮤지션, 월터 하우저와 결혼하였다.

[겟 카터]가 개봉한 직후, 모팻과 하우저는 첫 아이 샘을 맞이했다. 갈색 눈이 가능성으로 반짝이는 남자아이였다. 아이들은 누구나 부모님보다 더 멋진 사람이 되겠다고 생각하지만, 엄마는 갱스터 영화를 찍고 아빠는 소울의 대부 로이 에이어스와 어울려 다니는 현실이라면 그게 쉬운 일이 아니다. 샘은 엄마의 영화 같은 영화에서 영감을 찾았다. 샘은 갱단에 매료되었고, 더 거칠수록 더 좋아했다. 그는 지역 도서관에 터벅터벅 걸어가서 범죄 영화의 비디오 테이프([겟 어웨이The Getaway], [프렌치 커넥션The French Connection], [와일드 번치Wild Bunch], [워리어The Warriors] 등등.)를 빌려오곤 했다. 어느 날 로니 스콧츠 재즈 클럽에서 위대한 재즈 뮤지션 디지 길레스피가 어린 샘에게 커서 뭐가 되고 싶으냐고 물었다. 어머니를 닮은 하트 모양 얼굴에 짙고 도톰한 눈썹의 샘은 "은행 강도요."[주끼]라고 대답했다.

런던 남쪽의 휴양도시 브라이튼의 모래사장에 파도가 밀려들어 오고 있었다. 부모님이 샘과 두 살 어린 떼쟁이 동생 댄을 데리고 브라이튼에 올 때는 밖에 나가 놀면서 신선한 공기를 마시며 갈매기들의 소리를 듣게 해주려는 목적이었다. 하지만, 샘은 바닷가에 관심이 없었다. 모팻은 사이키델릭한 그림이 그려진 커다란 캐비닛을 두드리는 샘을 발견했다. 샘이 비디오 게임을 발견했던 거다.

1980년대 초의 게임은 친가족적인 황금기에 있었다. 기술과 디자인의 혁신으로 〈스페이스 인베이더Space Invaders〉부터 〈아스테로이드Asteroids〉까지, 최면에 빠질 듯한 신종 기계들이 오락실과 구멍가게에 도입되었다. 그래픽은 단순한 구조였지만, 주제(외계인 쏘기, 점 먹어치우기 등등)가 있고, 재미도 있었다. 샘이 가장 좋아하는 것 중 하나는 〈미스터 도!Mr. Do!〉라는 초현실적인 게임이었는데, 서커스 광대인 도!가 괴물들에게 쫓기면서 마법 체리를 찾아 지하로 파고드는 내용이었다. 샘의 집 근처 신문 가게에 〈미스터 도!〉 기계가 있었고 샘은 게임을 하기 위해 열심히 엄마의 담배 심부름을 하곤 했다.

샘의 부모는 아타리부터 오메가, 스코틀랜드 던디에서 만들던 인기있는 컴퓨터인 ZX스펙트럼에 이르기까지 새로 나오는 가정용 게임기를 모두 다 사주었다. 댄은 책 보는 쪽을 더 좋아해서 게임에 빠지지 않았지만, 그래도 샘은 항상 댄의 손에 컨트롤러를 쥐여 주었다. "난 버튼이 뭔지도 몰라!" 댄이 항의하자 샘은 이렇게 잘라 말했다.

"상관없어! 그냥 해"

댄이 샘이 시키는대로 따르지 않으면 샘은 크게 화를 내곤 했다. 샘은 언젠가 댄에게 독이 있는 열매를 먹여 댄을 병원으로 보낸 적도 있다고 농담했다. 댄이 샘보다 강해지자, 테러행위는 가라앉았다. 댄은 집 발코니에서 아래에 지나가던 샘에게 뛰어내렸고, 주먹다짐 끝에 샘의 손을 부러뜨려 자기 힘을 증명했다.[주8] 다행히 샘이 가장 좋아하는 게임 중 하나는 상대가 전혀 필요 없었다. 〈엘리트Elite〉라는 싱글 플레이 게임이었는데, 샘이 혼자만의 세상을 탐험하는 내용이었다. 〈엘리트〉에서 플레이어는 우주선의 지휘관이 된다. 목표는 마음대로 소행성에서 채굴하거나 약탈을 하는 것이었다. 샘은 소위 "우주 강도"을 자처하며 픽셀로 구현된 반란을 즐겼다. 비디오 게임은 아마도 아직 너무 새로운 탓에 저급 문화로 인식됐고, 그러다 보니 게이머도 약간 무법자같이 느껴졌다. 지금, 이 순간 〈엘리트〉는 화면

속에서뿐이지만 게이머가 나쁜 소년의 꿈을 실현하도록 해줬다.

〈엘리트〉는 최고로 예쁘거나 리얼한 게임은 아니었지만 계속 기대하게 만드는 무언가가 있었다. 바로 자유였다. 당시 게임 타이틀 대부분은 마치 대본대로 짜인 사격장을 플레이어가 통과하는 듯 상자에 갇혀 있는 느낌을 주었는데, 〈엘리트〉는 근본적으로 열린 느낌이었다. 플레이어는 각자 자신의 행성이 속한 은하계 중에서 탐험할 공간을 선택할 수 있었다. 이 게임은 영국 전역에서 하나의 현상이 되어 수십만 카피가 팔렸고, 당시 대학생 창작자들에게는 큰 팬덤이 생겼다. 〈엘리트〉는 몰입도가 아주 높고 별세상으로 가는 기분이 들게하는 게임이어서, 샘에게 게임이란 무엇인지의 핵심을 간결하게 알려주었다. 바로 다른 세상으로 데려가 주는 것 말이다.

한 명씩 한 명씩, 나란히 줄을 선 소년들이 조금씩 움직였다. 셰퍼드 파이 접시나 잼 스펀지 케이크와 커스터드를 집으면서 말이다. 손에 든 트레이처럼 깔끔하고 질서정연해 보였다. 배지를 단 교복 정장. 빳빳한 흰색 와이셔츠와 짙은 넥타이. 차콜색 바지와 짙은 양말. 검은 가죽 정장 구두. 거의 모든 학생이 똑같아 보였지만, 바지 아래로 닥터 마틴 부츠가 슬쩍 삐져나온 한 소년만 튀어 보였다. 그게 바로 샘이었다.

샘이 현실 세계에서 벗어나고 싶다면 여기 템즈 강변에 있는 입시 사립학교인 세인트 폴 학교부터 벗어나야 했다. 세인트 폴은 1500년대부터 밀턴에서 사무엘 존슨에 이르기까지 영국에서 가장 똑똑한 젊은이들을 성장시킨 학교였다. 이제 샘과 댄도 런던의 여느 특권층 아들들과 마찬가지로 여기에 합류하여 해머스미스의 숲이 무성한 18만 제곱미터 땅에서 배움을 얻기로 했다. 잔디 위에서 크리켓을 하고, 러시아 역사를 공부하고, 오케스트라 연주회를 들으면서.

그러나 파격적인 신발 선택이 증명하듯이, 샘은 규칙대로 하는 데에 거의 관심이 없었다. 당돌하고 우상 파괴적 성격인 샘은 이미 록스타의 삶을 살아가고 있었다. 머리를 길게 기르고 구두에 흠집을 냈고, 이따금 롤스로이스를 타고 학교를 떠나는 모습이 목격되었다. 10대가 되자, 샘과 그의 동생은 아버지의 음악을 버리고 좀 더 활기찬 음악을 받아들였다. 바로 힙합이었다.

그들은 특히 미국의 음악 레이블인 데프잼 레코딩스DefJam Recordings에 열중했는데, 뭘 좀 아는 아이들 사이에서는 이미 전설적인 음반사였다. 릭 루빈이라는 펑크 록커가 자신의 뉴욕대 기숙사 방에서 설립한 이 회사는, 급성장 중인 이스트 코스트 힙합 분야에서 가장 멋지고 소름이 끼치는 스타트업이 되어있었다. 루빈은 파트너인 클럽 프로모터 러셀 시몬스와 함께 뉴욕 전역에서 가장 신선한 공연자들의 싱글 앨범을 내놨다. 루빈과 시몬스는 롱아일랜드 출신의 백인 유대인과 퀸즈 출신의 흑인이라는 독특하고 강력한 콤비로, 자신감 넘치는 어린 래퍼 LL Cool J부터 반항적인 백인 래퍼 삼인조 비스티 보이즈Beastie Boys에 이르기까지 랩과 록에 대한 자신들의 애정에 주류 감성을 녹여냈다.

하지만 데프잼에는 대단한 취향 이상의 수완도 있었다. 신세대 게릴라 마케팅도 개척해 시몬스와 루빈은 길거리 홍보의 도시적 언더그라운드 출신으로, 펑크 록이든 랩이든 입소문을 태우기 위해 직접 DIY 캠페인을 만들어 진행하곤 했다. 시몬스는 이를 "트랙 달리기"(주의)라고 부르며 각각의 아티스트를 가능한 한 많은 방법으로 홍보했다. D와 J를 크게 쓴 데프잼 로고스티커를 온갖 가로등과 건물에 붙였다. 뉴욕 일대에서 파티를 열고, 과하다 싶을 정도의 소품을 동원한 정교한 콘서트를 연출했다. 비스티 보이즈 공연에는 거대한 남성 성기 모양의 풍선도 등장했다.

샘 같은 독실한 팬들은 데프잼의 음반 뿐 아니라 생활습관까지 소비했다. 루빈이 프로듀싱한 헤비메탈 밴드 슬레이어의 싱글 "Reign

in Blood(피 속에서 지배하라)"가 나오자 샘은 당장 앨범을 샀고, 명예의
상징처럼 달고 있던 데프잼 패치를 꺼냈다. 샘은 자신의 몰두 대상에
대해 불평하는 방식을 취했다. 〈미사일 커맨드Missile Command〉에서
총알 쏘듯 입에 모터를 달고 말을 뱉으면서 손짓을 하고 머리를 흔들
어, 마치 대중문화에 대한 사랑이 너무 끝내줘서 참을 수 없는 사람
처럼 굴었다.

"나한테 릭 루빈 같은 사람은 존나 영웅이에요."로 시작한 샘이 숨
가쁘게 외쳤다. "그 세계의 선구자로 시작해서, 힙합에, 컬트까지 가
는 것 말이죠. 〈일렉트릭Electric〉 앨범을 만들었을 때! 릭 루빈과 그
날카로운 힙합 스트리트 풍 편곡이 이 뉴캐슬 록커한테서도 나온단
말이에요! 그런 사람이 갑자기 록 음악, 그것도 가장 하드한 슬레이
어 같은 밴드를 잡을 때! 그래서 막, 이보다 더 좋아질 수 없어, 더 끝
내줄 수 없겠는데 싶을 때, 더 나온다고요. 그런 사람들은 내게 엄청
난 영감을 주죠."

더 좋은 점은, 데프잼이 뉴욕에 근거지를 둔다는 것이었다. 샘은
뉴욕의 패션, 문화, 음악을 깊이 동경했다. 낮에는 세인트 폴의 빳빳
한 교복을 입고 밤에는 뉴욕시의 유니폼을 입었다. 자기 방에 레코드
판과 비디오테이프를 잔뜩 쌓아놓고 앉아서, 뉴욕 래퍼들처럼 넓고
굵은 신발 끈을 묶었다. 그것은 단지 패션에 대한 피상적인 사랑이
아니라, 문화를 혁명적으로 변화시킨 전위적 도전자들에 대한 애정
이었다.

샘의 열여덟 번째 생일날, 아버지는 샘을 뉴욕으로 데리고 갔다.
도착하자마자, 샘은 MTV에서 나오는 가죽 재킷과 에어 조던 마하
4 운동화를 샀다. 그리고는 풍경과 소리에 흠뻑 빠져 시내의 탁 트인
세상을 돌아다녔다. 노란 택시, 높게 솟아오른 건물들, 불친절한 보
행자와 타임 스퀘어의 매춘부들 까지, "그 시점부터 나는 그 장소를
항상 사랑하고 있었다."라고 샘은 훗날 회상했다.

　어느 날 오후, 샘의 아버지는 친구 하인즈 헨과 하는 점심 자리에 샘을 데리고 나갔다. 헨은 독일 회사 베텔스만의 음악 레이블인 BMG의 마케팅 임원이었다. BMG가 신세대 문화로 수익을 내기 위해 고군분투하고 있다고 헨은 설명했다. 샘은 앉아서 듣다가, 오래 참지 못하고 물었다. "음반 사업에 종사하는 사람들이 왜 이렇게 다들 나이가 많아요?[주10] 젊은 사람들을 일하게 하는 건 어때요?"

　헨은 힙합그룹 런DMC처럼 차려입은 그 부유한 백인 아이를 바라보다가, 샘의 아버지 월터 하우저에게 말했다. 고집불통인 이 성격 끝내주는 얜 누구지?라 생각하다 하인즈는 말했다.

　"네 아들 완전 꼴통인데? 하지만 좋은 생각이야!"

　샘은 방금 막 일자리를 따냈다.

2장

워리어
The Warriors

2. The Warriors

랜덤 캐릭터 잠금 해제 : 잭 톰슨

"J" 아이콘을 따라 비버리 힐스로 이동하시오.

잭 톰슨을 찾으시오.

마이애미 출신. 41세. 변호사. 골프선수.

곧 아빠가 될 예정.

"12구경 소드오프 샷건을 꺼냈지. 헤드라이트를 난 껐지.

총탄을 좀 갈길 거지. 경찰을 털어버릴 거지."

1992년 7월 16일, 비버리 힐스에서 한 공연자가 무대 위에서 랩을 하고 있었다. 랩을 하는 사람은 이 가사를 쓴 아티스트인 아이스티Ice-T가 아니었다. 네모난 턱을 지닌 슈퍼스타 배우 찰튼 헤스턴Charlton Heston이었다. 헤스턴은 영화 [십계]에서 모세 역으로 가장 잘 알려졌지만, 오늘은 더 높은 명분을 위해 이곳 리젠트 비버리 윌셔 호텔에서 목소리를 높였다. "캅 킬러"라는 이 노래를 금지하려는 목적이었다.

이 행사는 타임 워너의 연례 주주총회 자리였는데, 타임 워너는 이 음반을 내놓은 레이블을 소유하고 있었다.

그해 3월 "캅 킬러"가 공개된 이후 이 곡은 경찰단체와 부시 대통령의 반발로 국민적 논란이 됐다. 아이스티는 당시 로드니 킹 폭동을 계기로 쓴 곡이고, 경찰의 잔혹성에 염증을 느낀 인물에 대하여 솔직히 묘사했을 뿐이라고 옹호했다.

그러나 오늘 청중 속에 있는 주주들은 헤스턴이 하려는 말을 다 믿는 것 같았다. 그가 "죽어, 죽어, 죽어, 돼지들 죽어"라고 가사를 읊조리던 그때, 경외심을 갖고 공연을 관람하는 한 남자가 있었다. 바로 잭 톰슨이었다. 독실한 기독교도이자 공화주의자였던 톰슨은 졸업앨범 사진용 복장을 한 학생 마냥 반듯하게 준비를 하고 있었다. 빳빳한 양복을 입고, 일찍부터 희끗희끗해진 머리카락을 가지런히 빗어 넘겼으며, 푸른 눈을 반짝이고 있었다. 그는 그 순간 짜릿함을 느낄 수 있었다. 톰슨은 후에 헤스턴이 "문화전쟁의 도화선에 불을 붙였다."[주11]라고 했다. 이 젊은 전사는 싸울 준비가 되어있었다.

하지만 전미총기협회 지지자인 무대 위의 찰스 헤스턴과 비교해보면 톰슨은 거의 전사 같지 않았다. 톰슨은 클리블랜드 출신으로 비실비실한 범생이 학생으로 자랐는데, 말을 조금 더듬었고 지독한 근시여서 있지도 않은 공을 잡으러 리틀 리그 야구장을 뛰어다닐 정도였다. 동료 선수들은 그를 싫어했다. "꽤 트라우마가 남는 일이었습니다."라고 톰슨은 나중에 회상했다. 어느 날 그는 행동했다. 자신의 차고로 들어가 바닥에 휘발유를 붓고 화약 탄을 이리저리 던지고는 화염 속에 터질 때까지 망치로 두드리기 시작했다.

톰슨은 그 장난에서 살아남았지만 대범해졌다. 로버트 케네디 추종자로 진보적인 학생이었던 18세 시절에는 주택차별 철폐를 요구하는 학생 시위를 주도한 후 타이어가 찢기고 생명에 위협을 받았다. '크로스비, 스틸스 & 내시'의 포크송을 들었고, 데니슨 대학에서 라디오 쇼를 진행했다.

하지만 잭 톰슨은 마음속에 도끼를 숨기고 있었다. 어느 날 사회주의 무장단체 흑표당 소속 학생 하나가 학교의 미국 국기를 블랙파워 깃발로 바꾸자 톰슨이 맞섰다. "뭐 하는 거야? 성조기는 우리 모두의 것이야!" 상대는 톰슨에게 정글도를 빼 들었다. 톰슨은 문자 그대로도, 그리고 사상적으로도 뒤로 물러섰다. 이후 톰슨은 "과격한 시기였고, 진영을 선택해야 했다."라고 회상했다. "정치적 올바름이라는 미친 짓을 놓아버리고 보수주의자가 됐다."는 것이다.

윌리엄 버클리 책을 겨드랑이에 끼고, 톰슨은 반 친구 앨 고어와 함께 밴더빌트 대학의 로스쿨에 입학했다. 그는 수업에 출석하기보다 골프를 더 좋아했고, 우수한 성적으로 파이-베타-카파 회원이 되며 학교를 졸업했지만 정작 변호사 시험은 떨어졌다. 마이애미로 이사한 후, 톰슨은 실패자가 된 기분으로 친구를 따라 모두가 반바지와 티셔츠를 입고 있는 한 교회 예배에 나갔다. 톰슨은 편안함을 느꼈고, 중생 기독교인이 되었다. 변호사시험에 재응시하기 전에 톰슨은 기도했고, 시험에 합격하자 십자군 원정에 나서라는 신의 뜻으로 받아들였다.

1987년, 마이애미 지역 방송 전파에서 막말을 전문으로 하는 라디오 진행자의 방송을 듣고서, 톰슨은 법전을 펼쳤다. 공들여 연구한 끝에 그는 당시 거의 알려지지 않았던 사실을 발견했다. 연방 통신위원회FCC는 외설적 내용에 대해서 방송 전파를 규제할 수 있는 권한을 가지고 있었고, 이 방송국은 여러 면에서 그 기준을 위반한 것처럼 보였다. 톰슨이 위원회에 방송을 제소하는 이례적인 조치를 취하자 막말 방송 진행자는 화가 나서 톰슨의 이름과 전화번호를 방송에 내보냈다. 살해 위협, 원치 않는 피자 배달, 현지 언론의 취재 등이 뒤따르며 톰슨은 하룻밤 사이에 마이애미 우익의 록 스타로 변신했다.

자신만만하고, 굴하지 않고, 인용하기 좋은 토막발언을 빠르게 뱉어내며 톰슨은 자신의 역할을 능숙하게 해냈다. 방송에서 광고가 떨어지기 시작할 때까지 스폰서인 기업들에 항의서한을 계속 팩스로 보냈다. 라디오 방송국이 톰슨에 대해 법적 절차에 돌입했지만, 톰슨은 수정헌법 제1조의 보호 아래 광고주와 위원회에 대한 로비를 계속할 권리를 법정에서 획득했다. 위원회가 끝내 막말 방송국에 외설 혐의로 벌금을 부과하는 것으로 그의 노력은 역사적인 결실을 보았다. 톰슨은 이를 더욱 신성한 목적으로 받아들였다. 그는 훗날 회고록에서 "하나님의 백성이 기도를 통해 나와 함께 전사가 될 예정이었다."[주12]라고 썼다.

그러나 이미 톰슨과 싸우는 다른 사람들이 있었다. 톰슨이 포르노에 집착하고 있다는 라디오 방송국의 주장에 따라 플로리다 법조인 협회는 톰슨이 정신질환자인지 아닌지를 판단해달라고 주 대법원을 설득했다. 변호사 면허가 없어질 처지에 놓이자 톰슨은 정신과 검사를 받았다. 검사 결과는 "그저 행동주의 기독교 신앙에 의해 이성적으로 동기 부여된 변호사이자 시민"이라고 결론지었다. 나중에 톰슨이 농담 삼아 말하듯 "플로리다주 전체에서 유일하게 정식으로 인증받은 제정신을 가진 변호사"가 되었다.

득의양양해진 톰슨은 주목받는 싸움을 시작했다. 데이드 카운티 주 검사 자리를 놓고 현직 자넷 리노 검사와 대립하며, 공개적으로 리노 검사에게 성적 지향을 공표하도록 도발했다. 또 랩 그룹 투 라이브 크루2 Live Crew의 앨범 "As Nasty as They Wanna Be(꼴리는 대로 더럽게)"에 대한 외설죄 유죄판결을 주도하여 전국적으로 이름을 떨쳤다. 하지만 이 외설 논란 덕에 음반은 날개 달린 듯 팔려나갔고, 투 라이브 크루의 리더인 루터 캠벨Luther Campbell이 크게 한몫 챙기며 웃었다.

그래도 톰슨은 자기 길을 갔다. "캅 킬러"에 관한 주주총회에서 톰슨은 찰튼 헤스턴 바로 옆에 섰다. 헤스턴의 무대 다음에 오르는 어려운 역할을 맡은 톰슨은, 반대론자들의 야유 속에서 "타임 워너는 사람들, 특히 젊은이들을 살인자로 훈련하고 있다. 언젠가는 이 회사가 그 대가를 치르게 될 것이다."[주13]라고 발언했다.

톰슨은 첫아들의 출산을 위해 마이애미로 돌아왔다. 톰슨과 아내는 아들 이름을 존 다니엘 피스John Daniel Peace로 지었다. 3주 후인 1992년 8월 24일, 허리케인 앤드류가 마이애미를 강타했다. 창문이 덜컹거리고 번개가 하늘을 가르자 톰슨은 스쿠버 마스크를 쓴 채 문이 날아가지 않도록 꼭 붙잡고 바짝 웅크렸다. 아내는 담요에 어린 조니를 안고 그의 뒤에 서 있었다. 톰슨은 이런 성서에 따른 이미지를 즐겼고 그것을 래퍼, 포르노 작가, 막말 진행자라는 "인간 허리케인"에 대항하는 자신의 싸움과 동일시했다.

그는 폭풍우 속에서도 살아남았고, 곧이어 타임 워너에서 잘린 아이스티와의 전투에서도 승리했다. 미국시민자유연맹ACLU은 1992년에 톰슨을 "올해의 검열관" 중 하나로 선정했고, 그는 이를 자랑스럽게 여겼다. 그는 이후 이렇게 썼다. "연예계라는 배에 있던 사람들은 다른 배에 타고 있는 사람들을 비웃고 있었다. 나는 품위라는 배의 핸들을 잡고 저 배를 박아버렸다. 이제는 대중문화가 얼마나 타락하였는지 입으로만 나불댈 때는 지났다고 생각한다. 대가를 치를 때가 온 것이다…. 이 문화전쟁에서 이길 때가 되었다."

"커먼, 커먼, 커먼, 커먼, 테일댓 앤 파티!"

샘 하우저는 무대 위에서 이렇게 노래하는 말끔한 다섯 소년의 하얀 웃는 얼굴을 응시했다. 뉴 키즈 온 더 블록에 해당하는 영국 맨체스터 출신의 보이 그룹 테이크 댓으로, 차트 1위를 달리고 있었다. 샘은 새로운 직업인 BMG 엔터테인먼트 영상 프로듀서로서 테이크 댓의 데뷔 히트곡인 "테이크댓 & 파티"라는 뮤직 비디오를 감독하는 중이었다. 어린 시절 범죄 영화와 힙합에 푹 빠져 있었던 샘에게 이 장면은 그가 받은 반항적인 영향과는 너무나도 거리가 멀었다. 영상에는 보이 밴드가 브레이크 댄스를 추고, 가슴을 두드리며, 자쿠지 월풀 욕조에서 뛰어다니는 모습이 담겼다. 하지만 음악 산업에서 일하겠다는 샘의 오랜 숙원을 만족시킨 창의적인 직업이었다.

1992년에 샘은 지지부진했던 학력검정시험을 재수로 성공하고 런던대에 등록했다. 그리고 공강 시간에 템즈 강변 풀럼 하이 가에 있는 BMG 사무실에서 파트타임 인턴으로 일했다. 뉴욕에서 있었던 그 운명적인 점심 식사 후, 샘은 BMG의 우편물실에서 일했다. 취직하게 된 무례한 방법을 생각하며 샘은 이 성과를 대단하게 여겼다. 하지만 목표를 달성하기 위해서는 사람들을 화나게 만드는 일을 포함해서 모든 위험을 감수하는 것이 샘의 스타일이었다. 그는 훗날, "식사 자리에서 고위 간부에게 욕을 하고 첫 직장을 얻었다."[주14]라고 회상했다.

샘은 이미 다른 곳에 시선을 두고 있었다. 바로 인터넷이었다. 월드 와이드 웹이 아직 주류가 되지는 않았지만, 샘은 데프잼이 개척한 일종의 DIY 자력 마케팅 접근법을 디지털 시대에 도입할 기회를 보았다. 그는 애니 레녹스Annie Lennox의 새 앨범을 홍보하는 가장 좋은 방법은 당시 사람들이 거의 들어본 적이 없는 온라인 사이트라는 것을 통해서라고 BMG 임원들을 설득했다. 그들은 받아들였고, 샘은 작업에 들어갔다. "디바" 앨범이 영국 차트에서 1위를 차지하자 샘의 주장은 힘을 얻었다.

BMG는 곧 로스엔젤레스의 소규모 CD-ROM 스타트업과 제휴하면서 업계에 파장을 일으켰다. 로스엔젤레스 타임스는 이를 두고 "음반업계 최초의 인터랙티브 음악 레이블"[주15]이라고 칭했다. 새롭게 결성된 BMG 인터랙티브 부문은 음악 CD-ROM뿐만이 아니라 샘의 마음에 가장 가까운 미디어인 비디오 게임에서 미래를 보았다.

1994년, 게임 산업은 70억 달러의 기록을 세웠고 1996년에는 90억 달러까지 성장할 터였다. 그러나 문화적으로 게임은 기로에 서있었다. 급진적인 변화가 게임 산업을 휩쓸면서, 매체의 미래와 그것이 플레이어에게 미치는 영향에 대한 논쟁이 촉발되었다. 동네에 차고 넘치던 스트리트 파이팅 아케이드 게임인 〈모탈 컴뱃Mortal Kombat〉

의 가정용 기기 버전의 발매가 논란의 시작이 되었다. 〈모탈 컴뱃〉은 유혈이 낭자하고 척추를 뽑는 기술이 나오는 등, 이전에는 거실에서 볼 수 없었던 종류의 인터랙티브한 폭력을 보여주었다.

도시계획 게임 〈심시티 2000SimCity 2000〉, 닌텐도의 〈슈퍼 마리오 브라더스 올스타즈Super Mario Brothers All-Stars〉 등 건전한 히트작에 비해, 〈모탈 컴뱃〉은 비디오 게임이 아이들을 위한 것이라고 믿는 부모와 정치인들에게 충격을 주었다. 같은 〈모탈 컴뱃〉 중에서도 세가 제네시스용으로 나온 핏빛 찬란한 버전이 닌텐도 시스템에서 가족 친화적으로 피를 제거하고 나온 버전보다 3배 잘 팔렸다는 사실은 그들을 더욱 초조하게 만들 뿐이었다.

〈모탈 컴뱃〉을 둘러싼 사회적 공황 현상은, 1993년 12월 9일 민주당 상원의원 조셉 리버만이 미국 역사상 처음으로 폭력적인 비디오 게임이 어린이들에게 주는 위협에 대한 연방 청문회를 열면서 논란의 정점에 도달했다. 문화 전사들이 1950년대 만화책과 록음악, 1980년대 〈던전 앤 드래곤 Dungeons & Dragons〉과 헤비메탈 등을 놓고 비슷한 싸움을 벌이기는 했었지만, 폭력적인 게임을 둘러싼 싸움은 매우 급진적이고 현대적인 느낌이 있었다. 콘텐츠가 우려스러울 뿐이 아니라, 그것을 전달하는 기술도 점점 더 몰입적으로 되어갔기 때문이다.

"'비디오 게임'은 수동적이기보다는 능동적이기 때문에, 감수성이 예민한 어린이들이 폭력을 둔감하게 만드는 것보다 더 큰 영향을 미친다."[주16]라고 미교육협회 회장은 경고했다. 세가의 대변인이 폭력적인 게임은 단순히 게이머의 연령대가 점점 높아지는 변화를 반영했을 뿐이라고 증언하자, 미국 닌텐도 부사장인 하워드 링컨Howard Lincoln은 이에 거리를 두며 말했다. "오늘날 비디오 게임 사업이 어린이에서 어른으로 변모했다는 말을 좌시할 수 없다."

그러나 비디오 게임은 애초부터 아이들만을 위한 것이 아니었다.

비디오 게임은 1960-70년대 대학 캠퍼스 컴퓨터실에서 명성을 얻기 시작했는데, 텁수룩한 괴짜들이 거대한 메인프레임 컴퓨터로 각자 게임을 코딩하던 곳이었다. 그곳에서부터 시작해서 가정용 콘솔과 오락실 기계의 팩맨 열풍이 수백만 명을 유혹하게 된 것이다. 1990년대 초에 이르러서는 수많은 해커들이 각자 집에서 자기 PC를 만지작거리고 있었다. 〈울펜슈타인 3-D Wolfenstein 3-D〉나 〈둠 Doom〉 같은 어둡고 폭력적인 게임이 언더그라운드 문화에서 번창한 것도 신세대 대학생들 사이에서 하나의 현상이 되었다.

같은 시간, 샘과 동료들은 예술의 거대한 새 물결에 올라타 있었다. [저수지의 개들Reservoir Dogs] 같은 영화와 데프잼의 당당하고도 팝에 정통한 리얼리즘을 담은 음악들 말이다. 이전에는 묘사되지 않았던 방식으로 세상에 렌즈를 들이대는 작품들이었다. 로드니 킹 구타 사건 이후 로스앤젤레스에서 폭동이 일어났을 때, 샘은 시대의 변화를 반영하는 음악에 경외심을 갖고 지켜보고 들었다. 타임 워너가 '캅 킬러'를 손절매했다는 사실은 이전 세대가 얼마나 어설퍼졌는지 보여주는 일 같았다.

이제 게임 분야에서도 같은 전선이 그려지고 있었다. 미국 비디오 게임 산업은 리버만 청문회의 결과로 인한 입법을 피하려고 자신들의 이익을 대변하는 산업협회로 인터랙티브 디지털 소프트웨어 협회 IDSA, Interactive Digital Software Association를 만들었다. 업계는 또한 자발적으로 게임에 등급을 할당하기 위해 엔터테인먼트 소프트웨어 등급 위원회ESRB, Entertainment Software Rating Board를 발족시켰는데, 이 중 대부분은 전체E, 만13세 이상T, 만 17세 이상M 등급에 배정되었다. 영상 업계의 X등급에 해당하는 '청소년 이용 불가'AO 등급을 받은 것은 채 1%도 안 되었는데, 주요 유통업체들이 AO 등급의 반입을 거부하여 게임이 망하는 지름길이 되었기 때문이다.

그럼에도 불구하고 〈모탈 컴뱃〉 논란은 전 세계적으로 지속되었고, 언론은 그 불길에 열렬히 부채질했다. 게임 산업을 지배했던 닌텐도는 디즈니 같은 게임 이미지를 대중적으로 팔아왔지만, 그 또한 이제 위험에 처했다. 스코트맨 잡지의 한 기자는 비디오 게임이 "위험하고 폭력적이며 음흉하고, 성장 저하부터 폭력성 누적까지 모든 것을 초래할 수 있다."[주1]라고 썼다 "…젊은이들의 마음을 뒤틀고 파괴하기 위해 고안된 이해할 수 없는 유행이다."

정치인과 전문가들이 게임 미디어를 어린이용으로 취급하고 있는 사이, 연예계 최대 기업 중 하나가 싸움에 참전했다. 1994년, 소니는 자사의 첫 홈 비디오 게임 콘솔인 플레이스테이션을 일본에서 출시하려는 중이었는데, 게이머가 성장하고 있다는 발상에서 만든 콘솔이었다. 소니의 젊은 임원인 필 해리슨Phil Harrison은 게임 산업이 "지하실에서 혼자 노는 12살 소년 정도로 의인화된 장난감 산업"으로 부당하게 묘사되고 있다고 생각했다. 소니의 연구가 도달한 결론은 전혀 달랐기 때문이었다. 게이머들은 나이가 더 많고 쓸 돈도 충분히 많았다.

나이도 돈도 많은 플레이어에 도달하는 문제는 하드웨어에서 먼저 시작되었다. 소니는 아이들은 갈색과 살구색의 픽셀 덩어리가 아놀드 슈워제네거라고 상상하는 데 문제가 없지만, 어른들이 의혹을 멈추고 몰입하려면 더 현실적인 그래픽이 필요하다는 점을 알게 되었다. 해결책은 바로 CD-ROM이었다. 닌텐도가 사용하던 카트리지와는 달리 CD-ROM은 풀 렌더링을 거친 그래픽을 포함해 더 많은 콘텐츠를 담을 수 있었고, 해리슨이 말한 "정교한 멀티미디어 이벤트"에 더 가까운 게임을 제공할 수 있었다. 고급 그래픽 기계와 엔터테인먼트 콘솔의 결합이 업계에 전달하는 메시지는 분명했다. 게임이 더욱 대세로 발돋움하고 성장할 시간이라는 것이다.

샘은 이에 전적으로 동의했다. 샘은 새로운 BMG 인터랙티브 사업부가 추진하는 게임 퍼블리싱 사업에 참여하기를 간절히 원했다. 그는 게임이 곧 미래라고 확신했고, 나아가 자기 같은 사람이 마침내 흔적을 남길 수 있는 매체라고 보았다. 샘이 사랑하는 영화와 음악이 각각의 산업을 재정립했던 것처럼, 메타 즉 산업의 규칙을 변화시키고 그 경험을 새로운 시대로 가져오는 것이 과제였다.

샘은 BMG 임원들에게 게임 퍼블리싱 사업의 참여 기회를 달라고 설득했다. 샘이 말했다. "저는 시도해 보고 싶습니다. 꼭 참여하고 싶어요. 처음부터 참여하지는 못했지만 제가 이런 상황에 이바지할 것이 많습니다." 그의 집념은 다시 한번 보답을 받았다. 대학을 졸업한 후 그는 인터랙티브 퍼블리싱 부서로 발령받았다. 게임 산업은 음반 산업과 비슷하게 굴러갔다. 레이블이 밴드가 만든 CD를 내놓듯 퍼블리셔도 개발자가 만든 소프트웨어를 내놓는다. 퍼블리셔는 사업, 마케팅, 포장 등을 다루는 한편, 편집 방향을 나누고 게임 제작을 감독했다. 개발자들은 게임 아트에서부터 프로그래밍에 이르기까지 게임 창작의 최전선을 맡았다.

히트작이 실패작의 손실을 메꿨고, 게임 열 개 중 하나만 성공하면 그것으로 충분했다. 하지만 BMG의 초기 게임들(여행 게임, 골프 시뮬레이터 등)은 실패 쪽에 당첨되었다. 그러나 샘은 결코 희망을 포기하지 않았다. 어딘가에 샘을 위해 충분히 미친 게임을 만드는 누군가가 있는 것이 아니라면, 어쩌면 그는 미쳤는지도 모른다.

위대한
자동차 도둑
GTA를 만든
무법자들의 숨겨진 이야기

3장

레이스 'n' 체이스
Race 'n' Chase

3. Race 'n' Chase

친구 프로필:

데이브 "카페 디 투테 카파" 존스

다음 활동에 존스와 동행하면 게임 미션을 100% 달성함.

활동: 낚시. 프로그래밍. 운전(고속).

특수 능력: 게임 디자인.

존스에게 전화해서 컴퓨터 게임을 만들어 달라고 부탁하라.

그 게임을 팔면 현금을 얻을 수 있다.

그것은 '중범죄Grand Theft'였다. 다른 패거리의 구역에서 하이 스코어 훔치기. 하지만 데이브 존스Dave Jones는 참을 수가 없었다. 피쉬앤칩스 가게에서 〈갤러그Galaga〉게임기가 유도등처럼 번쩍이는 것이 보였다. 빨간 벌레 모양의 외계인 장군이 전면에 그려진 거대한 검은 캐비닛. 휘몰아치는 전자음악 테마 곡. 데이브는 그것을 만지고 싶었다. 동전을 세로로 난 길쭉한 구멍에 넣고 버튼을 두드리고 싶었다. 침략자를 쏘고 하이 스코어를 받아 자기 이름을 맨 위에 올려놓고 싶었다.

하지만 이곳은 데이브가 사는 스코틀랜드 에든버러 북쪽의 공업도시인 던디Dundee가 아니었다. 이곳은 더글라스Douglas인데, 거칠기로 유명한 더글라스 시내에서도 더욱 거친 동네 중 한 곳이었다. 던디는 한 때 삼베, 마멀레이드, 만화 "개구쟁이 데니스Dennis the Menace"의 발상지로 유명했지만, 이 무렵 1980년대 초에는 경제가 쇠락하여 노동자 계급 주민이 몰락했다. 훈족이나 샴족 같은 이름을 붙인 10대 갱들이 거리를 배회하며, 영화 [워리어즈 Warriors]의 스코틀랜드 버전 마냥 싸움을 걸고 다녔다. 그들에게는 엉뚱한 눈빛. 다른 팀 축구 유니폼. 그리고 특히 존스 같은 안경 쓰고 흐느적대는 당근색 머리의 괴짜. 이 모든 것이 싸움거리였다.

아직 학교에 다니던 존스는 아버지의 작은 신문 가게 근처에서 부모님과 함께 살았다. 타이 강에서 연어 낚시를 하지 않을 때는 버스 정류장 근처의 편지 가게에서 〈스페이스 인베이더〉를 플레이했는데, 매일 학교 가기 전과 방과 후에 들러 최고 점수 자리를 확실히 지키곤 했다.

심부름으로 더글라스를 지나는 길에 존스는 소문의 〈갤러그〉를 한 번 해 보지 않을 수가 없었다. 동전은 만족스러운 금속성 소음을 내며 안으로 떨어졌다. 존스는 오른쪽 검지를 매끄럽고 볼록한 빨간 플라스틱 버튼 위에 놓고 스틱 레버를 움켜잡았다. 이어서 스타트 버튼을 눌렀다. 스크린에서 외계 곤충의 맹공이 시작되었다. 존스는 셀 수 없이 버튼을 눌러 침략자를 말살하고 최고 점수를 따냈다. 모든 사람들이 볼 수 있게 자기 이니셜을 써넣었다. 역시 내가 진짜 플레이어지.

그러나 으슥한 골목에 있던 그 동네 패거리들은 그 정도면 충분히 봐줬다 생각했다. 존스가 막 문을 나서자 패거리가 그를 에워쌌다. '누가 우리 구역에서 하이 스코어를 따가는 거야?' 존스는 잿빛 자갈 길을 달려 불룩한 비닐 쇼핑백을 든 할머니들을 지나, 흐린 하늘 아래에서 궐련을 피우는 건장한 남자들을 지나 도망쳤지만 붙잡히고 말았다. 패거리들은 그를 땅바닥에 쓰러뜨렸다. 주먹이 날아드는 동안 존스는 그저 살아서 안전한 자기 동네, 자기 오락기들로 절뚝거리며 돌아갈 수 있길 바라면서 주먹질이 금방 끝나기를 기다릴 수밖에 없었다.

이후 존스와 스코틀랜드 괴짜 패거리들은 던디의 자갈길 위로 무언가 짜릿한 물건이 다가오고 있음을 알게 되었다. 던디 시내의 큰 갈색 타이맥스 공장에서 영국 최초로 유행한 가정용 컴퓨터인 싱클레어 ZX81과 싱클레어 ZX스펙트럼을 찍어내면서부터였다. 그렇다. 컴퓨터 혁명이 시작되었던 것이다.

새까만 키보드 한구석에 무지개 줄무늬가 있는 스펙트럼은 다른 세계로 들어가는 제어판처럼 보였다. 그 세계에 들어가기 위해 알아야 할 것은 코드뿐. 이후 소문에 의하면 스펙트럼 기기들이 배달 트럭에서 "우연히" 떨어져서 해커 지망생들의 손에 넘어갔다고 했다

존스가 다니던 고등학교는 영국 최초로 컴퓨터 강좌를 제공한 학교 중 하나였고, 존스는 강의가 개설되자마자 즉시 신청했다. 수학에 재능이 있던 그는 프로그램 짜는 법을 독학하고 초보적인 기계를 만들었다. 학교를 졸업하면서 존스는 타이맥스 공장에 견습 엔지니어로 일자리를 얻기는 했지만, 정말 하고 싶었던 일은 게임을 만드는 것이었다. 직접 컴퓨터 게임을 제작하는 홈브루Homebrew 게임 유행이 샌프란시스코부터 스웨덴까지 퍼지고 있었다. 당시 게이머들은 애플 II와 코모도어 64의 가정용 컴퓨터로 직접 타이틀을 만들어 배포했다. 존스는 동네 기술전문대학에서 만난, 킹스웨이 아마추어 컴퓨터 클럽이라는 어설픈 프로그래머 모임에 가입했다.

타이맥스는 감원을 하면서 존스에게 희망퇴직금으로 3,000파운드를 지급했다. 존스는 그중 일부를 최신 아미가 1000 컴퓨터(와 친구들의 부러움을) 사는 데 날려버렸다. 그리고 지역 대학에서 소프트웨어 공학을 공부하기 시작했지만, 교수들이나 가족들은 존스가 미쳤다고 생각했다. 그들은 존스에게 말했다. "절대 성공 못 할 거야. 게임을 팔아서 먹고살기는 힘들걸."

그러나 존스는 자신의 꿈을 믿었다. 성적은 곤두박질쳤지만, 그는 늦은 밤까지 부모님 집 자기 방에서 계획을 부화시키려 노력했다. 판타지와 SF 게임이 홈브루 컴퓨터 게임계를 지배하고 있었지만, 존스는 〈갤러그〉 같은 아케이드 히트작의 빠른 액션을 가정용 기계에 가져오고 싶었다. 그가 1988년에 내놓은 첫 번째 게임은 악마를 쏴 죽이는 슈팅 게임이었는데, 〈메너스Menace〉라는 제목의 이 게임은 1만 5천 카피라는 인상적인 판매량을 올렸고, 평단의 호평을 받으며 2만 파운드의 수익을 냈다. 자동차를 좋아하는 존스가 16 밸브 복스홀 아스트라를 지를 수 있을 만큼이었다.

이 화제성을 더욱 활용하기 위해 존스는 학교를 그만두고 컴퓨터 회사 DMA 디자인을 만들었다. DMA는 컴퓨터 용어인 직접 접근 메모리Direct Memory Access에서 따왔다. 존스는 컴퓨터 클럽의 친구들을 고용하고, 좁고 붉은 녹색 건물 2층의 투룸 사무실로 팀을 옮겼다. 바로 아래층에는 구스베리 부시라는 유아용품 가게가 있었다. DMA의 팀원들은 다들 폴리곤 모양의 각진 헤어 스타일에 얼굴색은 창백해서, 마치 스코틀랜드 록 밴드 빅 컨트리Big Country의 뮤직비디오에 나오는 엑스트라처럼 보였다. 낮에는 코딩하고, 밤에는 동네 술집을 돌아다니거나 사무실에서 게임을 하곤 했다. 영화 [애니멀 하우스의 악동들Animal House]의 너드Nerd 버전 같은 삶이었다. 하도 사무실이 엉망이어서, 존스의 아내가 직접 화장실을 청소하러 갈 정도였다.

하지만 그저 재미와 게임만은 아니었다. DMA는 당시의 DIY 정신을 보여주고 있었다. 컴퓨터와 꿈만 있으면 되었다. 존스는 게임이라는 것을 스포츠카만큼 멋지고 빠르게 만든다는 사명을 갖고 있었다. 언젠가 그가 말한 대로 "사람들을 사로잡을 시간은 3~5분밖에 없다. 당신의 게임이 얼마나 대단하던, 3분에서 5분뿐이다." 이 규칙은 다시 효력을 발휘했다. '궁극의 아케이드 게임'으로 불리는 〈블러드 머니Blood Money〉는 1989년 출시돼 두 달 만에 3만 장 이상 팔렸다.

존스는 의기양양해졌다. 자기 길을 찾은 것이다.

승부욕이 넘치는 게임 제작 분야에서 개발자들은 가장 최신의, 가장 큰 프로그래밍 혁신을 경쟁적으로 이용하곤 했다. 어느 날 DMA의 프로그래머가 화면에서 100가지 캐릭터를 동시에 동작하게 구현하는 방법을 발견하고 팀에게 보여줄 데모를 만들었다. 존스는 한 줄로 늘어선 작은 생명체들이 어리석게도 10톤 무게에 깔려 죽거나 총구에 타 죽는 광경을 경외심으로 지켜보았다. 그저 모두를 웃게 하는 일종의 스코틀랜드식 블랙코미디였다. '그걸로 게임을 만들어 보자!'

그렇게 만든 게임을 〈레밍즈Lemmings〉라고 불렀다. 목표는 생명체들이 죽지 않도록 구하는 것이었다. 존스 팀은 그 작은 짐승들에게 최고로 가혹한 운명들을 구상해냈다. 구멍에 빠지거나 바위에 짓눌리거나, 불바다에서 타죽거나 기계에 의해 갈기갈기 찢겨지는 등. 살아남기 위해서는 각각의 생명체에게 땅파기부터 기어오르기까지, 계단 놓기에서 벽 뚫기까지 기술을 부여해야 했다. 작은 생명체들이 왔다 갔다 하는 스테이지가 120개도 넘게 있는 이 게임은, 단순한 놀이가 아니었다. 말 그대로 생명으로 가득 차 있었다.

〈레밍즈〉는 1991년 발렌타인 데이에 "본사는 다음에 대한 책임을 지지 않습니다. 이성 상실. 수면 상실. 모발 상실."이라는 경고 딱지를 붙이고 발매되었다. 〈레밍즈〉는 첫날에만 5만 카피가 팔리며 즉각적인 히트를 했다. 이 게임은 전 세계적으로 거의 200만 카피가 팔리면서 150만 파운드 이상을 DMA에 벌어다 주었다. 한 기자는 "〈레밍즈〉가 컴퓨터 게임계를 폭풍처럼 단번에 사로잡았다고 하는 것은, 마치 헨리 포드가 자동차 시장에 약간의 영향을 미쳤다고 말하는 것과 같다."[주18]라고 썼다.

존스는 겨우 25살에 지구상에서 가장 부유하고 가장 유명한 게임 디자이너 중 한 명이 되었다. 낙오자에서 백만장자가 된 여정이 그를 업계에서 가장 큰 성공 신화 중 하나로 만들었다. 존스는 기뻐하며 번쩍이는 스포츠카 페라리로 자신에게 상을 주며 자신을 대접했다. 존스는 암울한 도시를 가로질러 갱단을 지나쳐 빠르게 자동차를 몰았다. 운전하면서 제발 그런 내용으로 게임이 하나만 있었더라면 했다.

"씨발! 씨발! 씨발!"

DMA의 어느 평범한 하루, 팀에서 가장 크고 가장 다혈질인 프로그래머가 다시금 짜증을 터트렸다. 게임 제작이란 추상적인 코드로부터 살아있는 세계를 만들어내는 무척 정신이 혼미해지는 일이기에, 이 남자는 때때로 화를 터트려야 했다. 그런데 일어나 벽에 머리를 부딪치며 절규하던 그는 활기가 넘치는 한 일본인을 보았다. 근처에 있던 다른 코더가 중얼거렸다. "오, 신이시여… 미야모토님이다!"

정말로 미야모토 시게루였다. 마리오를 만든 닌텐도의 엘프 같은 천재. 얼마 전까지만 해도 게임 업계에서 가장 유명한 인물이 던디에 있는 이 작은 인디 스타트업에 찾아오는 영광은 상상도 못 한 일이었다. 하지만 현실에 되어, 〈레밍즈〉의 엄청난 성공 덕에 존스는 닌텐도 64용으로 게임 두 개를 만드는 수백만 파운드 짜리 계약을 맺었다. "우리는 데이비드 존스가 스필버그같은 부류에 속하는 극소수의 사람들 중에 한 명이라고 생각한다."[주19] 당시 미국의 닌텐도 사장이었던 하워드 링컨이 언론에 말했다. 비명을 지르는 프로그래머에 차분하게 대처했던 미야모토는 DMA의 마법을 직접 체험하고자 왔던 것이었다.

현금이 넘쳐나면서 DMA는 시내 서쪽 끝에 있는 던디 테크놀로지 파크Dundee Technology Park 내 군부대풍 건물의 232 제곱미터짜리 사무실로 이전했다. 존스는 25만 파운드를 투자해 구매할 수 있는 최고의 장비로 공간을 채웠다. 냉장고만 한 실리콘 그래픽스 컴퓨터를 영국 최대 규모로 들여온 덕에 국방부 장관이 보안의 우려를 표할 정도였다. 존스의 가장 긱Geek스러운 꿈인 "살아있고 숨쉬는 도시"를 구현하기 위해서는 그 정도의 전산 근육이 DMA에 필요했던 것이다.

가상 세계는 SF소설의 소재였지만, 게임에서는 여전히 실현과 거리가 멀었다. 하지만 호소력은 분명했다. 현실은 예측할 수 없고 좌절스러울 수도 있지만, 합성 세계는 통제 가능한 공간이었다. 존스는 "아주 작은 메모리 용량과 아주 낮은 처리 속도로 얼마나 생생하고 역동적인 도시를 만들 수 있는지에 흥미가 있다. 기계 안에서 무언가 살아있게 만들려면 어떻게 해야 할까?"고 물었다.

존스는 팀원들이 자유롭게 해답을 생각해내도록 했다. 프로그래머 마이크 데일리는 탑뷰 시점에서 도시 경관을 설계했다. 또 다른 DMA 직원은 거리를 달리는 공룡을 코딩했다. 또 다른 이는 공룡을 더 시원하고, 더 현대적이며, 보스의 마음에 더 가까운 자동차로 대체했다. 데일리는 이 작은 가상의 차들이 도시를 질주하는 것을 보면서, "우리에게 뭔가 있어"라고 생각했다.

존스는 '경찰과 강도'라는 개념을 좋아했다. 즉, 악당들을 물리치기 위해 플레이어를 경찰로 캐스팅하는 것이었다. 존스는 말했다. "경찰과 강도들은 모두가 이해하는 자연스러운 규칙이지. 둘 다 자동차를 몰 줄 알고, 총이 하는 일을 알고 있다." 경찰들과 강도들은 너무 평범한 제목이라고 생각했기에 대신 〈레이스 'n' 체이스Race 'n' Chase〉라고 이름 지었다.

DMA에 걸어 들어가면 다 큰 어른들이 핫 휠 자동차 장난감 세트를 가지고 노는 모습을 보는 것 같았다. 다만 PC로 할 뿐이었다. 스크린에 비치는 하늘에서 내려다보는 장면은 작은 픽셀 자동차들이 거리를 달렸고, 많은 사람이 버스와 기차에 오르고 또 그 탈 것들은 노선을 따라 움직였다. 존스는 더욱더 현실적인 시뮬레이션을 밀고 나갔다. 차들은 거리를 빠르게 달릴 수 있지만, 빨간색에서 녹색으로 바뀌는 신호등에 멈춰야 했다.

존스는 생명체로 가득 찬 그의 작은 세계를 유쾌하게 지켜보았다.

데모가 준비되자, 존스는 그 게임을 런던에 있는 유망 퍼블리셔 BMG 인터랙티브에 가져갔다. BMG 인터랙티브는 영국의 게임계의 경이적 존재인 그와 거래를 하기 원해 존스에게 진심으로 구애했다. 존스는 향후 13개월에 걸쳐 소니, 세가, 닌텐도 용으로 게임 4개를 납품하기로 계약을 맺었다. 소유권도 유지했고 약 340만 파운드를 받았다.[주20] "BMG는 음악 회사를 다루는 방식으로 컴퓨터 회사를 똑같이 다룰 것이다."[주21]라고 존스가 기자에게 흘렸다.

한편, BMG 사무실에서 샘과 다른 사람들은 〈레이스 'n' 체이스〉를 켜봤다. 딱 한 가지 문제가 있었다. 게임이 좀 재미가 없었다.

위대한
자동차 도둑
GTA를 만든
무법자들의 숨겨진 이야기

4장

구랑가!
Gouranga!

4. Gouranga!

무기

너프 석궁. 기본 화살 3개 또는 메가 다트 5개를 장전하여 2.28초당 1발을 쏠 수 있다. 최대 사거리는 12.5미터로 장거리 전투에 이상적입니다.

너프 볼주카. 탄도 공 15개를 단 6초만에 발사할 수 있으며, 최대 10미터 거리를 쏠 수 있다. 한 발당 발사속도가 0.37초로 매우 인상적입니다. 적들은 "공이 비처럼 쏟아진다!"라고 느낄 것입니다.

BMG 인터랙티브에 취직한 사람은 제대로 무장을 할 필요가 있었다. 언제든지 너프건을 뽑아 들고, 사무실 전체에 밝은 노란색 스티로폼 공과 다트를 쏘고 다녔기 때문이다. 이런 장난기 어린 분위기는 샘의 새 영역에 잘 어울렸다. 그는 주급으로 겨우 120파운드를 받았지만 꿈을 실현하며 살고 있었다. 게이머들은 독일 음악 재벌 기업의 영국인 괴짜 직원이 되어, 런던 지부의 뒷방을 차지한 아웃사이더라는 상황을 즐겼다.

BMG가 직접 게임을 개발할 이유도 당연했다. 1996년, 소니 플레이스테이션의 성공 덕분에 비디오 게임의 새로운 시대가 밝았기 때문이다. 1994년 12월 일본에서 처음 출시된 플레이스테이션 콘솔은 첫 3개월 동안 50만대가 팔려나갔다.[주22] 소니가 "워크맨 이후 가장 성공적인 출시"[주23]라고 부르는, 3억 파운드 매출을 기록한 상품의 데뷔였다.

소니는 플레이스테이션의 미국 출시를 스타일리시한 광고사 치아트/데이Chiat\Day를 고용하여 위탁하였다. 영국에는 보다 힙하고 유행에 앞서가는 인구 집단을 대상으로 설정하였다. 소니의 필 해리슨은 이들을 "런던의 쿨한 애들"이라고 불렀다. 소니는 미니스트리 오브 사운드Ministry of Sound라는 나이트클럽에 홍보 라운지를 만들어 플레이스테이션과 번쩍이는 디스플레이로 채우고, "신보다 더 강력하다More Powerful Than God"라고 적은 전단지를 클럽 죽돌이들에게 뿌렸다. 소니 플레이스테이션은 이후 1996년 가을까지 전세계에서 800만 대 이상 팔렸다.

〈팩맨Pac-Man〉과 〈동키 콩Donkey Kong〉의 시대는 여기까지였다. 게임은 점점 더 도발적으로 되어갔고, 샘에게는 제이미 킹Jamie King이라는 열정을 공유하는 역동적인 새로운 동료가 생겼다. 킹은 스물여섯 살로 날씬하고 훈훈한 외모에 신경이 예민한 풋내기 뮤직비디오 프로듀서였는데, 샘은 공통의 친구를 통해 킹을 소개받았다. 킹은 대중문화에 대한 샘의 백과사전적 열정에 맞장구를 칠 수 있는 인물이었다. 그들은 존 카사베츠John Cassavetes, 프랑스 흑백 갱 영화 [증오Le Haine], 패션과 예술, 미국 힙합그룹 트라이브 콜드 퀘스트Tribe Called Quest나 JVC 포스JVC Force 등에 대한 애착을 함께 나누었다. 킹은 인턴으로 시작하였지만, 샘의 끈질긴 직업관마저 발맞출 수 있음을 금세 증명했다.

그들이 지금 작업해야 하는 건 무엇보다 〈레이스 'n' 체이스〉라는 새로운 게임이었다. 기술적 장점은 있었지만, 중요한 무언가를 놓치고 있었다. 공, 이왕이면 이쪽 사무실에 날아다니는 노란 공들 같은 큰 공이 필요했다. 샘은 자기 화면에 나오는 가상 도시를 내려다보았다. 빌딩들이 뭉툭한 색깔 덩어리로 솟아 있었다. 하얀 빗금이 쳐진 회색 거리를 따라 작은 차들이 서성거렸다. 신호등이 노란색에서 빨간색으로 바뀌었다. 개미 같은 사람들이 인도를 왔다 갔다 했다. 샘이 키보드 버튼 하나를 누르자 자동차 문이 휙 열렸다. 다른 버튼을 누르자 문이 다시 닫혔다.

섹스 피스톨즈의 보컬리스트 조니 로튼Johnny Rotten을 약간 닮고 밝은 녹색 양말을 즐겨 신는 언론인 출신의 게리 펜Gary Penn이 수석 프로듀서였는데, 그는 이 게임을 보고는 낙담했다. 그는 "이건 씨발 그냥 시뮬레이션이잖아."라며 "멍청하게 집요한 디테일"을 아쉬워했다. 던디의 DMA에 있는 개발자들도 그 의견에 동의하기 시작했다. 플레이어가 경찰 역할이 되어 재미가 떨어진 것이었다. '심즈 운전 강사'라고 일축한 사람도 있었다.

제멋대로인 게이머가 경찰차를 운전해 보도나 신호등을 가로지르려고 하면, 범생이 프로그래머가 정지신호를 지켜야 한다고 상기시켰다. 비디오 게임을 만든 것인지, 기차놀이 세트를 만든 것인지 의문을 자아냈으며, 심지어는 게임 속에서 계속 돌아다니는 보행자들도 짜증이 나는 장애물이 되었다. 지나다니는 사람을 치지 않고 빠르게 운전하기란 거의 불가능했고, 플레이어는 경찰이었기 때문에 뺑소니로 처벌을 받아야 했다.

〈레이스 'n' 체이스〉는 장애물에 봉착했다. 규칙을 지키면서 빠르고 거친 아케이드식 게임을 하기란 불가능했다. DMA 직원들은 자동차와 사람들이 오가는 모니터를 뚫어지게 보다가, 어쩌면 다른 해결책이 있을지도 모른다고 깨달았다.

만약에 걸어 다니는 사람들을 모두 피하는 대신 오히려 치어 버릴 때 점수를 받는다면?'

아니면 플레이어가 악당이라면 어떨까?

비디오 게임 개발은 끝없이 피드백을 받아야 하는 고도로 협동적인 과정의 작업이다. BMG의 샘과 동료들은 〈레이스 'n' 체이스〉의 퍼블리셔로서 발매할 게임의 새로운 버전을 계속 넘겨받으며 평가하고 코멘트할 수 있었다. 그리고 개발자들은 이들의 평가와 피드백을 받아 필요한 수정 사항을 구현해내고 있었다.

어느 날 〈레이스 'n' 체이스〉의 새로운 버전이 샘과 다른 사람들에게 도착했다. 처음에는 그냥 똑같아 보였다. 열기구를 타고 도시 위에서 회색과 갈색 지붕을 내려다보는 듯한 탑다운 시점이었다. 북실북실한 푸른 나무들이 녹색 공원에 솟아나 있었다. 자동차 경적이 울리고 엔진이 부릉거렸다. 키보드에서 전방 화살표를 누르면, 이름 없는 캐릭터인 노란 긴 팔 셔츠를 입은 작은 남자가 길을 건너갔다.

화살표 키를 몇 번 더 조작해 캐릭터가 보닛이 반짝거리는 땅딸막한 녹색 차를 향해 움직이게 한 다음, 엔터 키를 눌렀다. 그때였다. 자동차 문이 휙 열리고 원래 운전자인 파란 바지를 입은 다른 작은 남자가 차 밖으로 날아가서 인도의 쓰레기더미에 떨어졌다. 운전자의 차를 훔쳐버린 것이다. 앞으로 가는 화살표를 누르자 자동차가 앞으로 기울었고 왼쪽, 오른쪽 화살표 키에 맞춰 만족스러운 부르릉 소리를 내며 움직였다. 가는 방향의 신호가 바뀌었다. 왜 멈춰야 하지? 게임이잖아? 그랬다. 게임은 인생이 아니었다. 게임이란 당신을 게임이 점령하거나, 당신이 게임이 점령하거나이다. 그래서 게임은 종종 현실에서는 할 수 없는 방법으로 우리를 몰아간다.

그래서 신호를 위반하고 끼익 소리를 내며 코너를 돌았다. 코너링을 너무 넓게 잡는 바람에, 흰색 긴 팔 셔츠에 파란색 바지를 입은 작은 보행자가 너무 가까이 다가오는 것을 보았지만 멈출 수가 없었다. 사실, 멈추고 싶지도 않았다. 그래서 그냥 질러 보행자를 제대로 덮쳤다. 그러자 만족스러운 푸지직 소리가 들리고, 인도에 찌그러진 포도알 마냥 와인색 얼룩이 묻으면서 시체에서 숫자 "100"이 솟아났다. 득점! 이 게임은 더는 옛날의 〈레이스 'n' 체이스〉가 아니었다.

DMA에서 플레이어가 보행자를 들이받고, 심지어 득점하게 만든 순간, 모든 것이 바뀌었다. 게임은 경찰과 강도가 아닌, 강도와 경찰이 되었다. 목표는 차량 탈취 같은 나쁜 짓을 더 많이 하는 게 되었다. 급진적인 도약이었다. 짧은 게임 역사에서 주인공은 거의 항상 영웅이었지 안티 히어로는 아니었다. 〈슈퍼 마리오 브라더스 Super Mario Brothers〉에서는 애틋한 마음씨의 배관공이었고, 〈디펜더 Defender〉에서는 은하를 누비는 파일럿이었고, 〈미스트Myst〉에서는 느릿한 탐험가였다. 1970년대에 그다지 유명하지 않은 오락실 게임인 〈데스 레이스 2000Death Race 2000〉에서 플레이어가 가상의 유령을 치고 지나다니게 해줬지만, 바로 금지를 먹었다. 〈레이스 'n' 체이스〉처럼 핸들을 잡고 문제를 일으키도록 용납한 게임은 없었다. DMA의 작가 중 하나인 브라이언 배글로Brian Baglow는 이렇게 말했다. "너는 지금 범죄자니까, 나쁜 짓을 하면 보상을 받는 거야!"

샘은 아주 마음에 들어 했다. 그는 항상 반항아들에게 끌렸고, 이제는 게임을 더 반항적으로 만들도록 밀어붙이는 중이었다. "플레이어가 경찰을 죽일 수 있게 했을 때, 관심을 끌 만한 무언가가 생겼다는 것을 알아챘다."[주24]라고 샘은 나중에 회상했다. 하지만 제작을 위한 논쟁에 대한 것이 아니었다. 사실, 그런 건 생각도 하지 않고 있었다. 보기 흉한 탑다운 시각의 게임이고 너무 만화적인 데다가 황당해서, 미치지 않고서야 아무도 진짜라고 받아들이지 않을 것이니 말이다. 그보다는 최대한 미친 듯이 재미있게 만들려고 온갖 기술을 짜내는 데 초점을 맞췄다.

보통 게임 제작은 게임 아티스트, 프로그래머, 프로듀서가 수행하는 기계적인 시스템이었다. 디자이너가 전반적인 아이디어를 생각해서 기획하면, 프로듀서들이 프로그래머들을 배치하여 게임의 그래픽, 소리, 물리 법칙, 인공지능을 움직이는 핵심 코드인 엔진을 만든다. 아티스트들은 장면마다 오브젝트와 텍스쳐를 세부적으로 채운

그 세상 속 물건의 모형을 만든다.

그러나 DMA에서는 기계적 시스템이 아닌 모두에게 열려 있었다. 개발자들은 미친 짓거리를 생각해내기 위해 서둘러 스코틀랜드로 돌아왔다. DMA의 100명에 가까운 직원들이 인근 건물 두 채를 인수했는데, 그중 하나에는 아무도 어떻게 써야 할지 전혀 파악하지 못한 50만 파운드짜리 모션 캡쳐 스튜디오가 들어있었다. 〈레이스 'n' 체이스〉 팀은 각자의 뒷사무실에서 따로 일했고 순식간에 그룹의 반항아들이 되었다.

프로그램 코더들이 〈레밍즈〉의 속편과 다른 게임들을 작업하는 앞쪽 사무실에서는 독서광같이 생긴 괴짜들이 책상에 앉아 조용히 일했다. 그러나 〈레이스 'n' 체이스〉 개발실이 있는 벽 뒤쪽에서는 쿵쾅거리는 록 음악이 들렸다. 열 명쯤 되는 팀원이 자기들 공간을 악동들의 놀이터로 바꾸어 놓았다. 음악가 7명으로 구성된 한 팀이 (당시 유행했던 전자 사운드트랙과는 거리가 먼) 게임 사운드트랙을 녹음하기 위해 실제 악기를 들고 자리를 잡은 것이었다.

절규하는 DMA 프로그래머는 특히나 위생 관념이 없었다. 어느 날, 누군가가 그의 책상 밑에 방향제를 갖다 놨다. 그다음에는 작은 소나무 방향제들이 전등에 매달려 있었다. 마침내, 그는 책상 전체가 온갖 방향제로 덮여 있는 것을 발견했다. 그들은 그냥 장난으로 주말 동안 서로의 책상에 썩은 음식을 놓아두기도 했다.

〈레이스 'n' 체이스〉를 디자인하고 플레이하는 과정은 자유도가 높아서 뭐든지 다 용납되었다. 개발자들은 [저수지의 개들], 제임스 본드 영화, [겟어웨이The Getaway], [프렌치 커넥션French Connection]에서 본딴 추격 장면을 넣었다. 주간 회의에서 보고를 받은 존스는 "이전의 게임들이 가보지 못한 곳으로 가자."라며 전체적인 비전을 잡아줬다. 누군가가 다른 게임에서는 볼 수 없었던 특징을 가져오면 존스가 전적으로 지지했다.

샘과 펜도 존스를 전폭적으로 지원했다. 샘은 우상 파괴적 아이에서 반항아 사업가로 성장했다. 샘은 "좆까, 그냥 게임에 넣어. 난 사람들이 어떻게 생각하든 신경 안 써!"라고 말하곤 했다. 그는 게임을 새로운 판에 밀어 넣겠다는 목표를 가지고 있었고, 어떤 장애물도 그 앞을 가로막지 못했다. 그는 자신이 무엇과 직면해 있는지 알고 있었다. 대부분 독창성이 결여된, 형식적이고 획일화된 영웅적 서사에 안주하는 놀랄 만큼 획일화된 산업 말이다.

샘은 게임을 프로듀싱하기 위해 DMA와 일하면서 자신의 스타일을 다듬었다. 한 번은 샘이 동생 댄에게 "게임이 제대로 안 맞아떨어지면, 내가 핵심을 딱 잡을 거야. 구멍을 뚫어서 밀어 넣어야지."[주25]라고 말한 바 있다. "규칙을 내려놓지는 않아도, 열정과 정력을 다해 즐겁지만, 공격적으로 나갈 거야. 아니라는 대답은 용납 못 해. 그렇다고 까다롭게 군다는 것이 아니라, 제대로 노력해서 한다는 말이야."

샘이 가장 원했던 본질은 분명했다. 자유. 〈엘리트〉나 그가 어릴 적 사랑했던 다른 게임들처럼, 새로운 〈레이스 'n' 체이스〉는 단순한 게임 그 이상인 것 같았다. 무엇보다 하나의 세계였다. 이 게임은 각각 실제 도시를 본떠 만든 세 개의 가상의 도시 안에서 벌어지게 된다. 존스는 현명한 기업가답게 시장에 가장 큰 영향을 미칠 도시, 미국을 선택하고 싶어 했다.

마이애미를 본떠 만든 야자수 가득한 바이스 시티Vice City. 샌프란시스코를 본뜬 언덕이 많은 산 안드레아스San Andreas. 그리고 뉴욕을 닮은 리버티 시티Liberty City가 있었다. 새로운 미션을 받으려면 플레이어는 공중전화 부스까지 걸어가야 했다. 조폭 두목인 버비가 화면 하단의 자막으로 표시되는 임무를 설명했다. 그러면 플레이어는 택시를 훔치거나 라이벌 갱단을 죽여야 했다. 이러한 임무 중 하나는 영화 [스피드Speed]에서 따왔는데, 시속 80km 이상으로 버스를 운전해야 했고 그렇지 않으면 버스가 폭발하는 임무였다.

그런데, 몇몇 테스터들은 미션을 진행할 마음이 없어 보였다. 게임 자체가 악당스럽다보니 차 훔치기나 차로 보행자 치기 같은 미션들이 있었지만, 몇몇은 무작정 질주하는 쪽을 더 즐거워했다. 테스터들을 감독했던 배글로우가 그들에게 이제 운전을 멈추고 전화를 받으러 가야 할 때라고 정중하게 말하곤 했다. 하지만 즐거워하던 테스터들은 단순하게 돌아다니는 일을 제약받자 실망했음을 느낄 수 있었다.

BMG의 프로듀서인 펜은 이 게임이 플레이어가 원하는 대로 하게 두어야 한다고 생각했다. 그는 "가상 공간이니까, 좇가는 대로 막 하게 해!"라며 분개했다.

비디오 게임 제작이 경이로운 점은 해결책을 불쑥 코딩해낼 수 있다는 데 있었다. 엑스트라 수천 명을 동원해서 대규모 영상 장면을 재촬영할 필요 없이, 그냥 생각하는 대로 타이핑하면 되었다. BMG의 기술 제작을 담당하는 사려 깊은 젊은 프로그래머 게리 포먼Gary Foreman은 임무 체계에 대한 해결책을 스스로 고안해냈다. 미션이 선형적으로 진행되어야 할 기술적 이유는 딱히 없었던 것이다. 그는 "그냥 아무 전화나 받을 수 있게 만들면 안 될까?"라고 물었다.

즉, 플레이어가 전화를 받고 싶을 때 받고, 단순히 속도를 내어 달리며 즐기기도 하면서 그냥 자기 마음대로, 각자의 페이스대로 진행하도록 놔두면 어떨까? 오픈 월드나 샌드박스에서 자유롭게 돌아다닐 수 있게 하는 게임이 처음도 아니었다. 〈젤다의 전설The Legend of Zelda〉 같은 게임도 어느 정도 자유로운 탐험을 제공했다. 〈레이스 'n' 체이스〉 팀도 플레이어가 무작위로 집안일을 하면서 2층집을 돌아다니게 하는 〈리틀 컴퓨터 피플Little Computer People〉이라는 오래된 스펙트럼용 게임을 기억해냈다. 하지만 범죄 세계에 그런 자유가 주어진다면 제4의 벽을 전례 없는 수준으로 무너뜨릴 것이었다.

샘은 이러한 일종의 DIY 자유가 게임이라는 미디어에서 혁명적이라는 점을 알고 있었다. 그는 언젠가 이렇게 말한 적이 있다. "다른 게임에서는 답답한 지점에 도달해도 그냥 지나칠 수 없다는 게 문제인데 〈레이스 'n' 체이스〉에서는 힘든 지점이 오면 그냥 다른 데로 갈 수 있어. 존나 대단해!" 심지어 오디오도 더 자유로워졌다. 플레이어가 도시 어디로든 운전할 수 있다면, 차에서도 다른 라디오 방송이 나오면 어떨까? 예컨대 트럭을 훔칠 때는 컨트리 음악이 나오던가 말이다. 이를 위해 음악가들은 다양한 라디오 트랙을 녹음하느라 밤을 새웠다.

존스는 그런 오픈 엔드 게임 세계를 만드는 게 걱정되었다. 게임은 목적, 이유, 달성이 전부였다. 외계인을 쏘고, 하이 스코어를 받는 식이다. 이처럼 제한되지 않은 게임에 사람들이 어떻게 반응할까? 존스는 플레이어가 초점을 맞출 아이디어를 생각해 냈다. 누적점수 100만점을 모으는 것이다. 〈레이스 'n' 체이스〉에서 자동차들이 여기저기 돌아다니는 모습을 보면서 이 게임에 적용할 다른 모델을 떠올렸는데, 바로 핀볼이었다. 존스는 "나에게 핀볼은 궁극적인 게임"이라고 말한 적이 있다. "버튼 두 개, 그게 전부다. 플레이어에게 피드백에 대해 학습시키기 좋고, 여러 시간 동안 그들을 붙잡아둔다."면서 말이다.

〈레이스 'n' 체이스〉도 핀볼과 비슷할 수 있었다. 플레이어가 사람을 치어가면서까지 가능한 한 많은 포인트를 획득하도록 하는 점에서 말이다. 그러나 모든 사람이 점점 더 자유분방해지는 게임의 방향성을 좋아한 것은 아니었다. 어떤 프로그래머는 시뮬레이션 게임으로 진행하는 쪽을 완강히 주장했고, 게임 속 신호등에서 정숙하게 멈추곤 했다. 그러한 의견 차이에도 다들 자신들이 창조한 세계의 아름다움을 깨달았다. 선하든 악하든 무엇이든 할 수 있는 자유가 있었다.

유일한 제한은 플레이어의 "수배" 레벨이었다. 소란을 많이 일으키면 화면 상단에 있는 상태 창에 경찰 얼굴이 나타난다. 경찰차가 플레이어 캐릭터를 발견하면 추적한다. 더 끔찍한 범죄를 저지르면 수배 레벨이 높아진다. 그러면 게임 내에서 지명수배령이 내려진다. 수배 레벨 3에서는 경찰이 바리케이드를 설치하기 시작한다. 체포되면 감옥에 끌려가고 무기는 압수당한다. 하지만 플레이어가 너무 자주 체포되어 게임을 망치지 않도록, 배글로우는 차를 새로 도색할 수 있는 차량 커스텀 샵Respray Shop을 두자고 제안했다.

그들의 살아 숨 쉬는 세상은 생명력으로 가득 차 있었다. DMA 프로그래머들은 자기 PC에 앉아서 인게임 카메라 위치를 뒤로 물리고 왔다 갔다 하는 자동차들을 그저 지켜보곤 했다. DMA의 한 코더는 "(이 게임의) 좋은 점은 미리 정해진 길을 가지 않아도 된다는 점이다. 그리고 친구의 머리 위로 차를 여섯 번이나 돌리는 것만큼 재미있는 일도 없다."라고 말했다.

그러나 단순히 상대를 밟고 지나가기만 하는 게 아니었다. DMA의 작가 겸 홍보 담당자인 배글로우는 게임에서 밟고 지나갈 다른 캐릭터들도 구상했다. 그는 실제로 경험했던 여행에서 영감을 얻었다. 배글로우는 런던 공항을 지날 때마다 항상 행복하게 지내라고 강요하는 하레 크리슈나들에게 시달렸었다. 힌두교 종교인인 그들은 행운의 산스크리트어 표현이라는 "구랑가!"를 말하곤 했다. 배글로우는 그게 정말 싫었었다. 그때 좋은 생각이 떠올랐다.

BMG에 새로운 버전의 게임이 도착했다. 킹은 그것을 받자마자 자기 컴퓨터에 바로 넣고 플레이하기 시작했다. 길을 따라 내려가자 주황색 옷을 입은 작은 인물들이 한 줄로 늘어서 있었다. 가까이 갈수록 그들의 고함과 북소리가 더 크게 들렸다. 그는 앞 화살표를 누른 채, 하나하나를 밟고 지나가며 그 위로 점수가 떠 오르는 것을 보았다. 그가 마지막 한 명까지 박살내자 화면에 "구랑가!"라는 보너스 단어가 떠올랐다.

"야아!" 킹은 소리쳤다. "하레 크리슈나들을 밟고 지나갔어!" BMG

팀은 스코틀랜드 팀이 만들어낸 이 사악하고 이상한 세계에 경탄
했다. 〈레이스 'n' 체이스〉는 DMA가 1년 전에 제출한 경직된 시
뮬레이션에서 한참 벗어났다. 이제, 그 무법자 정신을 제대로 내포
한 새로운 이름을 붙일 때가 되었다. 〈그랜드 테프트 오토Grand Theft
Auto〉.

햄스터 먹기
Eating the Hamster

5. Eating the Hamster

수배 레벨 1
★☆☆☆☆☆

거친 도시. 하늘에서 보는 광경. 경찰차가 굉음을 내며 두 대의 차를 뒤쫓아 좁은 길을 헤집고 지나갔다. 차 안에는 젊고, 검은 양복에 하얀 셔츠, 검은 넥타이, 선글라스를 착용한 젊은 조직원들이 타고 있었다. 그들은 창밖으로 몸을 내밀고 허공에 총을 흔들었다. 두 차량은 전화 부스와 식당, 버스와 행인들을 지나쳤다.

비디오 게임에서 벌어진 일처럼 보였지만, 이는 현실이었다. 던디의 강변에 있는 선착장 옆에서 경찰이 차를 세웠다. 가까이 다가간 경찰은 한 청년이 비디오 카메라를 들고 있는 것을 보았다. "저희는 컴퓨터 게임 〈그랜드 테프트 오토〉의 홍보 영상을 만드는 중입니다." DMA 직원 중 짧은 금발 머리에 안경을 쓴 왜소한 몸집의 배글로우가 말했다. 복장과 장난감 총은 [저수지의 개들]에서 영감을 받았다고 배글로우와 차에 타고 있던 DMA의 다른 괴짜들이 설명했다. 그저 재미로 영상을 찍고 있었다고 말이다. 경찰관은 이맛살을 찌푸렸다. 차량 절도(그랜드 테프트 오토)? 무슨 미친 게임이야?

경찰이 그들을 풀어주긴 했지만, 수상해 보일 만했다. 〈그랜드 테프트 오토〉, 혹은 이제 제작진이 〈GTA〉라고 부르기 시작한 이 어둡고 코믹한 도시 액션 게임은 당시의 대작 게임 〈툼 레이더Tomb

Raider〉와 너무나 달랐다. 1996년 가을에 출시된 〈툼 레이더〉는 여성 인디애나 존스 같은 캐릭터인 라라 크로프트가 주인공인 액션 어드벤처 게임으로 몇 년 동안 게임계에서 가장 경이로운 대상이 되었다. 플레이스테이션의 성능을 누구보다 잘 짜내어 쓰면서 플레이어가 점프하고 수영하고 총을 쏘며 산에서 지하묘지까지 돌아다닐 수 있었다. 풍만한 가슴과 아몬드 모양 눈을 가진 라라는 눈요기의 극치였다.

〈GTA〉에게는 최악의 타이밍이었다. 게임은 겉보기만으로 평가되는 경우가 많았고, 화려한 〈툼 레이더〉에 비하면 〈GTA〉의 탑다운식 2D 레이싱 장면은 너무도 시대에 뒤떨어져 보였다. BMG의 임원들은 게임 개발을 중단시키고 싶어 했다. 펜은 더 신랄하게 표현했다. "그 사람들은 달마다 이 게임을 존나게 죽여 버리려 했다." 존스는 여전히 반항적이었다. "게임 플레이! 게임 플레이! 게임 플레이! 그래픽은 최첨단이 아닐지 모르지만, 나는 이 게임이 세상을 바꿀 것이라고 믿는다."

다행히도 존스에게는 너프 건을 난사하던 BMG 대원들과, BMG 새 멤버인 샘의 동생 댄이 그의 편에 있었다. 옥스포드에서 문학을 공부한 댄은 인기 퀴즈풀이 비디오 게임인 〈당신은 아무것도 몰라 (유 돈 노우 잭, You don't Know Jack)〉에 들어갈 질문을 작성하는 역할을 시작했다. 댄은 〈GTA〉에 대한 샘의 열정을 공유했고, 〈GTA〉가 어떻게 게임 산업에 흔히 붙은 마법사와 전사류 법칙을 거스르는지 공감하고 있었다. 나중에 댄은 이렇게 말했다. "여기, 세상에 대해 발언을 하던 게임이 있었다. 게임이라기보다는 갱스터 영화 속에 들어간 것 같았다."

그래픽보다 게임 플레이에 집중하기로 한 결정은 충분히 생각한 결과였다. 다른 창작 노력과 마찬가지로, 비디오 게임을 만들 때도 자원 배분이 가장 중요했다. 컴퓨터는 처리능력이 제한되어 있다. DMA는 그 처리능력을 전산 자원만 많이 소모하는 볼거리에 소비하는 대신 일반 상식과 다른 접근법을 택했다. 도시 안에서 벌어지는 액션, 물리현상, 인공지능에 자원을 배치하는 방식이었다. DMA는 플레이어도 동의할 거라는 확신을 공유했다. 킹은 "겉모습은 중요하지 않아. 설득력 있고 재미있는 경험이라면 사람들은 플레이할 거야."라고 말했다.

이 덜떨어진 얼간이 패거리들은 BMG를 저지하는데 성공하는 한편, 존스가 원래 목표대로 진행할 수 있게 보장해주었다. 그러나 속으로는 식은땀을 흘리기 시작했다. 〈GTA〉는 무언가가 이상했다. 차들이 무반응으로 내달렸고, 스토리는 진부하며 경직되어 보였다. 게다가 게임이 계속 뻗어서, 게임을 한참 진행하던 중에 멈췄다. 펜이 요약한 대로 "존나 난장판"이었다. DMA 팀원이 진행한 비공식 사내 설문조사에서 어떤 게임이 실패할 가능성이 가장 크다고 생각하는지 묻자, GTA가 당당하게 1등을 차지했다.

맥스 클리포드 에이전시Max Clifford Associate의 전화기는 늘 그렇듯 급박하게 울렸다. 클리포드는 영국에서 가장 크고 가장 많은 논쟁을 불러일으키는 홍보사였다. 프랭크 시나트라부터 무함마드 알리까지 많은 이들을 대변해 온 눈치 빠른 은발의 클리포드는, 한 언론인의 표현대로 "타블로이드 미디어 조작의 달인이며, 여러 스캔들을 연쇄적으로 터트려서 정부를 불신하게 만든 원흉이라고 많은 토리당원의 비난을 샀다."[주26]

아마도 가장 악명 높은 일은 클리포드가 1986년에 "프레디 스타가 내 햄스터를 먹었다Freddie Starr ate my hamster"라는 선정적인 헤드라인을 일간신문 '더 선The Sun'에 실어서, 한물간 가수 프레디 스타의 콘서트 투어를 부활시켰던 사건일 것이다. 오지 오스본이 박쥐 머리를 물어뜯었다는 소문처럼, 이 이야기는 스타의 투어 티켓이 매진

될 정도로 많은 관심을 불러일으켰다. 클리포드는 의욕적이고 배고픈 언론에 실로 터무니없는 소재를 던져 홍보하는 새로운 저널리즘 방식을 개척했던 것이다.

그러나 1997년 이 날, BMG 인터랙티브에서 전화를 건 사람은 유명인사나 정치인을 알리고 싶은 것이 아니었다. 곧 나올 컴퓨터 게임인 〈그랜드 테프트 오토〉를 홍보하는 데에 도움이 필요하다고 했다. 클리포드가 언론에 햄스터를, 그러니까 그 게임을 먹일 수 있을까? BMG의 마케팅 팀이 강력한 홍보 담당자, 그것도 스캔들 전문 홍보가를 채용하기로 한 결정은 게임 업계에서는 전례가 없는 일이었다. 음악 사업에 뿌리를 두고 있는 BMG는 약간의 로큰롤이 그들의 작은 펑크 게임에 적절하다고 생각했다.

하지만 BMG 인터랙티브의 대표였던 게리 데일은 적절한 수준을 맞춰야 함을 분명히 했다. 〈GTA〉는 자동차 털이, 크리슈나 죽이기, 마약 거래, 그리고 혼란 상태에 이르는 도를 넘는 범죄 지하세계를 그려내며 이전에 어떤 게임도 가지 않았던 곳으로 가고 있음이 분명했다. 라라 크로프트를 수녀처럼 보이게 만들 정도였으니, 모회사는 그 게임 때문에 지옥에 떨어지고 싶지 않았던 것이다. 데일은 클리포드와 대화하며 "베텔스만은 매우 큰 사기업이고, 우리는 콘텐츠의 본질을 올바른 방식으로 관리할 수 있음을 확인하고 싶다."라고 말했다. "이건 새로운 영역입니다. 저희는 기업 책임의 관점에서 조언을 얻고 싶으며, 게임을 올바르게 포지셔닝하고 적절한 메시지를 내야 합니다."

단호하고 기회주의적인 클리포드는 BMG에게 관례 따위는 잊고 〈GTA〉의 범죄성을 온전히 포용하라고 권했다. "그런 게 게임의 일부라면, 게임의 일부인 거죠. 음악이나 영화 사업에서도 등급제가 합법과 불법을 관리하는 것과 같은 방식이죠. 등급제를 따르는 이상, 제 조언은 그런 사실을 회피하지 마시라는 것입니다. 모든 사람에게 어필하지는 못하겠지만, 일부에게는 어필할 겁니다."

클리포드는 폭력성을 스스로 인정할 뿐만 아니라, 가능한 한 가장 터무니없는 햄스터를 만들어내서 언론의 목구멍으로 밀어 넣는 쪽을 추천했다. 사람들 사이에 회자되게 만드는 더 좋은 방법이 있겠는가. 클리포드가 "제가 이런 것을 아주 혐오스럽게 받아들일, 기존 체제의 훌륭한 엘리트 구성원들을 알고 있죠."라고 말했다.

데일은 이 소식을 팀에 전했다. "홍보전문가의 조언은, 합법적인 한 물러서면 안 된다고 한다."라고 말이다. 샘은 그 계획이 마음에 들었다. 〈GTA〉에는 게임만큼이나 과감하고 대담한 마케팅 계획이 필요했다. 그러나 존스는 확신하지 못했다. 그는 논란을 위한 논란을 원하지 않았다. 샘과 BMG의 다른 사람들은 록 스타가 되려고 노력하는 듯했는데, 샘은 그것이 "게임의 한계를 넘어서는 것입니다."라고 주장하며 경계를 넓히는 일에 더 가깝다고 주장했다.

"네."라고 존스는 말했다.

"이와 별개로, 게임은 어린이용이라고 여겨졌잖아요. 영화처럼, 마케팅에 써먹을 수 있는 다른 것이 방금 막 나온 거라고요."

존스는 그렇게 확신하지 못했으며, 다른 걱정도 가지고 있었다. 사업을 키우기 위해 DMA를 그렘린 인터랙티브라는 배급사와 합병하는 계약을 체결하려는 중이었다. DMA가 시장에 부상할 것이라는 소문이 퍼지자 언론은 회사 가치를 5,500만 파운드로 예상하며 존스가 영국의 차세대 디지털 거인이 될 것이라고 예고했다. 존스는 그 판을 흔들고 싶지 않았다. DMA의 다른 사람들도 논란만으로 〈GTA〉를 홍보하기 위해 클리포드를 고용하는 데에 양면적 감정을 느끼고 있었다.

클리포드와 만난 존스는, 클리포드가 자신의 계획을 확신하는 데에 경탄했다. 클리포드는 정치권 고위 인사들에게 말을 전하고, 그를 통해 적절한 사람들의 귀에 정보를 심을 방법을 설명했다. 클리포드는 "우리는 적절한 사람들에게 이 게임이 얼마나 터무니없는지 공개적으로 이야기해서, 비판하도록 부추길 겁니다."라고 말했다. 이를 통해 "홍보도 이루고 무엇보다 젊은 층의 구매를 독려하겠다."라고 장담했다.

하지만, 존스가 나중에 회상한 바에 따르면 그는 클리포드가 말을 할수록 점점 회의적으로 되었다. "그건 마치…3개월짜리 계획을 제안한 겁니다. 어떤 것이냐면, '이것 좀 봐! 충격과 공포 그 자체야! 스코틀랜드에서 만든 어떤 완전 비열한 게임이 사람들에게 보행자를 치어 죽이도록 부추긴다더라!'라는 이야기들이 어딘가 있는 귀족의 귀에 들리도록 하는 겁니다. 그리고 나서, 석 달이 지나고 나면 '너희는 황금기를 맞이할 거야.' 뭐 그렇게 말하니, 저는, '아 뭐 그러겠죠.'라고 답했을 따름입니다." 하지만 클리포드에 대한 그의 회의론은 오래 가지 않았다. 존스는 나중에 "그가 말한 것이 모두 실현됐다."라고 말했다.

마케팅은 출시 6개월 전, 아직 게임이 개발 중일 때부터 시작되었다. 1997년 5월 20일, 전 스코틀랜드 총리이자 양당 소비자 보호국 회원인 크로이의 캠벨 경이 의회에서 이번에 새로 나올 〈그랜드 테프트 오토〉라는 추잡한 새 컴퓨터 게임에 대해 말했다. 이 게임은 뺑소니, 난폭운전, 경찰 추격전이 가득하다고 설명했다. 캠벨 경은 "요즘 용어를 쓰자면, 이것은 젊은이들에게 '일탈'이 아닙니까?"라고 말하며, 이어서 "아이들이 사지 못하게 막을 방법이 없을 것"이라고 경고했다.

내무부 장관인 윌리엄스 모스틴 의원은 "우리 정부는 대중과 마찬가지로 폭력적인 컴퓨터 게임에 대해 매우 우려하고 있다."라고 말했다. "범죄를 조장 또는 방조하거나 성적 활동이나 폭력 행위를 묘사하는 모든 컴퓨터 게임은 영국 영화 분류 위원회BBFC, British Board of Film Classification를 통과해야 하고, 위원회에서는 아예 등급지정을 거부할 수 있습니다. 그렇게 거부당하면 자동으로 유통이 불법화됩니다.

〈그랜드 테프트 오토〉에 대해 지적하신 일반적 설명은 맞는 것으로 알고 있습니다. 이러한 컴퓨터 게임의 추악한 부분에 대하여, 우리는 아주 세심한 주의와 함께 기억해야 할 것입니다. 언급하신 종류의 행위뿐만 아니라 노골적 폭력 행위도 다루고 있습니다."[주27]

캠벨 경은 BBFC에 〈GTA〉를 조사하여 출시가 합법적인지 아닌지를 결정하도록 요구하면서 "우리는 어린이와 젊은이들에게 어떤 식으로든 자동차 범죄나 난폭운전이 용납될 수 있다거나 숫제 즐거운 일이라는 생각을 일으키게 해서는 안 된다."[주28]라고 덧붙였다. 그냥 허세가 아니었다. BBFC는 최근에 "화학적으로 불균형한 이들을 위한 레이싱 게임"이라고 홍보하던 어둡고 유머러스한 파괴 경주 게임 〈카마게돈Carmageddon〉의 등급 평가를 거부함으로써, 폭력성과 유혈 장면을 줄이지 않으면 주요 소매점에서 유통될 수 없게 제한한 적이 있었기 때문이다.

정치인들의 토론이 헤드라인을 장식하고 있는 가운데, 클리포드가 정교하게 짜 놓은 〈GTA〉를 둘러싼 전투에 대한 각본이 때맞춰 타블로이드 신문에서 시작되었다. 데일리 메일은 "뺑소니 폭력배를 미화하는 범죄형 컴퓨터 게임"이라고 과장했다. "스스로를 삼류인생 차 도둑으로 상상하며 외제 차를 훔치고, 그다음에 살인, 경찰 살해, 자동차 부수기, 마약배달, 은행 습격, 그리고 심지어 불법 이민자 암살까지 더한다고 생각해보라!"

게이머의 연령대가 높아졌음에도 불구하고, 순전히 '게임'이라는 단어가 언급만 되어도 〈GTA〉가 감수성 예민한 아이들을 타락시킨다는 비판 여론이 일어났다. 스코틀랜드 자동차 무역 협회 대변인은 "젊은이들이 자동차 범죄를 이런 식으로 받아들이게 하다니 개탄스럽다."[주29]라고 말했다. '가족과 청소년 걱정Family and Youth Concern'

이라는 단체의 대변인은 "이 게임은 불건전하니, 부모님들은 자녀에게 이 게임을 사주지 말아야 한다."[주30]라고 말했다. "그마저도 해결책은 아닐지도 모른다. 그런데도 아이들은 게임을 손에 넣을 것이기 때문이다. 이런 종류의 소재는 위험하고, 차를 털거나 살인을 해도 괜찮다고 아이들이 생각하게 할 것이다."라고 주장하면서 말이다.

보도가 퍼지자 BMG와 DMA는 클리포드의 햄스터 등 위에 올라탔다. 데일은 훗날 "일단 그런 이야기들이 인용되면서 당연히 게임에 관한 관심을 불러일으켰기 때문에, 우리는 그저 기뻤다."라고 말했다.

논란이 지속되게 하도록, 그들은 상원 토론회 발췌문을 담은 라디오 광고 캠페인을 시작했다. 한 비디오 게임 박람회에서는 자동차에 가짜 주차위반 딱지를 붙이고 돌아다녔다. "위반내용 : 귀하의 차량은 삐까번쩍 화려해서, 도난당한 다음 수리 불가능해질 때까지 경찰과의 고속 추격전 및 총격전에 연루될 것이기에 경고를 부여함." 아래에는 불꽃 튀기는 붉은 색과 주황색 글씨의 〈GTA〉 로고와 "안 하는 것이 오히려 범죄."라고 작성된 태그 라인이 쓰여 있었다. 한 〈GTA〉 홍보 포스터에는 거리에서 차가 엎어지는 모습이 담겼다. 그 옆에는 "살인, 마약 단속, 납치, 밀수, 은행 습격, 경찰 뇌물, 난폭 운전, 뇌물 수수, 강탈, 무장 강도, 탈법 지식, 간음, 포주질, 좀도둑질, 이중 주차!" 등 일련의 범죄 목록이 인쇄되어 있었다. 게임 표지에는 〈그랜드 테프트 오토〉의 형법 항목이 적혀있었다. 배글로우는 "BBFC는 사실 그 농담을 이해하지 못했다."[주31]라고 말했다.

하지만 그 농담은 배글로우 본인에게도 돌아왔다. 어느 날 밤 집으로 차를 몰고 가던 배글로우가 나무에 부딪혔다. 낡아빠진 차의 가벼운 접촉사고였다. 그런데 클리포드는 그 얘기를 듣자 눈을 반짝이며 기회를 잡았다. 얼마 뒤 배글로우는 '뉴스 오브 더 월드' 신문에서 재미나게 윤색된 기사를 보았다.

"타락한 자동차 게임의 사장이 면허 정지를 먹다."[주32]라고 쓰여 있었다. "타락한 자동차 악행 게임인 〈그랜드 테프트 오토〉의 배후에 있는 컴퓨터광이 자동차를 박살 내고는 도로에서 추방되었다. 프로그래머 브라이언 배글로우는 고성능 포드 피에스타XR2를 몰다가 통제 불능 상태로 나무를 들이박았다. 배글로우는 체포되어 법정으로 끌려갔고, 운전 부주의로 1년간 운전 금지령을 받았다. 올 크리스마스에 그 게임으로 한몫 잡게 될 이 사업가는 '운이 나빴지만, 교훈을 얻었다.'라고 발언했다."

배글로우는 논쟁을 웃어넘겼지만, 존스는 그리 잘 받아들이지 못했다. 언론이 심경을 묻는 질문에, "좋기도 하고, 나쁘기도 하다."라고 답했다. 어찌 보면 클리포드는 일을 지나치게 잘 해냈다. 존스는 아직 보지도 못한 미완성 게임을 기꺼이 비판하려는 사람들이 얼마나 많은지 믿지 않았다. 그는 이제 〈레밍즈〉를 만들던 촉망받는 청년이 더는 아니었다.

언론은 "베스트셀러 〈레밍즈〉를 개발한 컴퓨터 천재가 자동차 절도와 행인들을 치고 뺑소니 범죄 질주를 부추기는 게임을 만들어… 폭풍의 중심에 있었다."[주33]라며 안타까워했다. 나중에 '선데이 타임스'는 이렇게 썼다. "〈레밍즈〉의 매력적인 순진함과 〈그랜드 테프트 오토〉의 피비린내 나는 그랑기뇰이 과묵한 던디 주민인 데이브 존스 단 한 사람의 작품이라는 것에 놀라지 않을 수 없다."[주34]

BBFC가 분류를 거부하겠다고 으름장을 놓은 바람에 개발사는 심각한 문제를 안게 되었다. 바로 수익성 좋은 휴가철을 놓칠 가능성이었다. BMG는 노팅엄 트렌트 대학교의 심리학자에게 이 게임을 연구하도록 의뢰했고, 결론적으로 성인용으로 인정받았다. 배글로우는 언론에서 게임의 수배 레벨 기능을 옹호하며 말했다. "우리는 도덕적으로 행동하고 있습니다. 플레이어가 불법적인 행동을 할 때마다 이들을 잡으려는 경찰의 각오가 높아져서 결국 붙잡히게 됩니다. 사실

우리는 범죄가 득이 되지 않음을 강조하는 겁니다."[주35]

마침내 게임출시 직전에 〈GTA〉에 관한 판단이 나왔다. BBFC는 성명에서 "우리는 새로운 문제와 새로운 형태의 폭력에 직면해 있다."라고 밝혔다. "의회와 정부는 이미 이런 종류의 동영상에 대해 우려하고 있다. 잠재적 범죄 행위와 무고한 사람들에게 폭력을 가하는 일에 플레이어를 말려들게 한다. 이런 소재는 전례가 없다." 하지만 금지할 것은 아니라는 것이었다. 〈GTA〉는 18세 이상으로 등급판정을 받았다.

맥스 클리포드는 큰 득점을 했고 곧 본론을 터트렸다. "우리가 이 게임을 1,200만에서 1,300만 명의 사람들에게 알린 것은, 논란 덕분입니다. 그냥 훌륭한 게임이었으면 '뉴스 오브 더 월드'가 그런 기사를 썼겠습니까? 저는 안 믿습니다."

존스는 논란을 배움으로 바꾸려고 노력했다. 출시되기 전 마지막 몇 주 동안, 팀은 자동차의 핸들링을 개선 시키고 버그를 해결하기 위해서 24시간 내내 코딩을 하고 있었다. 이제 대형 차량은 느리게 기동하는 식으로 차들이 각각에 맞는 물리 법칙으로 운행되었다. 존스는 그런 성취가 잡음 속에서 잊혀가는 것을 바라지 않았다. "사람들은 컴퓨터 게임이 아이들을 위한 것이라고만 생각하는데, 매우 잘못된 생각입니다.[주36] 문제는 사람들이 소문만으로 판단하고 맥락을 무시할 때입니다. 〈그랜드 테프트 오토〉는 최고의 안목으로 만들어졌습니다."

1997년 11월 28일, 영국의 게이머들이 처음으로 〈GTA〉를 돌려보았다. 영국에서 먼저 출시한 뒤 얼마 후 미국에서 출시할 계획이었다. 그러나 가디언이 "10년 만에 가장 논란이 많은 게임"이라고 밝혔듯, 〈GTA〉 출시는 이미 벌어진 온갖 과열 현상에 대한 뒤처리 정도로 보였다. 그러다 보니 DMA와 BMG는 정교한 홍보 캠페인의 전혀 부럽지 않은 부작용에 대처해야 하는 문제가 생겼다. 기대에 부응해야 한다는 문제였다. DMA의 크레딧 아래에는 "정부, 경찰, 부모님이 싫어함"이라는 노골적 태그 라인이 붙어있었다.

하지만 평결을 받는 데 오랜 시간이 걸리지는 않았다. 〈GTA〉 프로듀서들이 우려했던 대로 일부 플레이어는 〈툼 레이더〉와 같은 게임에 비해서 부족하다고 여겼다. 어떤 플레이어는 "조작감이 형편없어서 끔찍한 게임 플레이다."고 일축했다. "그래픽이 형편없다. 8비트 시절에도 그래픽이 더 나은 게임이 있었을 정도. 전화를 받을 땐, 마치 다람쥐와 통화하는 듯한 목소리가 난다."

BMG의 직원들은 그러한 비난에 격분했다. 댄이 말했다. "그게 무슨 좆같은 소리야? 게임만 재미있으면 생긴 건 상관없잖아!" 하지만 리뷰가 점점 더 많아지면서, 그래픽에 전혀 신경 쓰지 않는 게이머들이 많아졌다. 어떤 게이머는 리뷰에서 "도덕적 기준에는 미치지 못하지만, 그 삐뚤어진 방식이라면 〈그랜드 테프트 오토〉는 매우 재밌다."[주37]라고 썼다. "〈GTA〉는 꽤 중독성이 있다. 여러 임무를 완수할 수 있는 방식에 자유도가 매우 높기 때문이다." 또 다른 이는 이렇게 말했다. "〈GTA〉는 끝내주게 재밌다. 도시 최고의 범죄자가 되는 역할에 몰입하는 자신을 발견하게 된다."[주38]

영국 전역에서, 적지만 열정적인 숭배자들이 뒤따르기 시작했다. 어느 날, DMA의 직원들은 게이머들이 〈GTA〉의 도시를 무작위로 통과하는 열차를 추적하기 위해 시간표를 짜놓은 웹사이트를 발견했다. 이 외에도 어떤 가게가 털렸는데, 〈GTA〉 타이틀이 전부가 도난당했다는 이야기가 퍼졌다. 비록 수는 많지 않았지만, 여타 게임이라면 애초에 묻혀버렸을 기간 동안 이 게임은 꾸준히 팔려나가며 입소문을 타고 점점 더 수요가 많아졌다. 〈GTA〉는 일주일에 약 1만 카피 정도씩 팔려나가고 있었다. 얼마 지나지 않아, 총 매출이 50만 카피(하나에 약 50파운드)에 육박하여 2,500만 파운드의 수익을 올리고 있었다. 이 게임을 제작하는데 약 100만 파운드가 들었다는 것을 고려하면, 후속편 제작 결정을 얻어내고도 남을 만큼 재미를 본 것이었다.

　샘은 아직 이 게임으로 부자가 될 수 있는 위치에 있지 않았지만, 정당성을 얻은 느낌이었다. 스물일곱 살의 이 청년은 자기 방식으로 음악 산업을 변화시킨 우상, 릭 루빈을 오랫동안 존경했었다. 어쩌면 샘도 비디오 게임에서 똑같은 일을 할 수 있을 것이다. 이 자그마한 스코틀랜드산 무법자 판타지가 마침내 그를 운전석에 앉혔을 때, 그는 자신이 어디로 가고 싶은지 바로 알았다. 그것은 바로 리버티 시티.

리버티 시티
Liberty City

6. Liberty City

맵 01: 관심 지점

랜드 마크

- 자유의 여신상 D4

- 데프잼 레코드 C3

레스토랑

- 라디오 멕시코 E1

- 발타자르 F4

엔터테인먼트

- 안젤리카 필름 센터 D9

- 바디앤소울 E2

샘은 〈GTA〉의 성공으로 의기양양해지자마자, 새로운 장애물에 봉착했다. BMG 인터랙티브가 매각된 것이다. 회사의 수익은 마이너스였다. 아직 사업에는 비교적 초짜였음에도 불구하고, 샘의 눈에는 잘못 경영하는 모습들이 훤히 보였다. 세계 27개국에 지사를 연다든지 하는 일 말이다. 독일 재벌 기업의 임원들은 점차 비디오 게임에 학을 떼고 있었다. 초기 인터넷에 대한 떠들썩한 분위기에 힘입어, 베텔스만은 텔레비전과 웹으로 시선을 돌렸다.

BMG의 대표인 데일은 게임 사업을 계속하도록 회사를 설득하려 노력했으나 소용이 없었다. "베텔스만은 결국 비디오 게임 사업을 하고 싶지 않다고 결정했다. 그저 게임이 기업 전략의 일부가 아니었을 뿐이다."라고 데일은 나중에 회상했다.

인터랙티브 부서가 사라질 상황에 샘은 당황했다. "새로운 밥벌이를 찾아야 해!" 샘이 말했다. 다른 퍼블리셔 기업들을 찾아 기회를 모색하면서 가슴이 철렁 내려앉았다. 샘은 너무 우상 파괴적이어서 웬만한 곳에는 맞지 않았다. "아무도 우리 같은 미치광이들을 원하지 않았다."라고 그는 나중에 말했다.

그러다가 샘은 자신처럼 대담한 미치광이를 만났다. BMG 인터렉티브를 사려고 생각하고 있던 뉴욕시의 젊은 남자 라이언 브랜트 Ryan Brant였다. 그들은 공통점이 많았다. 브랜트도 샘처럼 대중문화에 둘러싸인 화려한 가정에서 태어났다. 아버지인 피터는 잡지 '인터뷰'와 '아트 인 아메리카'를 소유했고, 토니 그린위치 폴로 클럽을 공동 설립했다. 샘의 엄마는 갱스터 영화에 출연했을 뿐이었지만, 브랜트의 아버지는 실제로 탈세 문제로 복역했다. 브랜트의 새엄마는 슈퍼모델 스테파니 세이모어였다.

바짝 깎은 머리에 강단 있는 브랜트는, 명문 와튼스쿨을 졸업한 후 아버지의 낡은 미디어 세계에서는 절대 일하고 싶지 않았다. 뉴욕에서는 인터넷 창업자들이 도심지에 점점이 자리잡으면서 실리콘 앨리 Silicon Alley를 이루고 있었다. 브랜트는 첨단 기술 산업의 어느 부분에 파고들고 싶은지를 성확히 알았다. 비디오 게임이었다. 당시 게임 산업은 일렉트로닉 아츠, 액티비전 등 대형 배급사와 다수의 중소기업이 장악하고 있었다. 그러나 그 사이에서 브랜트는 기회를 보았다. 1993년, 겨우 스물한 살의 나이에 아버지를 비롯한 여러 개인 투자자들로부터 150만 달러를 투자받아 자신의 게임사인 테이크투Take-Two, T2를 설립했다.

브랜트는 중심가의 유명인사들과 어울리며 성장했는데, B급 영화를 닮은 시디롬 게임을 내놓으며 차별화를 꾀하기로 했다. 아직 주류 게임 업계에서 거의 찾아볼 수 없는 일이었지만 실제 스타 배우를 캐스팅하고, 성인 대상의 소재, 영화적인 접근, 그리고 어설프더라도 계획적인 도발과 결합시키고 싶었다. 〈헬: 사이버펑크 스릴러Hell: A Cyberpunk Thriller〉는 컬트 배우 데니스 호퍼가 주연을 맡았고 전 세계적으로 30만 부가 팔리며 테이크투에게 250만 달러의 수익을 가져다주었다. 〈리퍼Ripper〉라는 게임의 경우, 브랜트는 250만 달러의 예산 중 62만 5천 달러를 크리스토퍼 월켄Christopher Walken과 인디아나 존스의 여주인공 카렌 앨런Karen Allen을 캐스팅하는 데 썼다. 브랜트는 포브스와의 인터뷰에서 "최고의 소프트웨어를 만들어 가능한 한 많은 돈을 벌고 싶다."[주39]라고 말했다.

브랜트는 아이비리그 출신의 실력을 발휘해서 현금 수익을 올리는 데 뛰어난 실력을 보였고 650만 달러에 기업 공개를 완료했다. 하지만 자신이 오랫동안 정체되어 있으면 안 된다는 것도 알고 있었다. 어느 날 아침, 그는 '우리가 더 커지지 않으면 여기서 죽는다.'[주40]라는 무서운 생각에 잠에서 깨어났다. 그는 또 다른 게임의 배급통로이자 수입처를 노리고, 미국에서 영국, 호주까지 여러 배급사를 게걸스럽게 흡수했다. 1997년까지 다수의 게임이 출시하면서 회사의 매출은 2억 달러에 육박했고, 이익은 700만 달러 이상이 되었다.

소니 및 닌텐도와 라이선스 계약을 체결하면서 브랜트는 자사 게임 목록을 보강할 필요가 있었고, 그것이 그가 BMG 인터랙티브를 찾은 이유였다. BMG 프로듀서인 제이미 킹은, 액티비전과 EA의 거물들을 기꺼이 상대하려는 이 신참 업체가 "존나 대담하다"라고 생각했다. 샘은 간절히 합류하길 원했고 브랜트에게 게임의 미래에 대한 자신의 비전을 던졌다. 샘은 나중에 "나는 브랜트에게 아주 열정적으로 설득했는데, 땀이 미친 듯이 흘러서 입고 있던 옷 세 겹이 축축하게 젖었던 것 같다."라고 회상했다. 그런데, 사무실에 있는 모든 사람들은 '저 새끼 도대체 누구냐?'라는 눈치였다고 말했다.

설득은 통했다. 1998년 3월 브랜트는 1,420만 달러를 주식으로 지불하고 BMG 인터랙티브를 인수했다. 이 거래로 브랜트는 BMG 직원들과 〈GTA〉를 비롯한 다른 게임들에 대한 권리를 얻었다. 테이크투의 전 세계 제품 개발 부사장으로 승진한 샘은 이제 개발 자회사와 서드파티 개발자 모두를 담당하게 되었으며, 그중에는 DMA 디자인과 존스도 포함되었다. 존스는 스코틀랜드에서 〈GTA〉 게임을 계속 작업하게 되었다. 그런데 한 가지 문제가 있었다. 샘이 뉴욕으로 이사를 해야 했다.

모든 사람들은 직업이 아니라 열정 그 자체인 일을 하는 꿈같은 삶을 살고 싶어 한다. 샘에게 있어 뉴욕시에서 비디오 게임을 만든다는 건 꿈이 실현되는 기분이었다. 친구들에게 함께 하자고 설득하는 데 열심이었던 샘은 BMG의 동료들에게 "나는 뉴욕에 가야겠어요."라며 소식을 전했다. 일이 있었던 후 어느 날, 샘이 킹에게 말했다. "같이 갈래요?"

킹의 머릿속에는 과거에 갔던 뉴욕 여행의 이미지가 질주했다. 그는 그리니치 빌리지에 있는 어떤 모델의 아파트에 머물렀는데, 헤드폰으로 파사이드 노래를 들으며 눈 내리는 5번가를 걸어 다니면서 언젠가 이곳에 살겠다고 결심했다. 킹이 뉴욕에 가서 게임 제작을 감독하고 싶었을까? "좋죠!" 킹이 대답했다. "갈래요! 당장 그 놈의 표부터 끊읍시다!"

그다음 샘은 또 다른 주요 멤버인 테리 도노반Terry Donovan에게 전화를 걸었다. 세인트 폴 학교 시절 친구였던 도노반은, 샘이나 댄과 같은 종류의 대중문화 유행을 타고 자란 거구의 영국인이었다. 그의 아버지는 록 가수 로버트 파머의 히트작 "그저 거부 못할Simply Irresistable"의 명작 뮤직비디오를 감독했다. 도노반은 그런 혈통을 록스타의 자부심처럼 걸치고, 유명인사들과 일찍부터 가까이했음을 과시했다. "내 첫 마약 경험은 7살 때 믹 재거Mick Jagger와 거실에 앉아 대마초를 빤 거였다."[주41]라고 말한 바 있다.

그즈음 도노반은 아리스타Arista에서 예술가 관련 책임자로 일하면서 댄스, 트랜스, 드럼, 베이스 음반들을 내놓고 있었다. 동네를 돌아다니며 디제잉을 하면서 자신과 클럽들을 마케팅하기도 했다. 컴퓨터로 한 일은 고작 학창시절에 "테리는 멋지다"라고 타이핑한 것뿐이었지만, 도노반은 샘의 제안에 열심히 귀를 기울였다. 샘은 "우리가 테이크투 가족 속에서 새 레이블을 만들기 시작했기에 네가 여기에 와야 한다."라고 말했다. "거의 독립회사 같은 곳이라서, BMG에서 우리가 하던 일을 계속하면서도 좀 더 현대적이고 접근하기 쉬운 게임을 만들려고 해." 그리하여 해외 마케팅을 총괄하게 되는 도노반이 합류했다.

BMG의 조용한 기술 전문가인 게리 포먼Gary Foreman은 제안을 받고 테이크투의 기술 감독으로 임명되었다. 하지만 그가 박식한 게이머 친구들에게 테이크투 쪽 기회에 대해 말하자 친구들은 비웃었다. 〈GTA〉에 비하면 테이크투가 만든 게임들은 뻔하고 구려 보였다. "테이크투?" 그들이 포먼에게 말했다. "무슨 짓을 한 거야? 장난해?" 어쨌든, 포먼은 다른 이들과 마찬가지로 합류를 결정했다. 진짜 리버티 시티로 이사할 시간이었다.

1998년 미국에 도착한 영국 침략자가 샘과 동료들만은 아니었다. 그들의 소중한 게임인 〈GTA〉도 같이 도착했다. 이 무렵, 클리포드의 햄스터는 영국 언론 덕분에 고질라 크기의 괴물로 자랐다. 〈GTA〉 광기는 브라질에도 퍼졌는데, 브라질에서는 아예 판매금지를 먹고 매대에서 치우라는 명령을 받았다.[주42] 위반하면 최고 8,580 달러의 벌금을 물어야 했다.

인터넷에서 〈GTA〉에 관한 이야기를 접한 미국의 게이머들은, 〈GTA〉의 발매를 몹시 기다리고 있었다. 미주리대학의 한 팬이 개설

한 초기 〈GTA〉 웹사이트가 온라인에서 입소문이 났다. 플레이어들이 뉴스와 팁을 덧붙이면서 소문이 퍼져서 10만 명이 넘는 방문객이 사이트를 찾았다. 샘과 다른 사람들은 그 사이트를 아예 〈GTA〉 공식 허브로 만들었다. 해커들이 게임을 복사해 온라인에 배포하고 있다는 보고가 들어왔는데, 아직 인디 언더그라운드 동네 바깥에서는 흔치 않던 방식이었다. 이 소식을 접한 언론은 현실 속 범죄를 과장해 보도했다. '선데이 메일'은 "스코틀랜드의 베스트셀러 컴퓨터 게임이 미국 10대 너드들에게 도둑맞다…"[주43]라고 썼다.

그해 말에 테이크투가 플레이스테이션 버전 출시권을 취득했지만, 〈GTA〉는 그 전에 먼저 PC용으로 미국에 출시되었다. 볼링 게임과 제프 고든 레이싱 게임을 출시했던 코네티컷 주의 ASC 게임즈라는 소규모 스타트업이 판권을 확보했다. ASC는 BMG의 선례를 따라 논란을 이용해서 판매에 기름을 부었다. '논란의 폭풍'이라는 제목의 보도자료로 게임을 과대 포장했고, 불경스럽게도 "미국에 범죄의 물결을 일으키겠다."라고 약속했다.

〈GTA〉 미국 출시를 두고 미국 언론은 게임의 창의성과 반항심을 칭송했다. 오피셜 플레이스테이션 매거진은 〈GTA〉를 "역대 최고급으로 가장 독창적이고, 혁신적이며, 기술적으로 인상적이고, 논란거리가 넘치는 플레이스테이션 출시작 중 하나"[주44]라고 평가했다. 컴퓨터 게임 매거진은 "이 게임이 무정부 상태를 유쾌하게 수용하는 모습은 대부분의 게임에서 볼 수 있는 일반적인 선행과 다른, 신선한 변화다. 거칠고 불경하며 기발하기까지 한 작은 게임이 우리 내면의 '비비스와 버트헤드'와 만나게 해준다."[주45]라고 평가했다. 게임스팟은 "이 게임은 어떠한 상도 받지 못할 것이다. [하지만] 단점을 눈감아줄 수 있는 워너비 소시오패스들은 아주 즐겁게 할 수 있다."[주46]라고 평했다.

그러나 ASC는 〈GTA〉에 수반되는 진정한 전투를 금세 경험했다.

ASC 홍보 담당자는 엔터테인먼트 위클리 잡지에 게임을 시연해주면서 이 사실을 직접 깨달았다. 게임 경험에 흠뻑 빠진 기자를 보면서, 평가 점수가 높게 나오겠다고 기대했으나 그 기대는 틀려버렸다. 기자의 평가는 가장 낮은 점수이자 가장 드물게 나오는 글자, F점이었다. 〈GTA〉는 "충격-지나치게 자극적인 게임…. 단조롭고 또 그만큼 불편하다(갱단 보스에게 신임을 얻게 되기는 한다). 그래픽은 구식이고, 길티하지만 플레져는 없다."[주4]라는 평을 받았다.

홍보 담당자가 설명을 구걸하며 전화를 걸었다. "평점이 왜 그렇게 나쁜가요?"

"편집자들 때문이죠."라는 말이 돌아왔다.

"왜죠?"

"내용 때문에요. 내용이 너무 끔찍해서 F보다 더 높은 점수는 줄 수가 없었어요."

그러나 1998년 여름 플레이스테이션용 게임이 출시될 무렵에는 어떤 최악의 리뷰도 그들을 저지할 수 없었다. 〈GTA〉는 미국에 상륙했고, 배후에 있던 그 의외의 스타들도 함께였다.

그들은 그곳을 코뮌이라고 불렀다. 맨해탄 사우스 스트리트 시포트 지역의 워터 스트리트에 있는 1층짜리 아파트였다. 창문이 없는 사실상 어둠의 동굴이었다. 1998년 여름, 샘, 킹, 포먼, 도노반, 그리고 샘의 고양이 세 마리가 함께 뉴욕에 상륙해서 이곳으로 이사했다.

맨해탄에 있는 것만으로도 짜릿했다. 그토록 오랜 세월 미국을 우상화해왔기에 더욱 그랬다. 경적 소리. 뉴요커 특유의 억양. 노점에서 만들어주는 짭짤한 핫도그 냄새. 엠파이어 스테이트 빌딩과 자유의 여신상. 포근한 라디오 멕시코부터 소호의 트렌디한 발타자르까지 그 모든 맛집들. 그들은 몇 시간 동안 TV 채널을 이리저리 돌리며, 미국이라는 맛을 과도하게 흡입하고 있었다. 지역 TV의 선정적 범죄뉴스, 게임 쇼 모델, 빌 클린턴과 모니카 르윈스키, 포르노 작가 알 골드스타인이 공공 채널에 출연해서 경쟁자들에게 퍽큐를 날리는 장면 등등.

"이런 내용이 거실 TV에서 나오다니, 믿어지지 않는다." 도노반이 말했다.

킹이 외쳤다. "우리가 왔어! 우리는 게임을 만들지. 위험하고 야심 만만한 게임을. 우리도 우리가 뭘 하는지 몰라! 신난다. 놀랍다. 이제 우리는 게임 산업 종사자고, 완전 주목받고 있어, 우리가 좋든 싫든 간에…."

그들은 젊었고, 집에서 멀리 떠나왔고, 비디오 게임 회사를 어떻게 운영해야 할지 전혀 알지 못했다. 하지만 그들에겐 꿈과 추진력이라는 결정적인 무언가가 있었다. 뉴욕 소호 거리의 비좁은 사무실에서 그들은 정식 속편인 〈GTA2〉와 1969년 런던을 배경으로 하는 GTA 미션 팩의 기획을 짜기 시작했다. 밤에는 코뮌으로 돌아와 늦게까지 비디오 게임을 하며 미래를 계획했다. 샘의 일은 〈GTA〉를 넘어서는 게임 제작을 포함해 미국에서 회사의 퍼블리싱 활동을 감독하는 것이었다. 그에게는 개인적인 임무도 하나 있었다. "우리의 태도를 반영하기. 게임을 하는 이들이 더욱 자기들과 가깝다고 느끼도록 게임 만들기"

이 남자들은 그것을 이뤄낼 방법을 알았다. 그들만의 비디오 게임 레이블을 시작하는 것이다. 도노반이 언젠가 묘사했듯, "힙하고, 동시대적인 레이블. 장난감이나 기술이 아니라 라이프 스타일인 레이블."

킹도 동의했다. "테이크투는 정체성이 있고, EA도 자기만의 정체성을 갖고 있어. 우리도 우리의 정체성을 가지고, 소비자에게 우리가 어떤 놈들이고 어떤 브랜드인지 알리는 게 중요해." 테이크투의 PR을 담당하기 위해 DMA에서 온 배글로우가 말했듯이, 그들은 〈GTA〉의 탈주자 정신을 반영한 "무법자 레이블"을 만들고 싶었다.

샘은 동생 댄에게 전화를 걸었다. 댄은 아직 런던에 있지만, 곧 미국에 합류해서 테이크투에서 게임 각본 작업을 감독할 예정이었다. 댄은 샘과 마찬가지로 다 큰 남자들에게 엘프 역할을 플레이하라고 하는 게임 산업에 넌더리가 났고, 더 많은 것을 원했다. 댄은 "특히 콘솔 게임을 하는 사람들 중에, 문화적으로 매우 능통하고 문화 인지력이 높은데도 불구하고 게임을 할 때는 다소 모멸적인 콘텐츠나 받아먹어야 해서 불만인 이들이 많이 있다."라며 이를 확신했다.

그들은 자신들이 하고 싶은 게임을 만들고 싶었다. 이를 위해 EA 같은 다른 게임사들을 모델로 삼고 싶지는 않았다. 그 회사들은 지리멸렬한 속편 제조기라고 여겼다. 킹이 나중에 말했듯, 그들의 목표는 단순하지만 대담했다. "모든 것을 바꿔버리기."였다.

어느 날 샘과 동료들은 자동차에 올라 뉴저지 주 잭슨에 있는 테마파크인 식스 플래그 그레이트 어드벤처로 향했다. 그들은 거의 힙합만큼이나 롤러코스터를 좋아했고, 새로운 행보를 놀이기구를 타면서 자축하고 싶었다.

〈GTA〉는 전 세계적으로 100만 카피 이상 팔릴 기세였다. 그들은 여전히 부유하지는 않았지만, 대담해졌다. 인기가 있을 때 브랜드의 인지도를 올리고 싶었다. 소비자들이 단지 게임을 사는 게 아니라 라이프 스타일을 사는 것이라는 점을 알았으면 했다. 그러려면 이름이 필요했다. 그들은 여전히 테이크투 인터액티브에 속해있지만, 레이블에 브랜드를 붙일 터였다. 도노반이 밀던 아이디어는 그럿지 게임즈Grudge Games였는데, 그 이유는 샘이 말했듯이 그들이 "세계 최고의 원한grudge쟁이들"이었기 때문이었다.

"최소 10년은 가지." 댄이 말했다.

그러나 브랜트는 그 아이디어를 듣고 주저했다. "여러분, 무슨 생각인지는 알겠는데, 그건 좀 부정적이잖아."

최근 런던에 다녀오면서, 샘은 락스타라는 이름을 던졌다.

"그 이름의 모든 게 좋아. 키스 리차드부터 과장법까지 그 이름이 떠올리게 하는, 그 사이에 있는 모든 것이… 무엇보다, 키스 리차드에겐 아무도 못 덤벼!"

도노반도 동의했다. "과거에 대한 포용과 동시에 저격이기도 하지. 그리고 또 이상하지만, 현재의 구림도 저격하고. 어떤 면에서는 록 스타의 황금시대는 지나갔지. 키스 리차드들은 별로 없고. 다들 허브 차나 마시고 있으니."

포먼은 "록 스타"라고 자칭하는 데에 한 가지 걱정이 있었는데, 정말 록 스타가 되어야 한다는 점이었다. "사람들이 우리를 놀릴 거야. 이런저런 걸 얻겠지만, 대신에 압박도 상당할걸. 우리는 거기에 부응해야만 할 거야. 정말, 정말 좋은 게임을 확실히 만들어내야 한다고." 그러나 그들에게 그것은 당연한 조건이었다. 이제 이 레이블의 공동 설립자들은 이 이름을 공식화하기만 하면 되었다.

식스 플래그 중간에서 그들은 나무 명패를 파는 상인을 보았다. 몇 달러만 내면 "본 조비 짱짱!" 같은 메시지를 나무에 지져 넣을 수 있었다. 지글지글 타는 매캐한 탄소 냄새가 공기를 가득 채우는 가운데, 그들은 점원이 그들의 새 이름을 나무에 새기는 것을 지켜보았다. 락스타 게임즈*.

그들은 이왕 만드는 김에 명패를 하나 더 만들어 새기기로 결정했다. 뉴욕에 있는 코뮌에 회사 이름 옆에 걸 생각이었다. 그들의 임무가 시작된 이 날을 영원히 떠올리게 하는 문구. 노골적이고, 아마도 그들을 막으려 할 누군가에게 던질 메시지로써 이렇게 썼다.

"꺼져, 찌질이들아"

---

* 이후 유명 음악인을 칭하는 일반명사는 "록 스타", 회사 이름은 "락스타"로 표기.

위대한
자동차 도둑
GTA를 만든
무법자들의 숨겨진 이야기

7장

갱 전쟁

Gang Warfare

7. Gang Warfare

신뢰도 지수[주48]

현재 당신을 용납하는 사람은 누구이고, 죽이고 싶어 하는 사람은 누구인지 보여주는 척도.

누구를 위해 일하는지에 따라서 조직의 신뢰를 얻거나 잃는다.

어떤 조직에서 신뢰를 얻었으면 그 조직의 지역에 가서 일자리를 구하라.

신뢰를 잃었다면 조심해서 돌아다니는 게 좋을 것이다.

신뢰를 잃은 조직의 지역에서는 꽤나 가혹한 인사를 받게 될 테니까.

"꺼져! 집에 가! 영국으로 돌아가라!"

샘과 그의 패거리가 '록 스타'를 자처하는 행동을 경쟁자들이 어떻게 생각하는지 파악하는 데는 그리 오래 걸리지 않았다. 게임개발업체 직원은 대부분 남성으로, 독특한 동족들이 모여 있었다. 머리 좋고, 창의적이고, 나대지 않으며, 신경 쓰이지도 않을 정도로 약한 취급을 받는 것을 편안하게 느낄 것 같은 이들이다. 록 스타 키스 리차드보다는 찌질이 나폴레옹 다이너마이트Napoleon Dynamite가 자신과 가깝다고 생각한다고 할 사람들이다.

샘이 1998년 12월 보도자료를 통해 레이블 이름을 발표하고 "락 스타 브랜드는 최종적으로 사람들이 믿을 만한 엘리트 브랜드가 될 것이다"[주49]라고 선언하자, 온갖 불꽃이 온라인 게임 포럼을 강타했다. 타사의 게임 개발자들은 이 기고만장한 동네 신입들("뉴 키즈 온 더 블록")에 게 열 받아 있었다. 하지만 게임 개발의 중심지인 미 서부에서 멀리 떨어진 뉴욕시에 있는 영국인이라는 사실은 그들을 더욱 외롭게 만들 뿐이었다.

역시나, 그런 적대감은 이들을 더욱 대담하게 할 뿐이었다. 언제나 샘의 의식의 흐름대로 불평할 준비가 되어있는 킹은, 어째서 아무도 그들의 사명감이나 반어법을 알아먹지 못하냐며 분개했다. "락스타라는 이름은 말이지, 리무진을 타고, 호텔 방을 어지럽히고, 너무 약에 뽕 가서 약 대신 개미 떼를 코로 들이마셨다는 식의 사연을 털어놓는 그 모든 록 스타들과 음악가들과 힙합 가수들을 보며 자라난 경험에서 나온 거라고!"라며 킹이 숨을 몰아쉬며 말했다. "화려함! 사진! 백스테이지! 그루피! 티셔츠!"

다른 개발자들은 그냥 너드Nerd로 치부되기를 실제로 좋아하는 것 같았다. 킹은 이어서 말했다. "다들 우리를 토요일 밤에 데이트도 안 하고 그냥 차고에 일하는 괴짜들이라고 불러. 조까! 우리는 그랜드 테프트 오토를 낼 거야! 모두에게 경각심을 불러일으키겠지. 게임이란 게 더 멋져지게 될 거야!"

그 계획은 사무실에서부터 시작되었다. 팀은 구겐하임 미술관 별관 너머 소호에 있는 화려한 붉은 벽돌 건물인 브로드웨이 575번지로 이사를 했다. 출근할 때는 코뮌에서 출발해서 지하철에서 내린 다음 모델, 힙스터, 예술가들 옆을 걸어서 출근해갔다. 그들은 건물 위층, 뒤쪽에 유리로 된 사무실이 있는 낡은 로프트를 접수했다.

샘은 자신의 우상인 고故 돈 심슨Don Simpson의 포스터를 걸었다. 어린 시절 추앙하던 블록버스터 [탑건Top Gun], [비벌리힐스 캅Beverly Hills Cop], [폭풍의 질주Days of Thunder]를 만든 영화 제작자였다. 심슨은 그들이 비디오 게임으로 가져오고 싶어 하는 부류의 하이-컨셉 오락성의 전형이었다. 심슨이 요절했고, 마약에 중독된 섹스광이었던 사실은 그를 더욱 팀의 안티 히어로로 만들 뿐이었다. 킹은 나중에 말했다. "비전이 있고 무언가 새로운 것을 창조하고 있을 때는 아무도 그것을 이해하지 못할 것입니다. 모두가 장애물을 던져 길을 가로막을 테고, 그걸 이겨내야 합니다. 돈 심슨 같은 사람들이 영감을 주는 이유는, 그것을 해냈기 때문이죠. 그들은 개척자이고, 다른 사람들을 다 엿 먹입니다." 바로 그것이 그들이 되고자 하는 게임 제작자의 모습이었다.

사무실이 자리 잡았으니, 데프잼 만큼이나 상징적인 로고가 필요했다. 그러나 이들이 테이크투 사무실로 들어가 계획을 밝히자, 멍한 시선만 돌아왔다. "스티커를 만들고 싶고, 티셔츠도 만들고 싶어요!" 킹이 말했다.

정장을 입은 사내들이 멍하니 바라봤다. "아니 왜요?"

"왜라뇨?" 킹이 응수했다. "멋있으니까!Because it's cool!" 샘은 새로운 모기업에 대한 킹의 좌절감에 공감했다. "젠장 내가 여기서 뭐 하고 있는 거야?"[주50] 그가 댄에게 물었다. "테이크투는 게임 배급사 25위 안에도 들지 않는다고. 듣보잡이잖아. 거기 있는 건 사무직 기업가 몇 명이랑 회계사 두어 명뿐 밖에 없고 그게 다야" 하지만 그들의 야심찬 보스, 라이언 브랜트는 그들의 이 팀이 테이크투의 자회사에 지나지 않았지만 자유를 보장했다. 브랜트는 제레미 블레이크Jeremy Blake라는 재능 있는 젊은 예술가에게 로고 디자인을 의뢰했다. 몇 번을 오고 간 끝에 최종 디자인을 결정했다. 별표를 붙인 글자 R, 그러니까 R★.

테이크투라는 모기업 아래에서 정체성을 브랜드화 하기 위해 몸부림치는 사이, 락스타는 팀 구성에 착수했다. 샘은 락스타의 사장으로서 제품의 분위기와 비전을 감독하게 되었다. 그는 게임 문화와 산업을 변화시킨다는 사명을 공유하는 사람들을 고용하기 시작했다. 몇 분만 샘과 함께 보내기만 해도 예비 인턴 직원들은 홀랑 주문에 넘어가곤 했다. 덥수룩하게 수염을 기르고 게임을 쿨하게 만들겠다며 내뱉고 투덜대는 이 영국인은 대체 누구란 말인가. 초기 직원 한 사람은 "나는 그의 비전과 카리스마에 빠졌다."라고 말했다.

그렇지만 게임산업에서 가장 엘리트적인 무리에 들어가고 싶다면, 규칙에 따라야 했다. DMA에서 작가 겸 홍보 담당자였던 배글로우는 뉴욕에 도착해 와서 락스타의 PR을 맡게 된 후 금세 이 사실을 알게 되었다. 배글로우는 던디 시절의 전형적인 긱Geek스러운 사무실 문화에 익숙해서, 락스타에 출근할 때도 그냥 색깔만 다른 티셔츠를 매일 돌려 입으려고 한 다발 구입했다. 거구의 삭발 차림이었던 도노반은 배글로우를 호빗인 것처럼 내려다보았다. "아이고, 이 친구야···. 텍스처 맵만 바꾸는 거냐?" 도노반이 비디오 게임에서 오브젝트에 색을 칠하는 그래픽 방식에 빗대어 농담했다.

다음날, 샘과 댄이 배글로우를 브로드웨이에 있는 힙한 가게로 데려가서 새로운 국제 PR 매니저에게 더 어울린다고 여겨지는 의상을 사주었다. 면바지, 후드티, 그리고 앞에는 락스타 로고가 있고 뒷면에는 "Je suis Un Rockstar (불어: 나는 락스타다)"라는 글씨가 새겨져 있는 회색 티셔츠였다. "나, 드디어 던디 출신 범생이가 아니라 롱아일랜드에 있는 미국놈같이 보이네."라고 배글로우가 새 옷을 입은 후 내뱉었다. 배글로우는 "록 스타의 방식을 배워야 한다."라는 말을 들었다.

락스타 방식은 복장에서 끝나지 않았다. 태도 자체에서 만들어졌는데, 배글로우는 어느 날 점심식사 때 이를 배우게 되었다. 배글로우가 가까운 중국 테이크아웃 가게에서 가져온 음식을 들고 사무실로 다시 들어오자 샘이 봉투에 붙어있는 식당 이름을 보고 으르렁거렸다. "아, 안 돼! 그런 거 먹는 거 아냐!" 샘이 딱딱거리며 말했다. 배글로우는 그 식당이 설명할 수 없는 뭔가로 샘을 화나게 했고, 그래서 날로 길어지는 샘의 블랙 리스트에 올라 있음을 알게 되었다. "샘이 좋지 않은 경험을 했기 때문에 우리가 가면 안 되는 곳들이 있다."
라고 또 다른 락스타 직원이 배글로우에게 설명했다.

직원은 십여 명밖에 되지 않았지만, 충성심은 이미 탄탄했다. 킹은
브로드웨이 주소를 따서 그들을 575단이라고 부르기 시작했다. 샘이
열정적인 업무 윤리로 모범을 보이자, 575단은 모니터의 푸르스름한
빛을 받으며 날밤을 지새웠다. 그들은 나중에 가장 좋아하는 '라디오
멕시코' 바에 가서 뉴욕의 다른 모두처럼 살아있고 짜릿한 상태로 맥
주와 치즈 볼 튀김을 먹을 터였다.

락스타 브랜드와 팀이 자리를 잡으면서 그들은 가장 중요한 일을
시작했다. 업계에서 이상하게 취급하건 말건, 스스로 하고 싶은 종류
의 게임을 내는 일이었다. 당시 게임 산업을 지배하던 대기업들에 비
해 상대적으로 부족한 경험이 더 큰 힘을 실어주는 느낌이었다. 물론
위험도 크다고 느꼈지만, 실패해도 잃을 것은 자기들 꿈뿐이었다.

락스타는 스스로를 〈GTA〉에 한정짓지 않았다. 닌텐도 64용으
로 〈몬스터 트럭 매드니스64Monster Truck Madness 64〉와 스케이트 보
드 잡지에서 영감을 받은 〈트레셔! 스케이트 앤 디스트로이Thrasher!
Skate and Destroy〉 등을 출시했다. 〈트레셔!〉는 락스타가 게임에 바라
는 문화적 매시업에 대한 초기 단서를 주었다. 일반적인 아레나 록
스타일의 사운드트랙 대신, 그랜드마스터 플래시의 '화이트 라인즈'
같은 고전 힙합을 라이센스로 따왔고, 더욱 이례적으로 홍보 목적으
로 닌텐도 로고를 새긴 12인치 레코드의 사운드트랙 음반까지 내놨다.

〈GTA〉는 1999년까지 전 세계적에서 100만 카피 이상이 팔렸지
만 여전히 언더그라운드의 컬트적 이변에 지나지 않았다. PC 게임
은 여전히 D&D를 흉내 내는 판타지 게임 〈애쉴론즈 콜Asheron's
Call〉, 〈에버퀘스트EverQuest〉나 1인칭 슈팅게임 〈퀘이크Quake〉,
〈언리얼 토너먼트Unreal Tournament〉가 지배하고 있었다. 콘솔 게임

은 더욱 메인스트림 위주로 흘러갔는데, 좀비 킬러 장르(《바이오 하자드 Resident Evil》), 귀여운 고릴라가 나오는〈동키콩 64Donkey Kong 64〉나 영화 기반 게임 〈스타워즈 에피소드 1: 보이지 않는 위협Star Wars Episode 1: The Phantom Menace〉 같은 예측 가능한 세계를 고수하고 있었다.

그러나 락스타는 독특한 도시 풍자를 단념하지 않았다. 차기작으로 〈GTA〉의 추가 미션 팩인 '런던 1969'를 낼 것이었다. 샘은 자기 고향에서 경찰과 도둑 놀이를 할 수 있는 기회를 무척 즐겼는데, 어찌 보면 가상의 [겟 카터] 같았다. 게임 발표 당시 샘은 "60년대 런던은 번드르르하게 화려하고 멋있었지만 항상 무자비하게 폭력적인 분위기가 바닥에 짙게 깔려 있었다."[주51]라고 말했다.

물론, 샘은 고향 땅에서 더 큰 반향을 일으킬 수 있었다. '스핀' 잡지의 기자 맷 딜은 이 게임에 대해 샘과 인터뷰를 하러 와서, 화이트 앨범 시절 비틀즈 같은 수염에 머리가 길고 열성적인 영국인을 마주하게 되었다. 샘은 "이 게임에서 당신은 국회의원의 매춘부에게 마약이 가득 든 가방을 배달합니다. 성매매 여성도 있고 남성도 있죠!"라고 내뱉었다. 모두 마스터플랜의 일부였다. "우리는 우리와 어울리는 게임을 냅니다.[주52] 플레이어에게 춤추는 요정 토미Tommy the Dancing Leprechaun가 되어서 용을 잡으라고 하는 게임이 대부분이죠. 하지만 펍에 가서 '우와, 나 방금 용을 잡았어, 친구!' 하기는 좀 그렇잖아요. 하지만 '나 방금 자동차 55대를 털고 레이싱 카 한 대를 날려 먹었어.'라고 말하는 것이야말로 그들에게 어울리는 이야기죠."

동시에, 락스타는 본격적 속편인 〈GTA2〉의 작업을 시작했다. [블레이드 러너Blade Runner]에서 힌트를 얻어 근미래의 어떤 허름하고 이름 모를 미국 도시를 활동 무대로 삼았다. '디스그레이스랜드Disgracelands'라는 이름의 지저분한 엘비스 바가 있고, 허름한 정신병원이 있었다. 지명 수배 레벨이 높아지면서 경찰이 추격해 올 뿐 아니라, 연방수사국FBI과 국가 방위군도 쫓아온다.

그러나 샘과 다른 사람들을 가장 들뜨게 한 건 범죄조직이었다. 무작위로 사람들을 거리에 돌아다니게 하는 대신, 〈GTA2〉의 세 구역을 7개 범죄조직이 지배하게 했다. 플레이어가 각각의 지역에서 전화를 받으면, 근처의 조직들이 플레이어에게 여러 임무를 맡긴다. 각조직은 영화 [워리어즈]에서처럼 각자의 상징과 스타일을 가지고 있었다. 윙크하는 행복한 얼굴이 상징인 '루니즈the Loonies'는 살인과 폭발 공작 같은 잔혹한 일을 수행하는 유쾌하고 폭력적인 범죄자들이었다. 레드넥은 미국 남부연합 깃발과 픽업트럭이 상징이었다. 그리고 하레 크리슈나가 돌아와서, 사원 밖에서 경전을 외웠다.

플레이어가 범죄조직을 얼마나 감동하게 하거나 화나게 하느냐에 따라, 보상이나 대가를 치르게 된다. 갱스터 영화에서 '신뢰도가 전부Respect is everything'라는 태그 라인을 가져왔다. 킹이 말한 대로 이 게임은 575단에게 선명한 자전적 느낌을 주었다. "패거리 문화 속에서 자라나 10대 내내 이런저런 패거리를 겪었고, 이제 락스타에서도 패거리고 게임 안에서도 패거리다."

이제 락스타가 〈GTA〉의 미래를 견인하게 되면서, 던디에 있는 존스 일당에게 압박이 들어왔다. 어떤 일이든 자유롭게 전개해도 되던 시절, 4년에 걸쳐 첫 〈GTA〉를 만들었던 그런 호화로운 시절은 갔다. 락스타와 직원들은 청년답게 유쾌했지만, 여전히 임무를 주는 자가 배후에 있었으니, 바로 테이크투였다. 테이크투의 재촉이 긴장을 고조시켰다.

상장회사인 테이크투는 마일스톤 일정을 맞춰야 했기에, 〈GTA2〉출시 날짜를 특정하라고 요구했다. 1999년 10월 28일. 다시 말해, DMA에는 〈GTA2〉를 만드는 데 약 100만 달러의 예산과 12개월이 조금 넘는 시간만이 주어졌다. 성공적인 게임을 만들려면 엄청난 시간과 노력이 필요했다. 개발자들이 그럴듯한 세계를 말 그대로 처음부터 코딩하고 테스트해야 했기 때문이다. 주 6일 근무(업계에서는 '크런치

89

타임'으로 통한다.)가 일반화됐다. 존스가 혼자서 게임을 만들던 시절은 가고, 개발팀은 35명으로 늘어났다.

반항적인 성향에도 불구하고 샘은 누구보다도 열심히 일했다. 그에게는 무법자의 비전과 청교도의 직업윤리가 있었다. 테이크투에서 정장을 차려입은 어떤 사람보다도. 그것이 샘이 우위를 점하게 했다. 크런치 타임 중에 유대감을 보이기 위해, 샘과 다른 사람들은 머리를 밀었다 (그리고 게임을 출시한 후에 다시 머리카락을 길렀다.).

직원들은 오전 8시까지 책상에 도착해 쭈그려 있다가 밤 10시에 나갔는데, 샘은 항상 제일 먼저 도착하고 제일 늦게 퇴근했다. 락스타의 프로듀서인 마크 페르난데스Marc Fernandez는 이를 미식축구 NFL의 쿼터백이 솔선수범으로 팀을 이끄는 방식에 비교했다. "샘은 자기가 누구보다 더 열심히 일한다는 걸 모두가 알아주길 바랐다. 샘이 매일 역량을 나타내고 있었기 때문에, 그가 비판을 날려도 별로 의문을 제기할 수 없었다."

뉴욕의 결속력이 점점 강해지면서, 락스타와 DMA 사이에 갈등이 생겨났다. "던디는 뒷방이라는 느낌이 점점 커졌다."라고 DMA의 프로듀서인 폴 팔리Paul Farley가 회상했다. "분명히 마찰이 있었다."

존스에게는 마음이 멀어질 만한 다른 이유가 있었다. DMA의 주인이 또다시 바뀌고 있던 것이다. 존스가 1997년에 합병된 회사인 그렘린 인터렉티브를 프랑스 퍼블리셔 인포그램즈Infogrames가 약 2,400만 파운드에 인수했다. 인포그램즈는 "비디오 게임계의 디즈니"가 되고 싶어 했다고 존스는 회고했다. 게임계의 디즈니가 대체 어떻게 GTA와 어울릴 수 있을까?

"아, 안돼!" 잭 톰슨이 CNN에 채널을 맞추면서 말했다. 1999년 4월 20일 정오가 되기 바로 전이었고, 문화 전사 지망생 톰슨은 마이애미 코랄 게이블스Coral Gables의 한적한 교외 거리에 있는 스페인식타일을 붙인 집 안에 있었다. 그의 어린 아들 조니가 뒤에서 놀고 있었다. 성공한 변호사인 아내가 돈을 벌면서, 톰슨은 조니를 돌보는 전업주부가 되었다. 미국의 도덕적 타락 및 그가 다음에 나서야 할 행동을 계속 눈여겨보면서 말이다.

그것을 찾는 데 오래 걸리지 않았다. 톰슨은 10대 청소년들이 겁에 질린 채 콜롬바인 고등학교에서 쏟아져 나오는 모습을 지켜보았다. 총격 사건이 전 세계 TV에서 펼쳐지자, 걱정된 수백 만의 부모들은 그 믿을 수 없을 정도로 무의미한 범죄를 이해하려고 필사적으로 노력했다. 그들은 비난할 것, 통제할 수 있는 것, 자신의 가족에는 이런 일이 절대 일어나지 않을 것임을 확신시켜 줄 무언가가 필요했다. 톰슨은 이미 그 답을 가지고 있었다. 비디오 게임.

래퍼 2 라이브크루와 아이스티를 상대로 한 유명한 재판에서 승소한 이후, 톰슨은 세 가지 강력한 소질을 지닌 매우 유력한 십자군으로 자리를 잡았다. 언론에 인용구를 던져주는 출중한 능력, 밴더빌트에서 수련한 법학 지식, 그리고 아마도 가장 중요한 소질인 지칠 줄 모르는 싸움 능력이 그것이었다. 톰슨의 가장 친한 친구는 팩스 기계였는데, 그것으로 자신의 최신 운동에 대한 보도자료를 언론에 끝없이 집어넣곤 했다.

1998년 3월, 켄터키주 파두카에 있는 학교 기도회에서 14살 마이클 카닐이 급우들에게 총격을 가한 사건이 일어난 이후부터 이제 그는 게임 산업을 정조준하기 시작했다. 톰슨은 〈모탈 컴뱃〉과 〈둠〉 등 폭력적 게임에 대한 카닐의 열정을 알게 되자, 피해자 중 세 명을 대변하는 변호사와 함께 그 게임을 낸 회사들을 상대로 1억 3천만 달러의 소송을 제기했다.

"우리는 할리우드를 해칠 작정이다." 톰슨이 기자회견에서 밝혔다. "우리는 비디오 게임 산업을 해칠 생각이다." 언론은 그의 햄스터를 먹어버렸다. 톰슨은 NBC TV에 출연해서 '투데이쇼' 진행자 맷

라우어에게 파두카 총격 사건이 마지막이 아닐 것이라고 경고했다. 7일 후, 콜럼바인 사건이 발생하여 톰슨은 더욱 신뢰할 수 있는 언론의 인기 취재대상이 되었다.

총격 사건이 일어나자마자 톰슨은 콜럼바인 근처에 있는 보안관 부서에 전화했다. "파두카 사건에 관한 내 연구 결과에 기반하건데, 학교 총기 난사 사건은 10대가 폭력적인 오락으로 가득 차고 폭력적인 오락인 비디오 게임으로 살인 훈련을 받은 결과라 생각할 믿을 만한 이유가 있다."라고 말했다. 다음날 언론은 에릭 해리스와 딜런 클리볼드가 영감을 얻은 게임 〈둠〉이 그들의 집에서 발견되었다는 소식으로 폭발했다.

워싱턴시에 있는 인터랙티브 디지털 소프트웨어 협회의 충실한 회장인 더그 로엔스틴에게 있어, 톰슨은 엄청나게 충격적인 한 방이었다. 1993년 〈모탈 컴뱃〉 청문회 이후 로엔스틴은 규제를 막기 위해 정치인들에게 성공적으로 로비를 해왔다. 그는 전직 뉴욕시 언론인 출신으로, 고교 신문부 시절부터 수정헌법 제1조를 'DNA 깊숙이' 새기고 있다고 내세웠다. 그는 수정헌법이 시카고 인근 스코키에서 행군하려는 나치들과 폭력적인 게임을 내놓는 개발자 모두를 보호한다고 믿었다. "그게 자유로운 표현의 본질이다. 자유로운 발언은 타협할 수 없다."라고 로엔스틴이 말했다.

비즈니스 정장을 입은 말쑥하고, 지적이고, 일찌감치 내머리가 된 로엔스틴은, 여전히 어린이용으로 여겨지는 게임 산업에 대해 안전한 어른의 얼굴 역할을 하고 있었다. 하지만 최근 몇 년간, 워싱턴에서의 그의 성공에는 약점이 있었다. 게임 산업은 리버만 청문회 이후에 자율적인 등급 위원회인 ESRB로 자가 규제를 하고 있었고, 문화 논쟁에는 끼어들지 않으려고 했다. 이제 더는 그럴 수 없었다.

그는 나중에 "콜럼바인이 모든 것을 근본적으로 변화시켰다."라고 회상했다. "갑자기 모든 것이 원점으로 돌아왔고, 게임 업계에 대한 최악의, 가장 부정적인 고정관념이 재조명되었으며, 몇 가지 면에서는 재확인되었다. 그동안 한 번도 전투에 나가본 적이 없는데 지금은 전쟁을 치르는 지경이었다."

로엔스틴은 정확히 무엇이 걸려있는지 알고 있었다. 주 정부와 연방정부의 규제 추진. 당연하게도 당시 의원인 리버만은 콜럼바인 직후 게임 산업에 대한 조사를 요구했다. 클린턴 대통령은 곧 그 요청을 받아들여 게임 등급과 마케팅에 대한 연방정부의 조사를 지시했다. 로엔스틴에게 있어서는 게임 그 이상의 것이 걸려있었다. "폭력적인 묘사가 외설적이라고 규제되고 제한될 수 있다는 기본 전제를 한 번 받아들이면, 이 나라에서 지금껏 보지 못했던 가장 침해적이고 광범위한 정부 검열의 문이 열리게 된다."라고 로엔스틴은 말했다.

그러나 톰슨이 TV에 나오면 나올수록, 로엔스틴은 자신이 가장 영향력 있는 분야인 언론에서 패배하고 있음을 느끼기 시작했다. 콜럼바인 일주일 만에 로엔스틴은 시사프로그램 '60분60 Miunutes' 뉴스쇼에서 폭력 게임을 다루는 메인 코너의 하나로 인터뷰를 하며 수세에 몰렸다. 방송은 로엔스틴의 인터뷰 직후에 파두카와 로엔스틴의 새로운 적수를 비추었다. 파두카 희생자들의 변호인인 마이크 브린 Mike Breen 옆에 나란히 앉은, 잭 톰슨 말이다.

미국에서 가장 인기 있는 뉴스 프로그램에서, 회색 머리를 가지런히 빗어 넘긴 톰슨이 여태까지 중 가장 큰 연단에 올라섰다. 그 어느 때보다도 많은 청중에게 자신의 문화전쟁을 알리고, 게임 산업의 플레이어들을 향해 그가 총을 겨누고, 노력하고 있다는 메시지를 보낼 순간이었다. "주머니 두둑한 피고인들을 상대로 경박한 소송을 걸었을 뿐이라고 느끼는 비판적 사람들에게 어떤 말을 하시고 싶습니까?" 에드 브래들리가 물었다.

브린이 대답했다. (놀랄 일이 벌어질 테니) "모자 꽉 붙잡으세요."

"그리고 당신들 지갑도요." 톰슨이 말했다.

8장

이 게임을 훔쳐라
Steal This Game

8. Steal This Game

3주 후의 미래[주53]

법과 질서가 완전히 무너지기 시작하면서, 도시는 붕괴 직전
이다. 사람들은 폭주하고 있고, 준 합법적인 중독성 의약품에
반쯤 정신을 놓았다. 한 거대 기업이 오락에서부터 장기 이식에
이르기까지 사회의 모든 측면을 통제하고 있었지만……. 모든
것이 통제 불능 상태가 될 것이다.

"나한테서 떨어져!" 우리 안에 있는 반나체의 사나이가 목을 조이
는 구속구를 떼어내려고 안간힘을 쓰며 비명을 질렀다.

"닥쳐, 이 괴물아!" 그의 주인인 유인원이 구속구를 더 세게 잡아
당기면서 시가를 깨물었다.

영화 [혹성탈출Planet of the Apes] 그 자체지만, 영화 속 장면이 아니
었다. 로스앤젤레스 컨벤션 센터 안에서 실시간으로 펼쳐지는 상황
이었다. 창백한 젊은 남자들이 달라붙어서 우리 안에 있는 가죽 비키
니를 입은 여성들을 찍으려 했다. 뾰족한 금발 머리를 한 뉴스 진행
자가 고릴라 복장을 한 배우 중 한 명을 인터뷰했다. "인간 사냥은 늘
내가 가장 좋아하는 일이지." 고릴라가 설명하는 동안 귀여운 노예가
그의 갈기를 쓰다듬었다. "옥수수밭에서 인간들을 밟아버리는 걸 특
히 좋아해, 그렇지!"

이는 새로운 〈혹성탈출〉 비디오 게임의 홍보로, E3Electronic

Entertainment Expo라 불리는 비디오 게임 업계의 카니발에 해당하는 연례 박람회의 주요 볼거리 중 하나였다. 1999년 5월 사흘 동안, 7만 명 이상의 눈이 휘둥그레지고, 엄지가 욱신거리는 플레이어들이 가장 위대한 최신 게임들을 둘러보기 위해 이곳을 방문했다. 할리우드 세트처럼 디자인된 부스에서는 4백 개 회사들이 내놓은 1,900개 이상의 출시작이 거대한 스크린에서 번쩍였다.

퍼블리셔들은 플레이어를 현혹하고 서로를 능가하기 위해 비용을 아끼지 않았다. 게이머들은 일렉트로닉 아츠의 거대한 부스에 몰려들어 다이아몬드 댈러스 페이지Diamond Dallas Page와 스팅Sting이 월드 챔피언십 레슬링WCW 신작 게임 판촉 활동의 일환으로 서로를 링 저편으로 던지는 마초적인 모습을 보았다. 새로 나온 [스타워즈: 에피소드 1]의 아역 스타가 관련 게임을 시연하고 있었다. 두 층에 걸쳐 넓게 펼쳐진 컨벤션에는 L.A.의 모든 스트리퍼들이 소위 부스 모델로 고용된 모양이었다. 총을 휘두르는 라라 크로프트를 포함해서 말이다. 심지어 E3에서 게임을 홍보하던 많은 스타들 중 한 명이었던 데이비드 보위David Bowie가 자신도 팬이라고 공언했다. "당연히, 나도 〈툼 레이더〉를 플레이한다. 피 끓는 다른 남성들처럼, 나도 라라와 사랑에 빠졌다."

비디오 게임은 섹시했고, 유명인사와 배급사들은 한몫 챙기려 들었다. 신기술의 매력으로 분위기는 짜릿했다. 인터넷 붐이 불고 월스트리트의 주가가 치솟으며 닷컴 버블로 젊은 백만장자들을 쏟아내던, 빌 게이츠Bill Gates의 재산이 1,000억 달러를 넘어가는 상황에서 말이다. 비디오 게임은 세계에서 가장 빠르게 성장하는 오락 형태였다. 지난 3년 동안 게임 산업은 64%라는 놀라운 성장을 보였다. 미국에서만 70억 달러 이상을 벌어들일 전망으로, 전체 영화 박스 오피스 판매량을 능가할 기세였다.

하지만 이 자리에 있는 사람들은 다들 알고 있었다. 이런 호황에도 불구하고 비디오 게임은 그 어느 때보다도 큰 사회적 오해를 받는 듯했다. 콜럼바인 사건 이후 한 달도 지나지 않아, 비디오 게임이 문화 전쟁의 표적이 되었다. 톰슨의 성스러운 전쟁이 의회에 도달했고, 샘 브라운백Sam Brownback 상원의원은 게임 산업 자체를 미 상원 상무 위원회 청문회에 올렸다. 그는 "게임 플레이어는 폭력을 단순히 보기만 하지 않고 적극적인 역할을 한다."[주54]라면서 "살인 횟수가 많을수록 점수가 높아진다."라고 경고했다. 연방정부는 폭력적인 게임의 어린이 대상 마케팅과 관련된 청소년 범죄 법 개정안을 상원에서 통과시켰다.

로엔스틴은 성인(그리고 엄마)들이 게임을 구매하는 엄청난 규모를 지적하며, 이러한 주장에 대해 체계적으로 반박했다. 그는 타임지와의 인터뷰에서 "비디오 게임은 사람들에게 증오심을 가르치지 않는다."[주55]라고 말했다. "오락-소프트웨어 업계는 도망가고 숨을 이유가 없다."라며 말이다. 그러나 E3에 온 기자들과 이야기를 나눌 게임 산업계 인사는 찾기 힘들었다. 기자들이 코멘트를 따기 위해 찾아간 E3의 '엔터테인먼트 윤리: 게임 미디어는 언제쯤 성숙하게 받아들여질 것인가' 패널 토론장은 텅 비어 있었다.

패널 토론에 나타나지 않은 인원 중에는 락스타 게임즈 사람들도 있었는데, 자기들 흥행에 더 신경을 쓰느라 그랬다. 그들이 한 판 붙고자 했던 대기업 중심 게임 산업을 상징하다시피 하는 박람회인 E3에서 데뷔한 자기들의 레이블을 축하하고자, 샘과 공동 창업자들은 R★ 로고가 박힌 트랙슈트를 입고 포켓몬 마스코트와 털북숭이 유인원 사이를 어슬렁거리며 돌아다녔다. 힙합 레이블 토미 보이 레코드 로고 원형을 만든 그래피티 아티스트 헤인즈Hanes가 디자인한 트랙슈트였다. E3에 방문한 게이머 중에 패션을 알아보는 이가 거의 없다는 사실은 논점 외였다. 킹은 "E3에게는 중요하지 않았지만, 우리에게는 중요했다."라고 회상했다. "우린 미술관 그 자체야! 우린 예술 집단이야! 이런 강박관념에 사로잡혀 있었다."

으스댈 만했다. 〈GTA: 런던 1969〉는 영국 게임 차트 1위로 데뷔했고, 〈GTA〉가 2위를 차지하고 있었다. 게다가, 〈GTA〉는 출시 이후 75주 내내 20위권 안에 들어있었는데, 보통 순식간에 차트에서 떨어지는 것이 일반적인 게임계에서는 놀라운 수치였다. 샘은 보도자료를 통해 "〈그랜드 테프트 오토〉 프랜차이즈가 비디오 게임 시리즈로는 보기 드물게 장수하고 있음이 증명됐다."[주56]라고 자랑했다. 심지어 가족 친화적인 닌텐도 64와 게임보이 시스템용으로도 〈GTA〉를 제공하기로 합의했다.

1999년 10월에 〈GTA2〉 출시가 예정된 가운데, 락스타의 영국 침공이 막 시작된 셈이었다. 하지만 그들은 E3에서 게임들만 홍보하려는 전략을 구상한 것이 아니었다. 브랜드로서 락스타를 각인시키려는 전략이 있었다. 샘에게 있어서는 자랄 때 느낀 음악에 대한 일종의 집착을 연상시키게 하였다. "사람들은 우리 게임에 대해서, 내가 애덤 앤트Adam Ant나 데이비드 보위나 아바Abba에게 느꼈던 것 같은 열정을 가지고 있다."라고 그는 나중에 말했다. "사람들은 게임에 열광하고 있고, 무대 뒤에서도 같은 열정이 펼쳐지고 있음을 느끼고 싶어 한다."

락스타 사람들은 메인 공간의 서커스에 참가하여 스스로를 괴롭히기보다는 데프잼의 거리 캠페인처럼 〈GTA2〉를 뿌리는 쪽을 택했다. 서 있는 모든 물건에 〈GTA2〉 스티커를 붙이고 다녔다. 샘의 책략 중 하나는, 게임을 풀네임으로 지칭하지 않고 암호화된 약어로 부르는 일이었다. 티셔츠 앞면에 딱 〈GTA2〉 로고만 인쇄했다. 〈GTA2〉는 다른 게임도 슬쩍 건드렸다. 예컨대, 플레이어의 호출기에 라라가 "뜨거운 밤 고마웠어요."라고 문자를 보낸다든지 하는 식이었다. 게이머들이 GTA 로고가 새겨진 가짜 알약을 복도 여기저기 작은 비닐봉지에서 발견했다고 알려지기도 했다. 하지만 락스타가 그 배후에 있다는 증거가 없다는 점은 그 일을 더욱 신비롭게 만들었다.

박람회장 길 건너에서 샘과 공동 창립자들은 GODGathering of Developers, 즉 개발자 모임이라는 테이크투의 또 다른 반항적인 게임 제작자들과 함께 하는 파티에 참여했다. GOD는 주차장을 "약속된 공간"이라고 부르는 로큰롤 이벤트장으로 바꾸었다. 맥주가 넘쳐 흘렀다. 밴드가 연주했다. 스트리퍼들이 가톨릭 학교 교복을 입고 몸을 흔들었다. 킹은 가짜 가슴을 넣고 카톨릭 여학생 복장을 한 남자랑 아메리칸 익스프레스 골드 카드로 코카인 더미를 나누는 흉내를 내면서 사진을 찍고 놀았다.

리뷰어들이 〈GTA2〉 데모를 받으려면 특별히 약속을 잡고 락스타와 비밀리에 접선해야 했다. 프리뷰 버전은 지천으로 깔린 대규모 멀티플레이어 온라인 던전&드래곤 류의 판타지 MMORPG 게임들과 너무나도 달랐다. 접선에 성공한 게이머들은 〈GTA2〉의 사이버 펑크 거리를 돌아다니며 임무를 수행하고, 행인들을 차로 치어 죽여 버렸다.

이제 락스타의 '라이프 스타일 매니저'으로 재탄생한 홍보 담당자 브라이언 배글로우가 돌아다니며, 새 기능에 대한 붐을 조성했다. '갱단! 더 좋은 미션! 더 좋은 그래픽!' 샘의 야망이 커짐에 따라, 배글로우는 극찬하는 기사를 갈구하는 샘의 욕구를 채우기 위해 필사적으로 노력했다. 샘은 게임 언론의 관심만을 원한 것이 아니었다. 인터뷰 잡지 〈페이스Face〉나 〈데이즈드 앤 컨퓨즈드Dazed and Confused〉 같은 힙스터 잡지에도 수록되기를 고집했다.

기자들은 마치 사막에서 오아시스를 만나듯이 인터뷰를 하러 왔다. 그러면 샘과 도노반이 얼른 받아서 〈GTA2〉의 갱단과 험악함을 찬양했다. "모퉁이에서 담배를 피우면서, 갱들의 전쟁을 앉아서 관전할 수 있죠"라고 샘은 말하곤 했다. "그리고 플레이어가 실제로 게임에서 담배를 피웁니다." 다른 퍼블리셔들이 컬럼바인의 후폭풍을 피하려 드는 반면, 락스타는 이를 정면으로 받아쳤다. 도노반은 "우리는 향후 2주 동안 아무도 살해할 계획이 없는, 인구의 99.9%에 대해 책임질 뿐입니다"라고 말했다.

게임 회사로서는 더욱 이례적이게도, 락스타는 〈GTA2〉 홍보를 위해 촬영한 짧은 실사 액션 영화도 선보였다. 따로 예산도 없어서 킹이 직접 제작했는데, 락스타 팀은 마치 독립 영화 버전 [좋은 친구들 Goodfellas]을 만들 듯이 접근했다. 포맨과 킹은 소품을 찾기 위해 뉴욕에 있는 지하 무기 판매상을 물색했다. 총기 상이 전등을 켰고, 두 사람은 MP5, M16, M60이 놓인 선반을 둘러보았다. "게임을 만드는 사람들은 대부분 이런 걸 해볼 일이 없다."라고 포먼은 나중에 무표정하게 말했다.

적은 수의 출연진과 제작진으로 브루클린에서 촬영했는데, 하필 폭우가 내렸다. 나아가 적절한 노하우나 허가가 없었던 탓에 현지 주민들이 화를 내며 이들을 쫓아내기까지 했다. 킹이 이미 15만 달러를 들였고, 이후 계속 비용이 나가고 있음을 알게 된 샘과 도노반이 씩씩거리며 나타났다. 그러나 도노반도 결국 분위기에 녹아들어 스스로 하레 크리슈나로 분장하고, 의자에 묶여 정신을 잃을 때까지 폭력배들에게 두들겨 맞는 역할을 했다. 이 장면을 댄이 GTA 팬 사이트인 구랑가!에 이메일로 보냈고, 당장 온라인에 송출되었다.

하지만 E3에 온 게이머에게는 이 영화가 매우 괴상하게 보였다. '이 자칭 록 스타들은 자기가 뭐라고 생각하는 걸까?'라며 말이다. GTA는 컬트적으로는 성공했지만, 주류 문화와는 거리가 멀었다. 박람회에 나온 다른 게임들 즉 소니의 〈그란 투리스모Gran Turismo〉 같은 128비트 플레이스테이션2용 게임들과 비교하면 〈GTA2〉는 시대에 뒤떨어져 보였다. 한 필자는 〈GTA2〉가 "체스 같은 2D 그래픽"[주57]이라고 일축했다.

락스타는 이런 반응에 구애받지 않고 E3 이후로도 〈GTA2〉에 대한 무법자 캠페인을 계속했다. 샘과 공동 창업자들은 점점 더 자신감을 얻어서, 일반적인 방식대로 외주를 주기보다 스스로 해야겠다고 주장했다. 댄은 "이건 문화 상품이며, 잘 표현할 방법을 광고 대행사들보다 우리가 더 잘 안다."[주58]라고 말했다. 실제로 소니도 나름 용 감하리만큼 독특한 캠페인을 벌였는데, 그중에는 플레이스테이션 컨트롤러 버튼을 유두로 눌러대는 힙한 젊은 커플이 나오는 광고도 있었다.

그러나 락스타의 자부심은 샘과 공동 창업자들이 지나치게 논란을 몰아붙이면서 더욱더 강해졌다. 게임 패키지 표지에는 검은 바탕에 차가 한 대 있고 그 아래에 '이 게임을 훔쳐라. Steal This Game'라는 태그 라인이 붙은 차가 그려져 있었다*. 락스타는 광고판, 버스, TV 광고에 "이 게임을 훔쳐라" 광고를 내보냈고, 영국 축구 시합에도 이 광고를 낼 계획을 세웠다. 심지어 몬스터 트럭 투어에 〈GTA2〉 프로모션을 내기도 했다. 소매업자들은 농담을 알아듣지 못하고 왜 사람들한테 물건을 훔치라고 장려하느냐는 의문을 제기했다. "만약 이 광고를 집행하면, 나는 이 게임을 유통하지 않을 것이다"라고 한 점주가 위협하기도 했다.

도노반의 마케팅팀은 잘못 설계한 캠페인을 어쨌든 최대한 살리려고 노력했다. 큰 비용을 들여가며 '이 게임을 훔쳐라'라고 쓰인 광고물 위에 일일이 "검열삭제"라는 스티커를 붙였다. 배글로우가 그 계획에 의문을 제기하자 게릴라 마케팅이라는 답이 돌아왔다. 배글로우는 "게릴라 마케팅이 아니지. 말아먹은 거지."라고 대꾸했다.

문제는 거기서 끝나지 않았다. 배글로우가 나중에 떠올리기로는, 회사에 불만을 가진 전 락스타 직원이 "퍽스타"라는 웹사이트를 개설했다는 소문이 락스타 내부에 퍼졌다. 락스타 팀이 페이지를 열어보자 변기 물 내리는 소리와 함께 락스타 로고의 파손된 버전이 걸려 있는 모습이 보였다. 샘과 댄은 열이 받았다.

---

* 게임은 사냥감이라는 중의적 의미를 지닌다.

탐정을 고용하여 그 문제를 조사한 후, 그들은 속았다는 것을 깨달았다. 샘과 댄이 모르는 사이에 〈GTA2〉 마케팅 임원 한 명이 게임에 대한 입소문을 퍼뜨리기 위한 계략의 하나로 가짜 사이트를 만든 것이었다. 락스타 직원이 〈GTA2〉를 위한 조사를 하다가 실제 갱단에 의해 거의 살해당할 뻔했는데, 락스타가 사건을 덮었다고 소문을 흘리려는 계획이었다. 그에 대한 보복으로 해당 락스타 직원이 복수심에 불타는 사이트 '픽스타'를 만들었다는 내용이었다. 소문을 잘 퍼트리려고 임원진에게도 비밀로 하고 진행했는데, 잘못 구상한 또 다른 재앙으로 끝나고 말았다.

배글로우는 이런 마케팅 사고를 겪으며, 락스타가 얼마나 쉽게 궤도를 이탈할 수 있는지를 보았다. 그는 나중에 "〈GTA2〉 때 우리는 홍보를 하고 논란을 일으키려 했지만, 모두가 상상하는 매끄러운 PR 과정은 아니었다."라고 말했다. "우리는 막후에서 논란을 제조해내는 그림자 고수들이 아니었다. 그보다는 오히려, 일이 먼저 터지고 우리는 '아, 이런 제기랄'하고 외치는 식이었다."

데이브 존스는 게임을 만들기 시작한 이후 많은 호칭으로 불렸다. 천재. 기적 소년. 스필버그. 하지만 락스타가 미국에서 〈GTA2〉로 분쟁을 일으키느라 바쁘게 보내는 사이, 존스는 양 학대자라는 새로운 별명을 얻었다. DMA에서 개발한 〈탱크틱스Tanktics〉라는 기발한 게임이 출시되면서였다. 이 게임에서 플레이어는 양을 포함한 온갖 기이한 주변 물건을 부품으로 삼아 탱크 성능을 높인다.

〈탱크틱스〉의 소식이 전해지자 동물보호단체들이 반발하고 나섰다. "분명히 다른 방법으로도 게임을 재미있게 만들 수 있었을 것이다."라고 한 단체의 대변인이 말했다. DMA의 한 프로듀서는, "컴퓨터 게임에서 동물을 학대하다가 연쇄살인범이 된다는 사례는 아직 밝혀진 바가 없다."라고 답했다.

정말 이렇게까지 간 것인가? 그렇다. 존스는 부자였다. 그는 맞춤 번호판을 단 페라리를 갖고 있었다. 그는 〈GTA〉가 차트를 지배하는 것을 보았고, 던디에서도 긱Geek들은 락스타 트랙슈트를 입고 다녔다. (어떤 사람은 자기 어머니에게 트랙슈트를 주었는데, 그 어머니는 그 벨벳 블루를 세트로 입고 개를 산책시키면서 맵시를 뽐냈다). 하지만 존스는 록 스타가 되고 싶지 않았다. 그는 언론과 관심을 싫어했고, 그저 혁신적인 다음 게임을 만들고 싶었다.

어느 날 그는 자신의 이상적 프로젝트, 즉 가상 도시를 보여주려고 기자를 불렀다. GTA 게임이 범죄 쪽으로 깊이 들어가기 전에 원래 원했던 모습이었다. 이제 그것을 다시 꺼내온 것이다. 〈GTA〉와는 달리, 이 세계에서는 플레이어가 경찰에서 사업가까지 누구든 될 수 있었다. 존스는 이를 컴퓨터화된 [트루먼 쇼] 영화에 비유했다[주59].

아직 제목이 없는 이 게임은 존스와 샘 사이에 깔린 긴장을 대변했다. 개인적으로 존스는 락스타가 록 스타같은 자세를 내세우고 있지만 본질적으로는 점점 더 요구 많은 회사 중역처럼 가고 있다고 느꼈다. 락스타가 테이크투의 반항아라면, 부모를 너무 닮아가는 것처럼 보였다. 그는 나중에 "확실히 갈등이 있었다."라고 회고했다. "마감일에 맞춰 게임을 만들어야 하나, 아니면 퀄리티 기준에 도달해야 하나?" 존스가 보기에 이 게임은 전작에 기대어 돈을 벌기 위해 서둘러 낸 그저 그런 속편이었다. 〈GTA2〉는 그러한 판단에 대한 증거였다.

그러나 락스타는 스스로를 까다롭다고 여기지 않았다. 가능한 최고의 게임을 만들려고 했을 뿐이라고 생각했다. 존스가 자기 회사를 매각한 이후, 뉴욕 사람들은 인내심을 잃었고 GTA를 새로운 방향, 즉 3D로 끌고 가려 했다. DMA로 출장 간 샘은 한 개발자가 2.5D 버전이라고 명명한 게임을 실험하는 모습을 보고 기뻐했다. 〈GTA〉의 탑다운 시점이 갑자기 쿼터뷰로 바뀌자 샘의 눈이 휘둥그레졌다. 건물은 길어지고, 거리는 멀어지고, 그 안으로 빨려드는 기분이었다. "이런, 아예 제대로 된 3D로 구현한다면, 완전히 미치게 좋겠는데!"[주60]라고, 샘이 말했다.

샘은 곧 기회를 잡았다. 1999년 9월, 테이크투는 현금 1,100만 달러에 인포그램즈로부터 DMA를 샀다. 존스는 대기업다운 새 상사를 견디느니 차라리 돈만 받고 스스로 인디 회사를 차려 뭐가 되었든 그다음 위대한 프랜차이즈를 만들겠다고 선언했다. 분열의 여파로 존스와 샘은 DMA의 나머지 개발자들을 고용하는 문제를 놓고 싸웠는데, 결국 샘이 핵심 개발자들을 데려갔다. 테이크투는 향후 GTA 게임과 핵심 팀에 대한 권리를 확보했고, GTA팀은 던디에서 에든버러의 힙한 공간으로 근거지를 완전히 옮겼다. GTA는 이제 락스타의 게임이었다.

위대한
자동차 도둑
GTA를 만든
무법자들의 숨겨진 이야기

락스타 로프트
Rockstar Loft

9. Rockstar Loft

메시지

연락책 중 일부는 직접 만나기를 싫어해서 시내의 특정 공중
전화를 통해 지시를 내릴 것이다. 그들이 당신의 특별한 서비스
를 이용하려고 할 때, 그런 공중전화가 레이더에 표시된다. [주61]

"락스타 로프트에 대해 들어봤나요? 왜 가고 싶죠? 만약 누군가를
데려갈 수 있다면, 누구를 데려갈 거죠? 지금 뉴욕 밤 생활에서 재미
없는 건 뭐죠? 지난 2년 동안 본 영화 중에 가장 좋았던 영화는?
가장 좋아하는 DJ는? 지금까지 살면서 가장 좋았던 순간은 언제인가
요?"

1999년 가을, 뉴욕시 전역에서 클럽 죽돌이들은 공중전화에 서서
최선을 다해 일곱 가지 질문에 대답했다. 그들은 "락스타 로프트"라
는 신비한 새 월례 파티를 홍보하는 전단지에 있는 번호로 전화를 걸
었던 것이다. 파티가 열리는 비밀 장소를 알아내기 위해 전화를 걸고
있다고 생각했지만, 회선 건너편에 있는 젊은이가 질문을 하나씩 해
나가자 이 파티의 배후에 있는 누군가는 전혀 다른 목표를 가지고 있
음을 알게 되었다.

락스타 게임즈는 이 행사를 시작한 순간에 이미 목표가 분명했다.
뉴욕으로 이사를 온 이후 클럽 모습에 실망한 직후에 나온 발상이었
다. "저녁에 할 일이 별로 없다는 걸 깨달았다."라며 샘이 코웃음을

쳤다. 게임 산업이나 마찬가지로 클럽도 그들 취향에 충분히 힙하지 않았다. 그래서 그들은 유명한 프로모터의 도움을 받아, 그들만의 파티를 진행하기로 결정했다.

게임 회사가 파티를 홍보하는 모습은 이상해 보였지만, 이 팀의 독특한 야망과 전략이 완벽하게 맞아떨어졌다. 그들은 힙한 브랜드 '헤이즈Haze'에서 나오는 의류 라인(어반 아웃피터즈 매장에서 구매할 수 있는 여성용 베이비 티셔츠와 남성용 새끼손가락 반지 등)과 〈GTA2〉 영화의 영화제 출품까지 포괄하는 라이프 스타일 브랜드를 구축하고 싶어했다.

락스타 로프트의 인터뷰는 놀 줄 아는 플레이어와 쭉정이들을 분리하기 위한 과정이었다. 도노반은 뉴요커 잡지의 제프 보로우Zev Borow에게 "가장 좋아하는 DJ 질문에서 팻보이슬림Fatboy Slim이라고 답하면 글러먹은 것"이라고 말했다. 그의 (영화)질문에 [폭력탈옥Cool Hand Luke]이라고 대답하는 사람도 있고 [노팅 힐Notting Hill]을 꼽는 사람도 있을 건데, "차라리 [노팅 힐]이라고 하는 사람이 파티에 참가할 자격이 있을 수 있다."라고 했다. 샘이 덧붙였다. "최악의 대답은, '나는 이러쿵저러쿵한 사람이고, 이 회사를 소유했다거나 이 음반사를 운영하기 때문에 초대받을 자격이 있다.'라는 거죠. 우리는 그렇게 말한 많은 사람들을 매우 화나게 했고요."

덥수룩하고 수염을 기른 샘과 키가 크고 대머리인 도노반은 교묘하게 대중적 이미지를 배양해서 자기들 게임을 상징하고 있었다. 힙스터 잡지 '레이건Raygun'이 방문했을 때, 샘과 도노반은 사진작가를 위해 바짝 힘을 주었다. 세트로 맞춘 파란색 티셔츠와 선글라스를 입고 옥상에서 포즈를 취했으며 심지어 샘은 뭔가 소리 지르는 모습이었다. 샘은 양복을 입은 뻣뻣한 남자 두 명을 앞에 두고 게임 산업 잡지 한 부를 들고 있었다. "이런 게 게임 산업이거든"[주62]이라며 조롱하듯 말하고 나서, 자신과 도노반을 가리키며 이렇게 말했다. "이쪽은 게임 산업이 아니지." 그날의 일을 기억하며 도노반은 "우리가 벗어나려고 하는 것 중엔, 여자친구도 없고 지하실에서 혼자 피자나 주문하는 뚱뚱한 남자 같은 이미지도 있어요. 그냥 오락의 분위기를 우리에게 편안한 수준으로 끌어올리는 것뿐입니다."라고 이야기를 덧붙였다.

1999년 10월 25일 〈GTA2〉의 출시를 위해 샘은 런던으로 돌아갔다. '가디언Guardian'의 스티브 풀Steve Poole 기자와 인터뷰를 하는 동안, 그는 모든 것이 시작된 장소로 돌아와서 기운이 솟는 느낌이었다. 어린 시절, 식당에서 감자튀김 한 접시에 케첩을 듬뿍 뿌리며 세인트 폴 학교와 BMG를 거쳐온 샘은 최선을 다해 록 스타 역할을 해냈다. 그는 풀에게 뉴욕에 있는 술집에 갔다가 어떤 여성과 이야기를 나누게 된 경위를 말했다. 그녀는 "제 친구들이 어떤 게임을 하고 있는데, 다들 그 이야기만 하네요. 좀 도와주실래요?"라고 샘에게 말했다.

"제목이 뭔데요?" 샘이 물었다.

"그랜드 테프트 오토요."

샘은 그녀와 사귀기 시작했다. 그는 경찰조차도 자기들의 광팬이라고 주장했다. "뉴욕 경찰을 만났죠. 그들도 이야기하길, '당신들 게임 괜찮더군요.' 그랬어요. 그래서 제가, '플레이어가 경찰을 죽인다는 사실은 어떻게 생각하세요?'하고 물었더니, 경찰들이 "'뭐, 그거 아십니까? 당장 밖에 나가면 경찰을 죽이려는 사람들이 잔뜩 있는데, 길거리에서 죽는 것보다는 당신네 게임에서 죽는 편이 낫죠.' 래요."

이 순간에 그들은 처음으로 양지에 나온 것처럼 느꼈고, 그 햇빛을 흠뻑 머금었다. 〈GTA2〉를 기념하기 위해 락스타는 런던 이스트 엔드에서 큰 파티를 열었다. 락스타가 유죄판결을 받은 범죄자 프레디 "브라운 브레드 프레드" 포먼을 그 파티에 초대했지만 거절당했다는 소문이 퍼졌다. 〈GTA2〉가 포먼에게도 너무 논란거리였던 것이다. 포먼은 "내가 확인할 수 있는 한, 이 게임은 우리 청소년들에게 무분별한 강도질, 절도, 살인을 부추긴다. 나는 그런 일을 전적으로 반대한다."[주63]라고 말했다.

붐 조성은 효과가 있는 것 같았다. 〈GTA2〉 데모 버전은 첫 3주 만에 100만 번 이상 다운로드 되었다. 테이크투는 게임을 120만 부 배급할 예정이라고 발표했고[주64], 회사는 할로윈에 4/4분기를 마감할 때까지 3,300만 달러의 수익을 낼 전망이었다.

샘은 1999년 10월 30일 토요일, 락스타 로프트 파티에 맞춰 다시 뉴욕으로 날아왔다. 수천 명의 지원자 중에서 겨우 500명만을 추렸다. 선발된 사람들은 자랑스럽게 분홍색 티켓을 들고 첼시에 있는 비밀 장소로 몰려들었다. 안에서는 도노반이 손수 뽑은 파리 출신 DJ의 음악이 울렸다. 샘과 나머지는 밤늦도록 파티를 했다.

그러나 숙취는 예상보다 더 힘들었다. '뉴욕 타임스'는 로프트를 "반-엘리트주의적인 엘리트주의 파티"라고 일축하며, 불친절한 도어맨과 과일 접시 등에 대한 불평을 늘어놓았다. 샘은 화를 냈다. "고작 기자 한 명이 '랄프 로렌 티셔츠를 입은 닷컴 여피족들이 우르르 몰린 파티였다.'라는 식의 진짜 관계없고 질 나쁜 평가를 하나 썼을 뿐이었는데도 열 받았다."라고 말했다. 그러나 그 경험은 오히려 샘을 집중하게 했다. 결국 '락스타 파티스'가 아니라 '락스타 게임스'였으니까 말이다. 그들이 창조해야 하는 것은 게임이었다. 샘은 나중에, "다른 것들도 매우 중요했지만, 게임 퍼블리셔가 되는 게 얼마나 힘든지, 얼마나 많은 시간을 들여야 하는지 알고 나서는 생각이 바뀌었다"라고 말했다. "그때 우리는 갑자기 깨달았죠. 우리에게는 진지하고 제대로 된 일거리가 있다는 것을요."

〈GTA2〉 초반의 흥분이 지나자, 현실은 빠르게 시작되었다. 테이크투에서 정장을 차려입은 임원 두 사람이 예고 없이 방문했는데, 그들은 〈GTA2〉를 마음에 들지 않아 했다. 상황인즉슨, 락스타가 자기들 성공 수준에 있어 치기 어린 오판을 했었다. 실제 숫자는 좀 더 담담한 수준이었다. 리뷰는 중간 정도였고, 매출은 실망스러웠다. 샘은 또 다른 게임이었던 〈드라이버 Driver〉가 단지 그래픽 때문에 더 좋은 평가를 받는 것 같아서 낙심했다.

락스타는 방향을 잘못 잡았다. 성급하게 자축했고, 방향에 집중력을 잃었다. 그러나 그들은 실수를 인정하고, 이를 교훈의 순간으로 만들려고 노력했다. 샘이 댄에게 말했다. "씨발, 미리 김칫국부터 마시지 말자. 어떤 것도 당연하게 여기지 말자. 그게 이번 건의 교훈이라고."[주65] 〈GTA2〉가 높은 기대치에 못 미쳤다면, 어느 때보다도 더 열심히 게임을 밀고 나가야 할 때였다.

쉴 틈이 없었다. 테이크투를 밑바닥에서 20위권 퍼블리셔로 올려놓은 창업자 라이언 브랜트는 이제 상위 10위 진입을 목표로 했다. 샘이 게임을 감독하는 사이, 브랜트는 사업 쪽을 전담할 수 있는 사람을 찾았다. 테이크투의 새로운 회장 겸 디렉터 폴 에이벨러Paul Eibeler는 롱아일랜드 출신으로 뉴욕 억양이 강하고 현장을 잘 아는 전문가였다. 에이벨러는 소프트웨어 업계에 들어오기 전에 공구 전문 기업 블랙 앤 데커에서 네일 건(못총) 마케팅을 했던 사람이었다. 사무용 스테이플러도 비디오 게임도 모두 소비자용 상품으로 간주하며, 무엇을 하든 실용주의를 가미했다.

테이크투는 혁신을 계속했다. 에이벨러는 독창적인 방식으로 홍보 계약을 체결해서 전국 영화관에서 게임을 홍보했다. 브랜트는 테이크투를 성공적으로 상장했는데, 그 돈으로 DVD 유통업체부터 소규모 게임 퍼블리셔에 이르기까지 여러 작은 회사들을 사들였다. 테이크투는 번지Bungie라는 작은 개발자에 투자하여 그 회사의 지분을 약 19퍼센트 소유하게 되었다. 당시 번지는 당시 두 개의 타이틀을 개발하고 있었는데, 오니Onie라는 슈팅 게임과, 자그마한 SF 게임 헤일로Halo였다(이쪽 팀은 이미 헤일로 데모 판을 보고 한 방 먹었다.).

모회사가 번창하면서, 샘의 건방짐도 치솟았다. 어느 날 그는 EA

스포츠 티셔츠를 입고 락스타 사무실에 나타났다. EA스포츠가 〈매든 Madden〉의 속편을 계속 내면서, 게임 산업이 대기업 논리로 굴러가는 현상을 대표하고 있었던 시절이다.

"나 EA에서 일할 거야!"라고 그가 농담했다.

중독성 강한 열정을 보이며 샘은 드림팀 수준의 직원들을 끌어모았다. 그는 자신의 고용 철학을, "매우 느리게 채용하기, 매우 재능 있는 사람들만 고용하기, 우리 문화에 맞는 사람들 고용하기, 특히 근면과 정신 나간 성향을 받아들이는 우리 팀의 문화에 맞는 이들을 뽑기"라고 말한 바 있다. 그중에서도 제일가는 이들은 샘의 가장 집요한 천재 직원들, 제레미 포프Jeremy Pope와 마크 페르난데스Marc Fernandez였다.

포프는 작은 키에 붙임성 좋은 젊은 게임 테스터였는데, 락스타의 반항아 팀 일원이 되기 위해 임금 삭감도 받아들였다. "우리가 정복할 거야." 샘이 그에게 말했다. "우리는 비디오 게임의 데프잼이 될 것이고, 우리를 막을 수 있는 건 아무도 없어!" 늦은 밤, 그들은 플레이스테이션의 최신 게임을 놓고 열띤 얘기를 나눴다. 샘이 말했다. "믿을 수 있겠어? 사람들은 여전히 아이들을 위한 게임을 만들고 있다고. 우리는 어른들을 위한 게임, 우리가 하고 싶은 게임을 만들어야지."

인근 뉴욕대의 영화제작 지망생이었던 페르난데스는 샘과 영화에 대한 애정을 공유했는데, 그게 샘에게 결정적이었다. 비록 페르난데스의 취향인 예술영화보다는 주류 영화 쪽을 선호했지만 말이다. "진짜 재미있는 건 [탑건]! [비벌리힐스 캅]! 그런 거라고" 샘이 그에게 말했다.

"왜죠?" 페르난데스가 말했다.

이 대답했다. "왜냐하면, 주류를 건드려주니까. 모든 사람과 소통하는 예술을 창작할 수 있다면, 다섯 명하고만 소통하는 예술을 만드는 것보다 훨씬 낫지." 샘은 무장한 차량이 거리를 쌩 지나가는 오프닝 장면 같은, 마이클 만Michael Mann 감독이 [히트 Heat]에서 구현했던 액션 장면의 디테일을 좋아했다. "이런 장인의 솜씨를 비디오 게임에 가져오고 싶어"라고 말했다.

샘은 가장 사랑하는 프랜차이즈인 GTA에 페르난데스와 포프를 배치했다. 페르난데스는 문화연구를 담당하는 자칭 "디테일 맨"이 되었다. 차 문이 적절한 방식으로 열리는지 확인하는 것부터, 게임에 영감을 얻기 위해 차이나타운 거리를 배회하며 상점 사진들을 찍는 것까지의 모든 일을 의미했다. 포프는 수많은 시간 동안 게임 테스트를 지휘하게 되었다.

락스타는 테이크투의 자회사로서 다시 한번 GTA 차기작을 퍼블리싱하게 되어, 게임 제작과 마케팅을 감독했다. 한편, 일상적인 개발 과정은 에든버러 DMA의 코더 및 아티스트 23명이 담당하게 되었다. 샘은 애초에 GTA의 마법을 만들어냈던 기적을 재현할 방법을 알고 있었다. 고도로 협력적인 작업 환경을 조성하는 것이다. 나중에 그는 "가장 후배부터 가장 선배까지, 이 프로젝트를 위해 일하는 모든 사람의 의견이 동등한 가치를 지니죠."[주66]라며 이야기하였다. 여기서는 누구나 록 스타였다.

10장

미국 최악의 장소

The Worst Place in America

10. The Worst Place in America

개요

리버티 시티는 법, 규칙, 규범, 윤리, 도덕이 존재하는 완전한
물리적 우주다. 당신이 그것을 산산조각내면 된다.

브로드웨이 575에 상자들이 도착하자마자, 락스타 사람들이 달려
들어 갈기갈기 찢었다. 포장재는 옆으로 내던지고, 한가운데에 뼈대
가 솟은 작고 검은 탑을 꺼냈다. 그것은 [2001 스페이스 오디세이]에
나오는 모노리스 축소판처럼 생겼고, 사람들은 뼈다귀를 부딪치며
으르렁거리던 영화 속 네안데르탈인들 같아 보였다. 그 물건에 전원
을 꽂고 하드 드라이브가 돌아가는 소리를 들으며, 다들 깊은 한숨을
내쉬었다. 샘이 말했다. "맙소사, 우리 이걸 어떻게 해야 하지?"[주67]

소니의 차세대 기종용 게임을 만들기 위한 하드웨어인 플레이스
테이션 2 개발 키트를 막 받은 것이었다. 소니, 마이크로소프트, 닌
텐도 등 3대 콘솔 제조업체는 3~5년마다 새로운 플랫폼을 출시하고
경쟁하면서 게임 산업을 발전시켰다. 플레이어와 개발자들은 이 눈
부신 신기술 쇼케이스를 학수고대하곤 했다.

2000년(일본에서 먼저, 그 후 다른 나라에도) 출시된 PS2는 그 시기에 있
는, 그 무엇보다 가장 살아 숨 쉬는 세계를 약속했다. '이모션 엔진'
이라는 별명을 가진 강력한 새 CPU는 기이할 정도로 실제 동물처럼
움직이고 생각하는 생물들, 캐릭터, 인공지능을 구현해냈다. 획기적

인 그래픽 칩이 더욱 역동적인 이미지를 실시간으로 생성하여 각 장면을 더 유려하고 사실적으로 만들었다.

PS2는 CD-ROM뿐 아니라 DVD-ROM도 지원했기 때문에, 이제 게임에 애니메이션, 음악, 환경 등 더 많은 데이터를 저장하고 쏟아낼 수 있었다. 소니의 필 해리슨이 샘에게 열정적으로 말했다. "트럭이 아래쪽으로 굴러가는 상상을 해보세요. 그 후에 트럭 뒤가 왈칵 열리고, 갑자기 50명이 뛰어내리면서 당신에게 달려오는 겁니다!"

작업실에 PS2를 갖추면서, 샘은 다음 그랜드 테프트 오토에 무엇을 넣고 싶은지 확실히 알게 되었다. 바로 3D였다. 비디오 게임에서 3D라는 용어는 영화에서와 같은 의미가 아니었다. 관객이 입체 안경을 썼을 때 수박이 폭발해서 스크린 밖으로 튀어는 나오는 그런 것은 아니었고, 그보다는 〈에버퀘스트〉나 〈툼 레이더〉 같은 게임이 대중화한 생생하고, 깊고, 몰입적인 세계를 잘못 지칭하는 이름에 가까웠다. 존스는 항상 GTA에서 그래픽보다 게임 플레이를 강조했었지만, 더는 샘의 앞을 가로막는 사람은 없었다. 게다가, 게임용으로 새로운 소프트웨어 엔진을 개발하느라 긴 시간을 쓸 필요도 없었다. 그저 렌더웨어라는 엔진의 라이센스를 구매하기만 해도 GTA에 딱 맞았다.

샘은 성공을 위해 필수 불가결한 기술을 발달시키기 시작했다. 과거를 잊지 않으면서도 미래를 이용할 방법을 직관적으로 알아내는 기술이었다. 더 중요하게는 두 번 생각하지 않아도 직감대로 올바른 결정을 내릴 수 있다고 자신을 스스로 믿게 되었다. 차기 GTA에서도 애초에 프랜차이즈를 그토록 특별하게 만든 지점에 충실히 한다는 뜻이었다. 즉, 자유, 선택권, 그리고 플레이어를 무법자로 삼고 어떻게 행동할지에 대한 선택권을 준다는 핵심 아이디어를 유지했다. PS2와 GTA를 결합시키면서 샘은 게임이 나아갈 방향에 있어 새로운 임무를 갖게 되었다. "최초의 인터랙티브 갱스터 영화를 만드는 것"[주68]이라고 그가 말했다.

〈GTA Ⅲ〉는 첫 게임에서 구축한 3개의 도시, 그러니까 리버티 시티, 바이스 시티, 산 안드레아스를 기반으로 한 3부작 중 첫 번째가 될 터였다. 시작은 리버티 시티였는데, 그들의 새로운 본거지인 뉴욕을 본뜬 도시였기 때문에 더욱 완벽한 선택이었다. 샘은 사무실을 돌아다니며 [겟어웨이], [히트], HBO의 새로운 갱스터 히트작 [소프라노스] 등등 그가 본받고 싶은 영화와 TV 드라마에 대해 열변을 토했다.

〈GTA2〉에서 시도했던 실사 영상 삽입 실험은 포기했다. 샘은 페르난데스에게 말했다. "나는 영상 가지고 장난질하지 않을 거야. 게임 엔진의 세계 안에서 뭐든지 다 할 거라고". 그러나 동시에, 샘도 영화의 한계를 넘어서도록 자신을 스스로 몰아붙이고 있었다.

3D 세계를 구현하기 위해 그들은 브루클린 네이비 야드Brooklyn Navy Yards에 있는 모션 캡처 스튜디오를 임대했다. 배우들이 연기하는 장면을 촬영하고 나서, 그 장면을 게임 속 애니메이션으로 변환했다. 락스타는 나비드 콘사리Navid Khonsari라는 이란 태생의 겁 없는 젊은 감독을 고용해 장면을 연출했다. 콘사리가 촬영에 들어가기 전에 샘과 댄은 〈GTA Ⅲ〉의 원칙 "진짜, 진짜, 진짜"를 계속 반복했다.

머리를 바짝 자르고 사각 안경을 쓴 멋쟁이 콘사리는 이것이 게임에서 가장 상징적인 순간인, 자동차 절도를 근사하게 만들어야 한다는 뜻임을 알고 있었다. 그는 모래주머니와 체조 철봉을 레고 블록처럼 조립해서 자동차를 만들었다. 문을 열 때 무겁게 느껴지도록, 봉에 무게를 더했다. 배우들이 스튜디오에 들어오자 그는 운전기사 배역에게 목숨이 달린 것처럼 운전대를 꽉 잡으라고 조용히 말했다. 그리고는 상대 배우에게는 차를 향해 달려갈 때 목청껏 소리를 지르라고 몰래 지시했다. 콘사리가 예상한 대로 운전자는 대본에 없던 비명소리에 기겁했고, 그는 그 광경을 기뻐하며 지켜봤다.

이윽고 샘, 댄, 킹, 도노반, 그리고 나머지 사람들이 차량 절도 장면의 프로토타입을 보기 위해 초조하게 모여들었다. 겉으로는 허세를 부렸지만, 그들은 여전히 기존 GTA 그래픽이 받은 모욕에 화가 나 있었으며, 마침내 라라 크로프트를 골로 보내버릴 수 있기를 바랐다. 나머지 공정이 아직 완성되지 않았기 때문에, 장면들이 소리 없이 와이어 프레임 형태로만 화면에 나타났다. 두 남자가 타고 있는 오렌지색 차가 나타났다. 갑자기 파란 와이어 프레임으로 된 남자가 옆으로 다가와, 문을 홱 열고 탑승자를 끌어낸 다음 땅바닥에 내던졌다. 운전자는 당황하여 도망쳤고, 절도범은 핸들을 잡았다. "와 씨발 쩐다!" 킹이 소리쳤다.

제대로 먹혔다. 이전처럼 리버티 시티를 위에서 내려다보는게 아닌, 그 지역 안으로 텔레포트 된 거처럼 보였다. 그들은 차량절도범이 운전대를 잡고 출발하는 장면을 몇 번이고 반복해서 지켜보았다. 마치 게임 산업의 운전대를 잡으려는 락스타의 모습을 투영한 것처럼.

비디오 게임을 하는 것보다 더 권능 넘치는 유일한 행위는, 그것을 창조하는 일이었다. 현실은 불완전했지만, 시뮬레이션은 제어할 수 있었다. 원하는 것을 넣고 나머지는 빼도 되었다. 내가 선택한 도시부터 시작해서, 내가 디자인한 사람들, 운전하고 싶었던 차들, 자주 찾던 가게들, 듣고 싶었던 음악으로 채운다. 날씨가 좋지 않으면, 그것도 취향대로 바꿀 수 있다. 플레이어가 게임에서 아무리 많은 자유를 가졌어도, 그들은 내가 만든 세계 안에서 사는 것에 불과했다.

〈GTA Ⅲ〉는 리버티 시티에서 시작했는데, "미국 최악의 장소"라는 락스타의 표현이 가장 잘 들어맞았다. 문밖에 펼쳐진 진짜 뉴욕이 아니라, 어떤 면에서는 더 사실적인 느낌이 드는 거대한 환상을 시뮬레이션했다. 리버티 시티를 브루클린과 퀸즈 같은 산업 구역, 맨해튼과 닮은 상업 중심지, 뉴저지처럼 생긴 교외 지역 등 3개 구역으로 나누었다. 플레이어는 차를 몰고 수상한 동네와 멋진 동네를 모두 지나쳐 다녔다. 어시장, 빨래방, 탄약 가게, 차량 개조 가게 '페이 앤 스프레이', 이탈리안 레스토랑과 번화한 거리까지.

다닐 곳이 너무 많아서, 터널, 기차, 다리, 보트 등 교통 시스템도 만들었다. PS2는 렌더웨어 엔진을 사용해 실제와 같은 물리 법칙으로 충돌하고 굴러가는 화려한 푸른 파도도 만들어냈다. 물 역시 상호 반응하여 폭풍과 비가 있는 기상 체계가 만들어졌다. 베르만의 예술 영화에나 나올 법한 짙은 안개가 PC 화면에 펼쳐지는 가상 도시 구역에 스몄다. 기상이 생겼으므로 하루의 다른 시간대도 구현할 수 있었다. 낮 임무와 밤 임무가 생겨났다. 리버티 시티에 해가 지면, 비열한 놈들이 거리로 나왔다.

PS2의 성능은 게임 내 탐험 경험을 변화시켰다. 자동차의 물리학도 변해서, 차량 크기에 따라서 초기 게임 버전들보다 훨씬 정교한 방식으로 달라졌다. 둔한 미니밴, 민첩한 스포츠카, 택시, 구급차, 아이스크림 트럭까지. 차량마다 18개의 충돌 지점이 있어서, 훨씬 더 현실적으로 들이받으며 부서졌다. 예전에는 게임에서 말하는 캐릭터가 몇 명밖에 없었지만, 이번에는 60명이 넘을 예정이었다. 대화 내용이 1만 줄에서 10만 줄 이상으로 늘어난다는 의미였다. 밀쳤을 때 "노인 공경도 몰라?"라고 외치는 보행자부터, 접촉사고 후에 "야 임마! 운전 조심해!"라고 외치는 운전자에 이르기까지 말이다.

도시가 활기를 띠면서 스토리도 활기를 띠었다. 댄은 옥스퍼드 대학에서 문학 공부를 하던 경력을 살려, 게임의 서사를 꼼꼼하게 다듬었다. 이름 없는 사기꾼이 감옥으로 가는 길에 경찰 트럭에서 풀려나면서 이야기가 시작되었다. 거기서부터 그는, 점점 더 강력해지는 보스와 조직들을 위한 80개 이상의 임무를 수행하여 지하세계로 돌아가기 위한 성공을 거머쥐어야 했다.

락스타는 이제 조악한 전화 통화로 게임 내 임무를 통보하는 방식에 국한될 필요가 없었다. 이번에는 플레이어가 말단 조직원을 직접 만나 일거리를 얻었다. 연속성을 위해 락스타는 대본이 있는 컷 신도 만들었다. 미션 사이사이에 적의 아지트에 불을 지른다든지, 라이벌을 죽인다든지 하는 짧은 장면 연출을 만들었다.

〈GTA〉와 〈GTA2〉에 비해서 컷 씬 클립이 드라마와 음모를 한 층 더해주었다. 전화를 받는 것과 섹스 클럽 뒷문으로 몰래 들어가 일자리를 구하는 것은 완전히 다른 세상이었다.

목소리 녹음에 있어서, 유명인을 성우로 기용하는 방식을 계속 개척했고 가장 좋아했던 캐릭터 배우들인 마이클 매드슨Michael Madsen, 카일 맥라클란Kyle Maclachlan, 데비 마자르Debi Mazar을 불렀다. 어느 날 그들에게 가장 큰 영웅 중 한 명이었던 프랭크 빈센트Frank Vincent가 촬영장 문을 들어서자 다 같이 경탄했다. 은발의 터프한 배우 빈센트는 그들이 가장 좋아한 스콜세지 영화 세 편-[분노의 주먹Raging Bull], [좋은 친구들], [카지노]-에 나왔고, 심지어 [소프라노스]에도 출연했었다. 그리고 지금 게임 속 살바토레 레온이라는 조폭 두목 목소리 녹음하러 왔다. 그는 이 꾀죄죄한 영국인들을 한 번씩 보더니, 굵은 뉴욕 억양으로 "나는 비디오 게임은 좆도 모르네. 씨발 이게 무슨 짓인지 모르겠다고."라고 말했다. 콘사리는 영화와 다를 바 없다며 그를 안심시켰다.

거의 80개에 달하는 임무와 제약 없는 자유 사이에 균형을 맞추는 것은 양자택일의 사안이 아니었다. 댄은 말했다. "나는 사람들이 둘 다 하고 싶어 할 것으로 생각했다. 어떨 때는 그냥 어슬렁거리기도 하고… 어떨 때는 정해진 경로대로 게임을 하기도 하고." GTA에는 항상 일종의 도덕성을 내재하게 만들어져 있었는데, 범죄에 따라 플레이어의 지명 수배 수준이 높아지는 것이었다. 〈GTA III〉에서는 플레이어가 반드시 악당이어야 필요도 없었다. 구급차나 택시를 몰고 시내를 돌아다닐 수 있었고, 위상을 높이는 서브 미션을 완수할 수 있었다. 선악의 선택은 게이머의 손에 달려 있었다.

킹에게 있어 〈GTA III〉의 열린 세계는 해방감뿐만 아니라 자전적인 느낌까지 주었다. 그는 나중에 "나이가 들면서 우리에게 삶이란 무엇인지를 반영하는 일종의 거울상이었다."라며, "이리저리 바쁘게 움직이고, 좋든 싫든 울타리 저편에서 지내게 된다. 그러니까 지하동 굴 끝에서 공주를 구출하는 대신, 차를 몰고 다니며 매력적인 음악을 듣는 것이다."라고 말했다.

노골적인 무법자 세계가 더욱 충실해졌음에 고무되어, 락스타는 폭력과 섹스의 수위 또한 높였다. 프로그래머들은 플레이어가 보행 자를 저격해서 사지를 날리고 피바다로 만들 수 있게 시나리오를 썼다. 어느 날 포프가 새로운 버전을 돌려보다가 길거리에서 새로운 보 행자를 발견했다. 허벅지 높이까지 오는 망사 스타킹과 열린 셔츠 아래 브래지어를 입은 창녀. 전에는 게임에서 찾아볼 수 없던 일이었다. 그가 차를 세우자, 여성이 몸을 숙였다. 그녀를 차에 태운 다음, 샛길로 가서 기다렸다. 보유한 돈 액수가 줄어 가는 게 보였는데, 그녀가 돈을 받아갔다는 이야기였다. 천천히 차가 흔들리기 시작했고, 체력 지수가 올라갔다.

여기에서 다음 논리로 넘어가는 데에는 이제 긴 시간이 필요하지 않았다. GTA에서 플레이어는 보행자를 구타하고 돈을 훔칠 수 있다. 그렇다면 성매매 여성들과 섹스를 한 후에 다시 그 돈을 훔치지 못할 것은 또 뭐 있겠는가. 곧, 사무실의 한 플레이어가 일을 본 후 창녀를 차에서 다시 끌어내서 피떡이 되도록 두들겼고, 보유금액이 다시 올라갔다. 이를 보면서 "와, 사람들이 정말 좋아하겠다."라고 포프는 생각했다.

아무리 GTA가 막 나가도, 샘은 이를 지지했다. 그이 어느 날 한 게 임 기자에게 고백했다. "게임이라는 수천 가지 집요한 디테일로 가득 차 있어서, 사람들이 그런 것까지 다 해보지도 않을 텐데 괜히 만드는 듯한 느낌이 들 수 있어요. 만약 '이게 정말 중요한가?'라는 생각이 들기 시작하면, 당장 머릿속에서 그 생각부터 죽여야 하죠."

리버티 시티 안의 어느 흐린 날이었다. 비가 캘러한 브릿지 위로 쏟아져 내리면서 건물에 아지랑이가 드리워졌다. 버스와 경찰차, 센티넬과 패트리어트 차종들이 고속도로를 오르내렸다. 샘은 그가 원하는 차가 무엇인지 알고 있었다. 가운데에 흰 줄무늬가 있는 파란색 밴시. 그가 차 옆으로 달려가서 컨트롤러의 삼각형 버튼을 두드려 문을 뜯고 운전자를 옆으로 던졌다. "저자가 내 차를 가져간다!" 운전자가 소리치는 사이, 샘이 X 버튼을 누르며 액셀을 밟았다.

왼쪽 검지로 L1 버튼을 두드려서 라디오 채널을 돌렸다. 지금은 기분에 따라 틀 수 있는 채널이 9개가 있었다. 클릭. 화면 상단에 "더블 클레프 FM"이라는 자막이 표시됐다. 오페라 음악. 클릭. 데비 해리가 "러쉬 러쉬Rush, Rush"를 부르는 플래시백 95.6.를 클릭하자, 언더그라운드 힙합이 나오는 게임 라디오 FM. 로이스가 "나는 왕이다 I'm the King" 랩을 했다. 샘은 X 버튼을 두드려 가속했다.

샘은 그냥 플레이하는 게 아니라, 관찰하고 있었다. 이것은 그의 세계였고 완벽해야 했다. 그의 눈과 귀는 게임에서 스쳐 지나가는 모든 세부 사항을 훑어보았다. 액셀의 윙윙거림. 코너를 돌 때 나는 타이어의 끼익 소리와 작고 검은 타이어 자국. 바퀴 밑에 깔리는 보행자들의 흔적. 차량 앞부분의 보닛이 날아가 자동차 엔진이 드러나고 이어서 무시무시한 연기가 뿜어져 나오는 광경.

DMA 친구들은 플레이어가 타고 다니는 차가 가로등을 쳤을 때 바닥에 가로등이 쓰러지고 차는 계속 달릴 수 있도록 물리학을 코딩했다. 멈추게 하는 것은 아무것도 없었다. 샘은 가로등을 잔가지 마냥 밀어버리며, 초록색 나무로 정비된 공원을 지나 지름길로 차를 뚫고 갔다. 샘이 달려들자 "난 할머니야, 제발!"이라고 보행자가 소리쳤다.

일단 고속도로에 올라서자, "그것"을 했다. 셀렉트 버튼을 눌러, DMA 친구들이 GTA에 처음으로 코딩해서 넣어둔 여러 카메라 뷰로 변경해 보았다. 첫 번째는 자동차 보닛에 매달린 듯한 1인칭 시점.

두 번째는 머리 위에서 차를 내려보는 3인칭 시점. 그리고 마지막 세 번째로 그가 가장 좋아하는, 시네마틱 모드였다. 이 모드는 영화 추격 씬처럼 카메라가 자동차의 왼쪽 아래에 장착된 듯했다. 샘이 마을을 헤집으며 가로지르자, 카메라는 마치 어떤 뛰어난 투명 윌리엄 프리드킨William Friedkin이 연출하는 것 마냥 다른 영화적인 각도로 자동으로 바뀌었다.

"이것이 영화제작의 미래다."라고 샘은 믿었다. "여기는 내 세트장이기 때문에, 어디든 가서 아무 데나 카메라를 배치할 수 있다. 내가 원하는 각도에서 무슨 일이든 반복해서 할 수 있다"라고 말했다. 하지만 〈GTA III〉를 더 많이 할수록, 그는 내면에서 무언가가 변하는 것을 느꼈다. 어린 시절의 환상을 실현하며 살고 있는 남자, 그는 이제 스물여덟 살이었다. [겟 카터]에서 엄마가 마이클 케인과 함께 거리를 걷고 있는 장면을 처음 본 이래, 샘은 액션 영화에 매료되어 있었다. 행인 한 명이 그의 차 보닛 위로 날아가고 태양이 그 가상의 광채를 내리쬐고 있는 지금, 그는 자신만의 혁명적인 영화적 게임의 주인공이었다.

단순히 영화를 보고 있는 것이 아니라, 그 안에 있다. 그리고 이 사실을 깨닫고 나자 그는 다시는 같은 방식으로 영화를 볼 수 없을 것 같았다. 게임은 한 사람만의 권위적인 비전에 관한 것이 아니었다. 신세대 크리에이터와 게임 플레이어가 그들만의 언어로 들려주는 이야기였다. 샘이 "영화광인 나에게, 〈GTA III〉에는 게임과 영화 사이에 경계선을 그어주는 무언가가 있었다."[주69]라고 나중에 회상했다.

11장

비상사태
State of Emergency

11. State of Emergency

둘러보기

리버티 시티에는 매우 다양한 차종의 차들이 가득 있는데, 그 모든 차를 타볼 수 있습니다... 차량에 다가가 삼각형 버튼을 누르면 됩니다. 하지만 주의하세요. 어떤 운전자는 겁을 먹고 큰 저항 없이 차량을 넘겨주지만, 다른 운전자는 기분 나빠하며 싸움을 걸 수도 있습니다.[주70]

자동차 한 대가 플로리다 마이애미의 야자수 나무들을 지나쳤다. 악의 도시. 아르데코풍 골목길에 있는 마약상들. 화려한 차를 탄 플레이보이들. 롤러블레이드를 타는 모델들, 비치 샌들을 신고 다니는 여성과 남성들. 잭 톰슨이 집에 가는 길에 차창 밖으로 타락이 네온사인처럼 번쩍였지만, 그 근접성은 오히려 그의 싸움을 상기시켜주는 역할을 했을 뿐이었다.

십자군 전쟁을 시작한 이래 그는 먼 길을 왔다. 랩퍼 투 라이브 크루와 아이스티를 누르고, 폭력적인 비디오 게임과의 싸움을 법정으로, 또 탐사보도 방송인 '60분' 쇼에도 출연했다. 집에 들어갈 때마다 그는 왜 자신이 이 임무를 수행하고 있는지 알았다. 바로 아들 조니였다. 전업주부이기도 한 톰슨은 조니의 유년 시절을 바로 옆에서 바라봤다. 아이의 눈을 들여다보면서 그가 필사적으로 보호하고자 하는 미래를 보았다. 부모들 대부분이 같은 감정을 느낄 테지만, 톰슨은 그 싸움에 목숨을 바친 것이었다.

전혀 다른 세계에서 왔지만, 그럼에도 불구하고 톰슨에게는 샘 하우저와 공통되는 근본적인 점이 있었다. 그들은 둘 다, 비슷하게 무언가에 사로잡혀 있었다. 샘이 새로운 세대의 폭력적인 게임을 만드는 데 전념하고 있었듯 톰슨 또한 그것을 파괴하는 일에 몰두했으며, 어느 누구도 앞을 가로막는 것을 허락하지 않았다.

락스타가 〈GTA III〉를 출시하면서 폭력적 비디오 게임에 대한 논란은 새로운 정점에 도달했다. 콜럼바인 살인자들이 남긴 동영상과 일기가 다시 수면 위로 떠 올랐고, 그중에는 범행을 저지른 에릭 해리스가 자신의 행동을 비디오 게임 〈둠Doom〉에 비유한 장면도 있었다. 톰슨은 NBC 뉴스의 시청자들에게 폭력적인 게임과 학교 총기 난사 사이의 인과 관계를 경고하며 돌아다녔다. 그는 강력하고도 취약한 청중들, 즉 또 다른 엄마 아빠들에게 호소하고 있었다. 정치지향이 어느 쪽이든 간에, 그들 중 많은 이들은 온라인상의 낯선 새로운 세계가 통제할 수 없는 지경으로 나아간다는 우려에 동감했다. 인터넷과 비디오 게임은 각각 성과 폭력의 대명사가 되었다.

더욱 당혹스러운 점은, 그쪽 세계에 접근하는 방법을 전혀 모르는 부모들이 너무나 많다는 사실이었다. 아이들이 운전대를 잡고 자유자재로 달리는 것으로 보인다는 점이 통제 불능의 이미지를 더욱 배가시켰다. 동떨어진 세상을 사는 성인의 선형이 아니었다. 그저 예의 바른 평범한 이들이 공감 가능한 욕구, 자녀를 보호하려는 욕구였다. 잭이 자기 아들을 보호하고 싶어 하는 것과 마찬가지였다. 언론 취재 요청이 증가하면서, 톰슨은 자기가 공감대를 제대로 건드렸다는 것을 알았다.

톰슨이 이를 깨달은 것은 투데이쇼의 앵커 톰 브로코Tom Brokaw가 2000년 공화당 경선 당시 대선 후보들에게 콜럼바인 영상에 대해 이렇게 질문했을 때였다. "총기 산업, 비디오 게임 산업, 할리우드가 콜럼바인 사건에 영향을 주었다고 생각하십니까?"

조지 W 부시 텍사스 주지사는 "미국의 심장에 문제가 있다."라고 말했다. "도지사로 활동하면서 겪은 가장 큰 좌절 중 하나는, 사람들이 서로 사랑하게 만드는 법률이 있었더라면 하는 것입니다. 그랬다면 제가 당장 서명했을 겁니다."

동료 공화당원이었음에도, 톰슨은 속이 뒤틀리는 것을 느꼈다. 그는 나중에 "대통령 후보가 엔터테인먼트 산업이 콜럼바인 사태에 미친 영향을 충분히 고민하고 뭔가 조처를 하려 하지 않는다면, 오늘날 우리 문화가 전반적으로 거칠어지는 것에 대해서도 고민하지 않는 것"이라고 썼다.

얄궂게도, 그는 민주당이 오히려 게임에 대해 더 강한 싸움을 걸었다고 생각했다. 클린턴 대통령은 어린이들 대상의 폭력적 게임 마케팅에 대한 연방 거래위원회의 조사를 요구했다. 미국 상원 법사위는 엔터테인먼트 산업계가 어린이들에게 해로운 제품을 판촉하고 있다고 지목하는 조사 결과를 발표했다. 13세에서 16세 사이의 어린이 가운데 85%가 만 17세 이상 성인에게만 허용된 M등급 게임을 살 수 있었다고 밝혔다.

톰슨의 피가 끓었다. 무엇을 할 수 있을까? 소송은 여전히 진행되지 않았다. 폭력적인 미디어와 14세의 총기 난사범 카닐의 행동을 연결하려는 톰슨의 노력에도 불구하고, 연방 법원은 파두카에서 살해당한 세 소녀의 가족을 대리하여 엔터테인먼트 산업과 컴퓨터 게임 회사를 상대로 제기했던 소송을 기각했다. 판사는 "우리는 비디오 스크린에서 캐릭터를 쏘는 일(수백만 명이 하고 있는 행위)에서 교실에서 사람을 쏘는 일(높게 잡아도 한 줌의 사람들만이 하는 행위)을 연결하는 것은 지나친 비약이라고 판단한다."라고 적었다. 콜럼바인 피해자 가족들을 대리하여 닌텐도 아메리카, 세가 아메리카, 소니 컴퓨터 엔터테인먼트, AOL 타임 워너, 둠의 크리에이터인 이드 소프트웨어 등의 회사들을 상대로 제기한 50억 달러의 소송도 계류 중이었다.

톰슨은 또 다른 민주당 부통령 후보이자 엔터테인먼트 위클리 잡지에서 '미스터 클린'으로 불리는 조 리버만을 찾아 정치적 대응을 얻고자 나섰다. 리버만의 21세기 미디어 책임법은 소프트웨어와 영화 산업의 등급 분류를 표준화하여, 톰슨의 우군이었던 퇴역 육군 특전사 중령인 데이브 그로스먼David Grossman이 "살인 시뮬레이터"라고 부르는 것들로부터 자녀들을 더 잘 보호할 수 있게 만들 터였다. 어린이에게 폭력적 게임을 판매한 소매업자에게는 1만 달러의 벌금이 부과될 것이었다.

인터랙티브 디지털 소프트웨어 협회는 게임 구매자의 대다수가 17세 이상이라고 말했으나, 정치권은 입법하겠다고 위협했다. "우리는 어린이들에게 적합하지 않은 게임에 어린이들이 손을 대지 못하게 하려고 무엇이든 하려고 노력하고 있습니다."[주71]라고 미디어 책임법의 공동 발의인인 허버트 콜Herbert Kohl 상원의원이 말했다. 대통령 후보 앨 고어Al Gore는 뉴욕 타임스 표지면 기사에서 엔터테인먼트 산업에 "스스로 행동을 정비하는 데 6개월"을 주겠다고 말했다. "제가 대통령직을 맡는다면, 뭔가 조처를 할 것"[주72]이라고 했다.

게임협회 리더인 더그 로엔스틴은 업계가 자발적으로 게임 콘텐츠를 평가하고 등급을 매기는 엔터테인먼트 소프트웨어 등급 평가 위원회를 운영하며, 오랫동안 이러한 우려를 해소해왔다고 주장했다. 그는 "거래위의 자체 자료에 따르면 부모가 게임 구매나 대여에 관여하는 경우가 80% 이상으로 나타났다."라고 말했다. "부모들이 관심을 가지고 있고, 바로 그들에게 책임이 있다."라며 말이다.

톰슨은 그 모든 것을 듣고, 열불이 올랐다. 천천히 그러나 확실하게, 그는 폭력 게임에 관한 의학 연구를 모은 파일: 캔자스 주립 대학교의 한 과학자가 자기 공명 장치MRI로 어린아이들의 뇌를 스캔하여 폭력적인 이미지가 트라우마 성 기억을 유발한다는 사실을 발견한 내용을 만들고 있었다. "폭력 게임이 어린이들의 건강을 어떻게 해치는지"에 관한 컨템포러리 페드리아트릭스 소아과 전문 잡지의 표지 기사, 기타 등등. 그는 가만히 앉아 아들 조니를 보호해줄 입법을 기다리거나, 사람들이 서로 사랑하게 만드는 무슨 법률이 나타나기를 바라지 않을 생각이었다. 그는 이 게임에 그가 아는 유일한 방법인 '끝까지 싸우기'에 참가할 요량이었다. 그는 "품위를 지키는 전쟁에 참여한 다른 사람들은, 그저 돈키호테처럼 풍차로 돌진할 뿐이었다."라고 말했다. "나는 다 부셔버리기 위해 나섰습니다."

지프 차가 사막을 헤집자 모래 먼지가 소용돌이쳤다. 차 안에서 위장복을 입은 청년들이 9mm 글록 권총을 꽉 움켜쥐고 차창 밖으로 겨누었다. 빵! 빵! 빵! 그들은 열기 속에서 목표물을 향해 사격을 가했다. 그러나 이들은 임무 수행 중인 군인이 아닌 프로모션 정킷에 참여한 게임 기자들이었다. 경쟁이 과열되면서 게임 퍼블리셔들은 언론을 타기 위해 일종의 메타 전쟁을 벌이고 있었다. 퍼블리셔가 비용 전체를 부담하는 이런 여행이 더 보편화하고, 터무니없이 커졌다. 기자들은 디즈니 월드나, 앨커트래즈까지 날아갔다. 몇몇은 F-14 전투기에 타고 공중제비도 돌았다.

오늘, 락스타 게임즈는 곧 출시될 레이싱 게임인 〈스머글러 런 Smuggler's Run〉을 홍보하기 위해 기자들을 애리조나 사막으로 데려갔다. 〈스머글러 런〉은 플레이어가 듄 버기나 랠리카로 화물 밀반입에 도전하는 게임으로, 2000년 10월에 PS2로 출시예정인 타이틀이었다. 락스타는 기자들을 부추기기 위해, 기자들이 직접 운전하며 표적 사격을 하기도 하는 이 모험 여행을 고안했다.

〈GTA III〉의 작업이 계속되는 동안, 락스타 사람들은 악동 마케터가 되려는 일종의 메타-게임을 마스터하느라 바빴다. 재미만을 위해서는 아니었다. 게임을 파는 일은 결국 스타일이었기 때문이다. 락스타는 의도하지 않은 방식으로 관련 언론사의 관심을 받게 되었다. 〈스테이트 오브 이머전시State of Emergency〉라는 이름의, 개발 중인 또 다른 게임에 대한 소문이 새어 나오기 시작했다. 샘이 1999년 E3 쇼에서 계약한 게임인데, 커크 유잉Kirk Ewing이라는 스코틀랜드인이 한 장짜리 제안서를 가져와서 펑크 록 같은 발표를 했었다.

유잉은 "〈스테이트 오브 이머전시〉, 그러니까 국가비상사태라는 제목인데 시민들이 반란을 일으키는 게임이다."라고 말했다.

유잉은 샘에게는 그거면 충분하다고 생각했다. DMA에서 탄생한 스코틀랜드 게임 산업을 배경으로 성장한 유잉은, GTA의 "엿이나 먹어라"식 태도와 성공담에 고무된 일군의 개발자 중 한 명이었다. 그와 친구는 GTA에서 영감을 받아, 한때 즐기던 술집 싸움을 바탕으로 한 자유형 게임을 꿈꿨다. 게임은 일종의 재미있는 물리학 실험에서 시작되었다. 유잉은 군중 움직임의 유동적인 역동성, 그리고 자율신경이 있는 물체들이 이리저리 내던져지는 강렬한 스릴을 시뮬레이션하려고 했다.

그러나 샘 밑에서 여러 달 동안 개발을 거치며, 이 게임은 유잉의 표현을 빌자면 더 원시적인 것으로 거듭났다. "거대한 패싸움 게임이었죠." 게이머는, 모든 등장인물이 그저 살아남기 위해 모두를 패버려야 했던 폭동 속에 던져진 도시인이 되었다. 샘이 좋아했다. "이거야!" 그가 유잉에게 "이게 지금 일어나고 있는 일의 자연적인 진화야. 엄청날 거야!"라고 말했다.

프로젝트를 이어받은 락스타는 언론에 이 게임을 "사회 교란 시뮬레이터"라고 홍보하기 시작했지만, 그때 뜻밖에 진짜 사회 교란이 끼어들었다. 2001년 5월 어느 날, 이 게임의 데모를 받은 직후에 워싱턴주 '타코마 뉴스 트리뷴'의 한 기자가 락스타 홍보 담당자에게 전화를 걸었다. "저기요, 방금 〈스테이트 오브 이머전시〉 게임을 했는데, 시애틀 사태처럼 보이더군요."라고 말했다. 1999년 11월 세계무

역기구WTO 각료회의 때 일어났던 폭력 시위를 언급한 것이었는데, 2001년 당시 시애틀은 아직 회복하지 못한 상태였다. 홍보 담당자는 깊이 생각하지 않고 "네, 그렇게 보일 수도 있겠네요."라고 말했다.

다음날, 샘과 나머지 사람들이 보게 된 표지 기사는 이랬다. "비디오 게이머들이 플레이스테이션 2에서 WTO 폭력 시위를 고스란히 재경험할 수 있다". 기사는 "1999년 가을 시애틀 시내에서 일어난 WTO 폭력 시위를 어떻게 게임으로 가져오고, 더욱 증폭시켰는지"를 설명했다. 게임에 불만인 정치인들의 말도 인용했다. 메리 루 디커슨Mary Lou Dickerson 워싱턴주 하원의원은 "자녀가 폭력적인 무정부주의자가 되길 바란다면, 훌륭한 훈련이 될 게임"이라고 비꼬았다. 기자는 "익명을 요구한 락스타 대변인은, 지난주 이 게임이 WTO 폭력 시위와 밀접한 관련이 있다고 인정했다."[주73]라고 덧붙였다.

맥스 클리포드가 GTA에 대해 언론에 햄스터를 먹이던 시절에는, 이런 종류의 보도를 꿈꾸긴 했다. 의도적으로 논란과 관심을 불러일으키는 식으로 말이다. 그러나 시대가 바뀌었고, 특히 미국이기에 더 그랬다. 월마트나 베스트바이 같은 유명 유통업체들이 특정 게임, 특히 성인 전용 등급의 게임 진열을 거부했기 때문에, 비디오 게임 속에 극단적인 콘텐츠가 있으면 판매량이 급격하게 낮아졌다.

락스타는 WTO 폭력 시위 관련 루머를 잠재우기 위해 최선의 노력을 다했지만, 다른 언론사는 물론이고 무려 로이터통신에 의해 이야기가 퍼지면서 전 세계에 빠르게 뻗어 나갔다. 로이터통신은 "락스타 게임즈에 감사한다…. 훌리건이 자기 소파에 편히 앉은 상태로 전경을 주먹으로 치고 상점을 약탈하며 반기업적인 독기를 발산할 수 있을 것"[주74]이라고 했다. 그런데 로스앤젤레스에서 다음 E3 행사가 코 앞인 상황이라서, 락스타에게는 더 큰 걱정이 있었다. 바로 그들의 무법자 판타지, 〈GTA Ⅲ〉를 세계에 공개하는 일이었다.

로스앤젤레스 선셋 대로 위 높은 곳에서, 파티의 열기가 올랐다. 존 벨루시가 약물 과다복용으로 사망한 장소로 유명한 선셋 대로변의 초고급 호텔인 샤토 마르몽의 프레지덴셜 스위트룸에서 파티가 열리고 있었다. 하지만 익숙한 스타들은 그 안에 없었다. 이것은 오롯이 락스타의 파티였다. 〈GTA III〉가 공개될 2001년 5월 E3 게임쇼 기간 동안 그들이 예약한 여러 스위트룸 중 하나였다.

낮에는 수영장 옆에서 탁구를 쳤고, 모델들이 청록빛 물을 가르며 수영을 했다. 밤에는 꼭대기 층에서 축제를 이어갔다. 그들은 록 스타들이었고, 아래층에는 짙게 선팅한 벤츠들이 일렬로 늘어서 그들을 클럽으로 데려가려고 기다리고 있었다. 유잉은 "파티에서 LA 관광까지 시속 200km로 돌아다녔다. 대통령이 된 기분이었다."라고 말했다.

눈에 띄어야만 한다는 압박이 대단했다. GTA 시리즈 게임이 450만 부 이상 팔렸지만, 락스타는 아직도 실력을 더 증명해야 했다. GTA는 여전히 컬트 프랜차이즈로 여겨졌고, 주류로 진출하기 위해 각을 보고 있었다. 심지어 모작들도 나타나서 〈드라이버Driver〉, 〈크레이지 택시 Crazy Taxi〉 같은 여타 범죄 레이싱 게임이 물을 흐리는 상황에서 경쟁해야 했다. 거기에 더해 E3에 참가하면서 아무래도 이기기 힘들어 보이는, 극찬받는 일본 게임이 두 개나 나왔다는 것도 알았다. 악마와 싸우는 게임인 〈데빌 메이 크라이Devil May Cry〉와 잠입 액션 게임인 〈메탈 기어 솔리드 2〉.

이번에는 트랙슈트를 맞춰 입는 대신 앞면에는 청바지를 입은 영화 프로듀서 故 돈 심슨의 사진, 작은 락스타 로고, 그리고 뒷면에는 심슨의 처방전을 새긴 티셔츠를 색을 맞추어 입고 왔다. 그들은 마법사와 전사들이 나오는 거대한 스크린을 뒤로, 최신 토니 호크 게임을 홍보하는 대형 램프의 프로 스케이터들을 넘어서, 광선검과 포켓몬을 지나 (게이머들이 흔히 부스 베이비라고 부르던) 헐벗은 SM 여왕님 복장 모

델들을 닥치는 대로 찍어대는 디지털카메라를 지닌 뚱뚱한 남자들을
지나쳐 걸어갔다.

락스타 부스는 냉정한 절제된 표현방식으로 갔다. 마치 마이애미
라운지처럼 하얀 커튼과 소파가 있었고, 클립보드를 든 홍보요원이
혼란을 멀리하려 관리하는 것처럼 보였다. 플레이스테이션 2 스테이션
이 라운지 주변에 설치되어 〈스테이트 오브 이머전시〉, 〈GTA Ⅲ〉를
비롯한 다른 테이크투 게임을 보여줬다. 도노반은 GTA를 불과 30초
정도로 압축해서 소개하기가 어려울까 봐 걱정했다. "너무 개인적으
로 밀착하는 게임이라, 직접 경험해야 한다."라고 말했다.

도노반은 NBA 센터처럼 부스를 돌아다니며, 행사장을 가득 채운
〈에버퀘스트〉 같은 긱Geek스러운 롤플레잉 게임의 필연적인 대안으
로 〈GTA Ⅲ〉를 꼽았다. 그는 와이어드지 기자에게 "사실 비디오 게
임 업계가 우리가 오기를 부르짖고 있었던 것 같다."[주75]라고 말했다.
"우리는 매직 드래곤이 약빠는 좆 같은 판타지 부류의 게임은 만들지
않는다."라며, 그는 〈GTA Ⅲ〉가 새로운 세대를 위한 것이라고 주장
했다.

락스타는 자신만만했음에도 불구하고, 게이머들은 듣지 않았다.
샘과 동료들은 플레이어들이 예의상 〈GTA Ⅲ〉를 몇 분 동안 시험해
보고는, 그냥 가는 것을 지켜보았다. 주인공이 옥상에서 보행자의 머
리를 저격해서 날려버리는 장면을 보며 뒷걸음질 치는 사람도 있었
다. 게이머들은 이전에도 피와 고어를 보았지만 그렇게 현실적인 환
경에서 본 적은 없었고, 어떻게 생각해야 할지 몰랐다. "농담하는 거
야?"라고 한 사람이 포프에게 혐오감을 느끼며 말했다. 심지어 소니
의 필 해리슨조차도 찝찝해하며 갔다. 그는 뒤이어 "엉망이라고 느꼈
다."라고 말했다.

그 와중에도 많은 관심을 받는 락스타의 게임이 하나 있었다.
〈스테이트 오브 이머전시〉였다. 군중들이 데모 주변에 모여들어, 러

닝셔츠와 헐렁한 반바지를 입은 뚱뚱한 남자를 교묘히 조종했다. 게이머들은 그 남자가 지나가는 사람들에게 의자를 던지고, 건물이 폭동으로 인해 화염에 휩싸이자 야유하고 웅성거렸다. 어쩌면 WTO 폭력 시위와 연결한 언론 보도들이 결국 결실을 본 것 같았다. 포프는 〈스테이트 오브 이머전시〉개발자 중 한 명에게서 뼈 때리는 말을 들었다. "아무도 당신 게임에 신경을 쓰지 않네요. 다들 우리 게임에 관해 이야기하고 있고."

포프는 샘의 얼굴에 걸린 침통한 표정에서 두목이 격노하고 있음을 읽었다. 〈스테이트 오브 이머전시〉는 샘의 게임이기는 했지만, 그가 낳은 자식은 아니었다. 그 반응에 그는 〈GTA III〉의 성공을 더욱 확신했을 뿐이었다. 그는 그 어느 때보다도 더 열심히 일할 것이고, 팀의 모든 사람이 똑같이 하기를 기대했다. 경계를 넓히기 위해서는 모두 함께 에너지를 쏟아야 했다. 그들의 싸움에는 본질에서 공감대가 있다고 생각했다. 모든 게이머들의 명분이 걸려있었기 때문이다. 샘은 말했다. "뭐, 이제 존나 빡세게 달립시다."[주76]

〈GTA III〉는 E3에서 아주 중요한 플레이어 한 명의 흥미를 간신히 얻었다. 더그 로엔스틴이 잠깐 구경하려고 들린 것이다. 로엔스틴은 게임협회장으로서 콜럼바인의 여파에 여전히 휘청거리며 어떤 게임이 불난 집에 부채질할까 걱정하고 있었다. 〈GTA III〉에서 차량 도난 장면을 본 순간, 그는 자신이 싸움에 나서게 될 것을 알았다. "이런 젠장." 그리고, "이것은 문제가 될 것이고, 논란이 될 것이며, 산업에 부정적인 공격을 촉발할 것"이라고 생각했다.

"좋아," 에이트볼8-Ball이 말했다. "좋았어, 그럼 시작해 보자구!"

리버티 시티는 또다시 흐렸고, 샘은 〈GTA III〉를 하고 있었다. 그는 캐릭터를 조종해 〈GTA III〉에 등장하는 흑인 친구면서 폭탄 전문가 에이트볼을 만났다. 깔끔하게 빡빡 깎은 머리와 흰색과 푸른색이

섞인 말쑥한 재킷에도 불구하고 에이트볼은 그다지 좋아 보이지 않았다. 콜롬비아 카르텔의 맹렬한 매복 공격의 결과로 두 손에 붕대를 감고 있었지만, 지금은 샘을 도와주러 오고 있었다.

샘은 본부 폭파Bomb Da Base라는 임무를 통해 달리고 있었다. 영화 같은 컷 씬에서 살바토레 레온이 제시한 목표는 카르텔 운영의 중심인 '스팽크SPANK'라는 약물을 만드는 데 이용되는 부둣가의 화물선이였다. "개인적인 호의로 저 스팽크 공장을 파괴해 달라고 부탁하는 바이네." 두목이 잘 꾸며진 집에서 가죽 의자에 앉은 채 설명했다.

샘은 막 길을 질주하며, 보행자 몇 명을 죽이고, 창녀들과 탄약 가게들을 지나, 필요한 총기 장비를 지닌 공범을 만나러 가는 중이었다. 에이트볼은 "내가 이 녀석이 폭발하게 만들 수는 있는데 말이야, 손이 이래서 뭘 할 수 없네."라고 하며, 허공에 총을 허망하게 휘둘렀다. "여기, 이 라이플로 대가리 몇 개는 날려 버릴 수는 있겠지."

닌텐도 64용 〈스타폭스 64Star Fox 64〉에서 윙맨들을 보호하기 위해 싸우는 대목이 있는 슈팅 게임을 해본 이래로, 샘은 영화와 소설에서 발견되곤 하는 일종의 공감 가는 캐릭터를 게임에서도 창조하는 꿈이 있었다. 게임 업계에서는 그런 감정이 대체로 좀 미비했었다.

옥상에 서서 카르텔을 라이플로 처리해주면 이어서 에이트볼이 스팽크 공장에 폭탄을 터뜨리는 것을 보면서, 샘은 황홀한 기분이 들었다. 에이트볼은 무사히 도망치고 배는 화염에 휩싸였다. 친구가 무사하다는 것을 알고는 시원한 안도의 물결이 샘에게 밀려왔다. 그 감정은 진짜였다. 〈GTA III〉가 성공적으로 그 느낌을 살렸다.

그러나 이제 현실이 방해되려 하고 있었다. 9월 11일 새벽 2시, GTA 팬 사이트 구랑가닷컴에는 팬들과 댄 하우저 사이의 채팅 내용이 게재되었다. 한 게이머는 "차 말고 다른 것도 탈취할 수 있을까요?"[주77]라고 물었다. "보트… 탱크… 앰뷸런스, 택시, 버스, 아이스크림 트럭." 댄이 대답했다. "그냥 너무 큰 것들만 안 됩니다. 헬기. 점

보제트기나 유조선 같은 거요. 그들은 범죄자일 뿐이지, 비행기 조종사가 아니니까요."

7시간 후, 샘은 자기 아파트 창가에 서서 방금 비행기 두 대가 세계무역센터로 날아들어 가며 생겨난 지독한 검은 연기구름이 시내를 덮는 모습을 지켜보았다. 공포와 혐오감 속에서 그는 마치 영화 속에 들어있는 듯한 느낌을 지울 수 없었다. 그는 나중에 "그것은 내가 본 것 중 가장 사실적인 액션 영화스러웠다. 씨발 진짜니까."라고 회상했다.

락스타의 사무실은 현장으로부터 불과 1.5km 떨어진 곳에 있었기에, 회사가 흔들거렸다. "누구에게나 그 공격의 영향을 받은 삼촌이나 형제가 있었다. 젊은 기업으로서는 엄청난 충격이었다."라고 아이벨러는 회상했다. 얼마 뒤 포프가 처음으로 사무실에 들어갈 때, 신분증을 보여줘야 했다. 외부인은 더는 락스타에 들어갈 수 없게 되었다. 포프는 로프트를 통과하여 뒤쪽 사무실에 들어서면서, 샘의 책상에 있는 잘 차려입은 남자가 누구인가 했다. 그 사람이 샘이라는 걸 깨닫기 전까지는 말이다. 샘은 포프에게 아무도 잘못된 생각을 하지 않기를 원했기 때문에, 긴 머리를 깨끗이 밀었다고 말했다. 샘은 "씨발 테러리스트들"이라며 "나는 그런 테러리스트들처럼 보이고 싶지 않아!"라고 중얼거렸다.

게임도 그랬다. 도시가 공격으로 휘청거리자, 샘과 댄은 〈GTA III〉를 출시 여부 자체에 대해 의문을 가졌다. 어쩌면 너무 이르지 않았을까. 샘은 "이 아름다운 도시가 공격을 당했어."[주78]라고 생각했고, "우리는 뉴욕시와 다르지 않은 도시를 배경으로 폭력적인 범죄 드라마를 만들고 있고. 맙소사, 내가 사는 이곳이 테러에 떨고 있는데, 지금 사람들이 생각하고 싶어 할 리 없는 이 미친 게임을 어쩌라고."

게임의 출시를 보류하는 대신, 그들은 소니와 함께 변화를 주기로 결정했다. 더는 저격용 총으로 신체 부위가 날아다니지 않았다. 너무

고어Gore하니까. 게임 속에서 세계무역센터처럼 보이는 건물이 사라졌다. 샘은 추가적인 지연에 대해 사과하는 이메일을 구랑가닷컴에 보냈다. "게임이 경이적일 것이라는 것은 보장합니다."[주79]라고 그들에게 말했다. "언제나 변함없이 여러분의 지속적인 성원에 진심으로 감사드립니다."

911 테러에서 회복하려는 노력으로 미국 전역의 사람들이 TV를 켜서 현실로부터 도피하려 했다. 그중 몇몇은 특이한 광고를 접했다. 배경에는 1918년 푸치니의 오페라 [잔니 스키키Gianni Schicchi]에 나오는 이탈리아어 아리아 '오 미오 바비노 카로'가 흘렀다. 시청자들이 본 적 없는 마피아 영화의 애니메이션 예고편처럼, 서정적인 컷 씬이 펼쳐졌다. 날렵한 청백 스포츠카가 모퉁이를 빙빙 돌았다. 산탄총을 든 남자가 여자를 뒤쫓는 추격전이 나오다가, 여자가 몸을 돌려 그를 쏘아 쓰러뜨렸다. 그리고 빨간 소문자로 타이틀이 등장했다. "그랜드 테프트 오토 III".

이 광고는 이상하고 새로운 무언가를 약속했다. 게임이 아니라, 여러분이 통제할 수 있는 영화 같은 것. 시청자들은 절제된 반영웅이 검은 가죽 잠바를 입고 화려한 집으로 걸어 들어가고, 돈 살바토레 레온이 그의 어깨에 손을 올리며 협약을 맺는 장면을 보았다. 이것은 얼마 전 샘에게 영감을 준 "본부 폭파" 임무를 시작하는 컷 씬이었다. 레오네의 약속은 사실상 락스타의 약속 그 자체, 즉 게임의 새로운 시대를 예고하는 것이었다.

레온은 말했다. "나를 위해 이 건을 해주면, 온전한 일원이 될 것이라네. 원하는 것은 뭐든지 가능하지."

전국의 거실, 소파, 의자, 침실, 기숙사 방에서 한 세대의 플레이어들이 마운틴듀 캔을 꽉 움켜쥐고 외쳤다. "와! 죽이네!"

당장 해보자.Bring it.

12장

범죄는 짭짤하다
Crime Pays

12. Crime Pays

수배 레벨 ★★☆☆☆☆

"콜린 행크스를 환영해 주세요!"

2002년 1월 16일이었고, 데일리쇼의 진행자 존 스튜어트가 다음 게스트를 열성적으로 맞이했다. 24살의 소년티가 남아있는 배우이자, 스타 톰 행크스의 아들인 콜린 행크스는 그의 신작 영화 [오렌지 카운티Orange County]를 홍보하기 위해 이곳을 찾았다. 하지만 그가 정말 이야기하고 싶었던 건 새 비디오 게임인 〈그랜드 테프트 오토 Ⅲ〉였는데, 언급하자마자 청중 가운데 한 게이머가 박수를 쳤다. "내가 무슨 말을 하는지 아는 분이네요!" 행크스가 표정을 누르고 말했다.

행크스가 폭도들이나 성매매 여성과 벌인 모험을 회고하자, 스튜어트는 웃으며 두 손으로 머리를 부여잡았다. 행크스가 말했다. "만약 그녀가 차에서 내릴 때 돈을 돌려받고 싶다면, 차로 치어 버리면 됩니다. 그러면 문제 해결!"

스튜어트가 대답했다. "이제 명절 선물로 뭘 받아야 할지 알겠네요!"

행크스뿐 만이 아니었다. 〈GTA Ⅲ〉는 즉시 화제를 불러일으켰다. 게임 리뷰어들이 열광했다. '게임스파이GameSpy' 잡지는 "PS2 하드웨어 성능을 증명하는, 미치도록 잘 만들어진 재미있는 게임"[주80]이라고 평가했다. '게임프로GamePro' 잡지는 이 게임이 "범죄자의 삶을 살고 그에 따르는 보상을 얻으라는 거절할 수 없는 제안을 한다."[주81]

라고 했다. '게임 인포머Game Informer'는 "전작들이 세운 기준을 부순다."[주82]라고 말했다. '엔터테인먼트 위클리Entertainment Weekly'는 "모든 악동들의 꿈(이자 모든 부모의 악몽)"[주83]이라고 평했다.

플레이어들은 마치 실제 일어난 일처럼 게임 속 모험담을 주고받았다. 온라인에는 '처음 며칠 동안, 나는 시내를 뛰어다니며 차를 훔치고 창녀들을 치고 다니기만 했다.'라는 글도 올라왔다. 여성들도 〈GTA Ⅲ〉를 했지만, 그 게임은 분명 남자들 물건이었다. 시끌벅적하고, 분노하고, 격렬했다. 이 게임은 가장 힘없는 사람도 가장 폭력적인 환상을 표출하는 방법을 주었다. 다만, 아무도 다치지 않는 픽셀로 만들어진 세상에서 말이다. 게임 중 보행자를 납작하게 만들었을 때 가장 흔한 반응은 경악하며 숨을 들이켜는 것이 아니라, 그저 웃는 것이었다. 이 게임이 실제 삶에서 플레이어가 차로 사람들을 치고 다니게 할 수 있다고 논한다면 더욱 웃게 할 뿐이었다.

공영라디오 채널NPR의 한 해설자는, 게임 속에서 해가 지평선에 지는 동안 라디오를 틀어놓고 목적 없이 운전하는 일에 대해 칭송했다. "에머슨의 투명한 안구처럼 됩니다. 모든 것을 지켜보되, 스스로는 무로 이루어진 상태죠."[주84] 매사추세츠공대의 비교 미디어 연구소장 헨리 젠킨스 박사는 〈GTA Ⅲ〉를 새로운 개척지로 꼽았다. "물리적 공간은 이미 식민화했나 보니, 새로운 개척지를 찾고자 하는 욕구가 게임 장르에 깊게 각인되어 있습니다. 그랜드 테프트 오토는 그 세계관을 확장한 것이지요."

리뷰와 입소문에 힘입어 〈GTA Ⅲ〉는 전 세계적으로 600만 장 이상이 팔리면서 플레이스테이션2에서 가장 빨리 팔리고 가장 많은 수익을 올리는 타이틀이 되었다. 테이크투의 주가는 〈GTA Ⅲ〉 출시 3주 전인 2001년 10월 주당 7달러에서, 2002년 1월 주당 20달러 가까이 치솟았다. 한때 〈GTA Ⅲ〉가 게임 판매 순위의 1위를 차지하고, 다크 스릴러인 〈맥스 페인Max Payne〉이 2위를 동시에 점했다. 여기에

〈스테이트 오브 이머전시〉까지 포함하면, 게임 순위 상위 10위 안에 락스타 게임 3개나 올라간 것이었다.

〈GTA Ⅲ〉는 샘이 늘 꿈꿔왔던 것처럼 문화 전반에 스며들었다. '데일리쇼'에서 언급되었고, 뉴욕 길거리 믹스 테이프에 GTA 게임 사운드트랙이 들어갔다. 심지어 엑스터시 알약에 락스타 로고가 새겨져있다는 소문도 돌았는데, 홍보 캠페인이 아니라 단순히 팬심에서 나온 말이었다. 또 락스타는 뻔뻔하게 록 스타를 자처한다고 한때 놀리던 동업자들에게도 인정받았다. 락스타의 프로듀서 제로니모 바레라는 주트 수트zoot suit를 멋지게 차려입고 게임 개발자 초이스 어워드에서 올해의 게임상 트로피를 받으며 "비디오 게임이 홉고블린과 드워프*만 다루지 않아도 됨을 보여주는 상"이라고 말했다.

〈GTA Ⅲ〉의 성공 덕에 미국 게임 사업은 전년도인 2001년에 비해 40% 증가한 94억 달러의 기록적인 매출을 기록했고, 83억 8천만 달러에 머문 영화 흥행 수익을 넘어섰다. 자사 콘솔에 독점적으로 GTA 프랜차이즈를 계약했던 소니는 11월에 라이벌 마이크로소프트와 닌텐도를 제치고 게임 산업의 톱으로 올라섰다. 당시 두 회사는 각각 최근에 신형 콘솔인 엑스박스와 게임큐브를 내놓은 상태였는데도 말이다(얄궂게도, 엑스박스는 SF 슈팅 게임 〈헤일로〉로 성공 가도를 달리고 있었는데, 테이크투가 개발사인 번지를 인수한 후 마이크로소프트에 독점을 주었던 경우였다). 얼마 지나지 않아 소니의 PS2 시스템 출하량은 무려 3천만 대에 이르렀다.

소니의 필 해리슨은 〈GTA Ⅲ〉의 엄청난 재주문과 크로스오버 성공에 경탄했다. 그도 샘처럼 오랫동안 게이머를 위한 시장을 확장하고 싶었는데, 락스타가 뭔가 더 폭넓은 지점에 도달했다. 그는 "락스타가 문화, 그리고 사람들이 게임을 하는 방식에 대해 상당히 깊은 생각을 했다는 것을 보여준다."라고 말했다. "아마도 GTA가 시대정

---

* 보수주의자 고집쟁이 등의 속어.

신이란 것을 다른 무엇보다도 잘 정의했을 것이다."

소니의 본사가 있는 일본에서, 〈GTA Ⅲ〉는 유서 깊은 게임 문화와 산업의 지형을 변화시켜버렸다. 닌텐도가 지난 20년 동안 고수해 온 가족 친화성 중심의 장악력은, 〈GTA Ⅲ〉의 나쁜 신세계 앞에서 희미해져 갔다. 그러나 이런 변화에는 소니도 경계의 눈길을 보냈다. 정부 부처에서 소니 임원들에게 의문을 던지기 시작했다. 어느 저녁 파티에서 소니 창업자의 부인이 〈GTA Ⅲ〉를 두고 플레이스테이션 담당 팀을 훈계했다고 한다. "아, 여러분의 게임이 매우 폭력적이라고 들었는데요."라고 그녀가 말했다.

서구의 해리슨 등은 일본에 있는 임원들을 안심시키기 위해 최선을 다했다. 해리슨은 "우리가 전 영역을 커버하는 엔터테인먼트 플랫폼이 되려면, 미키 마우스부터 미키 루크까지 모두 갖추어야 합니다. 진정한 매스미디어 시장이 되려면, 우리 플랫폼에 완전한 엔터테인먼트 스펙트럼을 갖춰야 하고요."라고 말했다. 일본은 새로운 세대의 게임을 모니터링하기 위해, 미국 ESRB와 유사하게 자체적인 컴퓨터 엔터테인먼트 레이팅 기구CERO를 구성했다.

〈GTA Ⅲ〉에 대한 분노가(특히, 매춘부 치트키에 대해서) 확산하면서, 이 게임은 전 세계에서 피뢰침이 되고 말았다. 게임이라는 젊은 매체에 대한 편견과 혼란이 드러났다. 이전에도 핀볼, 만화책, 록 음악, 던전&드래곤 등에서 비슷한 싸움이 벌어졌기는 했지만, 그때 얻었던 경험은 일반 대중에게 거의 의미가 없었다. 비디오 게임은 여전히 어린이 장난감으로 여겨졌기에, 성인용 콘텐츠를 용납할 수 없는 미디어로 생각됐다. 사람들은 영화와 TV에 대해서는 어린이용과 어른용의 차이를 분명히 이해했지만, 비디오 게임에 대해서는 그처럼 인식하지 못했다. 〈GTA Ⅲ〉가 명시적이고 자발적으로 성인용을 의미하는 M 등급을 받았다는 사실(광고 및 커버에 의무적으로 레이블도 부착했다)은 무시되었다.

호주에서는 미디어 제품의 등급을 매기는 연방 기구인 영화 및 문예 등급 위원회가 〈GTA Ⅲ〉에 '성폭력 행위'로 분류한 내용이 묘사되었다는 이유로 등급 부여를 거부했다.[주85] 〈GTA Ⅲ〉는 호주에서 판매가 불법일 뿐만 아니라 전시도 불법이 되었다. 게임을 진열하기만 해도 소매상은 2년 이하의 징역과 수만 달러의 벌금을 물게 되었다. 플레이어는 게임을 다른 사람에게 보여주면 처벌을 받으니, 게임을 다시 매장으로 가져오라는 지침을 받았다.

영국에서는 칠드런 나우Children Now라는 아동 보호 단체의 대표가, 이 게임이 아이들을 폭력에 둔감하게 만들 것이라고 경고했다. 노섬브리아 대학의 한 심리학자는 "더욱 정교해진 게임들이, 외톨이적 행동과 반란 성향을 조장한다."[주86]라고 말했다. 2001년 12월 미국의 비영리 아동 보호 단체인 전미 미디어 가정연구소NIMF : National Institute on Media and the Family가 '비디오 및 컴퓨터 게임 연례 보고서'를 발표했을 때, 〈GTA Ⅲ〉는 부모들이 피해야 할 게임 1위에 올랐다. 콜 상원의원은 "실제 세계에서도 이미 폭력이 충분히 넘친다."라면서 "폭력을 포장지에 싸서 아이들에게 선물할 필요까지는 없다."라고 말했다.

미국의 남캘리포니아 지역 조 바카Joe Baca 민주당 하원의원은 2002년 '비디오 게임의 성과 폭력에 대한 어린이 보호법'을 도입했는데, 이로써 부모의 허락 없이 17세 이하에게 M 등급 게임을 판매하는 일이 불법이 되었다. 바카는 CNN에서 "우리는 콜럼바인에서 무슨 일이 일어났는지 보았다."[주87]라고 경고했다. "프로그램화되어 버린 애들이었습니다. 비디오 게임을 하고, 액션과 캐릭터를 받아들이고, 그 캐릭터를 연기하기 시작했고, 그 특정한 범죄를 저지르기 시작했습니다. 〈그랜드 테프트 오토 Ⅲ〉가 있다는 사실이 수치스럽습니다. 한 가지 더 있습니다. 〈스테이트 오브 이머전시〉라는 게임이죠. 이 게임으로 인하여 바로 인근에서 갱단 총격 사건이 벌어지고,

폭동이 벌어지는 모습을 많이 보게 될 겁니다. 우리는 이것을 막아야 합니다."

IDSA의 더그 로엔스틴은 그의 표현대로 "우리 아이들이 즐기는 오락을, 부모가 아닌 정부에게 통제권을 주려 하는 이념적 정치인과 언론 비평가들의 과장된 주장"[주88]에 맞서려고 노력했지만, 허사였다. 그러나 그는 업계에서 가장 논란 많은 퍼블리셔의 변호를 위해 뛰어드는 일은 거부했다. 로엔스틴은 후에 말했다. "우리는 하우저 형제의 대변인이 되어서는 안 되고, 그건 그들의 게임일 따름이다."

치즈 볼! 치즈 볼! 치즈 볼!

추운 11월의 어느 늦은 밤, 뉴욕 시내에 있는 선술집dive bar 겸 레스토랑인 라디오 멕시코. 색색의 풍선과 리본이 낮은 천정에 붙어있었다. 창문은 명절 조명으로 장식되어 있었다. 장식했다. 후드티와 트럭 운전사 모자를 쓴 20대 파티 손님 수십 명이 안에 있었지만, 지나가는 사람들에겐 문이 굳게 닫혀 있었다.

락스타는 가장 끝내주는 전통 행사로 샘의 스물아홉 번째 생일을 축하하고 있었다. 연례 치즈 볼 먹기 대회. 목표는 끈적끈적하고 기름진, 튀긴 다음 매운 소스를 바른 야구공 크기의 지방 덩어리들을 누구보다 많이 먹어 치우는 것이었다. 그 일은 쉽지 않았다. 선수들은 지방질 폭탄을 삼키는 것 외에도 주변의 아우성을 견뎌내야 했다.

가운데 테이블에서 식사하면서 락스타 직원들은 경마에서 돈을 걸듯 한 움큼씩 현금을 휘둘렀다. 도박이 권장되었다. 소리를 지르는 것은 올바른 규범이었다. 울부짖는 사이렌 소리를 뚫고 말이 들리도록, 아나운서 역의 댄은 확성기를 들고 소리쳤다. 우승한 치즈 볼 먹보는 2000달러와 함께 어디든 갈 수 있는 비행기 표 2장을 받았다. 특히 24개의 기록을 경신하면 진지하게 자랑할 수 있는 특권도 생겼다. 일부 선수들은 "강하게 먹자"라는 문구를 휘갈겨 쓴 노란색 머리

띠를 착용했다. 치즈 볼을 먹는 중간중간에 할라페뇨 튀김도 하나씩 먹어야 했다. 방 주변에는 구토용으로 양동이를 놔뒀다. 패배자들은 데킬라와 라임으로 입을 씻었다.

그 후, 그들은 "사무실에서 섹스할 가능성 높음 상", "새벽 4시에 사무실에 있을 가능성 높음 상"와 같은 시상식을 하면서 락스타 로고가 새겨진 메달을 수여했다. 락스타 프로듀서인 제프 윌리엄스는 "게임 업계가 남성 중심이라는 평판에도 불구하고 락스타는 남녀가 평등하게 섞여 있었고, 모두 젊었으며, 주중 어느 밤이라도 기꺼이 고주망태가 될 의향이 있었다."[주89]라고 회고했다.

〈GTA III〉의 후광이 있던 그 당시는, 락스타 직원으로 지내기 딱 좋은 시기였다. 돈과 술이 넘쳐 흘렀다. 궁극의 프라이빗 클럽이었다. 회원들은 서로를 마치 군대처럼 성으로 불렀다. 직원들은 신뢰의 표식으로 락스타 로고가 새겨진 주석 반지를 하나씩 받았다. 또한, 진짜 미 육군 점퍼를 받았는데 등에는 락스타 로고와 사무실 주소인 575가 새겨져 있다. 그들은 자랑스럽게 그 옷을 입었고, 게임 박람회장을 어슬렁거리면 팬들이 길을 터주었다.

페르난데스와 포프는 그중에서도 가장 큰 힘을 얻은 이들이었다. 페르난데스는 "한 백 명 정도가 자신이 비틀즈 멤버라고 느끼는 회사를 상상해 보라"고 회상했다. 포프는 샘에게 공을 돌렸다. "이 모든 것에서 샘의 천재성을 쉽게 볼 수 있다." 포프가 이어 말했다. "그는 정말로, 세상 모든 스타일리시함을 지니되, 진짜 열심히 일하고 강한 기술력과 결합해야 한다는 것을 이해하고 있었다. 풀세트로 갖춰야만 한다는 말이다."

그러나, 그랜드 테프트 오토에 대한 논쟁을 버티기란 훨씬 어려운 일로 판명되고 있었다. 비록 그들은 회사가 "성인 소비자만 주된 목표화하여, 책임감 있는 홍보와 마케팅을 하기 위한 모든 노력을 다한다."[주90]라고 형식적인 성명을 발표했지만, 실제로는 사회정치적 논쟁과 거리를 두려고 노력했다. 테이크투의 CEO인 아이벨러는 "우리가 이길 수 있을 것 같지 않았다."라고 회상했다. GTA의 감독인 콘사리는 언론이 창녀 이야기를 보도하는 동안 몸을 낮추라는 이메일을 받았다. "이 건은 크게 폭발할 것"이며, "그냥 고개를 숙이고, 언론과는 얘기하지 말아야 한다."라는 내용이었다.

게임에 등장하는 창녀에 대한 세부내용은 일반 대중들에게 받아들여지지 않았다. GTA는 점수를 올리기 위해 매춘부를 죽이라거나 하는 요구를 한 적이 없었다. 여자들을 강탈하고 살해하는 플레이어들은 그저 자기들 마음대로 하고 있었다. 킹의 표현을 빌어본다. "샌드박스 게임 플레이의 우발적 결과이자, 사용자 안에, 그의 정신 속에 있는 행동이다. 이런 행동이 그에 대해 무엇을 말해주는 것일까?" 동시에 킹은 락스타가 여러 버튼을 누르고 있다는 것을 알고 있었다. 그는 "우리는 이 미디어의 차기 대표주자로 나선 셈이었다."라고 말했다.

락스타 창업자들이 미국 대중문화에 대해서 아무리 박식했어도, 어떤 본질적인 면은 고려하지 못했다. 바로 사람들이 게임을 얼마나 청교도적으로 판단할 것인지 말이다. 심지어 동종업계 사람들마저도 말이다. 어린이 친화적 인기 상품인 게임 〈크래쉬 밴디쿳Crash Bandicoot〉 프랜차이즈를 만든 너티 독Naughty Dog의 공동 설립자인 제이슨 루빈Jason Rubin은, LA 타임스와의 인터뷰에서 〈GTA Ⅲ〉를 판매하는 일은 "아이들에게 담배를 파는 것과 같다."[주91]라고 말했다.

외부인들은 믿기 힘들겠지만, 그런 공격은 락스타 내부인들에게 상처가 되었다. 그들은 자신들이 수백 만의 사람들에게 오락을 주었지만, 어떤 위험한 선을 넘어버린 건지 자문할 수밖에 없었다. "도덕적으로 잘못된 일을 하고 있는 건가?"라고 킹은 의아해했다. 그는 이후 "항상 우리 자신을 의심하고 비판하고 있었다."라고 회상했다.

그러나 '롤링스톤Rolling Stone' 잡지의 한 기자가 락스타 특집기사를 위해 사무실에 왔을 때, 공동 창립자들은 책임감에 관한 생각은 모두 무시했다. 면도도 하지 않고 후줄근하게 뒷방에 있던 도노반과 하우저 형제는 비판하는 이들을 책망했다. 도노반은 "플레이스테이션 소유자가 모두 10살짜리는 아니라는 점을 생각하면, 사회적 가치를 구속해야 하는 사회적 책임감은 없다."[주92]라고 말했다.

"왜 이런 대화를 하는 거죠?"[주93] 댄이 수사적으로 물었다. "미친 짓이죠. 이따금 생각나는 무슨 쓰레기 같은 소재로, 우리를 바보스러운 대화에 끌고 들어갑니다. 마치 '아이들을 세뇌하는 거야?' 아니면 '너희들이 헛소리하고 있다는 것을 우리 둘 다 알고 있는데 어떻게 어른스럽게 이런 대화를 할 수 있을까?' 같은 거죠. 복잡하지도 않습니다."

댄은 이어, "만약 이게 영화나 TV 드라마였고 그 분야에서 최고였다면, 상을 많이 받고 TV에 그 시상식을 방송할 것"이라고 말했다. 그는 "그런 것까진 정말 바라지 않는데, 그저 비디오 게임에서 같은 성취를 이뤘다는 이유로 개새끼라고 불리지는 않았으면 합니다."라고 말했다. 그러니까 정말로 하는 말은 '콘텐츠가 아니라 미디어'가 중요하다는 거 아닙니까. 다른 분야에서의 행동으로 증명했죠. 그래서 당신들이 이 미디어에 대해서 좋아하지 않는 점이 무엇입니까? 왜냐하면, 바로 그런 생각들을 저희가 뒤집어야 하니까요. 당신들이 생각하는 바가 다른 사람들에게도 똑같지는 않습니다. 우리에게는 이것이 비선형 인터랙티브 스토리 라인을 실험하는 방식이거든요."

폭력에 대한 질문을 받았을 때, 샘은 ESRB를 지지했다. 그는 "우리는 등급제를 매우 엄격하게 준수하며, 성인 등급 제품의 마케팅에 관한 기준을 매우 진지하게 받아들이고 있다."[주94]라고 말했다. "대안이 뭐죠? 검열? 진심으로 그렇지 않기를 바랍니다."

게임에 사회적 만족감을 요구한다면 요점을 놓친 것이다. 댄이 말했다. "뭔가 착한 일을 하면 누가 등을 토닥거려주는 판타지 세계가,

대체 어디가 사회적으로 만족스럽습니까? 그냥 아첨이지." 샘은 분노를 억누르려는 듯 의자에서 자세를 바꿨다. 그들 스스로 얄팍한 막말 방송인이 아니라 열심히 일하는 예술가들과 프로듀서들이라고 생각하는데, 그게 무슨 문제인가.

샘이 말했다. "제가 폭력에 대해 너무 많이 말하지 않으려는 경향이 있는데, 왜냐하면 결국 그 이야기 또한 폭력이 되어 남아버리니까요." 하지만 게임에서 뭔가 잘못하면 경찰이 와서 체포하죠. 그냥 마음대로 날뛰며 계속, 계속 밀고 나가는 게 아닙니다. 범죄를 저지르면 경찰이 쫓아옵니다. 더 많은 죄를 지으면 더 많이 쫓아오고, 더 많은 죄를 지으면 FBI가 나타날 것이고, 기동타격대가 나오고, 군대가 나타납니다. 그게 게임에서 도덕적 규범을 강화하지 않는다면, 무엇이 할 수 있을지 모르겠네요."

"너, 뉴욕 타임스 읽어봤냐?"

어느 날 락스타에서 제이미 킹은 아버지로부터 이런 메시지를 받았다. 킹의 아버지는 아들이 게임 산업에서 이룬 업적에 자부심을 느꼈고, 킹은 아버지와 좋은 관계를 유지했다. 하지만 킹의 아버지는 아들에게 전화해서 무언가 심각한 위법적인 일이 무대 뒤에서 일어나고 있을지도 모른다고 경고했다.

뉴욕 타임스 1면 비즈니스 섹션 기사 제목은 "게임의 히트가, 회사의 걱정을 밀어내다."였다. 킹은 계속 읽었다. "도난, 뺑소니 총격, 무작위 구타, 매춘, 마약 거래가 회계 부정을 보상할 수 있을까? 그래픽이 훌륭하다면 그럴 수도 있다. …게임 소프트웨어 시장의 선두주자로 부상한 테이크투는 올해 초, 7개 분기 동안 금융수익률을 잘못 기재한 점을 인정했다. 증권거래위원회는 주식 매매를 3주간 강제 정지하고 조사를 계속하고 있다. 그리고 최소 5개의 주주 소송이 테이크투를 상대로 진행 중이다."[주95]

보도에 따르면 테이크투는 2000년에 2,300만 달러의 수익을 과대 계상했다고 했다. 한 분석전문가에 따르면, 이는 그해의 신고 이익에 상당한 증가를 초래해서, 수정 후 수치인 640만 달러가 아닌 2,460만 달러로 보고되었다. 또 다른 분석전문가는 이 일이 금융사기에 해당한다고 말했다. 브랜트가 게임 산업에 진출한 이후 이뤄낸 테이크투의 비상한 성공을 고려할 때, 금융계는 금융위 조사가 특히 불길한 징조라고 느끼고 있다.

테이크투 주식으로 손해를 본 한 헤지펀드 매니저는 "언론과 기업의 사회적 책임에 관한 이런저런 것들이 두드러지는 시점이라서, 이 사건은 부적절한 메시지를 주는 셈이었다."[주96]라고 말했다. '좋은 게임을 내놨는데 누가 과거를 신경 쓰겠냐?'는 말이다. '범죄는 짭짤한 이득을 준다.'라는 말이다."

아이벨러와 다른 임원들이 락스타를 이 문제로부터 최대한 분리하려고 노력했지만, 쉽지 않았다. 아이벨러는 락스타에게 "사업은 잘 굴러가고 있네. 이뤄낸 성공을 보시게."라고 말했다. 그러나 개인적으로는 부담을 느꼈다. "회사가 매우 좋은 성과를 거두었지만, 재정적으로는 진짜 먹구름 아래 있었다."라고 그는 나중에 말했다.

샘은 그의 팀을 테이크투로부터 격리했지만, 직원들은 조사가 들어갔다고 해서 완전히 놀라지는 않았다. 어쨌든 테이크투 임원들의 회전문은 있었기 때문이다. 그 문제는 특히 그늘에 가려져 있던 락스타 창립자 킹과 포먼 두 사람에게 큰 타격을 주었다. 포먼은 도노반, 하우저 형제, 킹과 함께 회사를 시작한 이래 창업자들 사이에 분열이 생기는 것을 느꼈다. 언론이 도노반과 샘을 락스타의 얼굴로 취급하는 것부터 시작되었다. 천성적으로 수줍은 포먼은 그들이 스포트라이트를 받는 것을 기쁘게 생각했지만, 더는 무시할 수 없는 균열이 보이기 시작하고 있었다.

포먼은 나중에 샘이 열정적으로 자신에게 다가와 "몇 년 안에 우리 모두 백만장자가 될 수 있어! 놀라울 거야!"라고 했던 날을 기억해내었다. 샘은 곧바로 발언을 수정했다. "아니 10억을 벌 때까지 멈추지 않을 거야."라고 덧붙였다.

포먼은 그가 걸어가는 것을 지켜보았다. 그는 게임의 한계를 넘는 것, 경계선을 넘는 것, 자신이 할 수 있는 모든 것에서 최대한을 뽑아내고자 하는, 샘의 끊임없는 열정을 보며 "샘을 아니까 하는 말인데, 10억으로도 부족할 것 같았죠."라고 생각했다.

바이스 시티
Vice City

13. Vice City

토니: 넌 행복해져라. 난 내게 닥칠 일들이 내가 살아있을 때
      닥치길 바라. 죽은 다음이 아니라.
매니: 그래, 무슨 일이 닥치는데, 토니?
토니: 세상, 사람, 그리고 그 안에 있는 모든 것.

샘은 토니 몬타나Montana가 마이애미의 네온사인 거리를 운전하는 모습을 보았다. 영화 [스카페이스Scarface] 는 아무리 봐도 질리지 않았다. 여전히 감동적이었다. 알 파치노가 믿기지 않을 만큼 훌륭하게 연기한 쿠바 난민이 코카인 거래의 왕이 되는 상승과 몰락. 마약. 폭력. 담력. 누가 뭐라고 지랄해도 몬타나가 항상 스스로 옳다고 생각하는 것을 고수하는 방식. 샘이 주변의 압박이 거세짐에도 불구하고 고개를 숙이고 게임 제작에 임하고 있었던 것처럼 말이다. 샘은 언젠가 "[스카페이스]는 짱이야. 그치?", "몬타나는 정말 쩐다고."라고 말했다.

샘은 80년대의 마이애미도 그렇다고 생각했다. 샘이 생각하기에는 그 시공간이 "단연 가장 그루브 넘치는 범죄의 시대였는데, 범죄라는 느낌조차 들지 않았기 때문이다. 쿠바인 킬러들이 나타나서 길거리에서 사람들을 총으로 쏘는데, 그런 게 온갖 과잉과 코카인, 페라리와 테스타롯사 자동차의 아지랑이 속에서 막 축제처럼 펼쳐졌다. 위아래, 앞뒤가 막 뒤집힌 시대였다. 80년대의 미친 점들을 모두

함축했는데, 심지어 그 지역이 미국이라서 더 미쳤다."[주97] 게임으로 만들기에 이보다 더 좋은 시간과 장소가 어디 있겠는가.

〈GTA Ⅲ〉로 상과 판매량, 논란을 모두 긁어모으던 와중에, 샘은 다음 게임에 대한 기대감이 커지는 것을 느낄 수 있었다. 한 가지 그가 알고 있는 사실은, 다른 퍼블리셔들처럼 끝없는 속편은 내기 싫다는 것이었다. 그러나 그와 동시에 락스타는 상장 기업의 자회사였고, 샘은 부모격인 회사 테이크투를 기쁘게 해드려야 한다는 압박감과 긴장감을 받았다. 하지만 그가 이번 작을 넘어설 수 있을까? "〈GTA Ⅲ〉의 충격을 다시 한번 해내야 했다.", "두려웠다."라고 샘이 말했다.

이미 다음 게임은 첫 번째 게임에 나온 마이애미를 본뜬 바이스 시티를 무대로 만들겠다고 구상하고 있었지만, 어떤 시대를 다룰지를 결정해야 했다. 당시 뉴욕에는 80년대 스타일의 유행이 돌아오고 있었다. 클럽에서는 INXS와 뉴 오더New Order의 음악이 스피커에서 쿵쿵거렸고, 코카인 역시 컴백 중이었다. 댄에게 그 시대는 "우리가 게임을 통해서 무척 효과적으로 풍자할 수 있는 일련의 가치들을 숭배했던 시기다. 탐욕, 돈에 대한 사랑, 이상한 복장 등…. 게다가 음악도 우리 모두가 좋아하던 곡들이었다. 그때가 한창 자라나며 처음 음악에 관심을 가졌던 시기였으니까." 〈GTA Ⅲ〉의 성공에 고무된 댄은 작가로서의 목소리를 찾고 있었다. 소설가나 극작가가 아니라, 게임 작가로서 말이다. 컷 씬을 통해 이야기를 전할 수 있는 사람, 플레이어를 허구의 세계에 풀어놓아 줄 적절한 순간을 고르는 사람이길 원했다.

그러나 샘이 〈GTA: 바이스 시티〉를 80년대로 설정하는 것에 대해 입을 털며 로프트를 돌아다닐 때, 이해하지 못하는 사람들도 일부 있었다. "대체 왜 그리 고집하게 된 거죠?" 한 직원이 물은 적이 있다.

"고집이 절대 아니야. 이래야 분위기가 산다니까!" 샘이 고집을 부렸다.

"팔십년대가요? 좀 거칠지 않았나요?" 또 다른 사람이 말했다.

"그래, 물론이지!" 샘이 대답했다. "하지만 그게 더더욱 해야 할 이유야!"

샘의 편에는 핵심 신봉자가 한 명 있었으니, 바로 공동 창업자 제이미 킹이었다. 킹은 준비된 열정과 매력을 발휘하여, 샘의 전폭적인 열정과 팀의 성과 압력 사이에 완충 역할을 하며 회사 내에서 핵심적인 역할을 담당했다. 팀원들이 〈바이스 시티〉의 방향성에 대해 질문하는 것을 듣고, 그는 "플록 오브 시걸스Flock of Seagulls 노래처럼 좀 가야 한다고!"* 라고 말했고, 샘을 믿을 필요가 있다고 했다. 그래서 그들은 회의론자 설득 작업에 들어갔다. 샘은 근처에 있는 영화관을 빌려 팀을 데려가 영화 [스카페이스]와 [지옥의 묵시록Apocalypse Now] 감독판을 관람시켰다. [마이애미의 두 형사Miami Vice]드라마는 DVD로 나오지 않았기에, 샘은 이베이를 뒤져서 1984년과 1989년 사이에 나온 시즌이 담긴 VHS 비디오 테이프를 죄다 모아들였다.

점심시간에 그는 집으로 달려가서 또 다른 테이프를 틀고 에피소드 한두 개를 보곤 했다. 그는 이 액션 장면부터 미션 같은 구조까지 게임으로 만들기에 완벽한 시리즈에 설레었다. 〈바이스 시티〉는 그저 80년대에 대한 게임이 아니라고 샘은 주장했다. 구체적으로 1986년, 샘의 견해로는 그 시대의 절정기를 다루었다. 샘과 댄은 페르난데스에게 웹 시스템을 구축하게 하고, 찾을 수 있는 모든 문화 연구 자료, 즉 낙하산 바지, 드로리안 자동차, 핑크빛 비행사 선글라스 등의 사진을 올리게 했다. 샘은 디테일을 다듬어갔다. 아무 페라리나 게임에 넣고 싶지 않았다. 1986년산 페라리 스파이더 GTB, 그것도 사이드미러가 양측 모두 달린게 아닌 왼쪽에 하나만 달려있는 것을 원했다.

〈스테이트 오브 이머전시〉의 꾀죄죄한 프로듀서 유잉이 어느 날

---

* 80년대 뉴웨이브 신스 밴드로, 거의 유일한 히트곡으로 "I Ran"(나는 튀었다)이 있음.

로프트에 들어왔다가, 샘은 영감이 솟구친 미친 과학자처럼 화이트보드에 스케치를 그려나가는 모습을 보았다. 겉보기에는 무작위처럼 보였지만 웃겨 보이는 온갖 80년대 용어들이 칠판에 휘갈겨 적혀 있었다. 플록 오브 시걸스, 마이애미 바이스, 코카인. 이 말들에서 선과 화살표가 뻗어 나가 가리키는 칠판 중앙에는 아놀드Arnold라고 적혀 있었다. 80년대 히트 시트콤인 [신나는 개구쟁이Diff'rent Stroke]에 나온 게리 콜먼Garry Coleman의 캐릭터였다. 유잉은 "아놀드가 마치 깨달음의 핵심이 된 것 같았다."라면서, "그것은 샘이 어떻게 문화의 끈을 모으고 묶어서 제품으로 만드는지 들여다보는 작은 창문일 뿐이었다."라고 회상했다.

샘의 복음이 먹혔다. 직원들이 직원 전용이라 쓰여진 자켓을 입고 로프트 안을 돌아다니기 시작했다. 락스타는 이제 락스타 노스Rockstar North로 이름을 바꾼 구 DMA 개발자들을 에든버러에서 비행기에 태워, 마이애미 오션 드라이브에 있는 호화로운 호텔에 투숙시켰다. 목에 카메라를 건 창백한 스코틀랜드인 서른 명이 프론트 앞에 섰다. 샘은 그들에게 "이 공간에서 살면서 숨 쉬어보라"라고 말했다. "이 공간을 학습하라고. 바로 이게 우리가 화면에 띄우려고 하는 거야!" 아, 그리고 한 가지 더. "네온을 심어!" 샘이 다시 말했다. "네온이 필요해!"

치음에는 날씨가 폭풍우가 치는 회색이어서, 스코틀랜드인들이라면 딱 술집에 들어갈 정도의 날씨였다. 구름이 흩어지자 그들은 거리로 나가서, 건물, 야자수, 일몰의 사진을 찍었다. 주말까지 그들은 수백 장의 사진을 얻었고, 서른 건의 심각한 일광화상도 얻었다. 〈GTA III〉에서 이미 3D로 도약했기 때문에, 〈바이스 시티〉를 만들 때는 기술을 재창조하기보다는 다듬는 정도에 초점을 맞출 수 있었다. 목표는 이 기술을 사용하여 세계를 더욱 활기차게 만드는 것이었다. 게이머를 즉시 몰입시키기 위해, 장면을 더 빨리 쏟아내야 한다. 행인들이 더

그럴듯하게 움직여지도록 코드를 수정해야 한다. 더 정교해진 물리 엔진으로 자동차 선택권도 늘릴 수 있었다. 딱 적절한 느낌과 민첩성을 가진 스쿠터라든지 말이다.

아마도 가장 중요한 변화는 새로운 조명 시스템이 제공하는 넓고 표현력 풍부한 팔레트 덕분에, 햇빛이 찬란하고 네온 빛 가득한 바이스 시티의 화려함이 표현 가능해졌다는 점이었다. 액션 게임은 대부분 회색과 갈색의 우울한 색조로 나왔지만, 〈바이스 시티〉는 색감이 폭발했다. 그들은 야자수 늘어선 거리를 크럼의 만화나 고양이 펠릭스에서 나온 것 같은 과장된 캐릭터들로 채웠다. 롤러스케이트를 탄 비키니 차림의 몸매 좋은 여성들. 사타구니 쪼이는 사각팬티 차림의 번지르르한 남자들. [마이애미의 두 형사]의 돈 존슨 풍의 베이비-블루 색 캐주얼 정장을 입은 사업가 들. "우리는 월트 디즈니가 권위에 불만 많은 뽕쟁이였더라면 그려냈을 법한 스타일을 선택했다."라고 락스타 노스의 예술 감독 애런 가버트Aaron Garbut가 말했다.

이런 디테일을 렌더링하는 데는 수많은 밤샘 작업이 필요했다. 비행기와 헬리콥터가 도입되었으니, 거리뿐만 아니라 하늘에서도 장면을 볼 수 있어야 했다. 단순히 〈GTA Ⅲ〉보다 더 풍부하고 활기찬 세상인 수준이 아니라, 장소의 생생한 느낌을 더 강하게 플레이어에게 제공하려고 했다. 〈바이스 시티〉에서 플레이어는 잔챙이 범죄자 토미 버세티Tommy Vercetti가 되어, 지역의 폭력세력과 마약왕들이 주는 임무를 완수하게 된다. 이번에는 가상의 오션 드라이브에 자기 아파트도 있다. 플레이어는 번쩍이는 마이애미식 로비를 지나 자기 방으로 걸어오곤 했다. 이런 종류의 클리셰는 보통 롤플레잉 게임이나 일상 시뮬레이션 게임 장르의 영역이었지만, 이 경우는 게임에 생명을 불어넣고자 하는, 샘의 목표와 잘 들어맞았다. 샘은 "사람들에게 무언가를 정말 소유하는 느낌을 주는 것이다. 그런 물건이 여기 있고, 진짜여야 한다."라고 말했다.

바이스 시티의 라디오 방송국보다 더 사실적인 것은 없었다. 이번에는 메탈음악을 트는 V-락V-Rock 채널에서 라틴 방송 에스판토소 Espantoso 까지 아홉 개 채널이 있었다. 댄은 풍자적인 라디오 광고도 만들었는데, 광고 대행사를 통해서 모은 1980년대 FM 라디오 광고, 예를 들어 바보 같은 광고 내레이션이나 CM송 같은 것들을 몇 시간 동안 들으며 앉아 있었다. 그들은 슬래셔 영화와 도넛 판매상, 자기 계발 전문가들과 헤어스타일링 제품("경고: 부작용으로 입이 마르고 동공이 확장되고 편집증, 심장 두근거림과 코피가 날 수 있는데, 어쨌든 머리카락은 멋지게 될 겁니다!") 광고를 흉내냈다. 또한, 성장기에 했던 80년대 저해상도 게임들("신앙의 수호자여…… 그대의 환상적인 붉은 네모로 초록색 점들을 수호하라!")을 활용하며 놀았다.

어느 날 아침, 락스타 로프트에서 불과 몇 블록 거리의 스프링가와 엘리자베스가 교차점에 있는 페르난데스 아파트에 전화벨이 울렸다. "여보세요?"

"페르난데스!" 샘이었다. "아래층에서 만나!"

페르난데스는 상사의 부름을 받아서 기뻤다. 그는 샘을 진정한 천재, 영화의 브룩하이머나 음악의 게펜 급의 프로듀서로 여겼다. 테이크투에게 게임을 천만 부 팔아내겠다고 약속하는 샘의 포부를 좋아했다. 샘은 뻔뻔스럽게 회사에 맞섰고, 그들의 "부모"에 맞서서 영향력을 유지했다.

페르난데스는 샘이 자신과 포프를 얼마나 소중하게 생각하는지도 높이 평가했다. 얼마 전까지만 해도 샘은 새로운 서라운드 사운드 시스템을 확인하기 위해 포프가 사는 이스트 빌리지 아파트로 건너왔다. 그들은 술을 마시고 함께 [반지의 제왕Lord of the Rings]을 봤다. 샘이 "니들이 나보다 잘 산다!"라고 내뱉었다. 하지만 사실 샘은 새 포르쉐를 뽑았고 댄에게는 롤렉스를 주었다. 웨스트 빌리지에 집을 사고 있었고, 포프가 자기 안방극장을 차리는 걸 도와주고 싶어 하였다. 그들은 친구였다.

그날 샘의 전화가 오자, 페르난데스는 커피 마실 틈도 없이 재빨리 머리를 빗었다. 밖으로 나와서, 샘이 준비를 마친 것을 보았다. 손에는 스크린과 날렵한 다이얼이 달린 통통한 흰색 기기를 들고 있었다. "그게 뭔가요?" 페르난데스가 물었다.

"아이팟!" 샘은 애플에서 새로 나온 기기를 가리키며 말했다. 샘이 웨스트 4번가를 향해 성큼성큼 걷기 시작했고 페르난데스는 그의 뒤를 따라갔다. "페르난데스! 차를 타고 시내를 돌면서 내가 〈바이스 시티〉를 위해 생각 중인 노래들 들어보자" 샘이 그에게 말했다.

운전사가 차고에서 샘의 포르쉐를 꺼내왔다. 샘은 맨해튼의 이스트 사이드에 길게 뻗은 고속도로인 FDR 드라이브로 직행했다. 그는 자동차 스테레오에 연결한 아이팟을 향해 손을 뻗었다. 샘은 "빠르게 운전할 때 이 노래 중 어떤 곡이 가장 기분이 좋은지 보자."라고 하며 액셀을 밟았다. [마이애미의 두 형사]의 주제곡인 "크로켓의 테마"를 시작하는 버튼을 눌렀다. 두둥거리는 신디사이저와 드럼이 들어온다. 그러자 코카인 약발 빠지는 듯한 이상한 화음, 거의 일본 같은 가상 하프를 뜯는 듯한 소리가 들려왔다. 샘은 "이게 우리 게임이 지닌 분위기"라고 말했다.

페르난데스는 금빛 도시와 노래가 흐릿하게 녹아 들어가는 느낌을 받으며, 몸을 뒤로 젖혔다. 티나마리. 슬레이어. 필 콜린스. 여러 가수들의 곡이 나오는 대로 이름을 휘갈겨 적었고, 얼마나 잘 맞을지 등급을 부여했다. 특히 적절한 곡이 나오면 샘은 볼륨을 올렸고, 그의 얼굴에 무엇인가가 떠올랐다. 이것은 댄과 그가 옛날에 들었던 어린 시절의 노래였다. "이보다 더" 브라이언 페리가 노래를 불렀다. " 이보다 더한 것을 없다는 걸 알잖아."*

___

* 록시 뮤직의 곡, More Than This.

어느 일요일 아침 일찍 페르난데스의 전화가 다시 울렸다. 그는 굴러가서 전화기를 귀에 댔다. "여보세요?"

"첫 버전이 도착했어!" 샘이 말했다. "어서 확인해 보자고."

페르난데스와 포프는 샘을 따라 로프트 안으로 들어가, 〈바이스 시티〉의 첫 번째 버전을 돌려봤다. 2002년 10월 출시예정이었기 때문에, 〈바이스 시티〉를 만들 시간은 총 10개월 밖에 없었고, 이제 7개월밖에 남아 있지 않았다. 오션 드라이브를 바탕으로 한 시뮬레이션이 화면에 펼쳐지자, 페르난데스는 페라리 GTB에 뛰어올라 도로 위를 달리며 해변이 지나가는 모습을 지켜봤다. "와, 바로 이거야"라고 그가 말했다.

포프는 게임에서 옥상에 올라가 그냥 앉아 있었다. 태양이 비취색 파도 위로 지면서 진홍빛과 오렌지빛이 퍼져가는 모습을 보며 앉아 있었다. 야자수가 흔들리고, 갈매기들이 날아갔다. 맙소사, 그는 아름답다고 생각했다.

샘은 그냥 운전하는 걸 좋아해서 지도 위를 돌아다니며 게임의 분위기를 음미했다. 개발팀이 상자 안에 만들어놓은 완벽한 작은 세계였다. 그는 오토바이를 탈취해 달리다가, 앞바퀴를 들고 네온 빛의 상점가 옆을 지나쳤다. 엔진의 굉음 위로 '99개 풍선99 Luftballons' 노래가 들리면서 뭔가 이상한 변화가 시작되는 게 느껴졌다. 컴퓨터 모니터의 유리가 마치 젤리로 변하기라도 한 듯 울렁거렸다. 그리고 그는 게임 속에 들어가 있었다. 미친 게 아니라 진짜로 말이다. 샘은 "현실과 허구의 경계를 넘은 느낌"이라고 생각했다.

그러나 샘은 또한 불안감에 사로잡힌 기분이었다. 이거 안 팔리면 어떡하지? 500만 달러의 예산이 든 〈바이스 시티〉는 지금까지 그들이 만든 가장 큰 게임이었다. 대본만 해도 평균적인 게임이나 영화를 압도했는데, 컷 씬이 82개, 대사만 200페이지, 추가로 600페이지 상당의 행인들 대사, 그리고 라디오 대본이 300페이지였다. 그들은 가능한 모든 내용을 DVD에 눌러 담고 있었다. 샘과 댄은 이전에 어떤 게임도 한 적 없는 수준으로 연예인들의 목소리 녹음을 쓰고 싶었다. 댄은 "TV 드라마의 가장 멋진 점은 스타들이 찬조 출연하는 것으로 생각했죠. 매그넘 P.I. 에피소드에 스포츠 스타들이 나오듯 말이죠."

샘은 "몰락한 스포츠 스타가 지금은 다른 일을 하고 있다든지, [마이애미의 두 형사]에서 항상 필 콜린스Phil Collins나 프랭크 자파Frank Zappa 가 찬조 출연으로 나왔던 그런 거 있잖아."라며 거들었다. 킹이 말했듯이, 그들은 단지 그 스타들을 만날 구실을 원했다. 〈GTA III〉 때의 스타와는 달리, 이번에는 목소리를 갖출 예정이었던 버세티Vercetti부터 시작했다. 이렇게 거대한 세계에 개성을 불어넣으려면 적절한 배우가 필요했다. 영화 [좋은 친구들] 때부터 그들이 열광하던 레이 리오타Ray Liotta 같은 배우 말이다.

킹은 레이 리오타가 이미지 변신을 위해 가족 영화를 찍으려고 한다는 말을 계속 들었다. 그 말을 들은 킹이 평소의 투지와 스타일을 장착하고 전화를 걸었다. 쉽지 않았지만, 마침내 킹은 호의적인 젊은 할리우드 에이전트와 연락이 닿았다. 그리고 어느새, 그들은 리오타 본인과 브루클린에 있는 피터 루거 스테이크하우스에 앉아 술을 마시며 그의 영화를 얼마나 좋아하는지에 대해 웃으며 떠들고 있었다. 갑자기 리오타가 아무 이유 없이 차갑게 식어 그들을 내려다보며 쏘아붙였다.

"씨발 왜 웃어?"

다들 긴장해서 침을 삼켰다. 리오타가 웃음을 터트리며 "장난입니다!"라고 말했다.

"완전히 '좋은 친구들' 같은 짓 당해버렸네요!" 킹이 말했다.

리오타가 합류했지만 '좋은 친구들' 짓은 완전히 연기만은 아니었다. 콘사리가 후에 녹음 세션에서 있던 일을 회상했다. 리오타는 농구 한판을 뛰고 아파서 심하게 절뚝거리며 들어왔을 때의 일이다.

"내가 씨발 마지막으로 한 비디오 게임이 〈퐁〉이었다고." 리오타가 지친 톤으로 말했다.

이 무슨 개같은 경우가? 콘사리는 생각했다. 콘사리의 아버지는 의사였는데, 여기에 아버지의 1년 수입의 절반을 받고 온 할리우드의 터프 가이가 있었다. 그런데 이런 불성실한 태도라고? 콘사리가 말했다. "이봐요, 저는 당신이 바깥에서 뭘 하든 신경 안 써요. 그러니까 저도 [좋은 친구들]에서 당신 엄청 좋아했지만, 어쨌든 이건 일이고 이건 좀 해주셔야 합니다." 그리고 콘사리는 그에게 스타벅스 커피를 큰 잔으로 하나 사 주었고, 리오타는 마음을 가라앉히고 배역에 몰입했다.

얼마 지나지 않아, 그들이 가장 좋아하던 스타들이 줄줄이 게임 녹음을 위해 쏟아져 들어오기 시작했다. 피터 폰다Peter Fonda, 데니스 호퍼Dennis Hop per. GTA에 출연하는 것은 배우들에게 명예 훈장이었고, 힙의 표식이었다. 락스타 직원들은 기쁨을 참을 수 없었다. 킹은리 메이저스Lee Majors가 자기 부분을 녹음하러 도착하자, "내가 6백만 불의 사나이 옆에 앉아 있어!"라고 말했다.

콘사리는 바이스 시티의 포르노 스타 캔디 석스Candy Suxxx 배역으로 성인물 스타 제나 제임슨Jenna Jameson 을 제안했고 출연료 5,000달러를 제시했다. 하워드 스턴 라디오 쇼에 출연했을 때 했던 걸 생각하면 아주 쉬운 일이 될 터였다. 알고 보니 제임슨의 남자친구가 〈GTA Ⅲ〉의 엄청난 팬이었다. 섭외 완료. 콘사리는 바이스 시티에 넣을 캔디가 등을 대고 누워있는 장면을 모션 캡쳐로 잡아냈다. 30cm짜리 자기 '생선'에 대해 농담하는 어부와의 섹스를 암시하는 대목이었다. 콘사리는 "심의 규정이 좀 그렇죠!"라며 말했다.

하지만 제임슨이 자기 대사를 녹음하러 스튜디오에 왔을 때, 팀원들은 중고등학생들처럼 긴장해서 술렁거렸다. 댄은 꽉 끼는 청바지와 검은 셔츠를 입은 그녀를 한 번 쳐다보다가, 그의 표현대로 "아주 영국적 느낌"을 느끼기 시작하며 당황했다. 그녀가 하필 자기 아버지와 함께 나타나서 더 당혹스러웠다. 콘사리가 댄에게 속삭였다. "저기, 아버지가 같이 계신 건 괜찮은데, 하지만 이런 상황에서 섹스할 때처럼 신음 소리를 내게 시키려니 불편하네요."

제임슨의 아버지가 동석한 가운데, 오르가즘의 시간은 여러 방면으로 다가왔다. "안녕하세요, 제나." 댄이 어색하게 말했다. "그러니까 흥분한 듯한 소리를 낼 수 있을까요?"

그녀는 그를 미심쩍은 듯이 쳐다보았다. "무슨 말씀이세요?"

"행복한 것 같은 소리요! 즐거운 시간을 보내고 있는 것처럼!" 그는 손가락을 딱 소리를 내면서, "초콜릿 바를 먹는 것 같은 소리요!"라고 말했다.

"그러니까, 섹스하는 것처럼 말이죠?" 그녀가 무표정하게 말했다. "아니면, 그게 아니라 초콜릿 바를 먹는 것처럼 하라는 건가요?"

"네, 섹스요" 댄이 말했다. "그거면 완벽합니다!"

그녀는 바라는 대로 해주었다.

부동산 거물 에이브리 캐링튼 역을 맡았던 버트 레이놀즈와의 만남에는 아무런 준비가 없었다. 팀원들은 레이놀즈의 노골적이고 마초적인 고전물 [스모키 밴디트Smokey and the Bandit], [서바이벌 게임 Deliverance] 등을 보며 자랐기 때문에, 그와 함께 일한다는 사실에 다들 흥분했다. 레이놀즈는 스타 대접을 받으며 일할 준비가 된 상태로 도착했다. 콘사리는 그의 눈에서, 다른 많은 배우들이 게임이라는 미디어에 대해 가졌던 어떤 경멸의 태도를 볼 수 있었다. 콘사리는 당시 상황을 "배우들은 꼭 '너네 씨발 뭐냐. 게임쟁이인지 겜돌이인지 하는 녀석들이냐?' 하는 식으로 쳐다보죠."라고 회상했다. 그런데도 콘사리는 배우들을 다루는 데에 거리낌이 없었다. "제가 설명해 드리기를 원하신다면, 이 게임은 총 수익이 5억 달러가 넘어요. 당신 영화 매출을 다 합친 것보다 많죠!"라고 말하곤 했다.

하지만 레이놀즈에 대해서만큼은 콘사리의 맥이 끊겼다. 콘사리는 레이놀즈가 자신의 장면을 끝낸 후 댄이 정중하게 재녹음을 부탁했던 때를 떠올렸다.

"저기요. 그 대사를 한 번만 다시 해줄 수 있을까요?"

레이놀즈는 그를 물끄러미 내려다보며 "뭐라고 했나?"라고 중얼거렸다.

"그 대사를 다시 해주실 수 있나요?" 댄이 다시 말했다.

"이봐, 자네는 사람들한테 잘했군! 을 줘야 하네."

"잘했군, 이요?"

"그래, 사람들이 뭔가 일을 잘하면, 그들에게 '잘했군'을 줘야 하는 거거든."

콘사리와 댄은 레이놀즈가 무슨 말을 하고 있는지 처음에는 전혀 알지 못한 채 불편하게 자세를 바꿨다. 그러다가, 그가 뭔가를 다시 하기 전에 환호를 좀 받고 싶어 하는 것을 깨달았다. "잘하셨습니다!"를 원한 것이다. 대사는 다시 녹음했지만, 콘사리는 레이놀즈의 태도가 더 나빠졌을 뿐이라고 생각했다. 스튜디오가 더워져서 레이놀즈는 옷이 흠뻑 젖을 정도로 땀을 흘렸다. 레이놀즈가 모르는 사이에 매니저가 셔츠를 사러 나갔다. 셔츠가 도착하자 댄은 천진난만하게 레이놀즈에게 다가가 말했다. "아, 셔츠가 왔네요."

레이놀즈는 셔츠를 사 오는 줄 몰랐고, 그냥 댄이 흠뻑 젖은 자신을 모욕하고 있다고 생각했던 것 같았다. 레이놀즈는 그에게 "여기서 두 번의 부딪힘이 있을 거야"라고 말했다. "내 주먹이 자네에게 부딪히고, 자네와 바닥이 부딪히겠지!"

댄은 열 받았고, 레이놀즈를 게임에서 완전히 짜를 생각이었다. 하지만 그사이에 콘사리가 끼어들었다. 그는 댄에게 "우리가 원하던 건 얻어냈어요."라면서 "저 새끼 완전 좆같지만, 다음으로 넘어갑시다."라고 말했다.

"가서 커버를 따 와!" 샘이 소리쳤다. "커버를 원해!"

〈GTA: 바이스 시티〉의 발매일이 다가왔고, 샘은 홍보팀이 최고의 호평을 얻어내는 것뿐만 아니라 잡지의 커버 스토리로 만들어내길 원했다. 게임이 출시되기 몇 달 전부터 시작되는 사전 붐 조성 작업 이었는데, 잡지들이 게임출시와 함께 나와 주려면 제때 인쇄에 들어 가야 했기 때문이다. "홍보 담당자는 좋은 리뷰를 얻어야 한다는 부 담이 컸다."라고 락스타의 코리 웨이드Corey Wade 제품 마케팅 수석 매니저는 "좋은 관계를 유지하고 리뷰를 보강하기 위해 뭐든 해야 하 는 상황이었다."라며 당시의 일을 기억했다.

인기 게임 전문지 '월간 일렉트로닉 게이밍'의 편집자 댄 "슈" 수 는, 락스타와의 관계를 "지속적인 싸움"이라고 묘사했다. 회사 측이 호의적인 리뷰어들을 긁어모으려고 했기 때문이다. 그는 락스타가 이 잡지의 〈GTA III〉 리뷰에 반발했던 일에 여전히 속이 쓰렸다. 게 임을 극찬하면서도 매우 논란이 많을 것이라고 덧붙였기 때문이었 다. "그들은 정말 화를 냈죠. 메시지를 통제하고, 논란의 열기를 통제 하고 싶어 했습니다."라고 수가 떠올렸다.

〈GTA: 바이스 시티〉를 살펴보러 기자들이 마이애미 델라노 호텔 로 날아왔다. 락스타는 바닷가 저택을 빌려서 80년대 TV 드라마와 영화로 이뤄진 이른바 '분위기 영상'을 선보였다. 일반적인 광고와 예고편 외에도, 락스타는 일련의 80년대풍 가짜 웹사이트를 온라인 상에 내놨다. 엄청난 비용은 아니었다. 락스타는 최근에 〈미드나잇 클럽 2〉홍보를 위해 기자들을 샌디에이고 드래그 레이싱에도 데려가 기도 했으니까.

게이머들 사이에 입소문이 퍼지면서 수요가 극에 달하기 시작했다. 뉴욕 이스트빌리지 세인트 마크 플레이스에 있는 비디오 게임 가게 멀티 미디어 1.0에서, 게이머들이 쉬지 않고 〈GTA: 바이스 시티〉를 외치고 있었다. 사람들은 락스타 로고가 박힌 것이라면, 뭐든지 사들였다. 게임, 셔츠, 스티커. 가게 근처에는 경찰서가 있었는데, 경찰관들도 계속 들어와 게임을 파느냐고 문의했다. 경찰들은 주인에게 경찰을 쏘는 게 좋았다고 말했다. 어떤 경찰차에는 락스타 로고가 붙어있었는데, 경찰관들이 그 로고를 붙였는지 아니면 락스타의 누군가가 붙인 것이었는지 출처가 불분명했다.

그러나 붐 조성과 마케팅이 진행되면서 사무실에서 받는 압박도 높아졌다. 마구잡이로 벌어진 감정 폭발은 흔한 일이 되었다. 어느 날, 포먼은 온라인 게이머 토론 게시판에서 〈GTA III〉의 나무가 끔찍하게 생겼다는 글을 읽었다. 그는 샘의 얼굴이 분노로 붉어지는 것을 보고, 위로하러 갔다. 포먼은 "이 사람들 좀 봐요"라며 "앉아서 나무나 보고 있다니, 실제로 놓치는 게 얼마나 많겠어요. 그냥 중요치 않아요. 어떤 걸 따로 떼어놓고 보고는 실망하기는 쉽죠. 하지만 사실 GTA는 나무들에 관한 게임이 아니잖아요. 그 안에 있는 모든 것이죠. 하나하나는 그렇게 대단치 않아요. 전체적으로 봐야죠."

가장 관심을 끄는 건 스크린 샷이었다. 예고편과 입소문에 상당히 많이 의존할 수 있는 영화나 TV 산업과 달리, 게임 제작자들은 게임 출시 전에 내보내는 스틸 이미지에 크게 의존한다. 잡지들은 게임에서 나온 새로운 이미지를 가장 먼저 특집으로 다루기 위해 줄을 섰다. 하나의 스크린 샷이 마케팅 캠페인의 초석이 될 수도 있다. 락스타 팀은 신문사에 보낼 단 한 장의 스틸을 고르기 위해 500개 이상의 스틸 컷을 쏟아내곤 했다. 도노반은 "더 잘 찍어내거나, 기존과는 완전히 다르게 제작해야 한다."라고 주장했다.

〈GTA: 바이스 시티〉의 출시가 가까워질수록 뉴욕팀은 더욱 집중하게 되었다. 근무 시간은 오전 9시부터 오후 5시까지가 아니라, 밤 11시까지, 새벽 3시까지로 바뀌었다. 에든버러의 개발자들도 그런 업무강도와 스트레스를 함께 했다. 락스타 노스의 애론 가버트 예술

감독은, "다행스러운 점은 〈그랜드 테프트 오토 III〉 시절 홍보용으로 만든 야구 배트가 넉넉히 있어서 상황이 험악해지면 뭐라도 내려치기 딱 좋았다는 것"이라고 농담했다. 포프는 한 임원이 다른 임원의 책상을 한 대 내려쳤던 때를 회상했다. "우리 빌딩 청소부들을 당혹스럽고 걱정스럽게 만들었을 순간들이 꽤 있었다."라고 가버트는 말했다. 어떤 직원들이 로프트에서 (장전하지 않은) 라이플과 샷건을 들고 돌아다니는 것을 보았다고 보고하는 직원도 있었는데, 그 총들은 원래 게임의 아트 디렉션에 쓰인 것이었다. 하지만 누군가의 사무실로 뛰어들어 주장을 펴고 싶을 때도 좋은 소품이었다. 포먼은 "코미디였다."라고 회상하며 "락 앤 롤인거죠."라고 말했다.

아마 락스타에서 스트레스를 가장 많이 발산해야 했던 건 락스타의 게임 테스터들일 것이다. 십여 명의 플레이어가 로프트 앞부분 공간을 차지하고 있었다. 테이블 축구 기구와 〈아스테로이드 디럭스〉 빈티지 아케이드 게임기가 그곳에 상시 대기 중이었다. 온갖 감기약 및 독감 치료제들이 진열대에 늘어서 있었다. 벽에 붙은 잡지 포스터에서 비키니 입은 모델들이 유혹적으로 웃었다. 테스터들은 얻을 수 있는 모든 종류의 격려가 필요했다.

일반적인 게임의 경우, 테스터들은 액션과 버그를 확인하는 데 약 3만 시간을 썼다. 테스트 과정은 게임이 출시되기 몇 달 전부터 시작될 수도 있었다. 게임 테스터들은 PS2 하드웨어를 테스트하는 악마적인 방법을 발명함으로써 스트레스를 풀었다. 한번은 콘솔을 3층 창문 밖으로 내던졌다. 또 한 번은 헤어드라이어로 몇 시간 동안이나 가열한 후 냉장고에 처넣었고, 주말 내내 얼렸다. 플레이어의 늘어난 수요와 창의성을 감안할 때, 그러한 극단적 조치가 필요했다. 킹은 어느 날 기자에게 "오늘날 게이머들의 지적 수준은 더 높아졌기 때문에, 분명히 게임을 작살 낼 것"이라고 말했다. "게이머들이 당신을 발라버릴 겁니다. 우리 일은 점점 더 어려워지겠죠."

사무실에서 폭력이나 위협은 흔한 농담이 되어있었다. 궁극적인 비디오 게임이란 무엇일지 묘사해 달라는 질문에 샘은 "완전히 네트워크로 연결된 온라인 세상이 되어서, 제가 차를 타고 테리 집에 가서 완전 박살내고 도망 나오는 식이 되겠죠!"라고 말했다.

심지어 유명인사들도 락스타의 분노는 면치 못한다. 리오타가 출연료를 적게 받았다고 불평한다는 소문이 돌자 샘은 화를 냈다. 그는 나중에 잡지 '엣지Edge' 기자에게 말했다. "이런 식이죠, 진정하자.[주98] 그거 알아요? 저 그런 거 싫어해요. 너무 유치해. 마치 '다음번엔 제대로 받아낼 거야' 같잖아요. 그러면 그 캐릭터를 죽여 버리면 어때? 더는 존재하지 않으니 다음번 따위도 없죠. 그렇게 대처하는 겁니다."

14장

램페이지
Rampages

14. Rampages

램페이지 제 28호

구역: 리틀 아바나

위치: 웨스트헤이븐 커뮤니티 헬스케어 센터 하부 옥상 위.

램페이지: 2분 이내로 20명의 갱을 총으로 쓰러뜨리기

무기: 스나이퍼 라이플

야자나무, 파란 하늘, 골프장. 2002년 10월 어느 날 아침, 잭 톰슨은 차로 아들을 등교시키면서 햇빛 찬란한 기분을 느낄 만했다. 그러나 학교에 차를 세우고 아들이 건물 안으로 뛰어가는 모습을 지켜볼 때, 톰슨은 속이 뒤틀리는 것을 느꼈다. 그의 뇌리에 이미지가 스쳤다. 총 든 아이들, 피, 작은 시체들, 파두카, 콜럼바인. 그리고 이제는 벨트웨이 저격수까지.

지난 몇 주 동안, 알려지지 않은 저격수가 워싱턴시 교외에서 10명의 목숨을 앗아간 사건이 있었다. 전국 TV 채널과 인터넷에서 보도가 나오면서 온 나라가 공포와 두려움에 휩싸여 있었다. 모든 이들이 이런 가장 불합리한 폭력 행동의 이유라도 찾아보고 싶어 하였다. 다시 한번, 톰슨은 세상에 자신을 공헌할 준비가 되어있었다. 비디오 게임을 공격하라.

답답하고 편협한 시선을 가진 톰슨은, 폭력적인 게임에 대항하자는 복음을 전하는 데 점점 더 능숙해졌다. 저격수들이 날뛰는 동안,

톰슨은 TV 업계에서 가장 큰 프로그램들을 돌아다녔다. 10월 11일, 그는 맷 라우어와 함께 '투데이 쇼'에 다시 출연하여 저격수가 비디오 게임으로 훈련을 받았다는 자신의 이론을 내세웠다. 그는 "한 방에 끝내는 방식이 딱 비디오 게임을 가리킨다."라고 말했다. 사흘 뒤에는 CNN에 나와 수사관들이 군대 쪽에서 단서를 찾고 있지만, 대신 게이머들을 살펴야 한다고 주장했다. 톰슨은 "이 뒤틀린 바늘이 숨겨진 건초더미가 바로 비디오 게임 커뮤니티일 수 있다."라고 경고했다

2002년 10월 22일, 이번에는 필 도나휴 쇼에서 청중들을 사로잡았다. "정말 비디오 게임 전문가가 다 되셨군요?" 도나휴가 말했다.

톰슨은 근엄하게 "글쎄, 안타깝게도 그런 것 같습니다."라고 대답했다. "그리고 열 살짜리 아이의 아버지죠. 매일 아이를 내려줄 때마다, 이런 게임으로 훈련을 받은 소시오패스가 있을 가능성이 있음을 알고 있습니다."라고 말했다.

저격수들이 붙잡힌 후, 15살의 범인 리 보이드 말보Lee Boyd Malvo가 실제로 〈헤일로〉 등의 비디오 게임으로 훈련했다는 한 목격자의 말이 전해졌다. 목격자는 "말보는 스나이퍼 모드로 게임하는 것을 좋아했고, 존 무함마드는 스나이퍼 모드에서 쏘는 법을 코칭해줬다."[주99]라고 말했다. 그는 이어서 덧붙였다. "말보는 정말 게임에 빠져 있었고 게임을 하면서 종종 화를 내곤 했다."

집으로 돌아온 톰슨은 재빨리 보도자료를 뿌렸다. 그는 "이 탐욕스러운 산업이 난장판에 대한 대가를 치러야 할 때"라고 썼다. 톰슨의 전투는 분명한 적수가 맞서주지 않았기에 더욱 쉽게 치러질 수 있었다. 바로 게임 제작자들 말이다. 워싱턴에서 인터액티브 디지털 소프트웨어협회의 더그 로엔스틴은 공포에 질린 채 톰슨의 활동을 지켜봤지만, 좀처럼 방송에 나가 반응을 보이지는 않았다. 이후 그는 "톰슨이 출연했던 모든 쇼에 나도 전부 출연하지 않았다고 비판을 받았

다."라고 밝혔다.

그러나 로엔스틴은 비밀스럽게 홀로 톰슨을 상대로 메타-게임을 하고 있었다. 그는 "항상 머릿속에서 미적분을 돌리고 있었다."라고 회상했다.

톰슨이 벌인 파두카 소송이 기각되고 바카 상원의원의 비디오 게임 섹스 및 폭력 법의 입법 시도도 좌절되었지만, 로엔스틴은 이 문화전쟁에 걸린 위험이 커지고 있음을 알고 있었다. 미주리주 세인트루이스에서는 18세 이하 모두에게 폭력적인 게임 판매를 금지하는 조례가, 수정헌법 제1조에 위배가 된다는 업계의 주장을 견뎌내고 통과되어버렸다. 스티븐 림보Stephen Limbaugh 미국 지방 법원 선임 판사는 게임이 헌법상의 언론에 해당하지 않으므로 그러한 보호를 받을 자격이 없다고 판결했다.

로엔스틴은 톰슨에게 반응하면 상황이 더 악화할 뿐이고, 그에게 향후 법적 조치에 들어갔을 때 써먹을 소재나 줄 것이라고 우려했다. 로엔스틴은 "내가 포럼에 나가 무슨 말이던 하면 그것을 빌미로 소송을 걸려는 게 목표임을 알았다."라고 말했다. 그래서 로엔스틴은 가만히 앉아서 지켜보는 쪽을 택했다. 침묵을 지키고 있는 게임 업계 인사가 그분만은 아니었다. 로엔스틴은 "업계 어느 사람도 표적이 되고 싶어 하지 않았다."라고 말했다.

톰슨은 목소리를 열심히 냈고 반론에 부딪히지 않았기에, 결과적으로 비디오 게임에 대한 대중의 의견을 형성하는 데 지대한 영향을 미쳤다. 언론에 의해 고양되고 예측에 힘을 얻은 톰슨은, 재빨리 자신의 새로운 목표물을 찾아냈다. 〈그랜드 테프트 오토〉. 워싱턴에서 열린 분주한 기자회견장에서 벌어진 일이다. 데이비드 월시 美 국립 미디어 가족 연구소NIMF 소장은 리버만 상원의원과 콜 상원의원이 동석한 가운데 연례 비디오 게임 보고서를 제시했다. 그들은 올해는 업계에 좋지 않은 해였다고 말하며, 영상을 틀었다. 화면에는 차가

상하로 덜컹거리는 게임 장면이 나왔다. 차에서 매춘부가 걸어 나오고, 방망이로 맞아 죽고 피바다가 되었다. 〈GTA: 바이스 시티〉였다.

"가장 폭력적인 비디오 게임들에서 여성은 새로운 표적입니다."[주100]라고 리버만은 말했다. 그는 "이 비교적 적지만, 매우 인기 있는 마니아 게임들은, 그저 선을 넘는 정도가 아니라 총으로 쏘고, 고문하고, 폭탄을 던지며 모든 도덕적 예의를 흔적도 없이 박살 냅니다."

월시는 "이 게임들은 어린이들에게 놀랄 만큼 인기 있다."라고 덧붙였다. "이런 종류의 게임을 어른들만 한다고 말하는 사람은, 아이들과 이야기하지 않았을 겁니다. 부모들은 대체로 매우 정보에 뒤떨어져 있죠… 〈그랜드 테프트 오토: 바이스 시티〉가 우리 열네 살짜리 아이들에게 대체 무엇을 가르친다고 생각하십니까?"

GTA는 톰슨을 격분시켰다. 섹스. 폭력. 그것도 그의 고향인 마이애미를 가상의 배경으로 하고 있다. 어떻게 감히 이 오물을 아이들에게 퍼뜨릴 수 있지? 그는 자기 아들의 도움으로 어떻게 반격을 할지 알고 있었다. 어느 날, 톰슨은 아들 조니에게 다가가 부탁을 했다. 그는 전자제품 판매점 베스트바이가 다른 가게들과 마찬가지로 M등급이 붙었음에도 이 게임을 어린이들에게 판매하고 있다는 의심을 증명하고 싶었다. 그는 "이 문제에 대해 등급에 맞춰 가장 합리적으로 대처하고 있다는 베스트바이가 그 게임을 판매하고 있는지 아닌지를 판가름하는 게 이 시점에 매우 유용할 것 같아."라고 말했다.

톰슨은 베스트바이 주차장으로 차를 몰고 가서 조니에게 60달러를 주고 게임을 사게 했다. 그는 비디오카메라를 움켜쥐고 아들에게 밖에서 기다리겠다고 말했다. 톰슨은 유리문 밖에 자리를 잡고, 조니가 가게 안으로 들어가는 것을 지켜보았다. 그는 카메라를 부여잡고 뷰파인더를 뚫어지라 쳐다보며 엄지손가락은 녹화 버튼 위에 두었다. 그는 사람들이 줄을 서서, 계산대를 지나 다시 마이애미의 더위 속으로 향하는 모습을 지켜보며 기다렸다. 검은 플라스틱 상자를 손에 들고 점원에게 다가가는 그의 어린 아들이 보일 때까지.

톰슨은 녹화 버튼을 누르고, 줌을 당겼다. 소문자로, 〈그랜드 테프트 오토〉 로고와 분홍색 네온 부제인 바이스 시티가 보였다. 그 거래를 적절한 각도로 촬영하기 위해 바로 더욱 몸을 웅크렸다. 아들이 점원에게 게임을 넘겨주는 순간, 목이 조이며 심장이 빨리 뛰는 것이 느껴졌다. 점원은 소년을 쳐다보았다. 그리고 돈을 받고 게임을 팔았다. 딱 걸렸다! 톰슨은 조니에게 "이 게임에 무엇이 들어있는지 모두가 알고 있는데, 그들을 곤경에 빠뜨릴 성적인 내용이지"[주101]라고 말했다.

이 증거를 이용해서, 그는 미성년자에게 성적인 내용을 불법으로 판매했다고 소매상들을 고소할 수도 있었다. 비디오테이프를 이용해서, 그들의 의무 방기를 증명할 수도 있었다. 톰슨은 손에 들고 있는 비디오 게임의 박스 케이스를 살폈다. 표지는 만화책처럼 칸으로 나누어져 있었다. 불타는 자동차, 분홍색 비키니를 입은 여성, 커다란 금목걸이와 총을 지닌 흑인 남자. 그는 오른쪽 아래 구석에 있는 작고 작은 로고, R자와 별이 있는 노란색 사각형을 바라보았다. 락스타 게임즈? 털릴 준비나 해두시지.

치즈 볼! 치즈 볼! 치즈 볼!

또 한 해가 지나, 라디오 멕시코에는 락스타 사람들이 벌이는 또 다른 치즈 볼 먹기 대회가 있었다. 데킬라가 흘렀다. 돈내기가 날아다녔다. 토사물 양동이가 흘러넘쳤다. 지금은 연례적인 전통으로 우수한 직원들이 새로운 회사 재킷을 받았다. 이번에는 앞면에 락스타라는 글자를, 뒷면에는 회사 인장(로고와 놋쇠 너클이 부착된)을 꿰매 넣은, 녹색의 전투기 조종사 재킷이었다. 인장을 에워싸고 있는 것은 라틴어 구절이었다. "우리의 적을 분쇄할지어다."

이 회사의 충실한 직원들은 그 어느 때보다도 축하해야 할 이유가 많았다. 〈바이스 시티〉는 역사상 가장 잘 팔리는 비디오 게임이 될 전망이었다. 이 성공은 초장부터 시작되어, 첫 이틀 동안 140만 카피를 놀라운 속도로 팔아치우며 (대부분의 개발자가 평생 판매한 게임보다 더 많은 양이다!) 역대 가장 빨리 팔린 게임이 되었다.

동시에 〈GTA Ⅲ〉도 기록을 계속 갈아치웠다. 독립 영화들보다도 제작비가 적게 든 이 게임은 800만 카피 이상이 팔렸고, 첫해에만 약 4억 달러를 벌어들였으며, 심지어 그해의 블록버스터 영화인 매트릭스를 능가했다. GTA는 여전히 증권거래위원회SEC의 조사를 받고 있던 테이크투는 물론이고 게임 산업 전체의 입지를 강화해서, 2002년에 전년보다 10% 증가한 101억 달러의 매출을 기록하게 했다.

〈GTA: 바이스 시티〉는 상업적으로 성공했을 뿐만 아니라, 평단의 찬사도 받았다. 이 게임은 가장 영향력 있는 잡지들과 웹사이트들의 격찬을 받았다. "게임 플레이의 깊이와 다양성이 고점을 뚫고 올라갔다."라고 '플레이스테이션 매거진'이 평했다. '엔터테인먼트 위클리'는 "〈바이스 시티〉가 모든 다른 게임들을 압도하는 이유는, 드라이빙, 슈팅, 액션, 시뮬레이션 게임이라서가 아니라 그 4가지 모두를 범죄라는 스타일리시한 패키지로 결합했기 때문"이라며 올해의 게임으로 뽑았다. 〈바이스 시티〉는 업계의 최고상을 휩쓸었다. "희망하건대, 이번에는 양측 모두 논란을 무시하고 〈그랜드 테프트 오토: 바이스 시티〉를 그 자체로 받아들였으면 한다. 바로 천재적인 비디오 게임으로 말이다." 게임 인포머가 평했다.

그 여파로, 최근까지 마리오와 〈툼 레이더〉가 지배하던 업계가 다들 락스타의 새로운 통치 스타일을 모방하기 위해 절실하게 달려들었다. 한 게임 분석가가 말했듯이, "업계는 이전에는 좀처럼 출시되지 않던 〈그랜드 테프트 오토〉 비슷한 게임을 출시하는 일을 더는 두려워하지 않는다. 이제 모두들 그것을 모방하려고 움직이고 있다."[주102] 배관공과 인디아나 제인은 한물갔다. 성과 폭력이 인기다. 〈겟어웨이〈The Getaway〉라는 새 게임이 자동차 추격 폭력으로 대서특필되었다. 그리고 또 다른 게임인 〈BMX XXX〉는 랩댄스 가 나온다고 자랑했다. 실제 스트리퍼의 모션 캡처를 이용했다고 주장하면서 말이다.

스코틀랜드 글래스고의 '데일리 레코드 신문'은 "보통 자녀의 크리스마스 선물 목록에 랩 댄서, 일련의 야만적 살인, 무장 대치 등이 들어있을 것이라고 예상하지 못할 것"[주103]이라고 경고했다. "그러나 대부분의 10대가 올해 그런 것을 원한다. 역사상 가장 잘 팔리는 컴퓨터 게임 중 하나로 말이다."

성공이 커지면서 락스타는 어느 때보다 쿨한 브랜드가 되었다. 그들이 자라던 당시 감탄했던 음반 아티스트들의 가내수공업 홈브루 마케팅을 모방하여, 락스타는 도시 전역에 스티커를 붙이며 게임을 홍보했다. 회사 로고가 새겨진 티셔츠를 입거나, 〈바이스 시티〉의 9장으로 구성된 사운드트랙 CD 박스 세트 (게임 업계에서 전례 없는 혁명적 패키지 구성이었다.)을 차 안에서 트는 것이 힙함의 상징이 되어있었다. 유명한 스탠드업 코미디 샤펠 쇼에서 GTA를 패러디했고 힙합 래퍼 캠론도 노래에서 GTA를 언급했다. 뉴욕 DJ인 오피와 앤서니는 매일 방송에서 〈GTA: 바이스 시티〉에 대해 이야기하기 시작했다.

향후 게임 콘텐츠에 대해 더 나아갈 계획이 있느냐는 '롤링스톤' 기자의 질문에 샘은 "질문에 대한 답은, 예스에요. 이 나라에는 우리가 하던 일을 계속하기보다는 추방되거나 투옥되길 바라는 이들이 많기는 한데, 그래도 제 대답은 우리는 앞으로 나아갈 거라는 것이에요. 한 번에 한 걸음씩, 뭐 그렇게요. 매춘부 건으로 우리가 곤경에 빠졌던 걸 생각해보세요. 사람들은 깜짝 놀랄 만큼 보수적이에요."

락스타는 1980년대에 데프잼이 가졌던 문화적 입지를 달성했을 뿐만 아니라, 능가했다. 그것도 신흥 세대의 새로운 매체에서. 사실 데프잼에서도 전화를 걸어왔다. 롤링 스톤 잡지에 나온 락스타 기사에서 데프잼에 대해 존경을 표현한 대목을 읽고, 케빈 라일스Kevin

Liles 데프잼 사장이 도노반에게 전화를 한 것이었다. "우리처럼 되고
싶어요?" 하고 그는 의아하다는 듯이 물었다. "당신들이 씨발 누군지
알아야겠네요." 두 사람은 만났고, 라일스가 말했다. "우리 뭘 좀 같
이해볼지 존나 많이 생각해보자."라고 말했다.

런던의 침실에서 뉴욕을 꿈꾸며 자란 영국인들에게 이런 명성은
황홀하게 느껴졌다. 자기들의 정체를 알게 된 게이머들이 조심스레
다가와서 "오 마이 갓! 세상에서 제일 멋있는 분들이군요!" 하며 환
호했다. 회원제 클럽인 소호하우스가 2003년 중반 개업하며 회원을
모집할 때, 클럽대표가 공통의 지인을 통해 만났던 킹에게 바로 연
락했다. "오, 제이미 킹! 락스타 게임에서 일하시죠!"[주104] 그녀가 소
리쳤다. "그리고 아주 흥미진진한 새로운 모험의 선두에 서 있고요."
킹은 그냥 회원이 아니라 아예 투자자가 되었다.

테이크투의 수익이 10억 달러를 넘어서면서, 현금 흐름은 충분해
졌다. 한 락스타 직원은, "스톡옵션이 들어오자 사람들이 돈을 벌고
집을 사기 시작했다."라고 당시를 회상했다. 회사는 더욱 많은 게임
개발사들을 게걸스럽게 합병해서 비엔나, 샌디에고, 밴쿠버에 있는
위성 스튜디오들을 보완했다. 수십 명의 신입사원이 로프트에서 헤
매는 동안, 킹이 자랑스럽게 "575단"이라고 불렀던 베테랑 직원들,
그러니까 포프와 페르난데스 같은 이들은 새로운 시대가 시작되었다
고 느꼈다. 하지만 그들이 기대했던 모습대로는 아니었다.

어쩌면 〈GTA: 바이스 시티〉에 보낸 주당 70시간 노동의 반동이
오는 것이었는지도 모르겠지만, 포프는 어느 날 새 책상에 앉아 지친
눈빛으로 올려다보면서, 그들이 더 이상 예전과 같은 행복한 가족이
아니라고 생각했다. 작은 R★ 로고가 가슴 위에 멋지게 꿰매진 캐시
미어 스웨터를 입은 영국인들이 로프트를 행진하는 모습이 슬로우모
션처럼 보였다.

샘은 항상 락스타 복장을 중시했다. 모두들 한 패거리의 일원이라

는 표식으로 사람들에게 군용 자켓과 반지를 돌렸다. 그러나 포프의 눈에는 락스타 꼭대기에 있는 사람들만을 위한 화려한 스웨터가 보였다. 그 캐시미어를 입은 이들은 그들만의 패거리였다.

탕! 탕! 탕! 탕! 쿵! 포먼은 샘의 사무실에서 들려오는 무시무시한 소리를 듣고 고개를 들며, 당연한 이야기가 따라 나오기를 기다렸다. "새 전화기가 필요해!" 샘이 그에게 소리쳤다. 포먼은 장비 구매 주문서를 꺼내, 또 한 번 샘의 고장 난 전화기 주문서를 작성했다.

락스타의 명성이 높아짐에 따라, 그러한 난동은 더욱 일상화되고 있었다. 포먼이 회상하기로, "누군가 듣기 싫은 말을 하면, 샘은 벌컥 화를 냈다. 전화기를 엄청나게 많이 바꿔줘야 했다." 포먼은 캐시미어 스웨터 건으로 드러난 편애를 싫어했다. 공동 창업자였던 그도 한 벌 받았지만, 입기가 부끄러웠다. 포먼은 "그것은 모두에게 '퍽큐'를 날리는 격이었습니다."라고 말했다.

군용 자켓과 반지조차도 이제는 그렇게 화려해 보이지 않았다. 어느 날 포프는 손가락에 낀 락스타 반지를 바라보며 머저리 같은 기분이 들었다. "우리가 조종당해서, 5달러짜리 반지에 목숨 걸고 있다."라고 깨달았다. "대립 관계도 있었는데, 분명하게 표현된 적이 없다. 일종의 분단선이었다."

그러나 어떤 사람들이 자아의 폭주로 여기는 것은, 달리 보면 더 확고한 자기 이미지 표현으로 보였다. 상사가 다른 옷을 입었으면 어떻고, 일이 제대로 되지 않을 때 화를 내면 또 어떤가? 게임이 새로운 로큰롤이라면, 그런 투정은 말하자면 부록이었다. 락스타 또한 그들의 매력 중 일부가 바로 수수께끼라는 점을 이해했고, 수단과 방법을 가리지 않고 필사적으로 이를 유지했다. 게임 산업은 회의나 행사에서 지식을 공유하는 데 큰 비중을 두었지만, 락스타는 노출을 제한했다. 포먼은 도노반에게 게임 개발에 대해 패널에서 연설해달라는 요청받았다고 말했을 때 이 사실을 직접 알게 되었다. 도노반은 그에게

"아니, 못 합니다."라고 말했다.

"왜죠?"

"우린 그런 거 안 합니다."

"내가 락스타의 CTO라는 처음 소개말 말고는, 락스타는 언급조차 하지 않을 겁니다. 총체적인 얘기만 하죠."

"우린 그런 거 안 합니다."

포먼은 그들이 왜 그런 것을 피했는지 알고 있다고 생각했다. 그는 나중에 "통제할 수 없는 것에 관해 이야기하게 될지도 모른다는 두려움" 때문이었다고 말했다. "그들은 세상이 비밀을 알게 되길 절대 바라지 않았다." 그러나 그 비밀이란 것은 그에겐 너무 뻔하고 숨길만한 일이 아니었다. 락스타 성공의 바탕은 무엇보다도 열심히 일하고 헌신한 것이었다. 포먼은 "비결이란 자신이 하는 일에 정말 열정적으로 임하고 실현하기 위해 많은 노력을 기울이는 것"이라고 말했다. "그게 전부다." 고장 난 전화기와 짜증도 그 놀라운 게임들의 양분이 되어줄 따름이었다. 포먼은 "아무리 엉망이라도 어쨌든 효과가 있었다."라고 회상했다.

캐시미어 갱들은 게임을 통제할 때와 같은 방식으로 실제 생활도 통제하고 싶어 했다. 그들은 컴퓨터 앞에 앉아 자기들의 최신 게임에 대한 리뷰가 온라인에 게시되기를 애타게 기다리곤 했다. 모든 사람이 자신들의 게임을 자기들 상상대로 걸작으로 여기기를 바랐다. 샘은 "내가 이 게임에서 느낀 마법이 종이에 적힌 말로는 포착되지 않는 것 같다."라고 꼬집었다.

한때 회사명을 원한이라는 뜻의 "그럿지" 게임즈라고 지을 생각까지 했던 그들은, 여전히 원한에 사로잡힌 원한쟁이의 모습도 보여줬다. 부정적 기사는 경제적 득실보다도 자아가 더 중요했던 락스타의 반발을 샀다. 부정적 기사를 쓴 필자들은 접근이 차단당했을 뿐 아니라, 그 매체에 광고도 끊어버렸다. "미디어 전반에 대해 거의 미친 것 같았다."라고 댄의 비서였던 질리언 텔링Gillian Telling이 나중에 말했다. "그들은 10점 만점에 9점을 받아도 불러내서 영원히 광고를 끊겠다고 협박하곤 했다."

포프와 페르난데스는 휴식이 필요했다. 절실하게. 어느 날 밤, 〈GTA: 바이스 시티〉 작업이 끝난 후, 그들은 다른 사람들과 근처 식당으로 축하하러 갔다. 〈GTA Ⅲ〉 후에 쉬지 않고 곧장 〈바이스 시티〉로 들어갔기에, 긴장을 풀 기회를 즐겼다. 그러나 술이 나오자마자 포프의 전화벨이 울렸다. "사무실로 돌아와!" 샘은 전화선 저쪽에서 열정적으로 소리쳤다. "산 안드레아스 이야기 좀 하자고!"

캐시미어 게임즈
Cashmere Games

15. Cashmere Games

신변 안전

산 안드레아스 주 전체에 "안전"하다고 분류할 만한 동네는 존재하지 않습니다. 따라서 항시 무기를 소지할 것을 권장합니다. 사실, 무기 2정을 소지하는 쪽이 더 낫습니다. 도착 즉시, 화기 공급을 위해 현지 총포상 아뮤네이션Ammu-Nation매장을 방문하십시오(자세한 위치는 지도 참조).[주105]

음울한 도시. 1인칭 시점. 차창 밖을 바라보고 있다. 죽은 야자수들. 부서진 문들. 그래피티가 그려진 가게들. 반다나와 헐렁한 청바지를 입은 남자들. 무작위로 들리는 행인들의 대화 내용.

"절대로 못 사, 절대로, 절대로, 쌍년아!"

"이 옷? 그래, 깔쌈하지!"

"여어, 친구, 웨이트 운동 좀 했나본데?"

"여기가 씨발 어디지?" 페르난데스는 의아해하며 LA 동부의 위험한 지역을 헤치고 가고 있었다. 그는 〈GTA: 산 안드레아스〉의 문화조사를 위해 여기에 와서 게임에서 사용할 디테일을 모으고 있었다. 검은 머리에 뚱뚱한 그는 조수석에 앉아 있었는데, 대머리에, 근육질 팔에 문신을 새긴 멕시코계 미국인이 운전하는 자동차가 천천히 스쳐 갔다. 페르난데스는 창밖으로 향한 마이크로 녹음되는 행인들의 목소리를 헤드폰으로 들었다.

"자, 내가 한 대 때릴 때니까, 넘어지지 마!"

"야, 너 파술로 냄새 나!"

페르난데스도 마이애미 출신의 라틴계였지만, 이 동네에서는 긴장하게 되고 어울리지 않는 기분이었다. 거리의 남자들과 비슷해 보일지도 모르지만, 그의 마음속은 그저 긱Geek이었다. 적어도 이 지역을 잘 아는 동행인이 운전대를 잡고 있었는데, 전직 공연 경비원이자 힙합 투어 매니저였고 지금은 이 지역에서 가장 힙한 의류 회사 중 하나인 조커 브랜드Joker Brand를 운영하는 에스테반 오리올Estevan Oriol이었다. 동네 구경에 이보다 더 적합한 사람이 어디 있겠나?

〈GTA: 바이스 시티〉가 1위를 차지하면서, 락스타에는 〈GTA: 산 안드레아스〉로 다시 한번 성공 기준점을 높여야 한다는 압력이 즉각 가해졌다. "아오, 도대체 이 게임을 어떻게 이어가야 하지?"[주106] 샘이 물었다. "80년대 마이애미 다음이 뭐야? 으음, 물론 블러드 갱 대 크립스 갱, 그리고 90년대 초반 LA의 조폭 문화지!"

산 안드레아스는 첫 GTA 게임에 리버티 시티와 바이스 시티와 함께 들어 있었던 샌프란시스코 비슷한 도시였다. 락스타는 독립 버전의 〈GTA: 산 안드레아스〉를 정확히 어디로 그리고 언제로 설정해야 하는지 알고 있었다. 바로 그들이 동경하며 자라났던, 힙합 웨스트 코스트 문화의 시대였다. 이번 게임에서 플레이어는 동네에서 크게 될 길을 찾는 젊은 갱단 구성원이 된다. 지금까지 가운데 가장 큰 GTA가 될 것이었다. 가상 세계에서 200시간이 넘는 게임 플레이를 담아, 바이스 시티의 거의 5배 크기다. 하나의 지역만이 아니라, 전체 주를 커버할 것이었다.

뉴욕과 에든버러에서 영감 넘치는 밤 근무를 여러 번 하면서, 그들은 비전을 그려냈다. 한 게임에 도시 세 개를 넣을 것이다. 가상의 로스앤젤레스, 샌프란시스코, 라스베가스. 언덕과 숲, 다리와 산을 지나며 긴 거리를 오가기에, 산 안드레아스는 거대한 느낌이 들 것이었다. 샘은 단지 1990년대 초를 무대로 하는 것이 아니라, 로드니 킹의 시대이자 [범죄와의 전쟁 Colors], [보이즈 인 더 후드Boyz in the Hood], [사회에의 위협and Menace II Society] 같은 영화가 그리는 해, 1992년을 담아내고자 했다.

갱들은 항상 GTA의 진화에 중심적 역할이었다. -던디부터 워리어스로, 그리고 현재의 락스타를 이루는 패거리 문화까지 말이다. 직원들에게 있어 산 안드레아스의 갱을 만드는 것은 그들의 궁극적인 꿈을 실현하게 하는 것이었다. 킹은 "우리는 그저 돈을 벌 수 있다고 생각하는 마케팅 담당자들이 아니다."라고 말했다. "'오, 존나 멋지다! 옷 입은 것 좀 봐! 저 자동차랑 매일 겪는 일을 보라고! 놀라운데.' 그게 바로 우리가 비디오 게임을 통해서 상호작용하며 우리 자신의 판타지를 스스로 살아가는 방법이죠…. 우리 모두 다 워너비 갱이었으니까."

그는 이어 말했다. "하지만 우리는 영국 출신이잖아요. 우리가 뭘 알고 있겠나요?"

신뢰도와 사실성을 강화하기 위해, 그들이 찾을 수 있는 최고의 컨설턴트를 고용했다. 바로 오리올과, 그의 조커 브랜드 파트너이자 유명한 타투 아티스트인 미스터 카툰Mr. Cartoon이었다. 게임에 들어갈 행인들의 대화를 녹음한 페르난데스는, 총에 맞았던 친구에게 데려다준다는 오리올과 함께 이동하고 있었다. 좁은 길을 따라 동네를 지나는데, 갑자기 반대 방향에서 차가 자신들을 향해 다가왔다. 그들이 피할 곳이 없었다. 페르난데스의 심장이 쿵쾅거렸다. 그때 차가 멈춰서고, 갱단 한 명이 내려서 그들을 향했다. "창문 내려!" 오리올이 함께 차에 탄 다른 남자에게 소리쳤다. "창문 내려!"

페르난데스는 총싸움을 상상하며 당황했다. "창문 내리지 마!" 그가 말했다.

"창문 내려!" 오리올이 되풀이했다.

"창문을 내리지 마!" 페르난데스도 소리쳤다. 페르난데스가 생명에 위협을 느끼는 사이, 창문은 내려갔지만, 이 사람은 시비를 걸려는 게 아니었다. 그는 오리올의 친구여서 인사하고 싶었던 것뿐이었다. 페르난데스는 스스로가 개자식이라고 느꼈다. "내가 씨발 뭘 하고 있는 거지?" 그는 생각했다. "난 비디오 게임을 만들고 있는 거잖아. 이런 짓거리는 영화만 틀어도 볼 수 있잖아!"

"이봐! 이봐! 정신 차려! 진정해!" 제임스 얼 캐시James Earl Cash는 스피커에서 들려오는 실체 없는 목소리를 무시한 채, 처형실의 문을 쾅쾅 두드렸다. 이 젊은 범죄자는 사형선고를 받았고, 그가 마지막으로 기억하는 것은 들것에 묶여 치명적인 약물을 주입받은 일이었다. 그런데 이제 그는 필사적으로 도망치려 하고 있었다. 갑자기 문이 조금 열리며 빛이 칼날처럼 새어 들어왔다. "자네는 예상치 못한 기회를 받았다네." 목소리가 들렸다. "내 말대로 정확히 하면, 밤이 되기 전에 이 일이 끝날 거라고 약속하겠네."

2003년 초 제작 중이던 락스타의 또 다른 게임 〈맨헌트Manhunt〉의 시작 장면이었다. 〈맨헌트〉에서 플레이어는 자신이 벌인 잔혹한 게임의 장기 말이 되어버린 남자 캐시가 된다. 어떤 비뚤어진 영화감독이 캐시를 사냥하고 죽이기 위해 갱단을 고용했고, 궁극의 스너프 필름을 만들고자 감시 카메라로 추적을 반복하는 내용이었다. 이제 캐시는 살아남기 위해 목 조르기를 위한 철사, 목을 째기 위한 유리 파편, 두들겨 패기 위한 방망이 등 필요한 모든 수단을 동원해야 했다.

운전과 액션 게임이 핵심이었던 GTA와 달리, 이것은 좀비물인 [바이오 하자드Resident Evil]*

시리즈가 대중화시킨 서바이벌 호러 장르에 속했다. 이때까지의

---

* 미국 출시명은 레지던트 이블.

서바이벌 호러 게임은 긴장감, 그러니까 잔인한 괴물을 좁은 길에서 마주치며 쫓기는 그 오싹한 느낌을 장점으로 여겼다. 하지만 락스타는 다시 한번 틀을 깨서, 게임을 동시대의 현실로 끌어왔다. 플레이어는 사냥만 당하는 것이 아니라 사냥도 하고 있었는데, 방심한 갱단 멤버의 머리에 비닐봉지를 씌워버리려고 모퉁이를 슬그머니 돌곤 했다.

이런 폭력적 긴장에 견줄 만한 좀비 판타지는 없을 것이다. 피해자들은 생생한 인간이었다. 그들이 살해당할 수 있는 잔인한 방법들, 그러니까 낫으로 자를 때 동맥에서 피가 튀는 모습, 목을 꺾을 때 나는 뼈가 으스러지는 소리 등은 그간 업계에서 들어본 적도 없던 것이었다. [모탈 컴뱃]의 만화 같은 척추 뽑기 액션에 흥분했던 정치인들이라면, 이것은 어떻게 받아들일 것인가?

포프와 락스타의 다른 몇몇에게는, 이 게임의 암울함이 그들 자신의 더 삭막한 현실을 환기하게 시켰다. 로프트 주변의 생활이 변하고 있었다. 어둠이 공중에서 떠돌았다. 살아남기 위해 고군분투하는 데 어떤 전능한 감독이 지령을 내리는 상황에 갇힌, 마치 〈맨헌트〉의 캐시와도 같은 느낌이었다. 대기업의 행태를 조롱하기 위해 EA스포츠 셔츠를 입고 다니는 샘의 농담이 이제는 그다지 재미있어 보이지 않았다. 포프는 나중에 "어떻게 보면 우리 자신이 그렇게 되고 있었다."라고 말했다. "제품을 찍어내는, 이름 없고 얼굴 없는 커다란 기계 같은 상태 말이다. 나는 거대한 회사의 하나의 톱니바퀴에 불과했다. 우리는 그저 GTA를 최대한 빨리 뽑아내고만 있었다."

긴장감이 고조된 건, 그들이 〈GTA: 바이스 시티〉를 완성하고는 쉴 새 없이 바로 〈GTA: 산 안드레아스〉를 시작한 날부터였다. 〈GTA: 바이스 시티〉 축하 파티를 하자는 약속은 나왔다가 들어갔다가 했다. 포먼은 회사가 "지속적인 크런치 모드"로 전락해, 하루에 17시간씩 근무한다고 걱정했다. 그는 다들 너무 열심히 일하고 있고, 성공을 즐길 시간이 없었다고 느꼈다. 포프는 하도 오랫동안 일해서 꿈이 현실과 혼합되기 시작했다. 그는 라이플에 달린 조준경을 들여다보며 사람들의 사지를 날려버리는 악몽을 꾸곤 했다.

1999년부터 락스타에 있던 한 프로듀서는 이 회사가 전설적이지만 불안정하기로 유명한 영화사 미라맥스Miramax의 흔적을 닮아가고 있다고 생각했다. 〈맨헌트〉가 특히 분열을 일으켰다. "그 게임 때문에 회사에서 거의 폭동이 날 뻔했다."라고 락스타의 프로듀서 제프 윌리엄스가 나중에 블로그를 통해 말했다. "그 게임을 합리화할 방법이 없었다. 우리는 선을 넘고 있었다." 하지만 회사의 권력층은, 다른 의견을 친절하게 받아들이지 않았다. 포프는 "매일 누군가가 게임에 대해 마음에 들지 않는 말을 했는데, 그럴 때마다 그들에게 '바보 새끼야'라고 듣곤 했다."라고 회상했다.

단지 아랫사람들만 장기 말이 된 것이 아니었다. 포프가 보기에는 공동 창업자 중 한 명인 킹조차 그랬다. 여러 게임의 균형을 잡고 일상적인 제작을 감독하는 책임자로서 킹은 엄청난 무게감이 있었다. 포프는 킹이 계속되는 스트레스에 허덕이는 모습을 어이없게 지켜보았다.

포프는 오한을 느꼈다. "만약 제이미에게 그런 일이 일어날 수 있다면, 내게도 그런 일이 일어날 수 있다."라고 그는 생각했다. 그는 회사에서 가장 친한 친구이자 그와 마찬가지로 샘과 가장 가까운 사람 중 하나였던 페르난데스에게 남몰래 다가갔다. 페르난데스는 산 안드레아스 조사에 몰입해있었고, LA에서 라스베가스로 이동하여 도박판에서 사람들의 대화를 몰래 녹음하고 있었다. 포프는 페르난데스에게 좌절감을 쏟아냈지만, 친구의 생각이 온전히 일치하지는 않았다.

페르난데스에게 있어서 샘의 행동은 깨물기보다는 짖는 쪽에 가까웠다. 그는 포프에게 샘의 열정이 그에게 얼마나 큰 영감을 주었는지, 샘이 어떻게 그에게 뭐든 할 수 있는 느낌을 주었는지 말했다. 페르난데스에게 있어서 샘의 폭발은 품질에 대한 전반적 집착의 일부였다. "게임이 그렇게 잘 나오는 유일한 이유"라고까지 말한 적이 있다. 샘을 그의 분노 폭발로만 판단하는 사람들은 모두 핵심을 놓치고 있다고 했다. 페르난데스는 "훌륭한 게임을 만들고, 헛소리는 잊어버려라. 그러면 우리가 승리할 것이다. 그게 그의 철학이다."라고 말했다. "어느 회사를 경영하든 이상적인 방법이다."

포프는 듣지 않았다. 그는 "소호에 있는 멋진 회사의 로프트에서 일한다는 참신함이 사라지면, 거기서부터는 그저 내리막길"이라고 말했다. "그러고 나면 돈이나 작은 장신구로 당신을 계속 회사에 붙여놓는 것에 불과하다." 무슨 일이 벌어지는 것인지, 그는 궁금했다. 그들의 게임에? 샘에게? 〈월드 오브 워크래프트World of Warcraft〉와 같은 대규모 멀티 플레이어 게임이 대유행했고, 포프도 이 장르를 한 번 시도해 보고 싶어 하는 직원들 중 한 명이었다. 그러나 포프가 그 말을 꺼낼 때마다, 샘은 오크와 엘프들에 대해 조롱하듯이 중얼거릴 뿐이었다.

포프는 참을 만큼 참았다. 어느 날 그는 샘의 사무실로 쳐들어갔다. 그의 상사는 요가를 시작했고, 포프는 가끔 그가 뒤에서 물구나무를 하는 것을 본 적이 있었다. 어쩌면 포프가 과민반응하고 있었는지도 모른다. 포프가 말했다. "여기서 행복하지 않다"

"왜?" 그는 샘이 이렇게 대꾸했다고 기억했다.

"우리한테 요구하는게 너무 많아요. 결코, 쉴 틈을 주지 않았죠. 바로 〈GTA: 바이스 시티〉로 들어간 것까지는 뭐 그랬지만, 그다음엔 곧장 〈GTA: 산 안드레아스〉로 들어갔죠."

"힘든 일이니까. 우리는 계속 갈아 넣어야 하잖아. 이대로 계속하지 않으면 우리는 우위를 잃게 될 거야."

"이미 현실감은 잃었네요."

"무슨 소리야?"

"더는 게임을 하지 않잖아요. 당신은 사무실에서 결정만 내리는 겁니다."

"난 아직도 하고 있어! 네가 뭔데 그렇게 말해?"

"저만 그렇게 느끼는 거 아니에요."

샘은 바닥에 놓인 고무줄을 보았다. 혼자. 버려진 채로. 돌돌 말려 있었다. 그는 모든 것을 멈추고 그것을 집어야 했다. 마리오가 반짝이는 동전을 수집하는 것처럼 고무줄을 자기 주머니에 집어넣었다. 페르난데스가 한동안 지켜보던 습관이었다. 샘이 무작위로 고무줄을 집어 드는 것 말이다. 페르난데스가 언젠가 물었을 때, 샘은 그저 행운을 준다는 미신일 뿐이라고 말했다. 페르난데스는 그것을 다르게 받아들였다. 샘이 자기 주변의 디테일을 얼마나 세밀하게 주시하고 있었는지를 보여주는 사례였다. 비록 세부 사항에 대한 그런 집착이 종종 다른 사람들에게는 잘 안 보였지만 말이다.

그러나 그 열정은 분명히 성과를 내고 있었다. 이제 서른두 살인 샘은 꿈같은 록 스타의 삶을 살고 있었다. 그의 게임들이 전 세계 수백만 명의 사람들에게 즐거움을 주고 있었다. 테이크투는 〈바이스 시티〉 이후 10억 달러의 수익을 올렸으며, 더 많은 수익을 낼 준비가 되어 있었다.

그는 옛 회의론자들이 틀렸다는 것을 증명하고 있었다. "길거리에 나가보면 사람들은 '무슨 소리야? 어떻게 게임이 멋지다고 말할 수 있니?'라고 했다."라고 샘은 회상했다. "10대들이 방에서 병뚜껑 크기나 재는 그런 이미지가 게임 산업의 목에 마치 존나 앨버트로스 새처럼 대롱대롱 매달려 있었어요." 하지만 이제는, 상당 부분은 락스타 덕분에 게임이 팬들과 함께 성장하고 있었다. "이제 사람들은 게임이 새로운 미디어라는 것을 받아들이죠. 제대로 감상할 수 있는 무언가라고요. 이상한 놈들만을 위한 것이 아니라."

그렇기에, 포프가 그만둔다는 소문을 듣고 더욱 충격을 받은 인상이었다. 샘은 그에게 다가가서 말했다. "떠난다는 말을 들었네."

"그래요, 정말 불행해서요."라고 포프가 말했다. 그러나 포프는 혼자 가는 것이 아니었다. 그와 페르난데스는 다른 직원 여럿과 함께 그들만의 회사를 시작하기로 결정했다. 그들은 심지어 새 게임에 대한 아이디어도 가지고 있었는데, 락스타 시절에서 영감을 받은 것이었다. 플레이어가 데이비드 코레시David Koresh와 비슷한 사이비 종교 지도자와 싸워야 했다. "자동차 강탈 대신, 정신 강탈인거죠!" 포프가 말했다. 가제는 '와코(Whacko, 미친 놈)'였고, 그들의 새 스타트업의 이름은 락스타 모두에게 보내는 가장 큰 퍽큐였다. '캐시미어 게임즈'.

페르난데스는 샘을 깊이 동경하고 있었음에도, 자신과 포프가 락스타의 성공을 복제할 수 있다고 생각할 만큼 적극적 의지를 느꼈다.

그에게 많은 영감을 준 멘토이자 친구를 떠나기는 쉽지 않았다. "그들은 당신을 친절하게 떠나게 해주지 않고, 마치 패밀리를 버린 마피아처럼 대한다."라는 포프의 말처럼 말이다. 페르난데스는 돌이킬 수 없다는 것을 알고 가슴이 철렁 내려앉는 느낌이었다. 페르난데스는 이후 "샘이 그렇게 영향력이 있는 인물이라는 것이 가장 큰 유감"이라고 말했다. "락스타를 떠나면서 제일 안 좋은 부분이다. 어쩌면 바로 그게 결정해야 하는 부분이다."

샘은 그 소식을 듣고 몹시 황폐해졌다. 페르난데스의 아파트에 찾아가 그에게 머물러 달라고 간청했을 정도로 말이다. 샘은 그에게 "한 번 더 부탁하네. 떠날 건가, 머물 건가?"고 말했고, 페르난데스는 "떠나겠습니다."라고 말했다.

샘은 마지막으로 그를 한 번 쳐다보고는 돌아서서 가버렸다.

이번 판은 게임 오버였다.

16장

그랜드 데스 오토
Grand Death Auto

16. Grand Death Auto

수배 레벨 ★★★☆☆

아무것도 없는 어딘가에서 갑자기 총알이 날아왔다. 아무것도 없는 그런 곳은 테네시 주 뉴포트에 차고 넘치게 많았다. 녹스빌에서 동쪽으로 한 시간 떨어진 뉴포트는 인구 7,200명의 시골 마을로, 가수 돌리 파튼이 운영하는 돌리우드 테마파크와 그리스도의 삶 체험 3D 상영관 등 인근 명소로 가는 길에 들리는 휴게소 정도에 지나지 않았다. 이 지역에 오는 사람들 대부분처럼, 아론 하멜과 그의 사촌 데니스 "디디" 드노도 그저 빠르게 지나가는 중이었다.

2003년 6월 25일 오후 8시경이었고, 하멜이 '완벽한 하루'라고 부른 그 날의 끝자락에 아직도 햇빛이 남아있었다. 두 사람은 노스캐롤라이나주 블랙 마운틴에서 하이킹을 마치고 빨간 도요타 트럭을 타고 녹스빌로 돌아가는 중이었다. 45세의 간호사로 자연을 사랑하는 하멜은 숲속에 있는 통나무 오두막집을 사려는 꿈을 갖고 최근 온타리오에서 이주해 왔다. 바로 전날, 하멜은 일하고 싶었던 소년원에서 연락을 받았다. 하멜은 "내가 뭔가 변화를 만들어서 이 아이들을 도울 수 있을 거로 생각해."라고 하이킹을 하면서 사촌에게 말했다.

컨테이너 트럭들 틈에서 I-40 고속도로를 달리면서 하멜은 높고 낮은 산들을 보며 감탄했다. "와, 디디, 저 예쁜 꽃들 좀 봐." 드노가 나중에 기억하기로, 하멜은 그 말을 미처 끝낼 겨를이 없었다. 창문이 산산조각이 나 있었고, 피와 깨진 유리가 드노의 무릎에 흩어졌다. 하멜의 머리에서 피가 쏟아졌고 트럭은 통제할 수 없이 중앙분리대를 넘어 마주 오는 차량으로 돌진했다가 가드레일을 들이받았다.

그 뒤에서 I-40 도로를 달리던 흰색 마쓰다 승용차에는 버지니아 로어노크에서 여행을 온 19세 킴 베드와 그녀의 남자친구 마크 힉먼이 타고 있었다. 둘은 충돌하는 소리를 듣고, 어떤 차의 타이어가 펑크가 났나 보다, 라고 생각했다. 하지만 또 다른 총알이 날아와 그들이 틀렸음을 증명했다. 총알은 조수석 쪽을 뚫고 베드의 엉덩이를 산산조각냈다. 총성이 멎고 뉴포트는 다시 조용해졌다.

경찰이 도착했을 때 하멜은 죽어 있었다. 베드는 척추에 총알 파편이 박힌 채로 피를 뿜고 있었다. 고속도로를 따라 서 있는 빛바랜 광고판 아래로 숲이 어둠에 덮여 있었다. 작은 마을에 소문이 퍼지는 동안, 수사관들은 벨트웨이 저격수 사건의 재현을 우려하면서 감시등과 열 추적 장비로 숲을 샅샅이 뒤지며 흔적을 찾아 나섰다. "운전 중 분노의 표현인지, 저격수인지 뭔지 알 수 없습니다."라고 그날 밤 한 부보안관이 기자들에게 말했다.

답을 찾는 데는 오래 걸리지 않았다. 불안한 듯 덤불 속에 숨어있는 이들은 깡마르고 조용한 열다섯 살의 윌리엄 버크너와, 키가 작고 산만한 그의 의붓동생 열세 살 조쉬였다. 두 사람이 의붓형제가 된 지는 얼마 안 되었지만, 둘 다 불안정한 가정에서 자란 터라 곧바로 죽이 맞았다. 두 아이는 전과도 없고 학교 기록도 깨끗했기에 치명적인 총격을 가할 만한 이유가 없어 보였다. 그러나 소년들이 눈물을 흘리며 범행을 자백하면서 자발적으로 이유를 밝혔다. 〈그랜드 테프트 오토 Ⅲ〉라고.

윌은 진술서에서 집에서 그 게임을 하고 있었다고 밝혔다.[주10기] 그 게임이 '이번 총격에 어느 정도 영향을 미쳤다고 생각하느냐?'는 질문에는 "어떤 면에서는 그렇다."라고 대답했다.

"어떻게?"

"어떻게 보면 우리가 그런 생각을 하게 만든 것 같다."

GTA와의 연관성이 언론을 강타한 후, 버크너 집에 전화벨이 울렸다. 윌의 어머니 도나가 받았다. 전화를 건 사람이 말했다. "내 이름은 잭 톰슨입니다. 귀하의 아이들이 왜 이런 짓을 하게 되었는지 설명할 방법이 있을 수도 있습니다."

버크너 총격 사건에 대한 뉴스는 톰슨이 한창 바쁜 시기에 전해졌다. 아들을 동원해 〈GTA: 바이스 시티〉를 구매하는 장면을 촬영한 이후, GTA에 대한 톰슨의 집착은 샘과 비슷할 수준이었다. 게임 산업 반대 운동을 시작한 이래로 톰슨은 온갖 대형 TV 프로그램에 50회 이상 출연을 했고, 그 중 투데이 쇼만 7번 나갔다.

샘이 게이머들에게 다가가는 만큼이나, 톰슨이 일반 대중의 감정에 다가가는 실력도 좋았다. 사람들이 아무리 수정헌법 1조를 지켜야 한다고 믿어도, 그들 안의 무언가는 폭력적인 게임이 자녀에게 나쁜 영향을 줄 가능성을 배제하지 못했다. 게임이 공격성에 미치는 영향에 대해서 과학자와 연구자들 사이에서 여전히 논쟁이 진행되는 중임에도 불구하고, 톰슨은 효과적으로 공포를 불러일으키는 연구들만 뽑아 인용했다. 그는 "어린이의 뇌가 이런 비디오 게임을 어른의 뇌와 다른 방식으로 처리한다는 것을 보여주는 연구가 많이 있다."라고 말했다. "아이들은 환상과 현실을 구분할 수 없으므로, 이런 게임을 하고 나서 현실에서 같은 행동을 해도 괜찮고 별일 없을 것으로 생각한다."

톰슨의 캠페인은 효과가 있었다. 전 세계적으로 GTA와 연관시키는 범죄가 더 많아졌다. 뉴질랜드 오클랜드에서는 넛케이스Nut Cases라는 한 갱단이 이 게임을 모방했다는 주장이 나와 파문을 일으켰다. 샌프란시스코 크로니클은 한 기사에서 이렇게 보도했다 "젊은이들은 낮에 마약에 취해 비디오 게임을 했다고 나중에 경찰에서 진술했다. 그들이 가장 좋아하는 게임은 〈그랜드 테프트 오토 III〉로, 플레이어가 강력범죄를 저질러 포인트를 따내는 내용이다.[주108] 어둠이 깔리면 오클랜드 거리에서 실제 실행했다고 수사관에게 밝혔다."

톰슨은 자신의 고향인 오하이오 주 출신인 15세 소년 더스틴 린치Dustin Lynch의 최근 사례를 인용했다. 린치는 〈GTA: 바이스 시티〉가 출시된 지 몇 주 뒤에 한 소녀를 칼로 찔러 살해했다. 톰슨은 린치가 살인을 저지르기 전에 GTA를 하고 있었음을 알게 되었고, 피해자의 아버지를 설득하여 락스타를 고소하게 했다. 톰슨은 "그 게임이 살인의 유일한 원인이었다고 주장하는 것은 아니지만, 그 게임이 사건과 관련이 있다."라고 말했다.

소송 위협은 흐지부지되었지만, 톰슨은 신문 기사에서 '굿모닝 아메리카' 출연에 이르기까지 그의 복음을 전파했다. 효과적인 전략이었다. 소송을 제기하기만 해도 언론을 타기에 충분했다. 어쩌면 그가 비디오 게임에 대한 대중의 인식을 형성하는 가장 효과적인 무기였을지도 모른다. 승소하든 패소하든 기각되든 중요하지 않았다. 락스타와 게임 업계가 완전히 침묵을 지키는 와중에 그는 사실상 아무런 저항 없이 전쟁을 벌였다.

톰슨은 '필라델피아 위클리'와의 인터뷰에서 "나는 아버지이자, 기독교인이자, 변호사이며, 제가 성장한 50년대 같은 세상을 사랑합니다. 우리는 사람을 쏘지 않고 농구 골대를 향해 공을 쏘았죠."라고 말했다. "하지만 나는 아무리 개인적으로 이런 것들을 불쾌하게 여길지언정, 어른들이 그것을 보고 소비할 수 있는 헌법적 권리를 빼앗으려는 것은 아닙니다. 그저 이런 오물을 미성년자에게 마케팅하지 못하게 막으려는 겁니다."

톰슨이 투쟁할수록 게임 업계 대변인인 로엔스틴은 힘들어졌다. GTA는 만17세 이상만 이용 가능한 M등급인데도 불구하고, 갤럽 기구가 13세에서 17세 사이의 10대 517명을 대상으로 벌인 최근 조사에서 60%가 GTA 게임을 한 적이 있는 것으로 나타났다. 콜럼바인 논쟁과 폭력적 게임 마케팅에 대한 연방 법제화 위협으로 여전히 비틀거리던 로엔스틴은, 톰슨의 수사법에서 빠져나가려고 노력했다. 그는 "톰슨 씨가 상당히 열정적이고 대의에 헌신하고 있다는 데 의심의 여지가 없다."라고 말했다. "우리 역시 우리의 대의에 헌신합니다."

로엔스틴은 연방거래위원회의 최신 연구를 인용, 80% 이상의 사례에서 아이들에게 M등급을 포함해서 게임을 구매해주는 사람은 바로 부모들이라고 밝혔다. 로엔스틴은 부모들에게 자녀들에게 무엇을 사 주고 있는지에 더 많은 관심을 기울이라고 촉구하며 말했다. "12살짜리 아이가 〈그랜드 테프트 오토〉를 가지고 있다면, 부모가 사 주었을 가능성이 높습니다."

어린이에게 폭력적 게임 판매를 금지하는 세인트루이스 카운티의 시도가 위법이라는 제8 순회항소법원의 최근 판결이 로엔스틴에게 힘을 주었다. "수정헌법 1조가 잭슨 폴락의 그림이나 아놀드 쇤베르크의 음악, 루이스 캐럴의 재버워키 구절을 보호할 만큼 다방면으로 적용된다면 비디오 게임에 등장하는 사진, 그래픽 디자인, 컨셉 아트, 소리, 음악, 이야기 및 서사 또한 유사한 보호를 받지 못할 이유가 없다."라는 판결이었다.

그러나 회의론자들을 움직이지는 못했다. 2003년 4월, 워싱턴 주지사는 미성년자에게 폭력적인 게임 판매를 금지할 것을 제안했다. 로엔스틴은 의회 주변에서 미팅을 하면서 정치인들이 어린이 보호라는 명목 아래 얼마나 일상적으로 수정헌법 제1조를 희생시키는지 보며 점점 더 좌절감을 느꼈다. 어떤 주지사는 "이것이 나쁜 법안인 것은 알고 있다. 하지만 서명할 수밖에 없다."라고 말했다.

여기에 대항하여 싸울 게임 개발자들은 어디에 있었을까? 로엔스틴은 "락스타와 다른 사람들은 다들 모래 속에 머리를 처박고 있었다."라고 말했다. 개발자들은 "낙인찍힌 것에 대한 피해의식"에 시달렸다고 그가 이어 말했다. "문제는 게임 업계가, 자녀를 보호하려는 부모들의 근본적인 본능을 이해하려고 하지 않는다는 것이었다."

많은 게이머가 톰슨을 광대라며 무시하면서, 그가 대중들의 비디오 게임에 대한 인식에 얼마나 영향을 끼치고 있는지 깨닫지 못했다. 로엔스틴은 이후 "그는 효과적으로, 지역적으로, 그리고 국가적으로 언론을 이용했고, 정치인들이 자신의 주장을 받아들여 우리가 대항해 싸우고 있는 그런 입법들을 추진하도록 고무시켰다."라고 말했다. "적이지만 인정할 만한 부분은, 만약 톰슨이 없었다면 우리가 대처해야 하는 법안의 종류가 훨씬 적었으리라는 점이다."

톰슨은 이제 시작이었다. 2003년 10월 20일, 그는 버크너의 피해자들을 대리하여 소니 컴퓨터 엔터테인먼트 아메리카를 상대로 〈GTA Ⅲ〉를 마케팅한 것에 대해 2억 4,600만 달러의 소송을 제기했다. 월마트는 판매에 대해서, 락스타는 제작하고 출시한 것에 대해 소송을 걸었다. 톰슨은 언론에 "이런 끔찍한 결과에도 불구하고 그들이 계속해서 성인 등급의 게임을 어린이들에게 마케팅하게 된다면, 우리는 그 피 묻은 돈을 빼앗아야 할 것입니다. 그리고 이런 관행을 중단하지 않으면 이들 게임에 의해 살해된 다른 사람들을 대신해 계속 소송을 이어가겠다는 메시지를 경영진에 보낼 것입니다." 라고 말했다.

"나는 고속도로가 이렇게 가까운 줄 몰랐어요." 조쉬의 아버지이자 윌의 의붓아버지인 웨인 버크너가 말했다. 우리는 그날 밤 그의 아들들이 차를 향해 총을 쏜 언덕으로 걸어가고 있었다. 아래에 내려다보이는 I-40 도로에서 차량과 트럭들이 질주했고, 웨인은 나무와 높은 수풀에 둘러싸여 있었다. 키가 크고 머리가 희끗희끗한 쉰여섯 살의 웨인은 골프장 조끼와 청바지에 야구모자를 썼다. 그는 "경찰

순찰지도에서 이 일대를 봤다."라면서, 수풀을 향해 머뭇거리며 나아갔다. "하지만 직접 와본 것은 처음입니다. 아내는 이 자리가 어디인지 알고 싶어 하지 않아요."

웨인은 아이들이 도로에서 훨씬 멀리 떨어져 서 있는 모습을 상상했다. 너무 멀어서 총알이 차까지 날아가기 쉽지 않을 정도로. 그러나 고속도로를 내려다보자 창문을 통해 차에 탄 사람들을 알아볼 수 있을 만큼 가까이 있었다. 웨인은 눈시울이 뜨거워졌다. "상당히 슬픈 일입니다." 그가 말했다. 윌과 조쉬가 정글도를 잡고 잡초를 베어서 만든 길을 여전히 알아볼 수 있었다. 언젠가 두 아이가 근처 시냇물에서 타고 놀았던 폐타이어가 나무에 기대어 놓여 있었다. 3미터 정도 떨어진 울퉁불퉁한 술 광고판에 비둘기들이 둥지를 틀었다.

그날 밤 소년들이 잡힌 다음 처음에는 새들을 탓했다. 조쉬는 웨인에게 자기들은 비둘기를 향해 총을 쐈고 그게 우연히 차에 맞았을 것이라고 했다. 웨인은 "그 애는 새들이 항상 이 광고판에서 고속도로를 향해 날아간다고 말했다."라고 떠올렸다. 그러나 새들이 우리 머리 위에서 갑자기 날아올랐을 때 길을 향해 날아간 새는 한 마리도 없었다. 웨인은 "정말 믿고 싶었다."라고 했다.

버크너 가족은 골프장 한편에 있는 스플릿 구조 벽돌집에서 살았다. 윌과 조쉬가 평소 타고 다니던 골프 카트가 농구대가 달린 차고 근처에 서 있었다. 뒤뜰에는 웨인이 아이들을 위해 만든 인상적인 트리하우스를 차지한 개들이 목줄 없이 자유롭게 돌아다녔다. 거실에서 웨인의 아내 도나가 담배에 불을 붙였다. 서른일곱 살의 작고 예쁜 그녀는 하늘색 스웨터를 입고 있었는데, 그 사건 이후 괴로움에 38킬로까지 체중이 줄었다. "그냥 식욕이 돌아오지 않는다."라고 그녀는 말했다. 웨인은 골프를 치겠다며 나갔다. "저 사람은 골프를 너무 많이 쳐요." 도나가 조용히 투덜거렸다.

총격 이후, 웨인과 도나는 살아남기 위해 고군분투하며 그 가장 무의미한 행동의 의미를 이해해보려 애썼다. 비록 아이들이 한 일이 살인이 아닌 과실치사인 걸로 밝혀졌지만, 그렇다고 해서 더 쉽게 의미가 찾아지지는 않았다. 그들의 성찰은 결국 하나의 답으로 향했다. 〈그랜드 테프트 오토 Ⅲ〉. 도나는 방문객에게 가족사진을 보여주며 "월과 조쉬가 그 게임을 하지 않았다면 이런 일을 하지 않았을 것"이라고 말했다. "걔들은 연쇄살인범이 아니에요. 착한 녀석들이죠."

좋았던 때에 찍은 사진이지만, 행복한 청소년기의 모습이라 하기는 어려웠다. 한 사진에서 조쉬와 월은 거대한 텔레비전 화면을 향한 검은 소파의 양 끝에 아무 표정 없이 앉아 있었다. 들쭉날쭉한 모래빛 금발 앞머리에 얼굴빛이 얼룩덜룩한 조쉬는 작고 야윈 아이였는데, 노란 포트 로더데일 서핑 티셔츠를 입고 에이트볼 쿠션에 기대어 있었다. 헐렁한 황갈색 반바지에 검은색 나이키 티셔츠에 노란색 하와이안 셔츠를 단추를 풀어 걸치고, 군 인식표 모양 목걸이에 팔에는 팔찌를 대여섯 개 찬 월은 어머니가 빨리 사진을 찍고 끝내주기만을 기다리는 모습이었다.

해변으로 가족여행을 떠난 사진에서 월은 푸른색 티셔츠와 긴 파란색 반바지를 입고 뼈만 앙상한 하얀 팔로 가슴께에 팔짱을 낀 채, 밝은 빨간색 셔츠를 입고 팔을 뻣뻣하게 내리고 앞을 응시하는 조쉬 옆에 서 있었다. 웨인과 도나는 액자에서 멀리 떨어져 있었다. 아무도 손을 대지 않았다. "이런 일이 생기고 나서, 어떻게 다시 가족으로 살 수 있을지 모르겠어요." 도나는 또 다른 담배에 불을 붙이면서 이렇게 말했다. 총격 사건이 있기 전에는 얼마나 가족 같은 느낌이 들었느냐는 질문에 그녀는 숨을 내쉬고는 "조금 들었다."라고 말했다.

월과 조쉬는 둘 다 처음부터 불안정한 삶을 살았다. 도나가 예정일보다 몇 주 일찍 조산으로 낳은 월은 생후 한 달 만에 뇌출혈로 뇌에 약간 손상을 입게 되었다. 정상적으로 기능할 수 있었지만, 지능지수가 91이어서 평균보다 다소 이해가 느렸다. 월의 아버지는 공장 노동자였는데, 월을 거의 받아주지 않았다고 도나는 말했다. 월이 세 살일 때 도나의 친구와 바람나서 이혼한 이후에는 더했다. "그는 아이와 아무것도 하고 싶어 하지 않았다."라고 도나가 회상했다. "월은 아빠에게 만나러 와 달라고 애원했지만, 그 사람은 그냥 무시했어요." 몇 년 후, 그의 임종 직전에 월을 데려갔을 때도, 그는 아들을 인정하려 하지 않았다. "월은 항상 아버지가 그를 싫어한다고 생각했다."라고 그녀는 말했다.

도나의 두 번째 결혼 역시 월에게 똑같이 힘들었다. 월이 밤에 소변이 마려워 일어나면 도나의 남편은 잠을 깨웠다고 월을 야단치곤 했다. 이후 월은 침대를 적시기 시작했다. 이를 알게 된 도나는 곧 다시 이혼했다. 월은 야외 활동을 좋아했지만, 학교에서는 더 수줍어하고 숨어 지내게 되었다. 도나는 "그 아이는 좀 외톨이였다."라고 말했다. 그러나 월이 말썽을 부리는 일은 거의 없었다. 가장 나쁜 짓이라고 해봤자 부엌 바닥에 마커로 퍽이라고 썼던 일 정도였다. 웨인이 골프를 치던 골프 클럽에서 경리로 일하던 도나는 2002년에 웨인과 그의 어린 아들 조쉬를 만났다. 월은 친구가 될 준비가 되어있었다.

조쉬 또한 그랬다. 외향적이고 에너지가 넘치지만, 조쉬에게도 트라우마가 있었다. 조쉬의 어머니 샌디는 울혈성 심부전을 앓았다. 자주 아팠던 어머니는 책과 연속극에 빠져 있느라 조쉬를 잘 돌보지 않았고, 아이는 자기가 알아서 챙겨야 했다. 조쉬의 어머니는 그가 11살 때 죽었다.

병원의 거물이자 상공회의소 현역 임원인 아버지 웨인은 항상 바빠서 말 그대로 좌충우돌인 조쉬에게 할애할 시간이 거의 없었다. 1학년 때 조쉬는 주의력결핍 과잉행동장애ADHD를 진단받고 평생 약을 먹기 시작했다. 약을 먹으면서 굼떠지긴 했지만, 어느 정도는 도움이 되는 것 같았다. 조쉬는 친구와 가족에게 따뜻했고, 자주 꼭 안아주었다. 여자아이들에게 인기가 많아서 파자마 파티에 초대되는 유일한 남자애였다. "마치 작은 강아지 같았죠."라고 친구 엄마가 떠올렸다.

하지만 웨인은 조쉬가 여전히 괴로워한다는 인상을 받았다. 웨인은 "엄마가 죽은 후 줄곧 도망 다니고 있었다."라고 말했다. 조쉬는 비디오 게임을 하거나 에미넴 CD를 들으면서 늦게까지 깨어 있었을 뿐, 절대 자기 속마음을 털어놓지 않았다. 웨인은 "걔는 전부 속에 담아두었다."라며, "나쁜 일이 생겨도 웃어넘겼죠."라고 말했다.

조쉬가 열한 살이 될 무렵 어느 늦은 밤, 웨인은 아들 방에서 나는 이상한 소리를 들었다. 그는 복도를 걸어 내려가 문을 열었다. 진한 노란색으로 칠하고 스포츠카 포스터로 도배된 방이었다. 작은 책상, 학생용 성경, 거대한 붐박스 옆에 라바 램프가 놓여있었다. 커다란 검은 간판에 "저리 가버려"라고 쓰여 있었다. 웨인은 조쉬가 요즘 별 이유 없이 생긴 습관대로, 바닥에 담요를 깔고 자고 있으려니 했다. 하지만 오늘 밤 조쉬는 바닥에 없었다. 옷장에 웅크리고 앉아 울고 있었다. 엄마를 원한다고 했다.

도나와 웨인이 결혼하자 윌과 조쉬의 힘든 시절이 마침내 끝난 듯했다. 아이들이 서로 너무 잘 맞아서, 두 가족을 하나로 모으기가 쉬웠다. 둘 다 래퍼 50센트와 토니 호크 그리고 플레이스테이션 2를 좋아했다. 결혼식 후에 윌과 도나가 뉴포트로 이사해 웨인의 집에서 함께 살았다. 웨인과 도나는 좋은 시설이 오리라는 기대에 들떠서 지하실을 아이들을 위한 최고의 놀이 공간으로 바꾸었다. 거대한 TV, 테이블 축구, 경주용 자동차 포스터와 기념품, 전용 전자레인지까지. 윌은 뜨거워뜨거워뜨거워Hot Hot Hot라는 문구가 불길 모양으로 써진 담요를 덮고 이곳 소파에서 잠을 잤다.

비디오 게임은 두 아이가 가장 좋아하는 오락 중 하나였다. 웨인의 이전 결혼에서 태어난 조쉬의 의붓형인 19살 폴 버크너가 조쉬에게 생일선물로 〈GTA III〉를 사 주었다. "아래층에 내려갔다가 그 애들이 차를 타고 사고 내는 걸 봤죠."라고 도나가 말했다. "매춘부를 살해하고 뭐 그런 짓을 할 수 있을 줄은 몰랐어요." 하지만 도나가 본 폭력만으로도 멈칫하기에 충분했다. 그녀는 아이들에게 "너희 이게 진짜가 아니라 가상현실이라는 것을 알고 있겠지"라고 말했다. 그들은 고개를 끄덕이고는 다시 게임으로 돌아갔다.

아이들은 함께 즐겁게 지냈지만, 떨어져 있을 때는 힘들었다. 특히 윌에게 힘들었는데, 윌이 나이가 더 많았기 때문에 조쉬와는 다른 학교에서 혼자 힘으로 해나가야 했다. 윌의 생활지도 교사 카렌 스미스는 윌이 수업이 끝난 후 종종 주차장을 배회하는 모습을 창밖으로 보았다. "그는 혼자 집에 가곤 했다."라고 그녀가 말했다. 운전 교사는 "그 애는 좀 외톨이였다."라고 말했다. "친구가 두어 명밖에 없었죠. 내가 조심하라고 했는데, 어떤 애들한테 이용당하곤 했거든요." 여자애들은 윌에게 돈을 요구했고, 윌은 자기를 좋아해 줬으면 하는 마음에 현금을 건네주고는 절대 되돌려 받지 못했다.

방과 후와 주말에는 윌은 기꺼이 조쉬의 휘하에 들어갔다. 비록 조쉬가 더 어리고 더 작았지만, 동네의 베테랑이었고, 윌이라는 더 나이 많고 큰 로빈 옆에서 배트맨 역할을 했다. 그리고 천성적으로 다소 느린 윌은 가능한 모든 도움이 필요했다. 한 친구는 "윌은 좀 더 물 흘러가듯 느긋하다."라면서 "조쉬는 본격적인 급류타기 선수 같은 느낌"이라고 말했다.

충성심을 증명하기 위해, 조쉬는 자신의 전 여자친구인 아만다 헤서링턴의 품으로 윌을 안내했다. 아만다는 검은 머리를 길게 기르고, 손톱에 파란색으로 개 발자국 모양을 그린 똑똑하고 세상에 얽메이지 않는 성격의 열세 살 아이였다. 아만다는 우울한 시를 썼고, 마릴린 맨슨의 노래를 들었고, 뉴포트의 유일한 여성 스케이트 보더 중 한 명으로 알려져 있었다. 치어리더였지만, 크리스티나 리치가 연기했을 법한 그런 부류였다. 치어리딩을 무척 싫어했다. 그녀는 "그냥 해야 하니까 하는 거야"라고 말했다.

어느 주말 밤 공포 영화를 보다가, 윌과 아만다는 뉴포트를 경멸하며 유대감을 형성했다. 아만다는 "여기서는 천장에 있는 점들을 쳐다보는 것 이외에는 할 일이 없다."라고 말했다. 다르긴 하지만, 그들은 코크 카운티의 아이들 사이에서 따돌림을 당하는 느낌을 공유했다. 아만다는 "여기서는 레드넥 놈들이 모든 사람을 지배한다."라고 탄식했다. 그녀는 윌이 학교의 창피한 마스코트, 싸움닭의 이름이 새겨진 재킷을 안 입겠다고 거부하는 게 귀엽다고 생각했다.

한편 집에서는, 조쉬가 윌을 단순히 새로운 관계 그 이상으로 이끌어가고 있는 것처럼 보이기 시작했다. 조쉬는 윌을 곤경에 빠뜨리고 있었다. 어느 날 두 사람은 공기총을 들고 집 뒤의 개울가로 사격을 나갔다. 웨인은 부자간 유대감을 강화하는 활동으로 소년들을 데리고 22구경 라이플 표적 사격을 시키곤 했다. 아이들은 물에 떠내려가는 깡통을 쏘며 하루를 보냈다. 이번에는 조쉬가 목표물을 조준하는데, 어려움을 겪었다. 그리고 총을 발사했을 때 총알 파편이 돌에 튕겨 나와 윌의 목에 박혔다.

그 일이 있고서도 아이들은 단념하지 않았다. 치명적인 총격 사건이 일어나기 약 6개월 전 어느 날, 웨인은 자기 옷장에서 22구경 라이플을 가져가 방에서 닦고 있는 아이들을 적발했다. "절대, 절대로 그러면 안 돼."라고 소년들에게 좀처럼 언성을 높이지 않았던 웨인이 훈계했다. 그는 아이들을 일주일 동안 외출 금지했고, 집을 나갈 때마다 자기 침실 문에 빗장을 걸었다. 집에 있을 때는 잠가두지 않았다.

운전면허가 없는 10대라면, 오래지 않아 지루해진다. 뉴포트에서는 월마트 주차장에서 놀면서 경찰이 와서 그만 꺼지라고 말할 때까지 기다리며 지루해진다. 싸움닭 팀을 응원하고 '아메리칸 아이돌'을 보고 작은 영화관에서 탄산음료를 마시는 일도 지루해진다. 심지어

〈GTA III〉를 하는 것도 지루해진다. 6월의 그 날 밤에 윌과 조쉬가 그랬다.

2003년 여름은 시작부터 분위기가 좋지 않았다. 조쉬가 7학년에 낙제했다. 알고 보니 그는 학기 내내 숙제를 제출하지 않았다. 웨인과 도나가 조쉬를 데리고 선생님들과 면담을 했지만, 조쉬는 아무런 설명도 하지 않았다. 웨인이 떠올렸다. "그냥 내고 싶지 않았다고 했다." 아만다, 윌, 사라, 그리고 다른 친구들은 진급하는데 조쉬는 낙제였다. 최근에 어머니 관련으로 폭발했음에도 불구하고 조쉬는 다시 현실을 부인하는 쪽으로 되돌아갔다. 웨인은 "그 애는 또 모든 걸 웃어넘겼다."라고 말했다.

반면 윌은 여러 가지로 많이 좋아졌다. 몇 달 동안 기다린 끝에 이제 한 달 후면 16살이 되고 운전 면허증을 딸 수 있었다. 어머니 도나와 함께 차를 살 계획까지 세웠는데, 윌은 하루빨리 중고 머스탱을 타고 싶었다. 자가용이 생기면, 뉴포트라는 보이지 않는 벽이 마침내 무너질 것이었다. 그는 아만다를 직접 태울 수 있고, 스케이트보드 공원으로 데려갈 수도 있고, 심지어 돌리우드로 달려가 빅 베어 플런지 래프팅 놀이기구를 탈 수도 있었다. 하지만 윌은 그런 기회를 결코 얻지 못했다.

그날 밤 〈GTA III〉를 몇 판하고 나자 조쉬는 지루함이 밀려오는 것을 느꼈다. 그는 윌에게 "형, 트레일러에서 진짜 사격이나 하러 가자."라고 말했다. 할 만한 일이었다. 웨인과 도나는 집에 있었고, 그것은 부모 침실 문이 잠겨 있지 않다는 뜻이었다. 그들은 위층으로 올라갔다. 부모님은 TV를 보고 있었다. 그들은 사륜 카트를 타러 가도 되느냐고 물었다. 도나는 밖을 보았다. 해는 아직 저물지 않았다. "좋아, 하지만 어두워지기 전에 들어와야 해."라고 그녀가 말했다.

그날 밤 사륜 카트는 아무 데도 가지 않았다. 윌과 조쉬는 부모님의 침실 옷장에서 22구경 라이플을 몰래 훔쳐 길 건너 오솔길로 갔다. 개울로 내려가는 가파른 경사 구역이었다. 그들은 오래전에 웨인과 갔던 길을 따라 쓰러질 듯한 펌프장을 지나갔다. 오솔길을 오르며 컨테이너 트럭들이 고속도로를 질주하는 소리를 들었다. 빛바랜 광고판 뒤에서 비둘기들이 푸드덕거렸다. 새들을 향해 몇 발을 쏘았지만, 짧은 거리에도 불구하고 빗나갔다. 트레일러는 더 맞추기 쉬울 것 같았다.

그들은 I-40이 내려다보이는 언덕과 오솔길을 사이에 있는 구불구불한 나무 울타리를 건넜다. 윌은 서쪽으로 도로를 내려다보았다. 조쉬는 언덕을 따라 짧은 거리를 달려 동쪽을 보았다. 그들은 서로 아무 말도 하지 않았다. 그저 총을 쏘기 시작했다. 윌은 자기가 실제로 트레일러를 맞추어도 총알이 그냥 옆으로 튕겨 나오리라 생각했다. 그러나 20발 이상 쏘고도 아무것도 맞추지 못했다. 윌에게 총알이 아직 몇 발 남았고, 그는 총알을 발사해 버렸다. 그러고 나서 고무가 바닥에 끼익하는 소리를 들었다.

그들은 중앙분리대 위로 빨간 트럭이 날아가는 것을 보고는, 실수로 타이어를 쐈다고 생각하고 도망갔다. 그들이 집에 돌아왔을 때 웨인과 도나는 여전히 TV를 보고 있었고, 소년들은 재빨리 총을 벽장에 다시 넣었다. 심장이 두근거리고 머리도 바쁘게 굴러갔다. 집에서도 경찰 사이렌 소리가 들렸다. 윌가 조쉬가 다시 밖으로 나가 골프공을 쳐도 되냐고 물었을 때, 웨인과 도나는 별다른 생각을 하지 않았다.

한 시간 후 윌과 조쉬는 보이지 않았다. 아이들이 들고 다니는 무전기도 응답이 없었다. 웨인은 트럭에 올라타고 길을 따라 차를 몰았다. 도나는 그들이 무슨 사고를 당했을까 봐 손전등을 움켜쥐고 오솔길을 달렸다. 그녀는 절박해져서 911에 전화를 걸어 아이들이 실종되었다고 신고했다. 경찰이 그녀에게 다시 전화했다. "아드님들은 바로 여기에 있습니다."라고 했다.

경찰은 총격 현장을 조사하던 중 언덕 위에 서 있는 윌과 조쉬를 보았다. 훗날 이 사건을 기소한 지방 검사는, "아이들이 올만 한 장소가 아니다."라고 말했다. "경관이 그들과 이야기를 나누자, 일반적이지 않은 대답이 나오기 시작했다."

아이들은 풀려나 부모에게 갔을 때 밖에 나가서 공기총으로 비둘기를 쐈고, 비둘기들이 고속도로 위를 날아갈 때 우연히 차를 쐈을지도 모른다고 말했다. 그러나 그들의 부모는 연지탄이 그런 종류의 피해를 줄 수 없다는 점을 충분히 알고 있었다. 이틀 후, 거짓말 탐지기 검사에서 질문을 받으면서 윌과 조쉬는 저항이 무너지며 자백했다. "게임을 하면서 아이디어를 얻었다고 말했다."라고 지방 검사는 말했다. 버크너 가족은 총과 GTA III 게임을 경찰에 넘기라는 명령을 받았다.

비디오 게임 킬러라는 선정적인 소식이 전해지자, 전국에서 언론이 이 작은 마을로 몰려들었다. 조쉬는 뉴포트 역사상 살인 혐의로 재판을 받는 최연소자가 될 것이었다. 소년들은 서면 진술에서 후회를 표시했다. 윌은 "나는 일어난 일에 대해 계속 나 자신을 미워할 것이다."라고 썼다. "만약 그분을 되살리기 위해 내 목숨을 바칠 수 있다면 기꺼이 그렇게 하겠다. 내가 한 짓이 어리석었다는 걸 안다. 누가 다칠 줄은 몰랐다…. 정말 미안하고, 판사가 아무리 오랜 형량을 주더라도 부족할 것이다. 형기가 끝나도 나는 여전히 나를 미워할 테니까." 조쉬는 이렇게 썼다, "미안합니다…. 이런 일이 생긴 것이 싫습니다. 내가 11살 때 엄마를 잃었기 때문에, 누군가를 잃는 게 어떤 건지 압니다. 엄마 없이는 힘들었어요."

아이들이 법원으로 인도되던 날, 아만다가 달려 내려와 지켜봤다. 윌은 군중 속에서 길고 검은 머리를 보고, 카메라가 돌고 있는데 아만다에게 키스를 날렸다. 아만다는 그들이 결코 누군가를 해치고 싶어 하지 않았음을 알지만, 그 일이 게임의 탓이라는 생각은 거부했다. "그 게임이 이렇게 하도록 설득했다고는 생각하지 않아요."라고 그녀는 말했다.

"내 말은, 우리 고모도 그 게임을 하거든요."

아만다는 윌을 위해 시를 써왔다. "내 손을 잡아"라는 제목의 시도 있었다. "내가 울음을 멈추게 해. 나 혼자는 죽고 싶은 마음이야. 네가 있으면 나는 강해질 수 있어. 우린 함께 할 수 있어. 괜찮을 거야. 마침내 우리는 여기에 함께 있어. 우린 괜찮을 거야, 과거는 잊어버려." 그러나 그녀는 그날 밤 왜 총격을 가했는지 윌과 조쉬에게 물어볼 용기가 없었다. "이유를 알고 싶지 않았어요."라고 아만다가 음식을 집으며 말했다. "무서워서요."

뉴포트 외곽, 윌과 조쉬의 음울한 새 집이 된 소년원을 둘러싼 철조망 너머로 해가 지고 있었다. 벽돌 건물을 에워싸고 있는 2층 철조망 울타리 뒤로는 육중한 교도관이 수감자 한 무리를 천천히 인도로 이끌었다. 살인자, 성범죄자, 마약 거래자 등 거친 아이들 한 무리가 두 줄로 늘어서서 걸어왔다.

주차장 울타리 밖에서 웨인과 도나는 아들들을 만나러 안으로 들어가기 전에 마지막 담배를 다 피우고 있었다. 테네시주에서는 16세 미만의 아이들은 성인으로서 재판을 받을 수 없고, 배심원이 아닌 판사 앞에서 재판을 받아야 한다. 버크너 사건의 결정이 빨리 나온다는 뜻이었다. 증거를 듣고 소년들의 심리 평가를 돌린 후에, 판사는 소년들이 대단히 어리석은 일을 저질렀지만, 살인 의도는 없었다고 판단했다.

윌과 조쉬는 과실치사, 과실치상, 가중 폭행에 대해 유죄를 인정했고, 인근 소년원에서 지내는 실형을 선고받았다. 테네시주 법에 따라서 19세까지만 잡아 가둘 수 있었다. 그마저도 모범적 생활을 하면 그보다 훨씬 빠른 1년 만에도 나올 수 있었다. 드노는 "꿀밤에 불과한 수준"의 판결이라고 했다.

많은 시도에도 불구하고, 폭력적인 게임 제작자들을 상대로 한 소송은 좀처럼 진척되지 않았고 버크너 사건 역시 다르지 않다는 것이 증명되었다. 톰슨이 테네시주 법원에 소송을 제기한 후, 피고인들은 그것을 연방 법원으로 이관했다. 피해자 측 변호인단은 소송을 전면 기각하는 행보를 걸었다. 그러나 언론과 대중적 관심에 고무된 톰슨은, 자신의 임무에 더욱 결연해진 느낌이었다. 그는 "비디오 게임 산업을 파괴하는 것이 목표"[주109]라고 말했다. 이미 피해를 줬다. 이후 오하이오주 콜럼버스의 한 고속도로에서 수십 건의 원인불명의 연쇄 총격 사건이 발생했고, 교외의 한 월마트에서는 만일의 경우를 대비해 〈바이스 시티〉를 매대에서 치웠다.

그러나 버크너 가족에게는 너무 늦은 일이었다. 도나와 웨인은 할당된 면회 시간마다 찾아오고 있었다. 주말과 금요일을 제외하고 매일 한 시간뿐이었지만, 울타리 뒤편 농구장에서 조쉬가 추위를 무릅쓰고 몇 분 더 뛰는 모습이 보였다. 쌀쌀한 날씨에도 불구하고 조쉬는 초록색 반소매 티셔츠에 길고 헐렁한 검정 반바지만 입고 있었다. 키가 큰 아이 두 명이 공을 독차지하자, 조쉬는 그들 뒤로 가서 재빨리 두 손으로 팔을 비벼 약간의 열을 낸 후, 돌아섰다. "난 저 안에 있는 우리 애가 걱정돼요."라고 도나가 말했다. "다른 아이들보다 훨씬 작잖아요."

소년원에서의 생활은 처음부터 힘들었다. 윌과 조쉬는 가로 2미터 세로 2.5미터 크기의 방을 각각 배정받았다. 그들은 수업을 들으면서 낮을 보냈다. 오후 6시 30분에 불이 꺼진다. 시간을 보내기 위한 물품은 아무것도 들여보낼 수 없었다. 소년들을 위해 성경을 요청했을 때에도 안 된다는 대답을 들었다. 아이들이 성경책 페이지로 담배를 말기 때문이었다.

조쉬는 곧 ADHD 약 복용을 하지 못했다. 다른 아이들이 약을 훔

쳐 갔기 때문이었다. 사실, 조쉬는 과거에도 자기 의지로 약을 안 먹
곤 했었다. 그러나 과잉 행동의 고삐가 풀리면서 그는 문제를 일으키
기 시작했다. 엉뚱한 말을 하고, 정해진 유니폼도 입지 않은 채 면회
에 나오기 시작했다. 어느 날 그는 압정으로 다른 아이들의 혀에 피
어싱 구멍을 뚫다가 적발되었다.

월은 곧 조쉬를 리더로 따르기를 중단했다. 조쉬와 달리 월은 위
반사항이 거의 없었다. 그는 학교에서 좋은 성적을 거두기 시작했고,
이 급진적인 변화는 퇴소에 가까워지고 있었다. 월이 먼저 징벌성이
훨씬 덜한 그룹인 가정 보호 시설로 옮겨졌다. 조쉬도 곧 행실을 가
다듬기 시작했고 다른 가정 보호 시설로 옮겨졌다. 모범 생활을 하면
두 사람은 결국 다음 단계로 영원히 풀려날 수도 있었다. 그러나 그
렇게 되더라도, 의붓형제가 다시 같은 집에 살게 되지는 않을 것이다.

도나에 따르면, "판사는 소년들이 다시 함께 있는 것을 원하지 않
았다." 월이 풀려나면, 도나는 웨인과 조쉬를 뒤로 하고 주 밖으로 이
사할 계획이라고 말했다. 그 소년들 사이에 딱히 사랑이 남아있는 것
같지도 않다. 월은 어머니에게 "조쉬는 여기서 한 일 중 몇 가지에 대
해 대가를 치르게 될 것"이라며 자세한 설명도 하지 않았다.

월의 마음에서 변한 것은 그뿐이 아니었다. 웨인과 도나는 그 추운
2월 밤에 금속 탐지기를 지나 월을 만나서 알게 되었다. 교도관들이
지키고 서 있는 가운데, 월은 유니폼 차림으로 테이블에 앉아 부모님
과 인사를 나누었다. 약간의 잡담 끝에 도나가 그의 눈을 바라보며
말했다. "너는 네가 한 일에 대해 생각할 시간이 많았어. 아직도 널
이렇게 만든 게 비디오 게임이었다고 생각하니?"

월은 자세를 바로 앉으며 단호해졌다. "게임이 우리를 나가서 그렇
게 하게 만든 게 아니에요." 그가 쓸쓸하게 말했다. "우리가 그렇게
하고 싶었던 거예요. 게임처럼 현실에서 해보자는 생각이었어요. 그
렇다고 게임이 우리의 마음을 재프로그래밍한 건 아니었죠." 자세히

설명해 달라는 질문에 그는 "게임은 우리의 마음을 재프로그래밍하지 않았다."라는 말만 되풀이했다. 그는 애초에 게임 제작자들을 상대로 한 소송이 없었기를 바란다고 말했다. 윌의 면회 시간이 다 되어, 교도관들이 와서 윌을 데려갔다.

도나는 밖으로 나와 담배에 불을 붙이며, 윌이 게임을 탓하기를 철회하여 놀랐다고 말했다. 하지만 그녀는 그가 물러선 데에 또 다른 이유가 있는 건 아닐지 의심했다. "그 안에 있는 아이 중에 〈그랜드 테프트 오토〉 팬들이 있고, 너 때문에 매장에서 게임이 사라지면 너를 패버릴 것이라고 말했을 거에요."

보이즈 인 더 후드
Boyz in the Hood

17. Boyz in the Hood

수배 레벨 ★★★★☆☆

제이미 킹은 AK-47을 쏠 때마다 손안에서 타들어 가는 것을 느꼈다. 마르고 키가 큰, 갈색 머리의 킹은 라스베이거스의 한 사격장에서 웅크리고 총기를 발사하고 있었다. 〈GTA: 산 안드레아스〉 제작을 위해 꾸린 팀과 함께 사전 조사를 위한 연구 여행 중이었다. 락스타 노스의 아티스트들과 프로그래머들을 라스베가스, 그러니까 게임 속에서 라스 벤투라스라 불리게 되는 그곳을 시뮬레이션하고 풍자할 그 도시로 데려가는 여행이었다. 스코틀랜드인들은 디지털카메라와 오디오 녹음기를 들고 네온 거리를 누비며 화려한 스테이크하우스와 야한 나이트클럽에서 영감을 얻고 다녔다.

라스베가스에 온 것은 진짜 큰 총을 쏴보기 위한 핑계이기도 했다. 창백한 코더들이 킹 옆에 한 줄로 늘어서 긴장한 채로 각자 무기를 잡고 있었다. 이전에 총을 만져보지 않은 사람이 대부분이었다. 사실, 심지어 안으로 들어오기를 거부하는 사람도 있었는데, 딕 체니처럼 당할까 봐 무서워서였다.* 킹은 일행에게 총을 쏠 때마다 총성을 자세히 듣고 손에 든 무기의 반동을 느끼라고 했다. 이것이 그와 다른 락스타 공동 창립자들이 요구하는 진정성의 수준이었다.

---

* 당시 미국 부통령 체니가 텍사스 변호사 위팅턴과 사냥을 나갔다가 오발 사고를 일으킨 일을 지칭

킹은 총의 장전을 풀 때처럼 스트레스를 발산할 필요가 있었다. 100억 달러 규모의 비디오 게임 산업에서 정상을 차지하기 위해 발버둥을 쳤음에도 불구하고, 락스타는 사적으로도 공개적으로도 비난을 받고 있었다. 내부적으로는 샘의 핵심 인사인 포프와 페르난데스가 다른 동료 몇 명과 함께 회사를 떠난 충격적인 퇴장(혹은 샘의 표현에 따르면 배신)에 여전히 휘청거리고 있었다. 심지어 포프와 페르난데스가 새 스타트업을 캐시미어 게임즈라고 부른다는 소식은 더욱 굴욕적이었다.

킹에게는 압박이 커졌다. 회사는 현재 세계 각지에 5개의 락스타 브랜드 스튜디오들을 두고 게임을 제작하고 있었다. 킹은 제작 코디네이터로서 과정을 계속 진행하려 애쓰며 그들 사이를 끊임없이 오가고 있었다. 하지만 어디에서나 불평과 신음이 들렸다. 그리고 나면 뉴욕에서 압박을 받고, 임박해서 게임을 완성하도록 달리거나, 팀을 위한 긴급한 임무를 수행하기 위해 브랜트의 포르쉐에 뛰어들곤 했다.

어떻게 보면 킹은 그런 드라마를 겪으면서 돋보였지만, 일은 그의 영혼을 조금씩 깎아내리고 있었다. 그가 관리해야 하는 다른 문제들도 여전히 많았다. 내분이 커지는 가운데 GTA를 둘러싼 언론 광풍의 여파도 계속 커졌다. 어떤 날이든, 락스타에는 "당신들은 길에 끌려나가 돌에 맞아 죽어야 한다." 같은 이메일이 날아왔다.

락스타 사람들은 폭풍을 일으킨 주원인 세공자가 톰슨인 것을 알고 있었다. 그의 이름이 만화책 말풍선 속의 느낌표처럼 복도에 메아리쳤다. 매일매일 새로운 범죄를 게임 탓으로 돌리는 것 같았다. 아이벨러는 화가 치밀었다. 그는 "전혀 말이 안 된다는 것도 알고, 완전히 넘겨짚기인 것이 뻔했다."라면서 "하지만 고소당하면 어쩔 수 없이 처리해야만 했다."라고 회상했다.

톰슨이 말을 꺼낼 때마다 락스타 홍보 담당자에게 전화가 수십 통씩 걸려왔다. 회사의 홍보 컨설턴트는 최선을 다해 사태를 진압했다.

"책임감 있게, 말려들지 말자."라고 주문처럼 외었다. 통화할 때 그는 정해진 대사를 고수했다. 그는 언론에 "우리는 등급을 받았다."라면서 "18세 미만에게 이 게임을 판매하는 것을 지지하지 않는다."라고 말했다.

테이크투 CEO인 아이벨러는 막후에서 정치 로비 활동을 했다. 테이크투는 워싱턴 D.C.에서 공화당과 민주당의 야구 게임을 후원했다. 아이벨러는 의회 주변을 돌면서 비슷한 패턴을 마주했다. 비서실장과 만나러 의원실에 들어갈 때마다, 젊은 청년이 문 앞에서 맞이했다. "테이크-투! 당신들은 록 스타에요! 그랜드 테프트 오토는 역대 최고 게임이고요!" 그러고 나서 그가 실장에게 안내하고, 그러면 실장은 "아이들에게 미치는 영향을 조심해야 한다."라고 말하는 것이다.

"게이머의 평균 연령은 20세"라고 아이벨러는 늘 대답했지만, 소용이 없었다. 뉴욕으로 돌아가서는, 바로 그 정치인들이 TV에 나와서 비디오 게임을 적대하는 모습을 보았다. "정치인들은 모두 처음에는 모두 수용적이지만, 실제로는 그럴싸한 인용구에 매달리는 것을 좋아한다."

아이벨러가 최전선에서 싸웠다면, 락스타 설립자들은 개인적으로 톰슨의 반대 운동에 분노했다. 이라크 전쟁에 대한 반대로 들끓는 나라 정국에서, 사람들이 비디오 게임과 전쟁을 하겠다고? 킹은 나중에 톰슨에 대해 "매일 누군가가 당신에게 반대하는 목소리를 낸다는 건, 이상한 기분이죠. 감사하게도, 그가 한 말 중 상당 부분은 그저 우스꽝스러웠을 따름이었어요."라고 평가했다.

킹은 그들의 게임이 카타르시스가 된다고 믿었다. "우리는 인간입니다. 지구상에서 자기 종족을 대량 학살하는 유일한 종족이죠. 우리는 야만적입니다. 우리는 전쟁을 하는 나라이고요. 그걸 억누르다가 파국적인 방향으로 터지는 거보다는, 거실에 갖다 놓고 관여할 수 있게 하는 편이 좋겠죠…. 비디오 게임의 모습을 빌려 연습을 통해 그런 좌절과 분노의 감정을 풀어냅니다. 그게 무엇인지를 고스란히 보고, 미소짓고, 웃으며, 즐기는 것이죠. 그 반대는, '나는 해소방법이 없어. 비디오 게임도 책도 영화도 대화할 사람도 없어. 나는 혼자 있는 기분이고 갇혀 있는 기분이고 뭐가 막 쌓이고 있어. 너무 쌓여서 극단적인 방식으로 표현하게 돼.'라는 것입니다. 어떤 이유로든 우리 인간들은 불편한 일에 맞서기 싫어할 때가 많죠."

그러나 그들은 또한 궁금하기도 했다. 만약 톰슨이 옳다면? 만약 그 게임들이 어떤 식으로든 영향을 끼친다면? 그들은 플레이어를 악당으로 캐스팅하는 게임을 만들었고, 이제는 그들 자신이 악당으로 그려지고 있었다. "우리가 나쁜 사람들인가?" 킹은 다른 사람들에게 물어본 적이 있다. "우리가 틀렸나?" 그리고 나서, 한 박자 후, 다시 말했다. "좆 까라 해. 우리 인생이야!"

어린이집의 소아성애자. 여행 클럽의 전문 사기꾼. 수상쩍은 견인차 회사. 뉴스 캐스터 아놀드 디아즈Arnold Diaz가 뉴욕 지역 방송 CBS2 뉴스에서 진행하는 "부끄러워하시오" 특집에서 폭로한 것들이다. 2003년 11월 6일, 그는 수치의 전당에 처음으로 비디오 게임 제작자를 올렸다. 바로 샘 하우저. 디아즈는 "〈바이스 시티〉의 폭력이 대부분 무작위적이고 무차별적이기는 하지만, 본 프로그램은 게임 속으로 깊숙이 파고들수록 더욱 추악하고 인종차별적인 반전을 발견했습니다."[주11]라고 말했다. "플레이어는 한 인종 전체를 몰살하라는 지시를 받습니다!" 그리고 한 GTA 게이머를 비췄는데, 그는 "게임에서 나의 임무는 아이티인들을 죽이는 것"이라고 말했다.

디아즈는 "맞아요, '아이티인들을 죽여라'라고 합니다."라고 말했다. 〈바이스 시티〉가 나온 지 1년이 넘었지만, 언론은 여전히 논란을 키울 새로운 구석을 찾고 있었고, 디아즈는 일견 신선한 새로운 쇼킹한 지점을 찾아낸 것 같았다. "게임의 대사를 읽어보십시오. 나는 이 아이티 놈들이 싫다. 놈들을 죽이자. 아이티 놈들 죄다 쓸어버릴 거야."

사실이었다. 어떤 의미로는. 이 대사는 〈바이스 시티〉의 쿠바인 보스인 움베르토 로바니가 20번째 미션인 "총알받이"의 앞에 나오는 컷 씬에서 한 말이다. GTA 2 이후 모든 GTA 게임에서처럼, 〈바이스 시티〉는 라이벌 관계인 전형적인 갱단들을 그려냈다. 레드넥, 메탈 헤드, 폭주족, 그리고 당연히도 쿠바인, 아이티인, 이탈리아인 같은 인종들도 서로 반목했다. 로바니는 주인공 토미 버세티에게, 무장한 쿠바인 대원들을 데리고 아이티 갱단의 은신처로 들어가 공격하라는 임무를 주었다. 그러나 움베르토가 "저기 있는 내 부하들을 데려가. 그리고 아이티 놈들을 쓸어버리자."라고 말했을 때는 '모든' 아이티인들을 죽이겠다는 의미가 아니라 마약 거래를 하는 갱단만을 가리킨 것이었다.

그러나 락스타와 팬들에게는 분명해 보이는 이 사실은 저녁 뉴스의 시청률 전쟁 속에서 사라졌다. "〈그랜드 테프트 오토: 바이스 시티〉의 제작사인 락스타 게임즈가 아이티인들 살해를 오락거리로 삼는 이유는 무엇일까요?" 디아즈가 시청자들에게 물었다. "그 회사는 바로 이곳 뉴욕시에 본사를 두고 있습니다. 사장인 샘 하우저는 오락 산업에서 가장 영향력 있는 인물 중 한 명으로 평가됩니다. 그러나 그는 우리와 전혀 대화하지 않고, 게임에 대한 우리 공동체의 우려조차 인정하지 않고 그저 숨어있습니다.…. 그래서 락스타 게임즈와 그 회장인 샘 하우저를 인종차별과 폭력으로 돈을 번 죄로 CBS2의 '수치의 전당'에 올려놓습니다."

며칠 뒤, 아이티인 센터 협의회와 아이티계 미국인 인권 단체가 보도자료를 내어 "락스타와 테이크투는 오락거리로 아이티인을 죽이라고 권한다. 비디오 게임에서 아이티인은 폭력배, 절도범, 마약상으로 정형화되고, 플레이어는 이들을 모두 죽이라는 지시를 받는다."[주111]라고 발표했다. 정치인들은 사람들이 실제 생활에서 게임 속 폭력을 모방할 것이라고 경고했다. 2003년 11월 25일, 아이티계 미국인 시위대가 시청에 몰려들었다. 이 시위대의 대표는 "우리는 락스타가 의도적으로 매출을 늘리기 위해 논란거리가 될 상품을 만들었다고 생각한다."[주112]라며, 이 게임에 대한 국제적 보이콧을 요구했다.

힘 있는 사람들이 귀를 기울이고 있었다. 아이티 대통령 장베르트랑 아리스티드Jean-Bertrand Aristide가 미국 당국과 이 문제에 관해 이야기를 나누었다고 알려졌다. 아이티 정부 대변인이 "이번 인종차별적 게임은 심리적으로 극도로 위험하며 집단학살을 선동하는 것"[주113]이라고 밝혔기 때문이다.

다시 한번, GTA는 미국을 풍자하려 했으나 대신 신경을 건드렸다. 게임에 무엇이 담겨있든 아니든 사실 상관없었다. 논란이 게임 자체에 대한 것이 아니었기 때문이다. 그보다는 두려움, 그러니까 처음에는 폭력, 이제는 인종차별에 대한 것이었고, 락스타는 이에 대해 대응할 수밖에 없었다.

테이크투 대변인은 성명에서 "아이티 공동체의 우려에 공감하고 있으며, 심각하게 검토하고 있다."[주114]라고 밝혔다. "특정 인종을 불쾌하게 할 의도는 없었다." 그는 〈바이스 시티〉의 라이벌 관계를 뮤지컬 [웨스트 사이드 스토리]에 비교했지만, 언론은 받아들이지 않았다. 아이티 폭풍이 커지자 다른 락스타의 싸움들도 세간의 시선을 끌었고, 그중에는 톰슨이 테네시주 총격 사건에 대해 제기한 2억 4,600만 달러짜리 소송도 있었다. 민주당 소속인 뉴욕주 칼 앤드루스 상원의원은 GTA를 금지하는 법안을 발의했다. 보스턴에서 플로리다까지, 더 많은 집회가 열렸다.

2003년 12월에 이스트 플랫부시East Flatbush의 한 아이티 교회를 방문한 마이클 블룸버그 뉴욕시장은 이 게임을 비난하는 서한을 락스타에 보내겠다고 사람들에게 말했다. 블룸버그는 바이스 시티에 대해 "망신스럽고 천박하고 불쾌하다."[주115]라고 말했다. 그는 "아이티인들을 죽이겠다."라는 대사를 없애기 위해 "우리가 할 수 있는 일을 다 할 것"이라고 약속했다. "이런 종류의 증오는 우리 도시에 존재해서는 안 되고, 시장으로서 용납하지 않겠다."라면서 말이다.

블룸버그는 성공했다. 이틀 후, 락스타는 아이티 단체에게 사과문을 발표했다. 성명은 "어떤 단체나 사람을 목표로 하거나 불쾌하게 하거나 그들에 대한 증오나 폭력을 부추기는 것은 우리의 의도가 아니었다."라고 밝혔다. 자신과 관련된 논란에 좀처럼 목소리를 내지 않는 비밀스러운 회사가 내놓은 그 성명은 흥미롭고 의미심장했다. 다소 거만한 어조에서 공동 창업자들이 얼마나 필사적으로 적대자들을 훈계하고 싶어 하는지 드러났다. 또한, 문제를 언론 탓으로 돌리는 경향도 보여주었다.

"일부 사람들의 믿음과는 반대로, 비디오 게임은 문학, 영화, 음악과 다르지 않게 성인용 미디어로 진화했다는 점을 인식해야 한다."라고 성명서에 적었다. "게임이 인기를 끌고 있다는 사실이 플레이어가 '현실 세계'의 어떤 집단이나 사람에 대한 증오나 폭력을 행사하도록 부추긴다는 뜻은 아니다…. 우리는 최근의 언론 보도가 게임에 나온 특정 진술을 맥락에서 벗어나게 이용했으며, 게임 플레이의 성격, 게임 속 인물과 그룹의 묘사를 잘못 설명함으로써 지나치게 부풀렸다고 믿는다."

이어서 "문학, 영화, 음악, 기타 형태의 오락과 마찬가지로 우리는 어느 정도의 리얼리즘을 갖춘 비디오 게임 경험을 만들기 위해 노력했는데, 이것은 우리의 권리라고 믿는다. 그런데도 우리는 아이티 공동체의 상처와 분노를 알고 있으며, 게임에서 나온 특정 진술에 대한 공동체의 항의에도 귀를 기울였다."[주116]라고도 했다.

락스타는 논란이 된 "아이티인들을 죽여" 대사를 이후 모든 버전에서 제거하겠다고 약속했지만, 시위대는 매대에서 게임 1,050만 부를 모두 철수할 때까지 쉬지 않겠다고 말했다. 결의를 보여주기 위해, 그들은 전국의 블록버스터와 월마트 매장 앞에서 집회를 열었다. 2003년 12월 15일 오전 10시, 100여 명의 시위대가 락스타 게임즈 사무실 앞에 모여 외쳤다. "저들이 우리를 죽이라고 한다! 우리는 맞서 싸우자고 한다. 락스타, 인종 차별자!" 기자가 이런 겨울날 왜 이곳까지 왔냐고 한 시위대에게 묻자, 그녀는 "돈을 벌기 위해 아이티인들을 밟았다는 점에 화가 납니다. 추위는 느껴지지 않아요."[주117]라고 말했다.

아이티인 논쟁이 불타는 동안에도, GTA의 차기작인 〈GTA: 산 안드레아스〉가 미국의 인종 갈등을 더욱 깊게 파고든다는 사실은 락스타 바깥세상에 거의 알려지지 않았었다. 이 계획은 샘과 킹이 게임 테스트 공간에서 브레인스토밍하던 초창기 어느 늦은 밤에 부화했다. 90년대 캘리포니아에 대한 게임, 갱에 대한 게임을 만들고 있었기 때문에 주인공을 정하기는 아주 쉬운 일 같았다. 킹은 "흑인 주인공이어야 한다."라고 말했다. "그거 멋질 거야."

하지만 게임 업계에서는 흑인은 아직 전혀 멋지지 않았다. 스포츠 게임을 제외하면, 게임에 아프리카계 미국인 주인공은 없어서 여전히 80년대 초반의 뮤직비디오 같았다. 샘은 피부색의 장벽도 허물어버린다는 점에서 다시 한번 혁신의 기회를 보았다. 샘은 나중에 "위험한 일이었다."[주118]라고 떠올렸다. "그때는 확실히 이쪽 산업에서는 뜬금없는 일이었죠. 하지만 아시다시피, 저는 그런 일을 하는 것이 자랑스럽고, 그런 걸 문제 삼을 사람이라면 우리 쪽에서 우리 게임 사지 말아 이 친구야, 해주고 싶었어요. 솔직히."

〈산 안드레아스〉는 그들이 만든 가상 로스앤젤레스인 '로스 산토스'에서 도망친, 마약과 총격 사건에 신물이 난 갱단 소년 칼 "CJ" 존슨의 이야기를 따라갈 것이었다. 하지만 다른 GTA 들과 마찬가지로, 운명은 그를 다시 끌어당길 것이었다. CJ는 사랑하는 어머니가 조직

폭력배 싸움의 무고한 희생자로 세상을 떠났다는 사실을 알게 되자 장례와 복수를 위해 옛 동네로 돌아온다. CJ의 여정은 그를 결국 산 안드레아스 주 전체를 돌아다니며 갱단과 싸우도록 할 것이었다.

이전 GTA들의 소란스러운 스릴과 비교하면, CJ의 갈등과 투쟁은 이 프랜차이즈와 게임 산업 전반에 새로운 깊이와 복잡성을 가져올 예정이었다. 산 안드레아스는 여전히 풍자적이겠지만, 샘, 댄, 그리고 나머지 사람들은 자신들이 묘사하는 갱단이 나오는 이 지독한 세계에 진심으로 진지했다. 그들은 진실성을 더하기 위해, 페르난데스가 그만두기 전에 L.A.에서 시작했던 거리 조사를 계속했다. 콘사리는 L.A.로 날아가 미스터 카툰과 에스테반을 다시 만나고, 게임 배역들을 찾기 시작했다. 그는 게임에서 사용할 이발소, 집, 모임 장소 등의 사진을 찍으며 사우스 센트럴 지구를 돌았다.

어느 날, 그는 게임 캐스팅을 위해 닥터 드레Dr. Dre가 소유한 세컨드 핸드 스튜디오에 들어갔다. 이제 락스타는 성공했기 때문에, 유명 인사의 목소리 녹음에 의존하기보다 새로운 재능을 발견하는 데 더 관심을 가지고 있었다. 갱 멤버들과 아마추어 래퍼들이 GTA에 출연시켜달라고 애원하며 몰려들었다. 한 명은 콘사리에게 "저에게 아무거나 시키세요."라고 말했다. "큰 배역이 아니라도 상관없어요, 그냥 뭐든 들어가고 싶어요!"라면서 말이다. 지원자 중 한 명이 뻔뻔스럽게 대마초를 뻐끔거리자, 콘사리의 얼굴에 웃음기가 번졌다. GTA는 항상 진짜 같았지만, 이번만큼 진짜처럼 느껴진 적은 없었다.

하지만 그들의 노력에도 불구하고, 〈산 안드레아스〉가 영국 백인들이 해석한 LA 갱단 문화라는 사실이 남았다. 콘사리가 LA에서 자기 책상에 앉아 있는데, 한 갱단 멤버가 댄의 대본에 있는 한 단어를 귀에 거슬려 했다. "폐품rubbish?" 그 엑스트라가 말했다. "씨발 폐품이라니 무슨 뜻이야? 난 폐품이라는 말은 절대 안 쓴다고." 대본에서 영국식 어휘를 빼기 위해, 락스타는 아이스 큐브의 영화 [프라이데이

Friday]의 시나리오 작가 DJ 푸를 공동각본가로 고용했다.

그러나 일이 진행되는 가운데, 어떤 락스타 직원은 이 게임이 너무 좋지는 않았다. 그는 원조 575단으로 1999년부터 락스타에 있었고, 변화와 스트레스가 팀을 짓누르는 것을 보았었다. 〈GTA2〉, 〈GTA Ⅲ〉, 〈바이스 시티〉로 갈수록 늘어나는 유머 감각과 비교하면 락스타는 더 우울한 시대로 접어들었다고 생각했다. 그는 락스타의 "착취적인" 게임들, 무엇보다 〈맨헌트〉 같은 게임에 환멸을 느끼게 되었다. 그는 "폭력과 불필요한 폭력 사이에는 차이가 있다"라고 말했다.

그는 더 개인적인 이유로도 반감이 있었다. 흑인 주인공과 산 안드레아스의 접근법이 문제였다. 그는 샘이 그랬던 것처럼, 랩을 듣는 백인 남자로 자랐다. 그러나 이제는 흑인 부인을 두었고 사람들이 거리에서 서로 총을 쏘는 뉴욕의 흑인 구역에 살고 있었다. 이후 그는 "게임에서 묘사하는 흑인의 모습이 싫었습니다."라고 말했다. 그래서 그는 회사를 그만두었다.

회사에서 그런 걱정을 하는 사람은 그 사람뿐만이 아니었다. 아이벨러는 게임의 영역에 감명을 받았음에도 불구하고, 흑인 주인공이 문제가 될 수 있다고 우려했고 〈GTA: 바이스 시티〉가 아이티인에게 분노를 일으켰던 일이 다시 생기는 걸 원치 않았다. 문제를 회피하기 위해 그는 로엔스틴을 데려와 게임을 먼저 선보일 것을 제안했다.

엔터테인먼트소프트웨어협회(IDSA에서 개명)의 회장이 새로운 비디오 게임을 일일이 확인하는 일은 흔치 않았으나, 프랜차이즈를 둘러싼 논란을 생각해볼 때 로엔스틴은 새 GTA 게임에 문제의 여지를 남기고 싶지 않았다. GTA 시리즈는 한편으로 게임 산업에 돈과 찬사를 가져왔지만, 미디어를 둘러싼 문화전쟁을 부채질하는 대가를 치렀다. 로엔스틴은 최근 업계 자율 기구, ESRB가 보여주는 강점이 제대로 성과를 내고 있다는 느낌을 받고 있었다. 그가 만난 힐러리 클린턴 역시 자율 규제에 대해 어느 정도 열린 태도를 보였다. 로엔스틴은 다음 GTA가 이를 망치지 않았으면 하길 원했다.

그런데 락스타의 게임을 두고 벌어진 공개적이고 사적인 모든 다툼에도 불구하고, 로엔스틴은 하우저 형제와 실질적으로 접점이 없었다. 대신 그는 테이크투에서 아이벨러를 상대했다. 락스타는 로엔스틴에게 조차 수수께끼로 남아있었다. 로엔스틴이 파악한 락스타의 태도는 "우리는 스스로 서고, 하고 싶은 대로 하고, 모두가 락스타를 빨아야 한다."라는 것이었다.

테이크투 빌딩에는 락스타의 전용 층이 있었고, 그 층에 가는 것 자체가 게임이었다. 로엔스틴은 테이크투 임원이 누군가에게 전화해 만남을 허락받는 모습을 지켜봤다. "우리가 내려가도 될까요?"라고 임원이 물었다. 그리고 나서 그와 로엔스틴은 굴욕적으로 기다렸다가, 락스타의 보안 요원의 안내를 받았다. 로엔스틴은 "믿을 수 없었다"라고 회상했다. "말 그대로, 테이크투의 두목이 저 아래층으로 마음대로 가지 못했죠." 로엔스틴이 회의실에 앉아 〈산 안드레아스〉를 지켜보는 동안, 그는 문자 그대로 샘의 부모격인 테이크투와 락스타와 사이의 긴장감을 감지했다.

로엔스틴은 일정한 거리감을 두고 〈산 안드레아스〉 시연을 바라봤다. 그의 표현을 따르자면 결코 자기 취향이 아니었지만, 문제가 되지 않았다. 그들이 미디어의 한계를 넘어서려는 것을 알았고, 따라서 보호와 방어를 받을 자격이 있었다. 그는 화면에서 청바지를 입은 민첩한 젊은 흑인이 차에서 무력한 운전자를 끌어내리고 땅바닥에 내던지는 장면을 지켜보았다. CJ가 이 가상의 LA에서 황폐한 마약 소굴과 구멍가게 앞을 빠르게 지나갈 때, 로엔스틴은 폭력 측면으로 특이하거나 새롭게 우려되는 것이 없다고 생각했다. 그러나 그는 전혀 새로운 걱정을 마음속에 품고 있었다.

로엔스틴은 특히 〈바이스 시티〉에 대한 아이티인들의 항의가 있었던 뒤였던 만큼, 〈산 안드레아스〉의 잠재적인 영향력을 우려했다. 락스타가 또 다른 새로운 정치적 공격을 불러들일 수 있다고 보았기 때문이다. 그의 표현을 빌자면, "로스앤젤레스의 폭력조직 간 전쟁에 집중하면서 가능한 한 최악의 관점에서 소수민족을 묘사하는" 방식으로 말이다. 로엔스틴은 특히 의회의 흑인 원내 단체의 반응을 우려했는데, 그들이 원래는 백인 정치인들이 갱스터랩을 공격할 때에도 수정헌법 1조에 입각한 강력한 방어를 해줬던 터였다. 그들마저 돌아서는 것만큼은 절대로 피하고 싶은 일이라고 그는 생각했다.

로엔스틴은 락스타의 성향이라고 믿고 있던, 사태가 난장판이 되려고 하면 늘 도망가 버리고는 자신이 업계를 위해 뒤처리를 하도록 내버려 두는 경향성을 혐오했다. 이번에는 락스타가 자신에게 빚을 졌다고 생각했다. "나는 〈GTA Ⅲ〉에서 많은 타격과 총알을 대신 맞았고, 내가 그쪽을 내치지 않았음을 그들도 보았기를 바랐다."라고 나중에 그가 말했다. "나는 그들이 내가 자기들 편이라고 느꼈으면 좋겠고, 내가 그들의 예술적 자유를 타협시키는 짓은 아무것도 하려고 하지 않음을 느꼈으면 좋겠다."

로엔스틴은 계속해서 자신의 의견을 말했다. "잘 들어요, 여러분은 전면에 나서야 합니다. 이 게임은 매우 논란이 될 것이고, 만약 게임을 만든 회사가 논쟁을 분산시켜주지 않으면 우리 일은 훨씬 더 어려워질 것입니다." 로엔스틴은 게임출시에 앞서 의회의 흑인 원내 단체 주요 지도자들에게 미리 준비시키는 시간을 갖자고 제안했다.

다행스럽게도, 락스타와 테이크투는 수용적이었다. 그들은 나중에 한 홍보 담당자가 말한 것처럼 "논란에 대한 우리의 이해를 더욱 성숙하게 다듬도록" 컨설턴트를 불러와, "상황이 뜨거워지면 어떻게 대응해야 하는지 알 수 있게" 한다고 했다. 그런데 샘은 〈산 안드레아스〉의 제작에 복귀하면서, 세계에서 가장 악명 높은 비디오 게임에 그 어느 때보다도 더 뜨거운 것을 넣을 생각이었다. 바로 섹스였다.

산 안드레아스의 섹스
Sex in San Andreas

18. Sex in San Andreas

데이트

좋은 데이트를 하면 여자친구 호감도가 5% 올라간다. 꽃과 키스를 추가하면 2% 더 올라간다. 한 번 데이트할 때 키스와 선물은 원하는 만큼 할 수 있지만, 첫 번째 시도 이후로는 도움이 되지 않을 것이다. 여자친구 호감도(백분율로 표시)는 일시 중지 메뉴의 "스탯" 아래에 있는 "업적" 옵션에서 확인할 수 있다. [주119]

옛날 동네로 돌아가는 건 항상 이상하지만, 칼 존슨이 돌아온 그날 아침은 확실히 이상한 기분이 들었다.

푸른 하늘 아래에서 그는 노란색 BMX 자전거를 타고 익숙한 도시 거리를 따라 페달을 밟아나갔다. 총과 청바지를 파는 "이상적 친구의 가게 Ideal Homies Store"지나, 노란 택시와 빈티지 밴, 헐렁한 바지를 입고 모퉁이에 있는 형제들, 허벅지까지 오는 스타킹을 신고 홀터넥 톱을 입은 키 큰 여자를 지나, 짧은 다리 위를 건너, 그로브 스트리트를 따라 나란히 서 있는 작고 낡은 집들을 가로질러 철조망 울타리를 따라 진입로 끝에 있는 머슬카가 보인다. 거기에는 바깥의 쓰레기 더미가 있는 야자수 줄기가 부서진 나무 울타리 사이로 뚫고 나온 낡은 갈색 집 앞에서 멈춘다. CJ는 "집에 왔다."라며, "아니 적어도 내가 모든 것을 망쳐놓기 전까지는 집이었지."라고 혼잣말을 한다.

페인트칠이 벗겨진 현관문을 열고 안으로 들어서는 순간, 그는 잠깐 현기증을 느끼고 몸을 휘청인다. 낡고 빛바랜 파란 벽지가 있는 텅 빈 거실을 바라본다. 설상가상으로 집은 엉망진창이 되어있었다. 소중한 기억들이 담긴 물건들은 바닥에 널부러져 있다. 그는 바닥에 떨어진 돌아가신 어머니의 사진 담긴 액자를 집고, 입을 벌리고 비틀거린다. 액자를 그의 옛 침실로 통하는 계단이 보이는 테이블 위에 살며시 올려놓고는 의자를 당겨 사진 속 엄마 얼굴을 바라본다.

이것이 〈GTA: 산 안드레아스〉의 오프닝 미션이었고, 락스타의 게이머들은 CJ가 로스 산토스의 자기 집에 도착하는 장면을 보는 중이었다. 직원 규모가 성장하면서 브로드웨이 622번가의 더 큰 사무실로 자리를 옮긴 그들은 이전과 마찬가지로 테이블 축구과 아케이드 기기를 갖춰두었지만, 놀 시간은 거의 없었다. 2004년 중반까지, 그들은 〈산 안드레아스〉의 소프트웨어에서 버그를 찾고 게임 아트와 코드를 고치느라 바빴다. 영화 같은 장면이 흘러가는 동안, 그들은 픽셀로 만들어진 세계에서 뭔가 새로운 것을 발견하게 되었다. 바로 감정이었다. 그들이 좋아한 영화들을 현실적이고 이상하게 도발적으로 만들었던 어떤 느낌이었다. GTA나 비디오 게임 전체와 연관성이 거의 없던, 부드러움이라는 것이었다.

오프닝을 비롯해 게임 속 여러 컷 씬을 감독한 콘사리는 CJ가 애도하는 모습을 지켜보며 특히 감동을 느꼈다. 그는 수년 동안 영화를 만들면서 관객의 감정을 불러일으키기 위해 노력했는데, 이제는 그 힘이 비디오 게임에 생긴 것이다. 콘사리는 비디오 게임이 영화보다도 훨씬 더 멀리 갈 수 있다는 점을 깨달았다. 플레이어를 직접 역할에 캐스팅하고 액션에 몰입시키는 비디오 게임의 방식 때문이다.

샘은 더할 나위 없이 동의했다. 그는 〈산 안드레아스〉에서 플레이어가 그 어느 때보다도 캐릭터에 몰입하기를 원했다. 락스타는 가장 예상하지 못한 방법으로 이를 달성했는데, 샘이 오랫동안 깎아내렸던 장르인 일종의 롤플레잉 게임으로 GTA를 변환한 것이다. 종이와 펜으로 하던 던전&드래곤으로까지 거슬러 올라가는 RPG는 플레이어의 시점에 따른 개인화personalization에 기반을 두고 만들어졌다. 플레이어는 시작점에서 직접 캐릭터를 선택했고 (예: 마법사 또는 전사) 지력과 체력 레벨을 할당받아 게임 경험 전반에 걸쳐 레벨업할 수 있었다. 판타지 RPG에서 가장 흔하게 볼 수 있었던 커스텀 기능은, 게임 업계에서 갈수록 유행을 타서 심지어 스포츠 게임에서도 플레이어가 자신과 닮은 캐릭터를 만들 수 있다고 광고했다.

다시 한 번, 락스타의 혁신은 그러한 기능을 개방적이고 동시대적이며 현실적인 세계로 끌어들였다. 〈산 안드레아스〉에서 플레이어는 문신과 헤어 스타일(아프로나 제리 컬까지)을 선택할 수 있었다. 체형도 바꿀 수 있어서, 피자와 버거를 먹고 살이 찔 수도 있고, 샐러드를 먹고 날씬한 몸매를 유지할 수도 있다. 체육관에서 역기를 들어서 근육을 단련할 수도 있다. 차를 운전하면 할수록 스탯과 기술은 더 높이 올라갔다. 심지어 데이트도 포함되어, 꽃과 키스로 여자친구의 마음을 얻도록 했다. 샘은 이런 게임 내 여가 활동이 플레이어를 게임과 더욱 연결하고 경험을 개인화하는 방법이라고 생각했지만, 한편으로는 롤플레잉 요소가 GTA의 하드코어 팬들에게는 너무 범생스럽지 않을까 걱정했다. "우리가 지금 뭘 하는 거지?"[주120] 그는 의아했다. "이런 식으로 GTA를 엄청 범생스럽게 만들었는데, 사람들이 이해해줄까?"

차라리 게이머들은 나은 편이었다. GTA가 이미 3,200만 카피 이상 팔린 상황에서, 테이크투의 주주들은 또 다른 히트를 원했다. 샘이 2004년 3월에 게임출시를 예고한 보도자료에서 밝힌 대로, "우리는 사람들의 기대를 넘어서기 위해 할 수 있는 일을 모두 해야 한다는 엄청난 압박감을 스스로에게 주었다."[주121]라고 말했다.

락스타는 게이머들을 놀라게 할 또 다른 강력한 방법, 즉 섹스를 넣기로 결정을 내렸다. 논란의 여지가 있더라도 게임에서 폭력은 오랫동안 용인할 수 있는 요소였지만, 섹스는 금기시되었다. 〈커스터의 복수Custer's Revenge〉나 〈래리Leisure Suit Larry〉 같은 초창기 천재적 게임들은 [베니 힐 쇼]에 나오는 바보 같은 농담처럼, 그저 우습고 멍청한 소프트 포르노 수준에서 장난을 쳤다. 이후에도, 노골적인 슈팅 게임 〈듀크 뉴켐〉이나 심지어 락스타의 〈GTA: 바이스 시티〉 같은 히트작들도 스트리퍼를 액션에 투입한 정도였다.

게임은 여전히 어린이 장난감으로 여겨졌기 때문에, 17세 이상인 M 등급의 게임이라도 19세 이상 R 등급 영화에서 나올만한 내용을 넣을 수 없었다. 누드는 성인 전용 AO 게임 등급을 받을 가능성이 컸고, 주요 소매점에서 거부당해 수백만 달러의 손실을 볼 것이었다. 락스타는 이런 상황에 격분했었지만, 샘은 이제 더는 가만히 앉아 있지 않을 태세였다.

2004년 7월 14일 수요일 새벽, 그는 락스타의 운영 책임자 제니퍼 콜비에게 이메일을 쏘면서 도노반과 댄에게도 보냈다.

"제니퍼, 우리가 〈GTA: 산 안드레아스〉의 특정 콘텐츠에 대한 승인을 어떻게 처리하는 것이 좋을까요?"[주122]라고 샘이 타이핑을 했다. "우리는 게임의 느낌에 맞춰 새로운 기능과 상호작용을 포함하기를 열망하고 있어요. 이를 위해 폭력과 욕설 외에도 성적인 내용을 담고자 하는데, 어떤 이들에게는 꺼림칙할 수 있다는 것은 알지만, 어른들을 위한 게임이라는 사실을 생각해보면 (폭력보다도) 더욱 꽤 자연스러운 내용인데 말이죠. 시각적으로 표현될 내용의 예를 몇 가지 들자면 다음과 같습니다."

- 오럴 섹스
- 완전한 섹스 (다양한 체위)
- 딜도 섹스 (딜도로 누군가를 죽일 가능성 포함)
- 채찍질 (채찍질 당함)
- 자위 (캐릭터 중 한 명이 집착적이라서, 반드시 넣어야 합니다.)

"이상의 모든 항목은 컷 씬과 인-게임에서 등장합니다. 까다로운 사안이라는 건 알지만 이걸 가능하게 할 방법을 찾고 싶습니다. 우리가 게임에 무얼 넣을 수 있고 없는지를 고작 잘난 가게(월마트) 따위가 명령하다니, 너무나 많은 이유로 용납할 수 없어요. 이 모든 소재는 성인(당연히!)에게는 완벽하게 타당하므로, 우리의 미디어가 주류 오락 플랫폼으로 받아들여지고 존중받도록 계속 추진할 필요가 있습니다. 우리는 항상 경계를 넓히는 일에 매달려 왔기에 여기서 멈출 수 없습니다. 어떻게 이것을 진행해야 할까요? 이 부분들을 잘라내고 싶지 않습니다. 조언 부탁합니다."

콜비의 대답은 긍정적이지 못했다.[주123] "제가 처리해야 할 문제가 두 가지 확실히 있네요."라고 그녀가 회신했다. "1. ESRB에 대해, 이 게임이 M 등급에서 AO 등급으로 넘어가지 않게 얼마나 밀어붙일 수 있을지가 관건입니다. 그렇게 되면 일반적으로 우리 유통경로의 80%가 사라지니까요 (산 안드레아스의 경우라면 대략 60% 정도로 감소하겠군요). 확실한 것은 성적 폭력이라면 어떤 종류라도 즉시 M에서 AO로 넘어간다는 점이고, 웃기게 들리시겠지만, 여기에 근거하자면 열거하신 모든 내용 중에서 유일하게 이 범주에 속할 같은 항목은 딜도로 누군가를 죽이는 것뿐입니다. 경계선이 역사적으로 어떻게 그어져 왔는지, 또 어떤 식으로 밀어붙일 수 있는지 좀 확인해 보겠습니다."라고 말했다.

그게 전부가 아니었다. "두 번째 이슈는 소매업자들과 관련하여 콘텐츠의 수위를 높이면서도 비교적 보수적인 소매업자들이 설정한, 명확하지 않은 모호한 경계선 안에 머무는 방법이 무엇인지 입니다. M등급 내에서도 월마트나 베스트바이 같은 곳에서, 우리 게임을 취급하지 못하게 하는 어떤 선이 있습니다. 두 기업 모두, 공식적으로 전면 누드를 보여주는 게임은 안 된다고 했지만, 우리가 〈바이스 시티〉에서 캔디 석스Suxxx가 등장하는 장면을 넣었듯이 게임 내에서의 맥락과 묘사 내용에 따라서는 허용 가능한 수준의 콘텐츠가 있습니다. 기존 그랜드 테프트 오토 시리즈에 나오는 모든 것과 마찬가지로, 우리는 항상 모든 것이 줄거리의 맥락 안에서 행해진다고 주장해 왔으며, 여기에 대해서도 같은 말을 해야 한다고 생각합니다."

단기적으로는, 현재 AO 카테고리에 있는 게임들을 아주 많이 조사해야, 기존 〈산 안드레아스〉 내용물에 대한 참고자료로서 선을 넘은 콘텐츠를 종합한 목록을 만들 수 있습니다. 만약 AO 게임들이 제가 들은 바만큼이나 하드코어하고 과도하다면, 우리 측은 〈산 안드레아스〉의 성적 내용은 스토리의 일부이지 게임 전체가 아니기에 여전히 M등급에 속한다고 강력하게 주장할 만합니다."

샘의 눈은 예의 바르게 달래는 듯한 마지막 문장 위를 훑었다. 그렇다. 그녀는 그의 말은 귀담아 들었던 것이다. "방향은 매우 분명합니다."라고 그녀는 말했다. "게임의 정체성은 훼손되지 않도록 하면서도 여전히 판매에 지장이 없는 유통 수준을 유지하는 방식으로, 경계를 확장해야 합니다."고 썼다. 때때로 샘의 새 조국이 보여주는 위선은, 정신이 멍해질 지경이었다. 샘은 모르몬 교도들이 통치하는 유타 같은 주에 경탄했다. 게임 산업도 그렇게 되었나? 가상 유타에 살고 있는 것인가?

샘은 콜비에게 "우리는 매우 빨리 움직여야 한다."[주124]라고 회신했다. "17세 이상(M등급)이 감당하지 못하는 내용을 계획한 바는 없습니다. AO라고 해도(그렇게 되면 안 되겠지만) 왜 그게 유통경로를 그렇게 축소합니까. 어떤 게임을 만들지 소매업자들의 명령을 받아야 하나요? 말도 안 되는 소리. 심-몰몬* 따위가 우리의 새로운 소재가 되겠군. 표현의 자유? 그걸로 이 나라가 이라크와 기타 여러 침공을 정당화하고 있지 않나요. 우리는 그런 비열한 위선을 폭로해야 합니다. 경계

* '심시티' '심어스' 등등의 시뮬레이션 게임 심 시리즈에 보수주의 종교 몰몬교를 붙인 농담.

는 확장해야 합니다. 이게 핵심이죠. 궁극적으로는 현실 세계와 전혀 닮지 않았기 때문에, 영화가 그렇게 한다면, 분명히 그쪽이 더 현실적인데도, 우리가 그렇게 할 수 없다는 것은 말이 되지 않아요."

도노반은 몇 주 동안 샘의 요청을 조사하고, 게임의 섹스 장면을 검토하고, 세계 각국의 관련 규칙들을 찾아 넣을 수 있는 것과 없는 것을 추려냈다. 샘은 스코틀랜드의 개발자들을 안심시키기 위해 최선을 다했다. 그는 락스타 노스에 보낸 이메일에서 "알다시피 [미국에서] 섹스는 살인보다 더 문제"[주125]라며 "그래서 우리는 가능한 한 영리하게 해야 할 것"이라고 썼다. "월마트에는 분명히 별도 버전을 만들어줘야 할 겁니다. 따라서 우리가 합의하는 콘텐츠는 무엇이든 쉽게 떼어낼 수도 있어야 합니다… 그것들을 남겨두기 위해서는 할 수 있는 일은 다 할 겁니다. 힘들겠지만 좋은 싸움이 되겠죠."

필 해리슨은 어느 여름 아침 출근길에 런던을 가로질렀다. 현재 소니 컴퓨터 엔터테인먼트 유럽의 제품 개발 수석 부사장이 된 그는 플레이스테이션 팀에서 가장 상징적인 스타 중 한 명이 되었다. 키가 크고, 대머리며, 예리한 그는, 게이머들이 기꺼이 자기네들 중 하나라고 부르고 싶어 하는 부류의 게임 업계 임원이었다. 샘과 마찬가지로, 그도 게임을 대량 판매 시장으로 만들고자 하는 열정을 공유했다. GTA의 성공과 함께, 그에게는 이제 어른들뿐만 아니라 온 가족을 위한 게임을 만든다는 새로운 임무도 있었다.

해답은 컨트롤러를 사용하지 않고도 플레이어가 게임과 상호작용을 할 수 있는 동작 감지 카메라, 아이토이였다. 손을 흔들기만 하면 되었다. 한 게임에서는 거품이 TV 화면에 줄지어 나타나는데, 아이들은 공중에 손을 흔드는 것만으로 거품을 닦아내는 경쟁을 벌이며 놀았다. 해리슨은 "가족 모두가 할 수 있는 놀이였다"고 말했다. "우리는 재빨리 게임 컨트롤러를 방정식에서 제거해야 한다는 생각을 하게 되었다. 사람들에게 큰 힘이 되었다. 비 게이머에게 컨트롤러를 건네주면, 마치 안전핀 뽑힌 수류탄을 주는 듯한 느낌을 받는다."

1년 전인 2003년 여름에 발매된 아이토이는, 연말까지 250만 부 이상이 팔렸다. 〈싱스타 (SingStar, 노래방 게임)〉 등 다른 가족 친화적인 게임도 시장 확대에 힘을 보탰다. 해리슨에게 이는 승리를 의미했다. GTA와 아이토이 사이에는 모든 사람을 위한 게임이 존재한다는 증명이었다. 출근길에 누나로부터 전화를 받았을 때, 축하 전화였어도 이상할 게 없었다. 하지만 아니었다. "오늘 아침 데일리 메일 읽어 봤어?"라고 누나가 물었다.

그는 "내가 '데일리 메일' 그 쓰레기를 읽겠어?"라고 잘라 말했다.

"읽어야 할 것 같아. 가서 한 부 사봐."

해리슨은 "플레이스테이션에 의한 살인"이라는 헤드 라인을 보았다.

오 젠장, 그는 생각했다. 기사는 최근 14살 친구인 스테판 파케라를 망치와 칼로 살해했다고 자백한 17살 소년 워렌 르블랑에 관한 내용이었다. 파케라의 어머니가 이제 입을 열었던 것이다. 소년들의 친구들을 통해 두 사람이 비디오 게임인 〈맨헌트〉에 집착하고 있다고 들었으며, 이제 그쪽에 책임을 돌린 것이었다. 데일리 메일과의 인터뷰에서 그녀는 "이 게임은 금지되어야 한다."[주126]라고 말했다. "폭력을 위한 폭력을 조장하고 젊은이들의 정신을 타락시키죠… 이 게임을 성공적으로 마케팅한 사람들과 싸우는 게 스테판을 기리는 길입니다."

2003년 11월 출시된 후, 〈맨헌트〉는 오싹하면서도 특출나게 연출된 폭력 덕분에 이미 게임 언론에서 폭풍을 일으켰다. 게임 평론가들에게는 철조망 목줄이 보내졌다. 하지만 이 기사를 읽으면서 해리슨은 걸음을 멈추게 되었다. 그는 수년 동안 비디오 게임 폭력의 햄스터가 언론판에서 내달리는 모습을 보아왔지만, 이 기사는 영국에서 새로운 시대를 열었다. 이건 맥스 클리포드처럼 만들어진 모략이 아니었다. 실제로 죽은 소년의 실제 어머니였다. 해리슨은 가족들에게 애도를 느꼈지만, 게임이 비난받는 데에는 화가 났다. "이 머릿기사를 믿을 잠재적인 게이머들도 있었다."라고 그는 나중에 말했다.

〈맨헌트〉 논란은 기사가 전 세계로 퍼지면서 더욱 폭발했다. 뉴질랜드에서는 이미 금지되었었고, 영국에서 가장 큰 규모를 가진 가전 판매 소매점 딕슨 리테일Dixons Retail에서 사라졌다. 머지않아 영국판 잭 톰슨인, 레이체스터 이스트 의원 키스 바즈가 행동에 나섰다. 고든 브라운 총리와의 질의응답에서 바즈는 보호조치를 요구했다. 〈맨헌트〉는 이미 18세 이상 등급을 받았는데도 말이다. 바즈는 "이것은 성인 검열에 관한 것이 아니다."라며 "어린 아이들과 청소년들을 보호하는 일"이라고 했다.

그러나 이 모든 논쟁 속에서 확연히 빠져 있는 집단이 하나 있었는데, 바로 락스타였다. 도노반은 목소리를 내는 대신, 영국 게임 업계 대변인인 사이먼 하비와 막후에서 일하며 모든 대응을 해주었다. 하비는 성명에서 "단순히 누군가가 가지고 있다는 사실만으로 게임이 이러한 비극적인 사건에 대한 책임이 있다는 결론은, 이끌어낼 수 있지도 못하고 또 그렇게 해서도 안 된다."라고 말했다.

해리슨은 이런 논란 속에서도 가족들의 품에 게임을 가져다주겠다는 계획을 추진하고자 애썼다. 미국의 로엔스틴처럼, 그는 사태가 심각해지는데도 게임계의 악동들이 견해를 밝힐 용기가 부족하다고 느낄 수밖에 없었다. 그는 "락스타에서 누구도 공식 발언을 하지 않아 답답했다."라고 회상했다. "그들은 그냥 완전히 침묵했다."

〈맨헌트〉를 둘러싼 논란이 고국에서 자라나는 동안, 샘과 락스타 직원들은 그보다는 〈GTA: 산 안드레아스〉, 그리고 게임에 얼마나 성적 내용을 담을 수 있는지에 대한 도노반의 조사에 신경 썼다. 결과는 별로 고무적이지 않았다.

도노반은 2004년 8월 16일 샘에게 보낸 이메일에서 "불행히도, 상황이 좀 그렇다."[주12]라고 적고, 필요한 변경 사항들을 나열하는 작업을 진행했다.

"자동차에서 오럴 해주는 창녀 - 성기에서 입으로 이어지는 핵심 부분을 훨씬 덜 보여줘야 함.

"서서 오럴 해주는 창녀 - 제거하거나 암시로 처리해야 함.

"여자친구와의 섹스 - 본질적으로 모두 M과 18등급의 범위를 벗어나며, 제거하거나 암시로 처리해야 함.

"섹스숍 직원들은 특히 미국에서는 젖꼭지를 더 가려야 함.

"그녀 마음을 여는 열쇠 씬에서, 엉덩이 때리는 데이트 대목은 성애화한 폭력이 되기 때문에 제거해야 함.

"마약 딜러 집 뒤쪽에서 이뤄지는 오럴은 괜찮음.

이 모든 놀라운 것들을 다 포함할 수 있었으면 좋겠지만, 현재로서는 그걸 내보내는 일이 실현 가능하지 않습니다. 논의한 바와 같이, 우리는 이런 콘텐츠가 포함된 버전을 내놓기 위한 몇 가지 다른 시나리오를 연구하고 있습니다."

샘은 첨부파일을 열었다. 4페이지 분량으로, 국가별로 등급에 따라 어떤 종류의 성행위를 보여줄 수 있고 보여줄 수 없는지에 대한 상세한 조사 내용이 좌절스럽게 담겨있었다. 샘은 흑백으로 적힌 규칙을 읽으면서, 자신이 이라크와 위선에 대해 불평했던 모든 말들이 픽셀 단위로 쪼개지는 기분이 들었다. 이건 다른 사람이 하는 게임이다. 각국의 규정이 담긴 리스트는 참으로 터무니없고, 우스꽝스럽고, 끔찍했으며, 피할 길 없는 현실 그 자체였다. 연령 등급 목표가 18세였던 영국부터 시작이었다.

"남성 나체 - 성기가 발기하지 않는 한 전면 누드는 허용된다."라고 도노반이 설명을 달았다.

"발기된 성기는 완전히 피해야 한다. 아니면 모자이크 처리를 해야 한다.

"여성 나체 - 전면 누드가 허용되지만, 전신을 보여주려면 먼 거리에 있는 것이 좋고 가슴까지만 보이는 편이 권장된다.

"자위 행위 - 암시할 수는 있지만, 성기가 보이면 안 된다. 직접 보는 방식이 아니라 뒷모습을 잡는 카메라 앵글로 보여주는 편이 더 안전하다.

"오랄 섹스 - 자위 행위와 유사하게 암시할 수는 있지만, 노골적이면 안 된다. 어떤 클로즈업이든 모자이크가 필요하며 BBFC에서 18세 등급을 얻으려면 아예 빼라고 요구할 수도 있다. 플레이어 캐릭터가 섹스한 후에 여자친구나 창녀를 죽일 수 없어야 한다." 등등.

샘은 가이드 라인을 읽으면서 각국이 독단적으로 보이는 정의들로 게임을 불허의 영역으로 어떻게 유도하는지 보았다. 스페인과 이탈리아는 성애화된 폭력은 나체(발기 포함)도 허용되고 도노반의 표현대로 "느슨했다". 프랑스는 남성 누드(발기 없음)와 여성 누드(단, 도노반이 설명한 대로 '에로틱'으로 볼 수 있고 포르노성이 아닐 때)도 괜찮았다. 호주는 남성의 나체를 허용하지 않는 반면에, 여성의 가슴과 엉덩이는 괜찮았다. 전 세계를 통틀어, 엉덩이 때리기는 거의 허락되지 않았다. 스토리의 일부라면 괜찮다는 스페인과 이탈리아를 제외하면 말이다. 모든 나라가 성기가 보이지 않는 한 자위는 쿨하게 허용했다. 하지만 여성 자위행위에 대한 언급은 없다. 묵시적인 오랄 섹스는 어디에서도 문제없었다.

모든 영토 중에서 미국이 단연 가장 제한적이었다. 모든 남성 나체는 그림자로 덮여 있어야 했고, 여성의 젖가슴은 보일 수 있었지만, 성기는 금지되어 있었고, 유두는 가리개로 덮여 있어야 했다. CJ가 여자친구와 성관계를 가지는 노골적이지 않은 장면은? 전 세계적으로 받아들여지기는 하지만, 미국에서는 확실히 치명적인 성인 전용 AO 등급을 받을 것이다. 도노반이 본격적 폭탄을 떨어뜨렸다. 그는

"현재 〈산 안드레아스〉에 나오는 섹스 장면은 너무 노골적이라고 간주될 것."이라고 썼다. 잘라내야 했다.

샘은 컴퓨터에 앉아서 분노의 뜨거운 열기가 부딪치는 것처럼 커서가 깜박이는 모양을 지켜보았다. 그는 도노반에게 "이건 내가 예상했던 것보다 훨씬, 훨씬, 훨씬 더 하다."[주128]라고 자판을 두드려 메일을 보냈다. "이렇게 편집하는 코미디라니 완전히 미친 짓이잖아. 영화나 다른 것들을 보라고! 게다가 그렇게 하려면 일도 엄청 많아지고 여러 가지가 망쳐질 거라고(예: 별반 해롭지도 않고 우습기까지 한 엉덩이 때리기 미션을 바꾼다든지). 이게 정말 우리가 밀어붙일 수 있는 최대 범위야? 도저히 믿을 수가 없네."

도노반의 답장은 17분 뒤에 왔다. "좋지 않아."[주129]라고 그가 쿵하는 소리와 함께 썼다. "나는 우리가 거의 같은 입장에 있다고 생각했는데." 아무튼 이게 다 뭐였는가. 게임인가, 다른 무엇인가. 세상에 큰 퍽큐라도 날리려던 것인가? 그들은 더는 기숙학교의 반항아들이 아니었다. 한 상장기업의 고임금 직원이었다. 그들은 인생을 마치 게임처럼 플레이하며 통제할 수 없었다. 그들은 항상 게임이 성장할 권리를 위해 싸웠다. 어쩌면 이제는 자신들이 성장해야 할 때인지도 모른다. 그냥 〈산 안드레아스〉에서 섹스 수위를 낮추면 되는 일 아닌가?

도노반은 "엉덩이를 때리는 것이 가장 최악인 부분"이라고 설명했다. "여자의 성기와 항문, 혹은 적어도 그게 있어야 할 위치가 보이는 데다가, 폭력과 결합하기에 사람들을 가장 열을 올린다고. 스페인 빼고 모든 나라에서 성적인 폭력은 안 된다고 했어. 이 장면은 사람들이 문맥에서 벗어나 인용하기 좋아서, 여성들에게 폭력이 가해야 게임이 진행된다고 주장하기가 너무 쉬워."

샘은 하나도 받아들이지 않았다. 그는 자유를 찾기 위해 미국에 온 것이지 포기하기 위해 온 것이 아니다. "와…."[주130] 그는 도노반에게 답장을 썼다. "우리에게는 단순히 팔려고만 하는 영업 사원만 너무 많아. '자유'를 위해 싸울 사람들이 더 필요해." 그는 락스타 노스의 프로듀서인 레스 벤지스에게 이메일을 보냈다.

"부끄러운 일이네요." [주131]벤지스가 답장을 썼다.

샘이 대답했다. "알고 있어…. 대참사야. 모든 선택사항을 검토해야 하겠네. 우리 게임을 수정하는 것은 아닌 것 같아. 강하게 밀어붙일 필요가 있어."[주132]

그래서 그는 그렇게 했다. 테이크투의 설립자인 브랜트에게 도움을 호소했다. 그러나 브랜트는 이미 자신의 전투에 필사적으로 임하고 있었다. 회사를 1억 달러 이상의 수익을 내고 10억 달러 이상의 매출을 내는 곳으로 성장시켰음에도 불구하고, 테이크투는 스캔들에 휩싸여 있었다. 테이크투의 회계 관행에 대한 금융위의 조사는 여전히 진행 중이었고, 나아가 위원회에서 브랜트와 두 전직 테이크투 임원의 개입 부분에 대해 민사 조처를 할 것을 권고했다. 2004년 3월 17일, 브랜트는 테이크투의 회장 겸 이사직을 사임했다. 그는 성명서에서 "지금이 미래를 위해 테이크투의 경영진 전환을 할 적기라고 생각한다."[주133]라고 말했다.

테이크투와 락스타 사이에는 언제나 노골적이고 암묵적인 긴장감이 감돌았는데, 락스타는 주도권을 쥐고 싶어 하는 제멋대로인 아이 같았다. 그러나 사실은, 샘은 텁수룩한 외모에도 불구하고, 언제나 내심 강인한 리더였고, CEO답게 운영했다. 브랜트가 퍼블리싱 부문 부사장으로는 남아있었기 때문에 샘은 주저하지 않고 그에게 손을 내밀었다.

"안녕하세요, 이런 내용 변경이 필요한지 확인할 수 있을까요?"[주134] 샘이 썼다. "테리에게 언급했듯이, 그 리스트에 상당히 충격을 받았습니다. 컷 당한 부분이 여러 군데에요. 우리는 지금 어떤 경계선도 밀어붙이고 있지 못하는 느낌이네요. 대체 뭐 하려요? 난 정말로, 이걸 바꾸고 싶지 않습니다. 싸이코, 몰몬, 자본주의 소매상들의 요구에 부응하는 너무나 잘못된 짓이라고 느낍니다. 이건 게임이죠. 코믹한 내용이라고요. 영화 [에어플레인]이 차라리 여기 비하면 더 불쾌했죠. 제발 우리를 여기까지 올라오게 한 그 까칠함을 잊지 맙시다."

가능한 변화 사항에 대해 벤지스가 작성한 메뉴를 보며, 그러니까 오럴 장면의 카메라를 이동하고, 다른 장면들은 완전히 제거하고, 여자친구와의 성관계 같은 다른 장면들은 모자이크로 가리는 등의 조치는 샘에게 이미 매우 좋지 않게 느껴졌다. 하지만 더욱 나쁜 것은, 싸움을 포기했다는 듯한 벤지스의 말투였다. "이것들은 정말 멋졌는데 말이죠."[주135]라고 벤지스가 샘에게 메일을 썼다.

"그게 없으면 진짜 경계를 넓히는 것이 아니죠."

샘에게 있어 경계선을 밀어붙이는 일은, 세인트 폴에서의 반항아 시절부터 BMG의 예전 나날까지 그의 인생의 사명이었다. 그는 (스타트렉의) 커크 선장처럼 이전에 다른 사람들이 갔던 곳 너머로 나아가면서 그간 경력을 쌓아 올렸다. 자기 외에 또 그렇게 했다고 우길 사람이 얼마나 있겠는가. 비디오 게임뿐만 아니라, 다른 무엇으로든 말이다. 그런데 어떻게 이제 멈출 수 있지?

샘은 선택을 해야 했다. 싸울 것인가, 도망갈 것인가. 벤지스에게 "자네와 제작진이 강하게 느낀다면, 저항을 하자."[주136]라고 화답했다. "**우리**가 원하는 것을, 우리 게임에서 지켜내자. 우리 소매 유통량은 반 토막 나겠지만, 무슨 상관? 게임은 여전히 팔릴 것이고, 사람들은 어딘가 가서 찾아내야 하겠지만 그 대신, 그들이 원하는 그대로의 게임일 거라고. 아마도 이 방식으로는 덜 팔지도 모르지만(아마도 장기적으로는 더 팔지 않을까?) 적어도 씨발 관료들과 가게 주인들에게 이래라저래라 명령받지는 않게 되겠지."

모두가 동의하지는 않았다. 공동 창립자인 게리 포먼은 〈GTA: 산안드레아스〉의 섹스를 "재미있고, 남학생스러운, 유치한 유머"라고 특징지었지만, 한계가 있다고 생각했다. 그는 "그걸 담은 채로 승인

이 날 리가 없다."라면서 "그러니까 빼라."라고 말했다. 게다가 손해
는 또 뭐냐고 생각했다. "저에게 있어서는, 뭐 제가 이젠 12살이 아
니라서 송구하지만, 그것들은 불필요했죠."라고 그는 나중에 말했다.
"우리가 할 수 있는 한 경계를 밀어붙이는 데에 관한 이야기도 있었
지만, 개인적으로 그 시점에서 그것들은 좀 과하다고 느꼈습니다."

그러나 어느 날 락스타에서 킹이 샘에게 갔을 때, 그는 자신의 공
동 창업자가 이 싸움에서 패배하는 걸 마음에 들지 않아 함을 알 수
있었다. 두 사람이 실랑이하기도 했지만, 그는 여전히 옛 친구를 지
지하고 게임 속의 섹스가 재미있다고 생각했다.

락스타는 시뮬레이션 된 환상 위에 제국을 건설했지만, 이번에는
현실이 내려왔다. 투쟁에는 아이러니가 넘쳤다. 샘은 어른들을 위한
게임을 만들고 싶었지만, 성인 전용AO 등급은 소매업 측면에서 자살
행위가 될 것이다. 그는 산업 전체를 지배하는, 그리고 게이머들의
한 세대를 나타내는, 어떤 어색하고 지루한 청소년기를 상징한 셈이
었다. 딱히 그가 어른이 되고 싶지 않은 것은 아니었다. 그래서는 안
되었던 것뿐이다. 그는 유아 취급을 당했다. 아무리 성숙해졌어도,
여전히 테이크투라는 부모님의 말씀을 들어야 했다.

그나 브랜트, 혹은 누구라도 할 수 있는 일은 아무것도 없었다. 관
료들과 가게 주인들이 이겼다. 락스타는 〈GTA: 산 안드레아스〉에서
섹스를 줄였다. 경찰 욕실에 숨겨져 있는 양방향 보라색 딜도를 흉기
로 쓰는 것 같은 일부 온건한 내용은 남겨둘 수 있었지만, 그 이상은
거의 남아 있지 않았다. 플레이어는 CJ가 자신의 집 안에서 여자친구
와 성관계를 갖는 장면을 보는 대신, 현관문까지만 들어갈 수 있었다.

게임 마감일이 몇 주 앞으로 다가오면서 섹스 장면들을 빨리 없애
야 했다. 게임 개발자들은 문제가 될 수 있는 코드를 삭제하는 대신,
때로는 콘텐츠를 숨겨서 플레이어에게 콘텐츠가 보이지 않게 했다.
이것은 "포장"이라고 알려진 흔하게 인정되는 방식인데, 마치 원치

않는 물건을 포장으로 위장하여 숲에 묻어버리는 것과 같았다. 조금도 교활한 일이 아니었다.

어느 조용한 하루, 락스타에서 한 프로그래머가 키보드에 있는 일련의 버튼을 두드리고 그 일을 처리했다. 〈GTA: 산 안드레아스〉 섹스 장면은 코드의 숲속에 포장되어 버려졌다. 업계에서는 게임 개발자들에게 포장된 내용을 공개하도록 요구하지 않았기 때문에, 락스타는 새로운 GTA를 등급위에 제출하면서 섹스 장면을 언급할 이유가 없었다.

게임은 완성되었다.

2004년 9월 12일, 우편 집배원이 뉴욕 매디슨가에 있는 엔터테인먼트 소프트웨어 등급 위원회에 〈그랜드 테프트 오토: 산 안드레아스〉의 제출용 패키지를 전달했다. 그곳의 특징 없는 사무공간 덩어리는, 마치 군사작전지역 51구역 마냥 삼엄하게 보호되고 있었다. ESRB의 깐깐한 회장 패트리샤 밴스는 찾아온 기자를 몰아붙이곤 했다. 타이거 우즈의 포스터와 행복한 아이들이 비디오 게임을 하면서 혀를 내두르는 모습이 그려진 브로슈어 옆으로.

매일같이 ESRB로 수 많은 게임 퍼블리셔들이 제품을 보냈고, 여기에 전체 사용가E, 13세 이상T, 17세 이상M 등 자발적인 등급부여를 부여했다. 하지만 최근에 ESRB는 공격에 시달렸다. 하버드 대학이 '콘텐츠와 10대 사용가 등급 비디오 게임'에 대한 연구를 발표했는데, 연구 결과, 거의 절반에 달하는 게임이 게임 박스에 명시되지 않은 콘텐츠를 포함하고 있음을 발견했다. 워싱턴주에서는 입법자들이 17세 이하 누구에게든 M 등급 게임의 판매를 금지하려고 하고 있었다. 게임 업계는 이런 법이 표현의 자유를 침해한다는 이유로 맞서고 있었다.

GTA의 과거 논란에도 불구하고, ESRB가 이 게임을 다른 게임들과 다르게 더 자세히 조사할 이유는 없었다. 이 과정은 모든 계층에서 온 50명의 미국인, 즉 21세에서 65세까지의 나이에 이르는 교사, 의사, 미혼모를 포함한 사람들로 이루어진 집단에서 평가가 시작되었다. ESRB는 육아 잡지에 평가위원 모집 광고를 냈고, 매년 약 1,000건의 신청을 받았다. 게임 플레이 경험은 필요하지 않았다.

이유는 간단했다. 게임 회사가 등급을 받기 위해 게임을 보낼 때, 실제로 게임 가능한 데모를 보내는 것이 아니라 비디오 영상만을 보냈다. 게임 회사에서는 ESRB의 밴스가 게임의 "가장 극단적인 영상"이라고 부르는 것을, 보통 게임이 출시되기 두세 달 전에 보내게 되어있었다. 그런 영상은 길이가 20분에서 몇 시간까지 될 수 있었다. 두 명 혹은 세 명의 평가자가 각각 그 장면을 지켜보는 동안, 프레임 진행 수치가 화면에 올라왔다. 평가자들은 도박과 성행위에서부터 폭력과 파괴에 이르기까지, 어떤 내용에 플래그를 올려야 할지 결정하는 가이드 라인을 가지고 있었다. 그래도 고어만큼은 보는 사람의 기준에 달려 있었다. "공식이 없습니다." 밴스가 말했다. "우리는 평가자들이 자신의 판단대로 하기를 원합니다."

일단 평가위원들이 게임을 검토한 후에는 팀에서 평가에 대한 합의가 이루어졌는지부터 따지는데, 보통은 거의 항상 합의가 이루어졌다고 밴스는 말했다. 그 기준에 따라서 게임 등급이 매겨졌다. 2003년 판매된 게임의 경우 54%가 전체 이용가 E 등급, 30.5%가 13세 이상 T 등급, 11.9%만이 17세 이상 M 등급을 받았다. 폭력적인 게임에 대한 논쟁에도 불구하고 콘솔 게임의 탑 20 게임 가운데 70%가 E 또는 T 등급이었다. 밴스는 궁극적인 책임은 소비자에게 있다고 말했다. "등급을 보고 잠시 멈추지 않는다면, 우리의 문제가 아닙니다. 도덕이나 윤리를 우리가 지시할 수는 없어요. 사람들이 스스로 마음을 정합니다."

밴스는 락스타가 항상 자신의 게임 내용을 잘 공개해왔다고 여겼고, 〈GTA: 산 안드레아스〉도 달라질 이유가 없다고 생각했다. 평가위원들은 각자 사무공간에 앉아 힙합 음악이 진동하는 가운데 CJ가 달리고 싸우는 장면을 시청했다. 서로의 관점에 관해 이야기하는 것은 금지되어 있기에, 평가위원들은 각자 메모지에 메모했다. 마침내 그들은 등급을 논의하기 위해 소집되었지만, 논쟁은 없었다. 〈GTA: 산 안드레아스〉는 M등급을 받았다. 그 게임의 미래는 이제 게이머의 손에 달려 있었다.

위대한
자동차 도둑
GTA를 만든
무법자들의 숨겨진 이야기

어둠을 해제하라
Unlock the Darkness

19. Unlock the Darkness

랜덤 캐릭터 잠금해제: 패트릭 빌덴버그
"P" 아이콘을 따라 네덜란드 데벤터로 이동하시오. 패트릭의
가족이 잠자는 동안 접근하시오. 패트릭은 노트북을 연 채로
소파에 앉아있을 것임.

패트릭 빌덴버그는 커피를 블랙으로, 많이 마셨다. 네덜란드 동부
작은 마을 데벤터에 사는 열성 프로그래머 빌덴버그는 가능한 모든
연료가 있어야 했다.

낮에는 컴퓨터 컨설팅을 하면서 교통관리와 군사 장비 응용을 위
한 실시간 임베디드 시스템을 만들었다. 저녁이 되면 아내와 두 아
이, 여섯 살 아들과 네 살 딸이 있는 집으로 돌아오곤 했다. 작은 안
경을 쓰고 갈색 머리칼이 빠지기 시작한 185cm 키에 건장한 35세
빌덴버그는 바닥으로 몸을 구부리고 아이들과 놀곤 했다. 저녁을 먹
고 아이들이 잠들면, 그는 뜨거운 커피를 따르고, 노트북을 소파에
놓고, 아내가 TV 채널을 돌려보는 동안 게임을 시작하곤 했다.

빌덴버그가 가장 좋아하는 휴식 방법은 〈그랜드 테프트 오토:
바이스 시티〉였다. 어렸을 때 코모도어 64 컴퓨터로 게임을 시작한
이래 열성적인 게이머였던 그는 락스타의 대하 서사극에 푹 빠져 있
었다. 그는 자신의 어색한 젊음을 애잔하게 떠올리게 하는 특유의
80년대 미국적인 분위기, 신스팝, [마이애미의 두 형사] 같은 분위기

를 좋아했다. 그러나 무엇보다 자유를 좋아했다. 그가 말한 대로 "무엇이든 해야 할 일을 해도 되는 자유"였다. 그는 잘 드러나지 않는 락스타의 창작자들을 영웅으로 여겼다.

많은 열성적인 플레이어들과 마찬가지로 빌덴버그도 재빨리 바이스 시티 전체를 헤집고 다니며 한 달 남짓만인 어느 퇴근 후 늦은 밤에 게임을 끝냈다. 게임을 끝내는 순간, 그는 가장 멋진 휴가의 여운 같은 상실감과 슬픔을 느꼈다. 게임이 끝나기를 원하지 않았다. 이윽고 그는 게임이 계속되게 할 방법을 찾아냈다. 해킹하는 것으로 말이다.

컴퓨터 게임 해킹은 새로운 것이 아니었다. 플레이어들은 수십 년 동안 자신들이 가장 좋아하는 게임의 코드를 변경해 왔다. 그 결과인 수정 버전, 즉 모드mod는 단순하고 우스꽝스러운 것 (1인칭 슈팅 게임 〈울펜슈타인 3-D〉에 바니 토끼를 넣는 것 등)부터 미친 듯이 복잡한 것(SF물인 〈하프 라이프〉를 팀 기반의 대테러 게임인 〈카운터 스트라이크〉로 바꾸는 것 등)까지 다양했다.

모드 제작자들은 직접 만나지 않고도 온라인에서 협력하는 경우가 많았고, 자신들의 프로그램을 인터넷을 통해 자유롭게 배포했다. 그들은 사랑과 자긍심을 위해 모드를 만들었지 돈을 위해 하는 경우는 거의 없었다. 카운터 스트라이크를 포함해 몇몇 모드는 게임 회사에서 계약을 맺고 직접 출시해 숭배자들을 얻었다. 〈둠〉과 〈퀘이크〉 같은 모드 만들기 좋은 프랜차이즈의 프로그래머인 존 카맥이 언젠가 말했듯, 모드는 게임 개발자 지망생들에게 기본 경력처럼 취급되었다.

소비자가 제품을 바꾸도록 허용하는 일을 이상하게 보는 사람들도 많지만, 미래지향적인 게임 제작자들은 현명한 이유를 들어 그런 모드 제작자 커뮤니티를 받아들였다. 바로 모드가 게임을 팔리게 한다는 것이다. 모드를 돌리려면 게이머가 원본 CD를 가지고 있어야 했고, 이것은 게임이 더 오래 유통되게 해주었다. 게다가, 모드 제작자들은 바이럴 마케팅의 가장 좋은 원천이었다. 프랜차이즈에 있어서 가장 일찍 적응하고 열정적인 팬층이기에, 모드 제작자들은 온라인에서 새로운 게임에 대한 소식을 퍼뜨리는 데 결정적인 역할을 했다.

이러한 이유로 가장 능란한 회사들은 모드 제작자들을 받아들였을 뿐만 아니라, 육성했다. 본질적으론 자기 하드코어 팬층의 씨앗을 뿌린 격이었다. 빌덴버그가 온라인에서 빠르게 발견했듯, 락스타만큼 모드에 우호적인 기업은 거의 없었다. 이 전략은 락스타의 DIY 스타일과 완벽하게 들어맞았다. 모드의 제작은 테이크투 게임의 최종 사용자 라이센스 계약 위반임에도 불구하고, 락스타는 초기 작품부터 모드 제작자들과 관계를 형성해 왔다.

구랑가닷컴 같은 팬 사이트는 하우저 형제가 직접 정기적으로 방문하고 업데이트 정보를 보내던 최초의 사례 중 하나였다. 〈GTA III〉가 나올 즈음에는 락스타가 직접 팬 사이트들을 선정해 공식 사이트에 홍보했다. 〈GTA: 바이스 시티〉 당시, 락스타는 회사가 "국제적 친구들"이라고 묘사한 팬들을 위한 공식 홈페이지를 만들었다. 락스타의 환영 문구에 쓰여 있듯이, 이 공간은 "모든 비공식적인 모드들을 얻기 위해 가봐야 할 곳"이었다.

모드 제작자들은 그 관계가 상호 이익이 됨을 알고 있었다. 한 GTA 모드 제작자는, "GTA 프랜차이즈의 모드 제작 판은 제작자나 퍼블리셔들에게 거의 또는 전혀 비용을 들이지 않고 수익을 창출하는 길이었다. 오픈 엔드 형으로 모드가 나올 가능성 때문에 아예 PC용으로만 게임을 구입하는 GTA 팬들이 상당히 많은 것으로 알고 있다."[주13기]라고 말했다.

코더이자 게이머로서, 빌덴버그는 모드 판에 몸을 던졌다. 그는 〈GTA: 바이스 시티〉에 무엇을 만들고 싶은지 정확히 알고 있었다. 플레이어는 게임에서 차고에 차를 4대만 보관할 수 있었다. 즉, 빌덴버그가 수집한 수십 대의 달콤한 놀이기구를 수용할 수 있는 충분한 공간이 아니었다. 카페인이 가득한 밤을 한 달간 보낸 후, 그는 마리나 카파크Marina Carpark를 만들었다. 이 모드는 무료로 다운로드하고 설치하면 플레이어가 널찍한 주차장에 차를 40대까지 보관할 수 있게 해줬다. 2004년 1월에 그것을 발표했을 때 빌덴버그는 GTA 모드 공동체의 존경을 받았다. "사람들은 불가능하다고 했지만, 나는 어떻게든 해냈다."라고 겸손과 자부심이 뒤섞인 모습으로 설명했다.

빌덴버그는 이 게임의 모드 제작자들에게 인기 있는 사이트인 GTA포럼닷컴에서 오랜 시간을 보냈다. 방문객들은 가명으로 접속한 익명 상태일 때가 많았고, 실제로 만나거나 전화 통화를 하는 경우는 거의 없었다. 그들은 협력적이고 강박적인 팬 그룹이었다. 한 사람이 모드에 대한 아이디어를 생각해 내면, 다른 사람이 끼어들곤 했다. 게임을 역설계하고 코드에 접근하기 위해 함께 작업하는 것이다. 빌덴버그는 "모드 커뮤니티는 한 무리의 친구들이 미스터리를 함께 푸는 놀이 같았다."라고 말했다.

2004년 10월, 플레이어들은 마침내 락스타의 기대 만발 신작인 〈그랜드 테프트 오토: 산 안드레아스〉를 살 수 있게 되었다. 빌덴버그와 다른 이들은 "탐험할 새로운 세계"를 갖게 되어 기뻤다. 그는 자신의 밴시 스포츠카를 타고 숲을 달리고, 비행기를 타고 비행하고, 오토바이를 타고 언덕을 뛰어넘으며, 광활하게 펼쳐진 게임의 풍경에 경탄했다. 그는 로스 산토스에서 상점에 낙서하고, 라스 벤투라스의 카지노에 갔다. CJ가 웨스트 코스트 조폭들 사이에서 부상하는 이야기에는, 락스타를 유명하게 만들어준 그런 기괴한 디테일과 백과사전같이 언급되는 대중문화들이 넘쳐났다. 빌덴버그는 다른 모드 제작자들과 마찬가지로, 코드를 가지고 놀고 싶어 못 견딜 지경이었다.

그러나 PS2 버전의 게임만 출시된 상태에서는, 그들이 할 수 있는 일이 딱히 없었다. 콘솔은 분석이 더 어려워, 모드는 주로 PC 게임 쪽의 현상이었다. Xbox 버전과 함께 다음 해 여름에 PC 버전이 나올 때까지, 빌덴버그는 PS2 버전의 코드를 살짝 찔러나 보는 정도밖에 할 수 없었다.

그러나 이리저리 찌르는 것이 재미의 절반이었고 숭고한 아름다움을 자아냈다. 코드 속으로 깊이 들어가면 마치 마운틴듀로 얼룩진 책상 의자를 뒤로하고 컴퓨터 화면 뒤에 있는 추상적인 세계로 들어온 듯한 느낌이 들었다. 〈GTA: 산 안드레아스〉를 몇 시간 동안 해킹을 한 후에 빌덴버그는 그 안에 있는 자신을 발견했다. 그것은 마치 1과 0으로 된 길고 빛나는 가지 달린 나무들의 전기 숲에 서 있는 것과 같았다. 땅바닥이 살랑살랑한 정전기로 반짝거렸다. 빌덴버그가 손을 뻗어 픽셀화된 덤불 속으로 들어가, 보이지 않게 묻혀 있던 '포장'된 것을 집어 들었다. 그는 지글지글 끓고 불꽃이 튀는 그것을 손에 쥐었다.

이게 뭐였을까? 그는 궁금해졌다.

샘의 서른네 번째 생일(그리고 매년 열리는 치즈 볼 먹기 대회)이 돌아올 때쯤, 샘은 의기양양해질 만한 이유가 있었다. 〈GTA: 산 안드레아스〉는 히트작이었다. 첫 두 달 동안, 산 안드레아스는 개당 50달러에 500만 카피가 팔렸다. 이 게임은 결국 2,150만 카피라는 경이로운 판매를 기록하면서 PS2 타이틀 중 가장 성공적인 작품이 되었다. 출시 며칠 만인 2004년 10월 31일에 회계연도가 끝났는데, 〈GTA: 산 안드레아스〉가 테이크투 수익의 20.9%를 차지했다.

팬들과 평론가들은 게임을 그 회사의 가장 큰 업적이라고 환영했다. '게임 크리틱' 사이트는 "의미 있는 모든 측면에서 놀라운 이정표이며, 이후에 나올 이런 부류 게임들의 평가 기준을 재정립한 기념비적인 게임"[주138]이라고 불렀다. 게임 인포머는 "한 세대를 정의하고, 비디오 게임을 바라보는 관점을 영원히 바꿀 것"[주139]이라고 했다. IGN은 "끝없는 게임의 걸작"[주140]이라고 여겼다. 뉴욕에서는 락스타의 한 예술가 친구가 이 게임에서 영감을 얻은 소위 '불량한 방'을 만들었다. 설치 미술이었는데, 대마 흡연기Bong, 맥주가 가득 찬 냉장고, 그리고 〈산 안드레아스〉를 플레이하기 위한 와이드스크린 TV가 설치되어 있었다.

그러나 모두가 새로운 GTA에 열광한 것은 아니었다. 뉴욕 타임스는 이 게임이 프랜차이즈의 다른 게임들만큼 "불편하고 짜증 나게"[주141] 한다고 했다. 곧 나올 자신의 액션 게임인 〈크랙다운Crackdown〉을 준비하느라 바빴던 전 DMA 총책임자 데이브 존스로부터 또 다른 비난이 쏟아졌다. 존스는 선데이 타임스 신문에 실린 장문의 글에서 이 게임을 비방했다. 그는 "그중 일부분은 얼굴을 찡그리게 만든다."라고 말했다. "마치 [좋은 친구들]을 보는 느낌이다. 꼭 그래야 했냐고 자문하게 만드는 장면도 있다. 이게 어디까지 막 나갈까?"

로엔스틴이 우려했던 대로, 다른 사람들은 게임에서 흑인 주인공의 전형이라고 인식되는 모습에 대해 분개했다. 시카고 트리뷴은 한 학자의 말을 인용해서, "흑인 주연 캐릭터가 있다는 점은 어떤 의미에서 진일보지만, 그 주인공이 폭력적이고 도시적인 환경에 놓여있으며…, 갱단 활동, 마약 활동에 관련되어 경찰로부터 도주한다."[주142] 라고 말했다.

"악행의 색깔"이라는 기사에서 뉴욕 타임스는 "〈그랜드 테프트 오토: 산 안드레아스〉는 어떤 비평가들이 문제적 트렌드라고 여기는 것을 보여준다. 인기 있는 비디오 게임들이 인종 고정관념, 특히 흑인 젊은이들이 폭력적인 길거리 범죄에 연루되고 성공하는 이미지 말이다."[주143] 킹은 흑인 주인공으로는 도무지 게임을 하고 싶지 않다고 말하는 게이머들의 온라인 포럼 댓글을 읽으며 믿기지 않았다.

그러나 개인적으로 샘은 다른 문제들을 염두에 두고 있었다. 비록 공개적으로는 〈산 안드레아스〉의 성공에 대해 의기양양했지만, 그는 여전히 게임에서 섹스 장면을 잘라낸 일 때문에 비틀거리고 있는 듯했다. 그런데 결국에는 승리할 방법에 대한 아이디어가 떠올랐다. 이후 2005년 6월에 출시될 예정인 〈산 안드레아스〉 PC 버전에 섹스 장면을 넣음으로써 말이었다. 2004년 11월 25일, 샘은 벤지스에게 이메일을 보내서, "성적인 내용을 넣어 완전히 미친 게임으로 만들기 위해 얼마나 열심히 밀어붙일 수 있을지 결정하기 위해, 추가적인 내용 아이디어를 무엇이든 탐구하라."[주144]라고 촉구했다. 벤지스는 "성관계를 원래대로 되돌리겠다."[주145]라고 약속했다.

2주 후, 제작 과정을 다루는 락스타 디자이너는 게임에 섹시함을 다시 가져오기로 한 결정에 대해 동료에게 이메일을 보냈다. 애니메이터들은 오래된 애니메이션을 발굴하여 현재의 완성 수준에 적합한지 확인하라는 지시를 받았다. 동료는 "다시 들어간다니, 저도 얼마나 행복한지 말해도 좋겠죠."[주146]라고 회신했다.

샘은 나중에 또 다른 내부 전자우편을 통해, "필요하다면 회사가 (논의한 대로) AO와 M 버전을 둘 다 내놓을 수도 있다."라고 설명했다. AO 버전을 출시하는 것은 돈을 벌기 위한 수단이라기보다는 예술적 자기주장이 될 것이었다. 샘이 쓴 대로, 락스타는 "그래, 우리는 너희가 다른 관심사로 고려조차 해보지 않은 곳까지 갈 거야."[주147]라는 메시지를 보낼 것이다.

그러나 ESRB에서는 엑스박스와 PC 버전의 〈산 안드레아스〉를 딱히 우려할 이유가 없었다. 2005년 1월 7일, 락스타의 제출본이 화제성 없이 그냥 ESRB 사무소에 도착하였다. 게임은 PS2 버전과 동일했기 때문에, 락스타는 새 디스크를 보낼 필요가 없었다. 평가자들은 엑스박스와 PC 버전의 게임에 이전과 같게 M등급 지정으로 간단하게 도장 찍어줬다.

락스타 사무실에서, 도노반은 샘에게 섹스 장면 계획을 둘러싸고 영업부서에 공포가 퍼지고 있다고 말했다. 샘은 2005년 1월 18일 벤지스에게 "우리가 PC 버전을 너무 세게 밀어붙였다가는 정말 심한 반발을 받을까 봐 걱정하더라."라고 썼다.

컴퓨터 게임 생태계에서는, 게임이 출시된 후에 업데이트가 필요할 때가 있다. 버그를 고치거나 새로운 콘텐츠의 배포 등 다양한 이유가 있기 때문이다. 이를 해결하기 위해 게임 제작자들은 패치라고 불리는 작은 소프트웨어 프로그램을 내놓는데, 이 프로그램은 게이머들이 온라인에서 무료로 다운로드할 수 있다. 어쩌면 나오게 될 AO 등급의 새로운 버전의 부분으로, 락스타는 PS2 게임에서처럼 섹스 장면을 포장해 숨긴 게임으로 PC 버전을 출시할 수 있었다. 하지만 나중에 패치를 통해 섹스 장면을 열 수 있었고 샘이 이메일에 올린 표현처럼 "어둠을 해제"하도록 할 수 있었다. 불법적이거나 오해의 소지는 없을 것이었다.

2005년 2월 7일, 한 락스타 디자이너는 동료에게 이메일을 보내 "섹스가 패치로 출시될 예정이니 얼마든지 조작할 수 있다."[주148]라고 말했다. 다음 주, 또 다른 이메일은 〈산 안드레아스〉 PC판의 "패치 버전"에서 "본격적인 섹스 부분이 제대로 돌아가야 한다."라고 확실히 했다.

어둠이 깔릴 때였다.

"당신은 이 어둠의 힘과 싸우는 신의 임무를 수행하고 있소. 사탄이 그들 뒤에 있고, 신이 당신 뒤에 있소." 톰슨은 동료 문화 전사가 한때 그에게 건네준 격려의 말을 결코 잊지 못할 것이다. 그가 가장 어두운 세력으로 여긴 GTA와 싸움을 하러 '60분' 뉴스쇼에 출연했을 때, 그는 어느 때보다도 축복받은 기분이었다.

에드 브래들리 특파원은 이렇게 소개했다. "그랜드 테프트 오토는 타락의 법칙이 지배하는 세상"[주149]이라며 "좋아하는 차를 보면? 훔칩니다. 싫어하는 사람이 있으면? 짓밟습니다. 방해하는 경찰? 날려버립니다. 모퉁이마다 경찰이 있고, 그들을 쓰러뜨릴 기회도 무궁무진합니다. 360도 모든 방향으로 살인과 악행이 이뤄집니다. 교묘하게 제작되고, 기술적으로 뛰어나며, 극도로 폭력적이죠."

2005년 3월 5일에는 세계에서 가장 악명 높은 비디오 게임이 미국의 작은 마을에서 일어난 충격적인 연쇄살인 사건으로 인해 또 표적이 되었었다. "비디오 게임으로 훈련받지만 않았더라면, 그는 그런 일을 하지 않았을 것입니다." 회색 머리를 가지런히 빗은 톰슨이 브래들리에게 말했다.

톰슨은 2003년 6월 7일 앨라배마주의 작은 석탄 채굴 마을 파예트에서 일어난 일을 가리키는 것이었다. 새벽 3시, 경찰관 아놀드 스트릭랜드는 도둑맞은 차 안에서 자고 있던 18세의 흑인 청년 데빈 무어를 발견했다. 스트릭랜드는 무어에게 수갑을 채운 다음 그를 경찰서로 데려가서 심문했다. 무어는 입건되는 사이, 갑자기 아놀드 스트릭랜드 경관의 총집에서 글록 권총을 꺼내어 그를 죽였다.

다른 경찰이 쫓아오자 무어는 달아났지만, 그는 빠른 반사신경으로 경찰에게 세 발을 쏴서 역시 쓰러트렸다. 소년은 긴급 출동대원의 사무실을 지나면서 또 한 번 머리를 노린 헤드샷을 포함해 다섯 발을 더 쐈다. 세 명의 남자가 피를 흘리며 죽은 가운데, 무어는 열쇠 한 세트를 발견하여 밖으로 가져갔고, 일출 직전에 순찰차를 타고 달아났다.

3시간 30분 후, 경찰은 미시시피주 경계선 바로 너머로 검푸른 색의 도난 경찰차를 뒤쫓았다. 무어가 체포되자 총기 난사 소식이 전국에 퍼졌고, 사람들은 전과가 없는 이 젊은이가 무슨 이유로 갑자기 발칵 뒤집혔는지 궁금해했다. 2004년 12월 법원 심리에서 한 경관은 무어가 카운티 교도소로 끌려가던 중 이렇게 말했다고 했다. "인생은 마치 비디오 게임과도 같다. 언젠가는 죽어야지."[주150] 그리고 그가 즐겨 하는 게임은 GTA였다.

톰슨은 이 소식을 듣고 갑자기 행동에 나섰다. 그간 락스타는 게임 업계에서 가장 큰 플레이어가 되었던 반면, 톰슨은 게임 업계에서 가장 악명 높은 플레이어가 되어있었다. 그는 그 어느 때보다 자신감이 넘쳤다. 지난해, 그는 미국에서 가장 논란이 많은 라디오 막말 진행자인 하워드 스턴과 싸움을 성공적으로 이끌었다. 연방통신위원회에 스턴 문제를 밀어붙여서, 톰슨은 마이애미 방송에서 스턴을 출연 정지시켰고 결국 50만 달러 상당의 벌금까지 내게 했다. 심지어 스턴도 그를 "그 동네 방송국에서 나를 몰아낸 마이애미의 미친 변호사"라고 부르며 알아줬다.

이제 그는 자신의 목표를 다시 락스타에 집중할 준비가 되어있었다. 톰슨은 열심히 듣고 있는 브래들리에게 "우리가 말하고자 하는 바는, 데빈 무어가 사실상 그가 한 일을 하도록 훈련을 받았다는 것이죠."라고 말했다. "그는 살인 시뮬레이터를 입수했습니다. 미성년자로서 샀죠. 수백 시간 동안 플레이했는데, 주로 경찰을 죽이는 게임입니다. 이건 우리 이론인데, 알라바마의 배심원들에게 증명할 수 있다고 생각합니다. 비디오 게임 훈련이 없었다면, 그는 자신이 벌인 일을 저지르지 않았을 것이라고요." 톰슨은 소송이 뒤따를 것이라고 장담했다.

게임 업계 주자들은 이 방송을 지켜보면서 치를 떨고 분개했다.

로엔스틴은 그 어느 때보다 격앙된 느낌을 받았다. 이 코너가 방영되기 전에, 그는 제작자들에게 게임의 인구통계, 건강상의 이점 등 다른 각도에서 관심을 두게 하려고 노력했지만, 소용이 없었다. 그는 "사람들이 사과하더군요. '이봐요, 정말 미안한데, 데스크에서 나보고 이런 식으로 방송을 만들라고 명령해요. 그게 헛소리라는 것은 압니다. 잭 톰슨이 농담거리인 것도 압니다. 하지만 우리는 이 내용을 내보내야 하고, 잭의 말을 인용할 것입니다.' 소위 명예롭고 진지한 기자들이, TV와 잘 맞는다는 이유만으로 자기들도 신뢰성 떨어진다고 인정하는 사람을 일부러 출연시키는 꼴이 점점 더 소름이 끼치고 무책임하게 느껴졌죠."

뉴욕에서는 ESRB 총재 팻 밴스와 그녀의 주요 홍보 담당자인 엘리엇 미즈라히가 경외심을 갖고 톰슨이 출연한 '60분' 뉴스쇼를 시청했다. 미즈라히는 나중에 "에드 브래들리와 함께 있을 때, 그가 온건하고 침착하다는 걸 믿을 수 없었다."라며 "그러나 그의 보도자료들은 마치 미치광이의 고함소리 같았다."라고 말했다.

"우리는 톰슨을 섬기지 않아요." 밴스가 내뱉었다. "우리는 대중을 섬기죠." 그러나 그녀는 그의 메시지에 대항하기에 속수무책임을 알고 있었다. 톰슨은 그들보다 미디어 게임을 그냥 더 잘했다. "산업계가 앞가림할 줄 안다고 하면 훌륭한 이야깃거리가 되지 않는다."라고 그녀는 말했다. 그녀의 전략은 이랬다. "집중을 유지하고, 듣지 않도록 노력하라."

뉴욕에 있는 이들도 시청하며 열 받지 않을 도리가 없었다. 킹은 "우린 선정주의자들과 극단주의자들에게 손쉬운 표적이었다."라고 회고했다. "그리고 그랜드 테프트 오토 프랜차이즈는 가치가 높아서, 잭 톰슨 같은 사람이 그것을 자기 플랫폼으로 만들 만했다. 우리는 궁극적으로는 잭슨 같은 사람은 패배의 눈물을 흘리게 되리라 생각했다."

그러나 기자들이 전화벨이 떨어져 나가도록 연락해오면서, 톰슨은 그 어느 때보다도 강한 힘을 느꼈다. 그를 미친놈이라고 부르는 사람들도, 심지어 그를 죽이겠다고 협박하며 집에 전화하던 사람들도, 무엇도 그를 막을 수 없었다. 그는 신의 사명을 따르고 있었다. 그는 이후 회고록에 "나는 이것을 즐기고 있었다."[주151]라고 썼다. "그것이 정말 누구를 위한 승리인지 늘 기억하려 애썼다."

그러나 이제 6학년이 된 아들 조니는 의심이 가는 모양이었다. 어린 소년이었을 때 그는 아버지가 몰래 밖에서 그를 비디오로 촬영하는 동안 〈GTA: 바이스 시티〉를 사기도 하면서 십자군 전쟁에 성실하게 참여했다. 그러나 지금 그는 자신이 가장 큰 게임 반대자의 아들임을 알고 있는 게임 플레이어들에 둘러싸인 채 중학교에 다니고 있었다. 아버지가 학교에서 폭력적인 게임에 대해 연설하도록 초청된 후, 그는 아버지에게 다가갔다.

"아빠" 조니가 말했다. "아빠가 이 전국적인 방송에 출연한다는 게 대단하다고 생각하는데, 아이들이 그걸로 나를 슬프게 해요. 내가 알지도 못하는 애들이 다가와서 귀찮게 하면서, '아빠한테 나는 콜럼바인 놀이를 하지 않을 거라고 말해줘' 등의 말을 해요."[주152] 그는 아버지에게 연설하지 말라고 간청했다. 아들의 눈을 내려다보면서 톰슨은 가슴이 철렁 내려앉았다. 그러나 학교에 연설을 거절한다고 말하자, 학교 상담사는 아들에게 가장 좋은 일은 너무 늦기 전에 모든 사람과 이 메시지를 공유하는 것이라고 설득했다. 톰슨은 동의했다.

강의가 있던 날, 그는 아이들 앞에 서서 '60분' 쇼 시청자들에게 했던 것처럼 그들의 두려움을 교묘히 자극했다. 그는 성경 구절을 인용하고 폭력적인 게임 플레이어에 대한 두뇌 스캔 연구와 함께 학교 총기 난사 사건의 명백한 공포를 환기했다. 그는 "그랜드 테프트 오토 게임이 세상을 뒤집어 놓는다."라고 설교했다. "나쁜 놈들은 좋은 놈이고, 경찰은 적이고, 여자는 쓰고 버리는 존재가 됩니다. 폭력적인 비디오 게임이 당신에게 영향을 줄 수 없다는 확신이 들어도, 그 게임들이 동급생에게 영향을 미치지 않을 거라고 얼마나 확신하나요?"

여전히 전업주부를 겸했던 톰슨은, 그날 학교가 끝날 때 아들을 데리러 가야 했다. 그는 기다리면서 아들이 자신의 연설에 어떤 반응을 보였는지 전혀 알 수 없었다. 조니가 그를 싫어할까? 이 십자군 원정이 정말 그럴만한 가치가 있었을까? "아빠," 조니는 그에게 "아빠가 자랑스러웠어."라고 말했다. 그리고 나서 그는 아들을 태우고 바이스 시티를 가로질러 집까지 안전하게 운전해 왔다.

톰슨이 '60분' 쇼에 등장한 지 2주 후, 대서양 건너편에서는 패트릭 빌덴버그와 GTA 모드 제작자들 또한 뿌듯함을 느끼고 있었다. 〈산 안드레아스〉에 숨겨진 비밀 코드를 발견한 이래로, 그들은 그게 무엇을 드러내 줄지 찾아내는 임무 중이었다. 온라인 채팅방에 비밀 포럼을 만들었는데, 거기서 매일 수십 명의 모드 제작자들이 만나 탐구를 추구했다.

이건 평범한 파일이 아니라고 그들은 깨달았다. 파일은 어떤 이유에서인지 게임에서 빠진 애니메이션을 언급했다. 문제는 올바른 소프트웨어가 없으면, 모드 제작자들은 이미지에 무엇이 포함되어 있는지 볼 수 없다는 것이었다. 바튼 워터덕이라는 특출나게 멋진 별명을 가진 모드 제작자 하나가, 코드 해독에 힘썼다. 빌덴버그가 워터덕에 대해 아는 바는 그 포럼에 있는 다른 누구와도 다르지 않았다. 그러니까, 전혀 아는 바가 없었다는 것이다. 그러나 워터덕은 기술이 있었다. 그는 파일을 스틱 피규어 애니메이션으로 변환하는 조잡한 프로그램에 넣고 실행했다. 완전히 실현된 장면이 아니라도, 적어도 무엇이 존재했는지에 대한 스케치 정도는 되었다.

빌덴버그는 워터덕이 온라인에 올린 영상을 내려받고는, 추상적인 이미지를 알아보기 위해 고군분투했다. 하얀 막대기 모양의 사람이 보였다. 다리는 선으로 나타났다. 몸도, 팔도, 머리도. 그 사람은 사지를 바닥에 붙인 것 같았다. 빌덴버그는 아이들이 지나갈까 봐 노트북 화면을 내렸다. 그는 나중에 "의아했다."라며, "애니메이션의 내용이 성적인 것임은 꽤 분명했다."라고 회상했다.

그가 옳았다. 숨겨진 파일들은 "섹스," "키스," "SM," "오럴"과 같은 선정적인 이름들을 가지고 있었다.[주153] 곧 그들은 더 많은 증거를 갖게 되었다. 2005년 3월 18일 오후 5시 5분, 두 달간의 분석 끝에 워터덕은 '진짜 섹스 애니메이션, 진짜로'라는 제목의 게시물을 이 그룹에 올렸다. 그는 자신이 어떻게 애니메이션 코드를 특별한 프로그램으로 실행했고 놀라운 결과를 얻어냈는지 설명했다. 워터덕은

"CJ가 인도 위에 있었다."라고 썼다. "마치 토끼처럼 섹스하면서." 그는 문장을 입과 눈을 크게 벌린 이모티콘으로 마무리했다. "PS2 게임에서 그런 섹스 애니메이션을 실제로 만들었으리라고 생각해 본 적도 없다. 그리고 만약 그 장면을 뺐다면, 아니 뭐 안 뺐더라고."[주154]

워터덕은 다른 사람들이 같은 결과를 얻을 수 있도록 자신의 코드를 공유했다. 포럼에 불이 붙었다. 숨겨진 파일을 찾는 것은 모드의 매력 중 하나였지만, 가장 큰 비디오 게임에서 숨겨진 섹스 파일을 찾는 일은 말로 표현하기에는 너무 엄청났다. "와우"라고 한 모드 개발자가 썼다. "락스타가 정말 그걸 안에 놔둘 줄은 몰랐다." 그는 "이제는 애들한테 매춘부를 살해하도록 훈련을 시키는 것뿐만 아니라, 섹스 동작까지 가르치네."라고 농담을 던졌다.

그런데도 워터덕은 무작위적이고 정리되지 않은 대목만 찾아냈지, 완전히 일관성이 있는 장면을 발굴하지는 못했었다. 다음 날, 워터덕은 더 많은 것을 발견했다. "CJ가 아프로 머리와 염소수염을 하고, 거의 벌거벗은 여자친구 모델과 함께 있는 비디오. 빨고, 섹스하고, 엉덩이를 때리고, 너무 세게 때리고. 눕고, 앉고, 서고, 무릎 꿇는 모습. 진짜 포르노 영상과 다른 건 CJ가 옷을 입고 있다는 것뿐임."

마치 만화의 별개의 요소는 있는데 만화 전체는 안 보이는 격이었다. 하지만 각각의 애니메이션과 함께, 더 큰 그림이 보이기 시작했다. "애니메이션의 다양성과 종류로 볼 때, 미니 게임으로 기획된 것이라고 믿게 만든다."라고 한 모드 제작자가 게시했는데, 이제 함께 작업해서 짜 맞춰 보자고 제안했다. 그는 "그러나 당분간은 이 모든 것을 비공개로 하는 것이 좋겠다."라면서 "안 그러면 R★가 PC 버전에서 애니메이션과 모델을 확실히 제거하려고 할 텐데, 그게 우리가 원하는 일은 아니겠지?"라고 덧붙였다.

모드 제작자들은 자신들이 농담거리 이상의 것을 다루고 있다는 점을 깨달을 만큼, 락스타의 실제 싸움들에 대해 충분히 알고 있었다. 이런 사실을 공개하면 좋아하는 오락에 어떤 톰슨 같은 부류의 반발이 또 닥칠지 누가 알겠는가. "조용히 해야 할까?"라고 걱정 많은 한 명이 제안했다. "이 영상을 공개하면 전 세계의 모든 빡친 엄마들이 기겁해서 반 GTA 시류에 편승할거고, R★를 힘들게 할 거야. 어쩌면 R★는 PC 버전에서 제거하기로 결정했고. 어쩌면 아닐지도 모르고. 어쩌면 PC판 발매에 센세이션을 일으킬지도 몰라."

락스타는 무슨 일을 벌인 건가? 빌덴버그는 의아해했다. 왜 이 파일들을 묻었을까? 나중에 그는 "그건 일종의 보물찾기에 불과했다."라고 말했다. "난 일이 어떻게 돌아가는지 알아내는 형사 같은 기분이 들었죠." 밤늦게 소파에 앉아 커피를 마시며 파일들을 강박적으로 훑어보다 놀라운 것을 발견했다. 플레이어가 직접 동작을 제어할 수 있게 해주는 일련의 명령이었다. 코드를 읽기만 하고 있었기 때문에 액션을 볼 수 없었지만, 충분히 확신을 주는 단서 같았다. 어떤 종류의 섹스 컷 씬이 아니라, 미니 게임이었다!

그는 "두 가지 버전이 있다."라고 글을 올렸다. "엉덩이 때리기 게임과 삽입하기 게임." 때리는 게임에서는 플레이어가 PS2 컨트롤러에 있는 버튼을 눌러 여자친구의 엉덩이를 때려서 최대한 흥분하게 만들어야 한다고 그는 설명했다. "흥분!"이라는 라벨이 붙은 바가 진행 상황을 표시했다. "타이밍을 잘 못 맞추어 때리거나 빗맞으면 흥분이 내려간다."라고 빌덴버그는 적었다. "삽입 게임에서는, 몸이 움직이는 리듬에 맞춰 아날로그 스틱을 움직여서 흥분을 높일 수 있다."라고 어설픈 영어로 말을 이어갔다. 또한, 그는 CJ가 자신의 차를 운전하는 중, 그리고 산책하면서 여자친구에게 오럴 섹스를 받는 장면을 발견했다고 생각했다.

하지만, 모든 탐정 작업에도 불구하고, 그들은 미니 게임을 완전히 되살리는 데 필요한 파일들은 가지고 있지 않았다. 빌덴버그는 나중에 "우리는 증거가 없었다."라고 회상했다. 그들이 필요로 하는 코드를 완전히 해킹할 수 있으려면 PC 버전을 기다려야 했다. 다만 하나의 문제가 있었다. 락스타가 PS2 게임에서는 미니 게임 코드를 남겼지만, 모드 제작자들이 아는 바로는 PC 게임에서는 미니 게임 코드를 제거했다는 것이었다. "애니메이션이라도 남겨두었길 기도하자." 라고 빌덴버그가 글을 올렸다.

다시 며칠 후인 2005년 6월 8일, 빌덴버그는 열심히 노트북을 소파에서 열었다. 자정이 가까워지고 있었다. PC버전은 미국에서 막 출시되었다. 이제, 마침내, 그의 코드가 완전한 미니 게임을 작동하게 만들 수 있는지 알아볼 시간이 되었다. 오후 11시 37분, 한 모드 제작자가 결과를 올렸다. 그는 "패트릭, 이거 되는 것 같아."라고 썼다. "첫 시도에서는 그녀를 만족시키지 못했지만. 하지만 두 번째 시도에서는 해냈어!"

빌덴버그는 마침내 그 장면의 풀 영상이 펼쳐지는 것을 보며 모니터를 뚫어지게 쳐다보았다. 시작은 아주 익숙했다. CJ는 데이트 상대를 집에 데려다주며 차를 세웠고, 그녀는 "커피 한 잔 어때?"라고 말했다. 화면 하단에 자막이 나왔다. "이거야, 그녀가 커피 마시자고 초대하는 거야! 사랑할 준비해 둬라." 이 시점에서 공식 버전은 카메라는 밖에 남아있는 상태로 CJ와 여자만 집 안으로 들어갔고, 암시적으로 흔들렸다. 그리고 끝이었다.

하지만 빌덴버그의 코드가 지금 실행되면서, 미션은 CJ와 안에 있는 여성의 숨겨진 씬으로 바뀌었다. 그녀의 침실은 작고 지저분했는데, 〈GTA: 바이스 시티〉 포스터와 가상 영화 [나쁜 친구들]의 포스터가 벽에 붙어있었다. 청바지에 흰 속옷을 입은 CJ는 카메라를 등지고 그녀의 침대에 기댔다. 그녀는 앞에 서서 카메라를 등졌다. 그녀는 티 팬티와 실제 판매하는 것과 같은 락스타 게임즈 배꼽티만을 걸치고 있었다.

그리고 그녀는 무릎을 꿇었다.

이어지는 장면은 포르노라기보다는 코믹했는데, 주로 CJ가 내내 옷을 완전히 차려입고 있었기 때문이었다. 여성의 머리가 그의 다리 사이로 까닥거리자 CJ는 뒤통수를 향해 손을 뻗어 푸른 청바지를 입은 가랑이에 더 깊이 눌러 넣었다. 그런 다음 그녀는 다시 침대에 누웠고, CJ는 여전히 옷을 완전히 차려입은 상태에서 정상위로 올라탔다. 왼쪽 위 구석에 있는 가이드 화면에 "왼쪽 아날로그 스틱을 리듬에 맞춰 위아래로 밀어주십시오."라고 설명했다. 빌덴버그가 발견한 대로 '흥분' 막대그래프가, CJ가 힘을 가하는 동안 진행 상황을 측정했다. 성기나 사정 장면은 없었지만 이런 신중론 넘치는 업계에서는 이런 장면만으로도 아주 터무니없었다. "넌 정말 프로야, 베이비!" CJ는 그녀의 신음 소리 너머로 내뱉었다. "계속해, 내가 최고라고 말해!"

그 모든 작업, 협업이 끝나고, 모드 제작자들은 성공했다. 섹스 미니 게임을 발굴했고, 빌덴버그는 그것을 "핫 커피"라고 불렀다. 여자친구가 CJ를 초대하기 위해 함께 마시자고 한 음료이자, 빌덴버그 자신이 사랑하는 음료이기도 했다.

"제게Zege," 그가 네덜란드어로 말했다.

승리.

핫 커피
Hot Coffee

20. Hot Coffee

수배 레벨 ★★★★★☆

들쭉날쭉한 산맥 위에 펼쳐진 선명한 푸른 하늘을 배경으로, 우윳 빛의 흰 구름이 흐르고 있었다. 이글거리는 태양이 꿀 빛 같은 호박 색으로 대지를 물들였다. 부드럽고 조용한 글라이더를 타고 로키산 맥 위를 날아가는 듯한 느낌이 들었다. 하지만 이 장면은 진짜가 아 니었다. 시뮬레이션이었다.

이 영상은 LA의 거대한 스크린에서 재생되었고, 바다처럼 수많은 게이머가 입을 벌리고 자리에서 일어났다. 2005년 5월 연례 E3 박 람회였고, 7만 명이 넘는 사람들이 그중 가장 큰 쇼를 보러 왔다. 게 임 산업은 전 세계적으로 300억 달러, 미국에서만 100억 달러 이상 의 기록적인 수치를 기록하고 있었다. 게다가 이번 주에는 세 개의 새로운 비디오 게임기가 발표되었다. 닌텐도의 코드명 레볼루션이라 는 새로운 기기, 마이크로소프트의 엑스박스360, 그리고 소니의 플 레이스테이션 3.

가득 들어찬 소니의 기자회견장에서, 이 회사의 상징과도 같은 경 영자 필 해리슨은 파란 정장과 오픈칼라 셔츠를 입고 무대에 올라 PS3의 놀라운 프로세서 "셀"을 과시했다. 기술적 사양을 설명하자 군중으로부터 페티시즘적인 감탄이 터져 나왔다. 게이머들이 디지털 카메라를 눈에 대는 와중에, "구름조차도 프로세스로 생성된다."라고 해리슨은 말했다. 해리슨은 "이런 하늘 속 장면은, 게임의 몰입감이 앞으로 어디로 갈지에 대한 하나의 예."라고 덧붙였다.

만에 하나 플레이어들이 소니의 말을 믿지 않는다고 해도, 당시 무대 위 거대한 스크린을 가득 메운 신격화된 게임의 제왕, 샘 하우저만큼은 믿을 것 같았다. 이 영상은 락스타의 숨겨진 배트맨의 비밀기지 깊숙한 곳에서 전송되는 것 같았다. 샘은 어두운 방에 앉아 있었고, 옆에 있는 창문에 드리워진 차양 틈으로 아주 살짝만 빛을 들어왔다. 그는 헐렁한 회색 티셔츠에 빗질 안 한 턱수염을 기르고 있었다. 밤샘 작업하다가 끌려 나온 듯한 다크 서클이 눈 밑에 번져있었다.

그는 "플레이스테이션3 게임을 만들면서 우리가 가장 기대하고 있는 것은, 진정으로 현실처럼 느껴지고, 몰입감 넘치는, 살아 숨 쉬는 세상이라고 생각한다."라고 힘껏 손짓하며, DMA의 예전 표어를 환기했다. "이것이 우리가 살아가는 목적이죠."라고 그는 말했다. "알다시피 5, 6년마다, 소니 같은 이 놀라운 회사들이 와서, 오래전부터 가지고 있던 비전을 펼치고 꿈을 열 수 있게 해주는 이런 멋진 새로운 장비를 쥐여 줍니다.

셀cell CPU와 플레이스테이션3를 통해 우리는, 무엇이 만들어질 수 있는지, 그리고 청중들을 몰입시킬 수 있는 경험의 한계치를 완전히 한층 멀리 끌어올릴 수 있으리라고 봅니다. 매우 흥분되고 매우 자신감 넘칩니다."라고 말했다. "우리는 현실적인 시뮬레이션과 현실적 몰입의 새로운 레벨, 그것들을 믿을 수 없는 줄거리와 믿을 수 없는 스토리텔링에 결합해서, 두 요소가 합쳐지면서 미래의 경험을 만들어 낼 것이라고 봅니다."

그 말을 끝으로, 그는 빠르게 등장했던 것처럼 빠르게 사라져 버렸다. 게이머들은 이제는 샘으로부터 많은 발언, 혹은 거의 아무 발언이라도 듣는 것에 익숙하지 않았다. 잡지 페이지를 수놓고자 했던 초창기와 달리, 그는 너무 많이 뒤로 물러나서 그에 대한 인터뷰들에는 응당 "은둔"이라든지, "토마스 핀천Thomas Pynchon 작가를 연상시키는" 같은 형용사가 붙었다. E3에서 락스타는 그런 신비감을 유지했는데, 컨벤션 홀 안에 검게 한 유리창이 있는 새까만 관광버스들을 가득 배치했다. 오직 엘리트 초청장을 가진 참가자들만이 이 버스 안에 있는 락스타의 최신 게임을 확인할 수 있었다.

숨어 지내는 듯한 겉모습에도 불구하고, 샘은 그 어느 때보다 더 바쁘고 행복해 보였다. 막 결혼을 한 샘과 그의 아내 사이에 남자 아이가 태어났다. 샘의 나날은 이번 달에 그가 새로운 게임인 〈레드 데드 리뎀션Red Dead Redemption〉의 제작을 감독하기 위해 샌디에이고로 가며 더욱 화창해졌다. 서부극 어드벤처인 이 게임은 지난해에 나온 〈레드 데드 리볼버Red Dead Revolver〉의 후속작으로, 락스타의 샌디에이고 스튜디오에서 개발했다. 리볼버는 엇갈린 평가를 받았지만, 스파게티 웨스턴과 샘 페킨파Sam Peckinpah에 박식한 팬인 샘은 속편〈레드 데드 리뎀션〉이 GTA의 오픈 월드 디자인을 한층 신선하면서도 무법자다움을 유지한 아메리칸 드림 소재에 접목할 훌륭한 방법이 되겠다고 확신했다.

그사이 사업은 호황을 누리고 있었다. 소니는 최근 새로운 플레이스테이션 포터블PSP 이라는 휴대용 게임 시스템을 출시했고, 락스타의 작품인 〈미드나잇 클럽 3〉은 출시 1위를 차지했다. 〈GTA: 산 안드레아스〉는 여전히 전 세계적으로 매진되고 있었다. 개인적으로 샘은 〈GTA: 산 안드레아스〉 PC 버전 출시를 간절히 기다리고 있었다. 락스타는 게이머들이 섹스 미니 게임을 완전히 열 수 있게 해주는 패치를 PC 발매 이후에 배포하는 방침을 여전히 의논하고 있었다. 모드 제작자들을 더 인정하는 정책으로, 락스타는 PC 버전의 최종 사용자 사용권 계약 조항을 변경하여 플레이어들이 "새로운 게임 레벨 및 기타 관련 게임 자료를 구축할 수 있도록" 허용하였다. 그렇게 게임은 계속되어갔다.

　그러나 PC 게임이 출시된 지 이틀 후인 2005년 6월 9일, 샘이 샌디에이고에 출근했을 때의 상황은 오히려 게임이 끝난 것처럼 보였다. 이날 오전 금융위는 테이크투에 대한 2년간의 조사 결과를 공개했다. 위원회는 테이크투가 750만 달러의 과징금(브랜트 영업부 부사장과 2명의 전직 테이크투 임원이 내야 할 총 640만 달러의 과징금 포함)을 지급하되, 위법행위는 인정하지 않는다는 내용의 합의안을 발표했다.

　그 혐의는 배후에서 정교한 게임이 이뤄졌음을 암시했다. 위원회는 2000년 할로윈 당시 테이크투의 임원들이 당시까지 가장 많이 팔린 기록이었던 23만 장, 540만 달러 매출 규모의 비디오 게임을 단번에 출하했으나, 곧 본사로 반송했다고 했다. 반품을 감추기 위해 테이크투는 이를 '다양한 상품' 구매로 위장했다. 그렇게 해서 회사는 2000년과 2001년에 180건의 거래에서 6,000만 달러의 부당 수익을 기록했다. 위원회에 따르면, 테이크투는 수익을 "일관적으로 충족하거나 초과 달성"[주155]하여 재무 예측을 충족하거나 초과 달성했고, 그 과정에서 2,000만 달러의 주식을 매도한 브랜트를 포함한 경영진에게 "상당한 보너스"를 주었다.

　그러나 그날 아침 위원회 감사 결과 소식은 첫 펀치의 타격에 불과했다. 샘이 온라인에 접속하자, 락스타에 대한 또 다른 소식으로 게시판들이 폭발하는 것을 발견했다. PatrickW라는 이름의 어떤 인간이 방금 네덜란드에서 자기 홈페이지에 〈GTA: 산 안드레아스〉의 새 모드를 올렸던 것이다. 그는 그것을 '핫 커피'라고 불렀다. "이 모드가 있으면, 산 안드레아스에서 여자친구와 하는 무삭제 인터액티브 섹스 게임을 잠금 해제할 수 있습니다."라고 썼다. "락스타가 모두 만들어 두었지만, 알 수 없는 이유로 최종 출시 게임에서는 나오지 않게 잠가두기로 한 것 같습니다. 이제 이 모드가 그런 섹스게임을 다시 가능하게 하므로, 마침내 우리는 완전한 체험을 즐길 수 있게 되었습니다."

샘은 전화기를 움켜쥐고 뉴욕의 락스타 사무실 번호를 눌렀다. 아직 락스타는 섹스 장면용 패치를 온라인에 올리지 않았기 때문에, 집요한 모드 제작자들이 어떻게든 그들 스스로 미니 게임을 재구성했다는 의미였다. 브로드웨이의 로프트에서는, 전화벨이 떠내려가도록 울리고 있었다. 락스타의 홍보팀이 고개를 들자, 상사가 그들 위에서 내려다보고 있었다.

"전화 받지 마."라고 그가 말했다. "이거 추해질 거야."

2005년 6월 9일, 더그 로엔스틴은 워싱턴시에 있는 엔터테인먼트 소프트웨어협회 사무실에 들어갔다. 그의 조수가 넋이 나간 듯 보였다. "이런 젠장, 문제가 생겼어요."라고 그가 말했다.

온라인에는 이미 핫 커피 미니 게임 영상이 입소문을 타고 있었다. 로엔스틴은 여자친구가 CJ와 관계를 맺는 장면을 보면서, 농담이겠지 하고 생각했다. 마치 PG-13 등급 영화에 나오는 것과 같은, 만화적인 모습이었다. 하지만 그는 세상이 이미 오랫동안 비디오 게임 폭력을 비판해왔던 것과 달리, 이것이 새로운 영역인 섹스라는 것을 알고 있었다. 업계의 최고 로비스트로서, 로엔스틴은 무엇이 걸려있는지 그 누구보다도 잘 알고 있었다.

1994년 정부의 규제 위협 여파로 산업계가 ESRB를 개발한 이후, 그는 정치인들의 신뢰를 얻기 위해 매일 노력해왔다. 수십만 달러가 관련 소송비용으로 낭비되는 등, 비용도 많이 들었다. 싸움은 쉽지 않았고, 테이크투와 락스타가 공개 토론에 참여하기를 거부했을 때도 그는 스스로 홀로 최전선에 있었다. '핫 커피'는 웃을 일이 아니었다. "만약 이것이 조 리버만부터 데이비드 월시, 힐러리 클린턴에 이르기까지 우리가 얻은 정치적 지지를 훼손한다면, 우리는 매우 위태로운 처지에 놓이게 될 것."이었다며, 그는 "이로 인해, 과도한 규제력으로부터 우리 산업을 지켰던 가장 중요한 방어수단의 신뢰성이 위태로워졌다."라고 이 일을 회고했다.

영상을 본 로엔스틴은 이 소식에 비틀거리고 있는 ESRB의 팻 밴스 대표에게 전화를 걸었다. 밴스는 업계의 등급체계를 정부 규제로부터 방어하는 것에 대해 로엔스틴이 느낀 것과 같은 압력을 느꼈지만, 그녀는 이번 모드가 결국 큰 문제가 안 될 수도 있다고 생각했다. ESRB는 사용자가 만든 콘텐츠가 아니라 게임을 평가하는 것이었고, 만약 이것이 단지 네덜란드의 한 지하실에서 프로그램된 것이라면, 그것은 그들의 영역을 벗어난 일처럼 보였다. 가장 강력한 반대자들이라 한들, 게이머들이 자기 집에서 하는 일을 가지고 입법 로비를 하지는 않을 테니까 말이다.

하지만, 만약 모드 제작자가 주장했듯이 "락스타가 이 모든 것들을 게임에 만들어 넣었다."라면, 그들에게는 잠재적인 악몽이 기다리고 있었다. 락스타가 ESRB를 속이고 M등급을 받고자 〈산 안드레아스〉에 들어있는 성적 콘텐츠를 은폐한 것인가? 만약 그렇다면 게임 산업에 대한 최악의 고정관념을 확인시켜 주는 일이고, 잭 톰슨과 같은 비판자들과 입법자들이 긴 세월 동안 찾아왔던 확고한 근거를 제공할 것이다. 게이머들은 마치 락스타 쫄티를 입은 그 픽셀화된 여성처럼 당할 것이다. 밴스는 말했다. "퍼블리셔가 그 내용을 디스크에 담았다면, 누군가는 그게 거기 있다는 것을 알고 있었을 것이다."

"그들이 그것을 발견했네."[주156]라고 샘은 2005년 6월 13일 레스 벤지스에게 이메일을 보냈다.

"문제가 될까? 그러지 않기를 바라는데. 꽤 멋진 일이라서."

하지만 거기서 멈출 이유는 또 무엇인가. 락스타는 어차피 온라인에서 패치를 공개해서 덜 부지런한 게이머들도 직접 핫 커피라는 보석을 쉽게 해제하게 할 수 있었다[주157]. 도노반은 여느 때처럼 우려를 표했다. 지금 패치를 공개하는 것은 논란의 불씨를 부채질할 뿐이고,

그들이 힘들게 노력해서 받은 M등급을 잃을 수도 있었다.

다음날, 핫 커피가 사무실에 화제로 떠올랐다. 락스타 내의 두 프로듀서가 그 유출에 대해 수다를 떨고 있었다. "벤지스는 해커가 섹스 씬을 발견해서 기뻐했다고 하더라, 왜냐하면 이제 우리가 아무것도 할 필요가 없으므로"[주158]. 다른 한 명도 동의하면서, 수수께끼 같은 느낌 덕분에 해킹 버전이 도는 것이 "공식 패치보다 낫다."라고 했다.

락스타 운영국장인 제니퍼 콜비는, 이날 도노반과 제니퍼 그로스 프로듀서에게 이메일을 보내 무슨 일이 있었는지 자세히 설명했다. "우리는 원래 샘이 승인받기를 원했던 섹스 씬을 만들었고, 우리는 속옷 차림의 여자친구 모델을 이용했다."[주159]라고 그녀는 썼다. "(우리가 사용하지 않은) 코드에는, 옷을 입은 버전 대신에 완전 누드 버전의 스킨도 들어있었습니다. 모드의 제작자는 옷을 입힌 버전 대신 그쪽 스킨을 사용했기 때문에, 우리가 원래 의도했던 것보다도 더 안 좋게 보이게 되었습니다." 그녀는 잠금 해제된 장면이 "이전 버전의 게임에서 나왔던 섹스 애니메이션 전체입니다. 모드가 모든 것을 열어 재끼어 내었습니다."[주160]라고 덧붙였다.

샘은 도노반에게 보낸 이메일에서, 핫 커피를 게임에서 삭제하는 것은 너무 복잡했을 것이라고 재차 강조했다. "우리는 게임을 제시간에 완성할 수 있는 다른 안전한 방법이 없었기 때문에, 숨겨버린 것이었어요. 그 코드는 GTA에 깊게 섞여 들어가 있었고, 모든 것이 다른 모든 것에 반응하니까."[주161]라고 덧붙였다. "그 정도로 늦은 시점에 무언가를 빼버리면, 후환이 너무 무섭죠."

그러나 락스타의 베테랑 기술담당인 포먼은 동의하지 않았다. 미니 게임을 날려버리는 일이 "그렇게 오래 걸리지는 않았을 것이며, 며칠이면 충분했다."라고 나중에 말했다. 그것이 제거되지 않았던 것은 "아주 간단하게도, 게을러서."였다고 했다. 포먼은 속은 기분이었다. 섹스 씬이 게임에서 제거되었다는 말을 들었을 때 그는 디스크에서 완전히 지워졌다는 의미이지, 단순히 포장되어 숨겨진 것이 아니라고 생각했다. 그는 나중에 "우리는 의문을 제기하지 않았다."라고 말했다. "나온 것은 그냥 나온 것이다."

수년 동안, 샘은 인생을 비디오 게임처럼 살아가려 했다. 모든 만일의 사태에 대비하여 계획을 세우고, 락스타의 무법자 이미지를 만들고, 보수주의자들과 싸우고, 미디어를 관리하고, 게임에서 얼마나 많은 것을 저지를 수 있는지 정확하게 계획하면서 말이다. 실제 사람들, 그리고 그들의 복잡성, 감정, 예측 불가능성은 언제나 그에게는 좌절감의 원천인 것 같았다. 아무도 그처럼 게임을 믿지 않았다. 아무도 그처럼 그들을 위해 열심히 일하지 않았다. 아무도 그처럼 게임의 아름다움을 보지 못했다. 하지만 지금, 네덜란드의 어떤 게이머의 능숙한 행보로, 그 세심하게 건설된 세계는 산산조각이 났다. 이번 위기는 현실이었다. 이제 그것을 처리해야 했다.

핫 커피가 터지자, 락스타는 홍보팀에게 위기를 대비시켰다. 그로스는 이메일로 홍보팀에게 알렸다. "〈산 안드레아스〉 출시 버전에서는 제거되었던 일부 성적인 콘텐츠가 있습니다. 해제하는 과정에서 코드를 깊숙이 묻어두는 일이 있었습니다. 하지만 PC 버전이 공개되면서 모드 제작자(코드에 내용을 덧붙이거나 변경하여 독특한 일들을 일으키는 이들)들이 숨겨진 코드를 찾아 접근해, 출시된 버전에서는 제거된 성적인 내용을 공개했습니다. 그다음, 그 콘텐츠에 접근하는 방법을 다른 사용자에게도 게시물을 통해 알려 주었습니다."[주162]

곧 락스타의 모든 홍보와 마케팅 담당자들이 회의에 참석하게 되었는데, 그들은 테이블에서 의욕 넘치는 새로운 홍보 담당자를 만났다. 토드 주니가는 홍보 매니저로 락스타에 온 게임기자 출신 인사였는데, 새로운 홍보 담당자가 거의 군사전략 수준으로 홍보 전략을 펼쳐 보이는 것을 들으며 속으로 웃지 않을 수 없었다. 주니가는 부업으로 유머 사이트를 운영했는데, 이 스캔들이 부조리의 극치를 보인다고 생각했다. 핫 커피 장면을 보고 그는 "이 바보 같은 똥 짓거리를 좀 봐. 왜 이런 걸 넣었을까?"라고 여겼다. 더 심각한 것은, 이 새로운 홍보 담당자는 그에게 전혀 게이머처럼 보이지 않았으며, 주니가는 나중에 "한 시간 동안 아무 내용도 없이 말만 하는 것 같았다."라고 말했다. "왜 그를 데려왔을까요? 좀 이상했죠. 그들은 아무도 믿지 않아요. 그들은 모두가 바보인 줄 알아요."

주니가가 지시를 받은 대로, 전화벨이 울려도 받지 않았다. 그러나 한 발신자에게는 답을 해야 했다. ESRB의 팻 밴스. 아이벨러와 이야기를 나눈 뒤 그녀는 로엔스틴에게 전화를 걸어 소식을 전했다. 밴스는 "그들은 제3자 개조라고 주장했다."라고 말했다. 즉, 테이크투와 락스타는 그 콘텐츠가 디스크에 있는 것이 아니라 게이머가 재미로 만들어 온라인에 공개했다고 암시했다. 그러나 밴스는 락스타의 말을 그대로 받아들이지는 않을 작정이었다. "우리는 조사를 할 것이다"라고 그녀는 로엔스틴에게 말했다.

"해야 할 일을 하세요." 로엔스틴이 말했다.

2005년 7월 8일 밴스는 ESRB의 핫 커피에 대한 공식 조사를 알리는 성명을 발표했다. 그녀는 "ESRB 등급제의 무결성은 게임에 소비자들의 신뢰에 기초하고 있고, 그들은 게임에 무엇이 들어있는지에 대해 완전하고 정확한 정보를 받기 위해서 본 기관에 의존하고 있다."[163]라고 말했다. "이번 모드 수정을 둘러싼 모든 관련 사실에 대해, 철저하고 객관적인 조사를 거쳐서 규정 위반이 발생했다고 판단되면 적절한 조치를 하겠다." 그 조치가 무엇일지, 그들은 알지 못했다. 전례가 없었기 때문이다.

수사 소식과 함께, 핫 커피는 게임 언론을 강타한 역대 최대의 스캔들이 됐다. 이것은 마치 게임 업계의 워터게이트 사건 같아져서, 커피게이트라고 농담하는 이들도 있었다. 업계에서 가장 악명 높고

273

자기 보호가 강한 제작사가 주연이었다. 게임스팟이 보도했다. "오늘, 가장 인기 있는 게임 업계 소문이 아주 실제 스캔들로 판명될 조짐이 보였다."[주164]

그러나 락스타는 섹스 씬이 그들이 아니라 모드 제작자들의 창조물이었음을 암시하는 것처럼 보였다. 회사는 성명에서 "모드 제작 커뮤니티의 작업은 제조사나 ESRB의 범위를 벗어나기 때문에, 이번 조사 결과 게임의 원래 등급이 유지될 것이라고 자신합니다."라고 밝혔다.

게임스팟의 한 작가는 이날 락스타의 홍보 담당자에게 "락스타가 제작한 게임 디스크에 핫 커피 코드가 포함됐습니까?"라고 물었다.

"아니오."라고 홍보 담당자가 대답했다.

조사 소식이 전해지자 정치인들이 움직였다. 한 젊은 보좌관이 그의 상관인 캘리포니아 주 하원의원인 민주당 릴랜드 리 의원에게 핫 커피 모드 이야기를 전해 주었는데, 그는 미성년자에게 성인 등급 게임을 판매를 금지하는 법안을 지지하는 정치인들 가운데 하나였다. 이 의원은 "어처구니없다."라고 말했다. "여자와 성교하는 방법을 알려주다니. 아이들 손에 들어가서는 안 된다."

이 의원은 美 국립 미디어 가족 연구소와 함께, ESRB에 〈GTA: 산 안드레아스〉에다가 무시무시한 성인 전용 AO 등급을 붙이라고 요구했다. 게임을 재분류하거나 변경하는 것은 엄청난 일이어서, 락스타가 주요 소매점으로부터 게임을 금지당하는 것은 물론이고, 수천만 달러를 들여서 수백만 개의 출시 제품을 회수해야만 함을 의미했다. 이 의원은 폭력적인 비디오 게임이 미성년자에게 팔리는 것을 금지하는 법안으로 AB 450을 작성하고 있었다.

테이크투의 CEO인 폴 아이벨러는 스캔들을 따라잡기 위해 애썼다. "점차 통제 불능이 되어갔다."라고 그는 나중에 말했다. "정치인들에게는 금광이었다." 여기에는 대단한 아이러니가 있었다. GTA는 영국의 한 홍보 담당자에 의해 만들어진 스캔들이었는데, 미국으로 옮겨와서는 현실이 되어버렸다. 그런데 미국 밖의 사람들은 이것을 농담으로 보고 있었다. 유럽에 있는 아이벨러의 동료들은 그 장면에 대해 미국에서 제기되는 우려들을 믿을 수 없었다. 그는 "유럽 사람들은 웃고 있었다."라고 회상했다. "어떤 해커가 열어 재낀, 성적인 암시가 담긴 그래픽 따위로 걱정하고 있다고?"

이미 지친 테이크투 이사회의 마음을 편하게 가지기 위해, 아이벨러는 그들에게 "소매용 엑스박스나 플레이스테이션 콘솔에서는 이러한 모드를 돌리는 것이 불가능하다."라고 안심시키는 메모를 보냈다. 이는 그 장면이 디스크에 전혀 실려 있지 않다는 것을 암시했는데, 물론 거짓이었다. 다만 아이벨러가 당시에 얼마나 알고 있었는지 분명치 않았지만 말이다. 그러나 다음날 그의 후속 메모에는, 콘솔용 모드도 온라인에서 발견되었다고 명시되었다.

한편 네덜란드에서는 한때 조용했던 빌덴버그의 집이 발칵 뒤집혀 있었다. 코드를 공개하고 한 달도 안 돼, 핫 커피 모드가 100만 번 이상 다운로드 되었다. 네덜란드 TV가 그의 집 밖에서 진을 쳤다. 전 세계 언론의 전화로 쉴 새 없이 전화벨이 울렸다: CNN, 뉴욕 타임스, ABC 뉴스. 아이들이 노는 동안 부인은 당황했고, 곧 전화선을 뽑아버렸다. 빌덴버그는 이후 "우리는 무슨 일이 일어나고 있는지, 그것이 우리의 미래에 어떤 영향을 미칠지 몰랐다."라고 말했다. 예방 차원에서 그는 상사에게는 사정을 말했다. 상사는 만일의 경우를 대비해서 빌덴버그에게 그의 변호사들을 소개해 주었다.

AP통신이 락스타가 자신들은 디스크에 섹스 씬을 넣지 않았다고 부인한 내용에 대해서 질문을 건네자, 빌덴버그는 발끈했다. "만약 락스타가 그것을 부인한다면 거짓말을 하고 있다는 것이고, 나는 그것을 증명할 수 있다."라고 말했다. 그는 "내 모드는 게임에 아무것도 추가하지 않아요. 보여주고 있는 그 모든 콘텐츠는 이미 DVD에 기록되어 있었어요."

빌덴버그는 언론사뿐만 아니라 다른 모드 제작자들과도 싸웠다. 어떤 이들은 빌덴버그가 락스타를 꾸짖은 것에 분개했다. "진짜로, 패트릭. 그들을 더 깊이 파묻으려고 하는 건가? 게임이 AO로 재분류되는 건 정말 원치 않기 때문에 부인한 거잖아. 게임이 AO로 재분류되면 매출에 타격을 입게 되고 향후 게임에서 모드 쪽에 신경을 안 써줄거야."라고 한 유저가 게시판에 썼다. 그는 언론에 그 콘텐츠는 원래의 게임에 없었다고 말하자고 제안했다. "진실을 조금 굽히는 걸지도 모르지만, 락스타를 거스르는 것보다는 낫다."라고 썼다.

"R★가 혼자 갈 필요는 없다고 생각한다."라고 다른 모드 제작자도 동의했다. "극성 엄마들soccer moms이 게임을 금지하는 데에 성공한다면, 이것은 미국의 게이머들 모두의 문제라고."

빌덴버그는 "내가 락스타를 문제에 빠뜨리는 것은 절대 원치 않는다… 라고 말했지만, 만약 R★가 그 콘텐츠가 디스크에 들어있다는 것을 부인하면, 그들은 기본적으로 내가 처음부터 거짓말쟁이라고 (게다가 포르노 제작자라고) 말하는 격이다."라고 했다. 하지만 모드 제작자들은 결국 그를 설득했다. 빌덴버그는 단지 그의 삶과 취미가 돌아오기를 원했고, 락스타의 곁을 지키기로 동의했다. 그는 "다음에 기자가 질문할 때, 질문에 대답하는 대신 R★에 우호적인 말만 하겠다."라고 썼다.

모드 제작자들은 어떻게 하면 언론을 가장 화제 전환할 수 있을지에 대한 전략을 함께 세웠다. 한 사람은 언론을 샘의 오랜 라이벌인 일렉트로닉 아츠에게 붙여버릴 것을 제안했다. 그들이 알기로는, 모드 제작자들이 최근에 EA 게임인 심즈에서 등장인물이 벌거벗게 만드는 프로그램을 만들었다는 것을 알고 있었다. 그냥 그 점을 지적하면 어떨까. 비록 그것이 락스타가 섹스 씬을 게임에 넣는 것과 같은 범주는 아니었지만 말이다. 적어도 화제 전환은 될 것이다.

　뉴욕 타임스가 빌덴버그에게 인터뷰를 위해 이메일을 보냈을 때, 그는 자신의 어색한 영어가 상황을 망칠까 걱정하면서 당황했다. 그래서 그는 친구에게 그가 모드 제작자 포럼에서 "대단히 락스타 친화적인 답신"이라고 묘사한 글을 작성하게 했는데, 거기에는 심즈 건도 언급되어 있었다. 뉴욕 타임스는 빌덴버그의 발언이라면서, 다음과 같이 인용하게 되었다. "결국 그랜드 테프트 오토는 어린 아이용 게임이 아니고, 그에 상응하는 등급이 매겨져 있다."

　2005년 7월 11일, 뉴욕 타임스 기사가 나간 날, 빌덴버그의 전화벨이 울렸다. 지친 상태로 받았지만, 이번에는 언론이 아니었다. 전화를 건 사람은 자신이 락스타 게임즈 사람이라고 말했다. 빌덴버그의 가슴이 뛰었다. 그들이 그에게 무엇을 원하는 것일까? 그는 확인을 위해 이메일 주소를 요청했다. 아니나 다를까, 락스타 주소로부터 회신을 받았을 때, 그는 진짜라는 것을 알았다. 그가 다시 전화를 걸었을 때, 전화 건 사람은 빌덴버그에게 그의 웹사이트에 있는 발언, 특히 핫 커피는 게임이 수정되었을 때만 플레이할 수 있다고 말한 부분을 감사해했다. 아, 그리고 미리 귀띔해주고 싶어 했던 그들은, "내일 성명을 발표할 예정"이라고 말했다. "너무 걱정하지 않아도 됩니다."라며 말이다.

　빌덴버그는 한숨을 쉬며 전화를 끊었다. 그는 나중에 "개인적으로 별로 큰 파장이 없는 것, 날 고소하지 않는다는 데에 안도감을 느꼈다."라고 말했다. 다음 날, 락스타는 마침내 이 스캔들을 전면적으로 다루는 성명을 발표했다. 완전히 깔끔하게 터는 방법이 한 가지 있었다. 섹스 씬이 디스크에 담겨있지만, 삭제당한 상태이고, 출시할 의도가 없었다는 점을 명확한 언어로 인정하는 것 말이다. 락스타는 ESRB를 속이거나 세계 청년들의 정신을 오염시킬 의도가 전혀 없었다고 정직하게 말할 수 있었다. 그러나 그들은 솔직하게 말하는 대신, 모드 제작자들을 희생시키려는 모양이었다.

"지금까지 알아낸 바로, '핫 커피' 모드는 게임의 공식 버전에 담긴 장면들을 변경하는 데 상당한 노력을 기울인 단호한 해커 집단의 소행이었다."라고 발표문에 쓰여 있었다. "해커들은 소프트웨어 사용자 계약을 위반해 게임의 소스 코드를 분해하고 결합하고 재컴파일하고 변경하여, '핫 커피' 모드를 만들었다."라고 했다. '핫 커피' 장면은 고의적이고 중대한 기술적 수정과 게임 소스 코드의 리버스 엔지니어링 없이는 만들 수 없으므로, 소스 코드의 보안성을 높이고 '핫 커피' 모드에 의해 게임이 변경되지 않게 막을 방법을 현재 연구하고 있다."

인터넷 곳곳의 게임 사이트들이 그 대답에 주목했다. 인기 블로그인 코타쿠는 "락스타가 핫 커피를 만든 것을 공식 부인한다."라는 헤드라인 아래 "뭐 아주 명백한 입장이었다."[주165]라고 보도했다. "요약하면 다음과 같다. 우린 아무 상관도 없었다는 것이다. 이제 우리는 미국과 호주에서 이 모드에 대한 조사가 무엇을 발견하는지 지켜볼 것이다. 누가 진실을 말하고 누가 거짓말을 하고 있는지 판명하기는 쉬울 것이고, 그때가 오면 누군가는 엄청 곤경에 빠질 것입니다."

그러나 모드 제작자들은 사실을 알기에, 격분했다. 그들의 모든 노력에도 불구하고, 그들의 그간 충성에도 불구하고, 락스타가 이렇게 갚아준다고? "R★는 좆 같은, 지적장애인 집단이야."라고 온라인에서 한 모드 제작자가 썼다. "그들은 지금 모드 제작을 악마화하고 우리를 나쁜 놈으로 만들려고 하잖아. 존나 멍청한 짓이고, 존나 의미 없어."

"정말 그들은, 패트릭이 아니라도 우리 중 누군가라도 나중에 결국 그걸 발견하지 못했을 거라고 예상한 건가?"라고 핫 커피의 한 모드 제작자가 썼다. "이건 그냥 시간문제였어." 다른 한 명은 "완전히 거짓말을 하고, 내가 보기에는 패트릭을 깎아내리려 하고 있다."라고 썼다. 또한, 사용하지 않은 그 모든 콘텐츠를 게임에 남겨둔 일 때문에, 락스타에서 여럿 잘릴 거라고 확신해!"라고 썼다.

락스타에서도 사람들은 언론 보도자료에 놀랐다. "씨발 장난하는 거야?"라고 스코틀랜드에서 락스타 노스를 방문 중이던 포먼이 말했다. 핫 커피의 진상을 잘 알고 있는 그는, 보도자료를 "엄청난 계산 착오"라고 여겼다. 설득해서 변경하도록 만드는 수많은 시도가 무위로 돌아갔던 경험 덕에, 그는 지금 하우저 형제와 도노반을 데리고 이야기하는 건 무의미하다고 생각했다. 대신 그는 다른 게이머들을 보고 폭소했다. "우리가 무엇을 할 수 있었을까?"라면서 그는 "우리는 그저 둘러앉아 웃었다."라고 당시를 회상하였다.

"최고의 서면 보도자료는 아니었다." '핫 커피' 스캔들은 〈그랜드 테프트 오토〉에 대한 히스테릭하고 과장된 의혹을 모두 확인해준 셈이었고, 락스타의 홍보부서는 과거에는 브랜드 신비주의 구축에 묘한 재주를 보여 왔지만, 이번엔 오히려 분노를 증폭시키는 듯했다. 코리 웨이드는 나중에 말했다. "해커들에게 책임을 돌린 것은 엄청난 홍보 실패 사건이었습니다. 완전히 재앙이었죠…. 거짓말을 했습니다."

주니가도 동의했다. "그들은 이것이 해커들의 행동이라고 말도 안 되는 내용을 발표했는데, 완전히 우스꽝스러웠죠. 우리끼리 생각했어요. 이 회사는 거만한 영국인들이 경영하는데, 저따위 성명은 씨발 뭐야? 사실대로 말하는 게 어때?"

락스타의 게임 작업에는 급제동이 걸렸다. 광고와 홍보 계획에 대한 승인은 멈췄다. 스크린 캡처가 컴퓨터에 쌓여 결재를 기다리고 있었다. 성명을 발표하면서 홍보팀이 사용할 발언 내용이 추려졌다. 팀의 전략은, 보수주의자들이 게임 산업을 약화시키기 위해 세운 공격이라는 논리였다. 롤링스톤지에서 전화를 걸어 섹스씬의 제작자가 락스타 안에 있냐고 묻자, 홍보 담당자는 발끈했다. "회사 내에 있지 않다."라며, 잡지를 꾸짖기 시작했다. 그는 "이 사안과 관련해 우리가 우려하는 일 중 하나는, 게임 산업이 어떻게 돌아가는지 이해하지 못하는 사람들의 혼란을 가중시킬 수 있다는 것"이라고 말했다.

주니가는 락스타를 희생자로 포장하는 이 전략을 도저히 믿을 수 없었다. "그 사람들이 비디오 게임을 깎아 내리려 한다고요?" 하고 그는 미심쩍은 듯이 물었다. "게임 업계에 대한 공격이라고?" 그는 이것이 사실과 거리가 멀다는 것을 알고 있었다. 한 기자가 그에게 말했던 대로였다. "이 일은 게임 업계에 대한 공격이 아니야. 그저 당신들이 일을 망친 것뿐이야."

테이크투가 이사회를 달래고 락스타가 언론을 조종하기 위해 고군분투하는 동안, 락스타는 동시에 그들이 너무나 무자비하게 내쳐버렸던 모드 제작자들하고 부서진 관계를 복원하려고 노력했다. 2005년 7월 13일, 락스타에서 보낸 이메일이 뜻밖에 전 세계 모드 제작자들의 받은 편지함에 도착했다. 제목은 "기밀: GTA 모드 커뮤니티를 위한 비공개 성명". 한 모드 제작자는 답했다. "그들이 사적인 소통에서만 우리를 지지하고 싶어 한다는 게 조금 실망스럽다. 하지만 그건 아마 홍보문제 때문일 것이고, 아예 없는 것보다는 낫다."

이메일에 쓰인 내용은 다음과 같았다. "지금쯤 여러분 모두가 '핫커피' 모드를 둘러싼 언론의 분노를 알고 있을 것입니다. 오랫동안 비디오 게임을 비판해 온 사람들이 〈그랜드 테프트 오토: 산 안드레아스〉는 물론이고 비디오 게임 전반을 다시 공격하기 위해서 이 상황을 이용하고 있습니다. 비판론자들은 이 기회를 이용하여 그랜드 테프트 오토를 왜곡하고, 게임이 다른 형태의 미디어와 같은 대우를 받으면 안 된다고 주장합니다. 그러므로 우리는 그들의 주장에 대항할 수밖에 없었습니다. 게이머 커뮤니티에는 불행한 일이지만 일부 주류 미디어는 기술이나 뉴미디어를 잘 다루지 못하며, 특히 미묘한 디테일에 대해 잘 모릅니다. 우리가 게임을 방어하고 공식 소매 버전과 코드 변경 사이의 경계선을 강조하는 와중에도, 우리가 모드를 만드는 데 수반되는 창의성을 존중하고 존경한다는 점을 알아주시길 바랍니다. 모드 커뮤니티의 힘이 항상 〈그랜드 테프트 오토〉에 비판자보다는 팬이 더 많음을 증명해줍니다. 저희는 이번 기회를 틈타서 다시 감사함을 표현하고 싶습니다. 우리는 항상 모드 커뮤니티의 열정과 기술적 탁월함에 감탄할 것입니다. 여러분의 지지 노트에 감사드리며, 비판론자들의 개인적인 의제가 〈그랜드 테프트 오토: 산 안드레아스〉를 향한 여러분의 열정에 방해가 되지 않도록 해주셔서 감사드립니다.

우리는 언론이 그랜드 테프트 오토를 잘못 다루고 이 게임의 혁신적이며 예술적 요소들을 경원시한 것에 실망합니다. 하지만 가장 큰 문제는, 이런 기사들이 게임을 만들고 플레이하는 사람들과 그렇지 않은 사람들 사이의 격차를 벌리는 역할을 한다는 점입니다. 비판론자들은 이러한 논란을 일으켜 등급제를 훼손하고, 검열과 극단적 규제에 대한 대중의 욕구를 불러일으키고 있습니다. 사실, 비판론자들은 게임이 이제는 어른들이 주로 즐기는 오락 매체라는 사실을 무시하는 만큼 등급제가 존재한다는 사실 자체조차 무시합니다.

지지해주셔서 다시 한번 감사드립니다. 락스타 게임즈 올림."[주166]

성인 전용

Adults Only

21. Adults Only

ESRB 콘텐츠 설명문

나체 노출: 나체에 대한 직접적 또는 장시간 노출

부분적 나체 노출: 간접적이거나 미약한 나체 노출.

성적 표현: 성적 행위의 노골적이지 않은 묘사. 부분적 나체
　　　　노출을 동반할 수 있음.

선정적 주제: 성행위나 성에 대한 언급.

성폭력: 강간 등 폭력적인 성행위의 묘사.

강한 성적 표현: 성적 행위의 노골적이거나 또는 빈번한 묘사.
　　　　나체 노출을 동반할 수 있음.

　잭 톰슨이 핫 커피에 대해 들었을 때, 그는 컵에서 김이 오르는 모습 이상을 보았다. 피할 수 없는 스모킹 건을 찾은 것이다. 몇 년 동안 그는 게임 제작자들이 아이들에게 문제 있는 콘텐츠를 마케팅하는 것에 대해, 전장에 나서라고 북을 두들기는 모습으로 보였다. 핫커피가 실제 있으면 더는 추측 수준에 머물 수 없을 것이다. 만약 그 장면이 정말로 디스크에 있었다면, 그가 세상에 경고해왔던 그 모든 일이 갑자기 정당화될 것이었다. 이젠 그를 미쳤다고 할 수 없을 것이다. 그가 옳은 것이다.

　톰슨은 문화전쟁에서 오랜 우군이었던 美 국립 미디어 가족 연구소의 데이비드 월시에게 전화를 걸었다. 그러나 월시는 귀를 기울일

수록 더욱 의심스러워졌다.

월시가 우려를 표현하자 톰슨은 "내 말에 꼭 동의할 필요는 없다." 라고 대답했다. "저는 변호사고, 당신은 심리학자입니다. 당신은 연구만 하면 되고, 저는 이 게임들이 금지당하도록 알아서 하겠습니다." 톰슨은 그에게 핫 커피에 대해 빨리 움직이라고 재촉했다. 톰슨은 "데이브, 이건 큰 건이라고 생각해요. 그들이 이걸 집어넣었다면, 사기일 뿐 아니라 미성년자에게 성적인 내용을 유통한 것이니까요." 라고 말했다.

톰슨과의 이견을 제쳐두고, 월시는 핫 커피에 대해 이른바 '전국 부모님 경고문'을 발표했다. 그는 성명에서 "〈산 안드레아스〉는 이미 폭력적인 행동과 성적인 주제로 가득 차 있지만, 포르노적인 섹스 장면은 한층 더 넘어선 문제입니다."라고 경고했다. "13세, 14세, 15세 소년들이 이런 장면을 실제로 실행하도록 만드는 영향을 상상해보십시오."

그 뒤 톰슨의 전화벨이 울렸는데, 월시가 아니었다. 힐러리 클린턴 상원의원의 사무실에서 온 것이었다. "의원님이 핫 커피 관련 기자회견을 하고 싶다."라고 했다.

클린턴은 GTA를 모르는 사람이 아니었다. 지난 3월, 카이저 가족 재단에서 폭력적인 미디어가 아이들에게 미치는 영향에 대한 연설을 한 적이 있는데, 이를 '조용한 전염병'이라고 불렀다. 그녀는 GTA를 따로 지목하면서, "여성에 대한 모욕적인 메시지가 너무 많고 폭력적인 상상력과 활동을 장려하며 부모들을 두렵게 한다. 특히 창녀와 섹스를 하고 살해하도록 장려하는 게임이다. 바로 그 지점이 특히 넘기기 힘들다."고 말했다.

톰슨은 연설 직후 클린턴에게 메일을 써서, 싸움에 동참할 것을 촉구했다. 톰슨은 "저는 공화당원이고 당신은 민주당"이라고 썼다. "아시다시피 이것은 당파적인 문제가 아닙니다…. 상원의원님, 미 의회가 M등급 게임을 어린이들에게 판매하는 것을 금지할 때가 왔다고 믿고 있습니다. 그 목적을 위한 법안을 만들어 줄 것을 정중히 촉구합니다." 그는 클린턴에게 더 많은 콜럼바인 사고가 다가올 것이라고 경고했다.

클린턴이 도움을 요청하는 상황이 되자, 톰슨은 임무에 착수하여 그녀를 GTA의 골칫거리에 대해 교육했다. 대담해진 그는 테이크투와 소니 등 엔터테인먼트 소프트웨어협회 회원들에게 공개서한을 보내 그녀를 칭찬했다. 그는 "수백만 명의 미국 부모들은, 여러분 업계의 일부가 우리 아이들을 저당 잡아서 그랜드 테프트 이노센스*Grand Theft Innocence라고 해도 좋을 만한 짓을 벌이는 데에 상원의원님이 반격에 나서주어 감사할 것입니다."

클린턴은 연방거래위원회 의장에게 서한을 보내서, ESRB의 핫 커피에 대한 조사를 칭찬했다. "우려스럽게도, 아직 아무도 이 콘텐츠의 출처를 모르는 것 같습니다."라고 썼다. "…이제 매우 사실적인 그래픽으로 상호작용적 형식의 음란한 성행위 시뮬레이션을 허용하고 있는 게임이, 전국의 청소년들 손에 들어갔다는 사실에 우리 모두 깊이 동요해야 합니다."

리버만 의원은 이 스캔들을 더 자세히 조사하기 위한 독립적 수사를 요구했다.

클린턴은 폭력적이고 성적으로 노골적인 비디오 게임을 어린이들에게 판매하는 것을 금지하는 법안을 도입했다. 위반하는 소매점은 5천 달러의 벌금을 부과하는 방식이었다. 클린턴은 이후 "그랜드 테프트 오토 및 비슷한 여타 게임에 있는 충격적인 내용은, 우리 아이들의 순수함을 빼앗아가며 부모라는 어려운 일을 더욱 어렵게 만들고 있다."라고 말했다. "오늘 이런 조치를 발표하게 된 것은, 우리 아이들이 성인용 등급의 비디오 게임을 통해 음란물과 난폭한 폭력적

---

* 그랜드 테프트 오토의 의미를 패러디.

내용에 접근할 수 있는 능력이 통제 불능으로 커지고 있다고 믿기 때문이다."

ESRB의 밴스는 클린턴을 만나기 위해 워싱턴으로 달려가, 이 기회를 통해 등급 제도에 대해 대중에게 교육해달라고 독려하고자 했다. 밴스가 도착했을 때, 그녀는 10분 정도 시간이 있을 거라고 들었다. 그녀는 ESRB의 노력과 등급 시스템에 대한 소책자를 클린턴에게 건네면서 능숙한 솜씨로 성실하게 발표를 진행했다. 클린턴은 끝까지 침묵을 지켰고, 몸을 뒤로 젖히며 자신은 그저 아이들을 보호하고 싶을 뿐이라고 말했다. 그리고 그녀가 일어나서 떠나면서 회의는 끝났다.

밴스는 아연실색했다. "클린턴이 장벽을 세우다니 놀라운 일이었습니다."라고 회상했다. "그녀의 지적 능력을 고려할 때, 실망스러웠죠." 그러나 밴스는 게이머에게도 그만큼 책임이 있다고 느꼈다. 밴스는 "정치적으로 이것은 너무 편의적인 도덕 문제라서, 유권자들로부터 부정적인 여론을 받지 않는다."라고 덧붙이며 게이머들에게 과제를 주었다. "비디오 게임의 소비자들은 이러한 소동에 대해 목소리를 내지 않았다."라고 밴스는 말했다. "소비자들은 상원의원들에게 전화를 걸어 이런 허튼짓은 그만하라고 말하지 않았죠."

클린턴의 입법 요구와 함께, 월시와 톰슨은 테이크투가 핫 커피에 대한 진실을 완전히 밝히도록 추진했다. "나는 테이크투에 도전장을 내밉니다. 우리에게 말하십시오: 그것은 디스크에 들어있습니까, 들어있지 않습니까?" 월시가 기자들에게 말했다. 몇 시간도 안 되어 월시의 전화벨이 울렸다. 전화를 건 사람은 신원을 밝히지는 않았지만, 게임 업계에서 일했고 핫 커피에 대한 내부 정보를 갖고 있다고 말했다. 수수께끼의 인물은 말했다. "월시 박사님, 디스크에 있다고 장담할 수 있습니다."

월시는 갑자기 마치 스파이 영화에 출연한 느낌이었다. 그의 심장은 그 신비한 전화를 끊은 지 오랜 후까지 쿵쾅거렸다. 이 팁으로 그는 미니애폴리스에서 코드를 풀 만한 컴퓨터 전문가를 찾아 샅샅이 뒤지기 시작했다. 마침내, 그는 걱정이 많은 부모이자, 기꺼이 돕겠다고 말을 하는 해커를 만났다. 해커는 그에게 "이렇게 하는 겁니다. 리버스 엔지니어링이죠."라고 말했다. "그게 무슨 뜻인지도 모르겠어요!" 윌시가 말했다.

해커는 2천 달러에 그 일을 하겠다고 말했다. 윌시가 동의했다. 이틀 후 해커가 다시 전화를 걸었다. 해커는 "디스크에 들어있다."라고 말했다.

윌시는 ESRB가 자체 조사를 하고 있다는 것을 알고 있었고, 즉시 뉴스를 내보내기를 열망했지만, 그의 변호사가 그러지 말라고 충고했다. "하지 마세요."라고 그의 변호사가 말했다. "다이너마이트를 가지고 노는 격입니다. 절대적으로 확실해야 합니다. 익명 제보자의 말만으로 움직일 수는 없습니다. 두 번째 독립적인 검증절차가 필요하고, 그다음에야 공개하라고 조언해드릴 수 있습니다."

윌시는 당황하며 전화를 끊었다. 그는 또 다른 해커에게 돈을 지급할 형편이 되지 않았기 때문에, 돈이 덜 드는 대안을 생각했다. 베스트바이 매장의 테크 지원팀인 긱 스쿼드Geek Squad였다.

윌시는 미국 주요 게임 소매상 가운데 하나였던 베스트 바이가 〈GTA: 산 안드레아스〉의 잠재적 등급 재분류에 이해관계가 많이 걸려있으리라고 추측했다. 그래서는 누군가 자신에게 무료로 도울 수 있는 사람을 긱스쿼드에서 찾을 수 있을지 모른다고 생각했다. 윌시는 긱스쿼드 직원에게 전화로 "제가 알고 있는 바는 이겁니다."라고 말하며 스캔들에 대한 정보를 나누어줬다. "관심 있나요?" 직원은 시큰둥하게 윌시에게 답신을 주겠노라 말했다.

그러나 그럴 필요는 없었다. 뉴욕, 테이크투에서 아이벨러의 전화가 울렸다. ESRB가 조사를 끝냈다고 말한 사람은, 밴스였다. "올라

오셔야 합니다."라고 그녀가 말했다. "만나야죠." 그가 이유를 묻자, 밴스는 락스타에서는 부인했지만 핫 커피가 실제로 디스크에 있다 추측된다고 말했다. 아이밸러는 놀란 듯한 말투였다. 밴스는 직원들이 아이밸러에게 다르게 말했으리라고 생각했다.

"우리에게 두 가지 옵션이 있다."라고 밴스가 설명했다. "한 가지는 등급을 취소하는 성명서를 내고, 기본적으로 소매상들은 제품을 반송하고, 제품은 절판처리 되는 거죠. 그게 아니면, 등급을 취소한다는 성명을 내고, 테이크투가 이러이러한 조처를 하고 있다고 알리는 것이죠." 밴스는 두 번째 옵션을 선호했는데, 이것은 소매업자가 아니라 퍼블리셔가 책임을 지게 되는 방식이었다.

락스타는 싸움에 임했다. ESRB는 이전까지 모드에 근거해 게임의 등급을 매긴 적이 없다고 샘과 다른 사람들은 주장했고, 이제 와서 그럴 이유가 없었다는 것이었다. 그들은 M에서 AO로의 등급 재산정을 받아들이지 않았다. 밴스는 그들에게 "좋다"고 말했다. "여러분은 우리에게, 등급 부여를 몰수한다고 보도자료를 내는 방법 외에는 선택지를 주지 않을 겁니다. 우리는 그렇게 하고 싶지 않지만요." 그녀는 나중에, 락스타의 "오만"을 믿을 수 없었다고 말했다. "락스타는 ESRB가 그럴 권리가 없고, 락스타는 있다고 말했다."

부인할 수 없이 아이러니한 일이었다. 수년간, 샘은 그의 게임을 더 어른스럽게 만들려고 노력해왔다. 이제 그는 소원을 성취했지만, 의도한 데로는 되지 않았다. 2005년 7월 20일, 학부모 TV 위원회라고 불리는 한 미디어 감시 단체가 〈GTA: 산 안드레아스〉에 대한 리콜을 요구한 지, 하루도 채 되지 않은 날, ESRB는 그 조사 결과를 발표했다.

밴스는 "철저한 조사 끝에 게임의 세 가지 플랫폼 버전 모두 (즉 PC CD-ROM, 엑스박스, PS2)의 최종 디스크에서 성적으로 노골적인 소재가 완전히 렌더링 되어 수정되지 않은 데이터로 존재한다는 결론을 내렸다"[주16]고 밝혔다. "하지만, 락스타는 이 데이터에 플레이어가 접근할 수 없도록 프로그래밍했고, 결코 접근할 수 있게 의도한 것이 아니라고 말했다. 이 데이터는 락스타의 허가를 받지 않은 독립된 제3자에 의해 만들어진 소프트웨어 패치를 다운로드해야만 접근할 수 있는데, 이 패치는 현재 인터넷과 콘솔 액세서리를 통해 자유롭게 얻을 수 있었다. 최종 디스크에 있는 미공개지만 관련성 높은 콘텐츠의 존재, 그리고 제3자 수정 파일의 광범위한 배포라는 복합적 문제를 고려할 때, 초기 ESRB 등급의 신뢰성과 효용성이 심각하게 훼손되어 있다."

그렇게 해서 끝났다. 전례가 없는 조치였다. ESRB는 락스타에게 〈그랜드 테프트 오토: 산 안드레아스〉의 판매를 전면 중단하라고 명령했다. 〈산 안드레아스〉는 이제 성인 전용AO이라는, 새로운 등급을 받게 되었다.

22장

체포!

Busted!

22. Busted!

야후 지식인 〉게임과 레크리에이션 〉비디오 및 온라인 게임

질문:

방금 PS2에서 〈GTA: 산 안드레아스〉를 플레이 시작함. (내가 시대에 뒤떨어진 건 앎)··· 죽거나 체포당한 다음에는 뭘 해야 함? 어디 도망가야 함? 미리 땡큐.

채택된 답변:

죽거나 체포당하면: 시간이 6시간 지나감. 경찰이나 간호사 여자친구와 사귀지 않았으면, 무기 일체와 100달러를 잃음. 죽으면 최대 체력이 다소 감소하는데, 약 0.1%쯤? 체포당하면 신뢰도 수치는 높아지는데, 이것도 얼추 비슷한 정도로 쪼끔 높아짐. 임무 수행 중에 죽거나 체포당하면, 임무는 실패하고 처음부터 다시 수행해야 함. [주168]

태양이 내리쬐는 2005년 여름, 샘은 더위를 피하러 가고 싶은 장소를 알고 있었다. 갠더 마운틴. 갠더 마운틴은 뉴욕주 북부에 있는 통나무 오두막 모양의 가게였는데, 그와 댄이 매수한 시골 별장에서 멀지 않은 곳에 있었다.

미국으로 이주한 지 7년 가까이 지났지만 샘은 여전히 이 나라의 경이로운 과잉에 경탄했는데, 이 야외용품 가게는 그중에서도 다시 없을 만큼 놀라운 과잉이었다. 갠더 마운틴은 영화 [서바이벌 게임

Deliverance]의 소품 창고처럼 보였다. 위장 패턴 페인트볼 안면 마스크, 접이식 화장실, 배터리로 작동되는 토끼 모양의 미끼 표적. 뒤쪽에서 무언가가 샘의 눈길을 사로잡았다. M16 라이플이었다. 그가 나중에 회상했다. "아니 잠깐만. 월마트는 우리 게임을 매대에서 빼버리려고 하는데, 이 가게에선 펌프 액션 총이나 글록 권총 같은 걸 살 수 있다고? 이해가 안 돼."[주169]

상관없었다. 핫 커피의 끔찍한 후폭풍이 시작되었었다. ESRB가 〈GTA: 산 안드레아스〉를 성인 전용 AO 등급으로 재 등급화합에 따라, 월마트, 타겟, 베스트바이, 서킷시티는 매장에 진열되어 있던 GTA를 철수시켰다. 베스트바이 대변인은 "ESRB와 협력할 필요가 있다는 메시지가 제조업체들에 잘 전달되었기를 바란다."라고 말했다. 락스타는 이제 게임에서 섹스 장면을 제거하고 디스크를 다시 발매해야 M등급을 받을 수 있게 되었는데, 그 과정이 최소한 가을까지는 걸렸다. 월마트만 해도 게임 매출의 20%를 차지했기에, 그동안 큰 손실을 볼 터였다. 테이크투가 리콜을 수정하고 게임 등급을 다시 받는 데에 사용하게 될 비용을 다 합하면 2,500만 달러에 이르렀다.

테이크투는 체면을 차리려고 노력했다. CEO 아이벨러는 "허가받지 않은 수정본이 언론의 주목을 받으면서, 유수의 상을 받은 본 게임이 대중에게 잘못 전달되고 창의적인 장점들이 무시당하고 있는 문제에 대해 깊이 우려하고 있다."라고 말했다. 그러나 락스타가 세상에서 가장 유서 깊은 문제 때문에 걸렸다는 사실을 외면할 방도가 없었다. 바로 망쳐놓고 몰래 숨겨두기 말이다.

2005년 7월에, 소니, 닌텐도를 비롯해 주요 퍼블리셔 대표들로 구성된 ESRB 이사회가 그 파장을 논의하기 위해 모였다. 밴스는 회의실 가득 락스타에게 화가 난 얼굴들을 맞이했는데, 그들이 화난 이유는 밴스의 표현에 따르면 "락스타가 벌여놓은 난장판을 뒷수습해야"만 했기 때문이었다. 핫 커피는 수년간의 로비와 대중 교육의 노력을 망쳤다. 밴스는 등급제를 강제할 권한을 강화해달라고 호소했지만, 정치적 후폭풍이 거세졌다.

메리 루 디커슨 워싱턴주 하원의원은 로스앤젤레스 타임스와의 인터뷰에서 "테이크투 인터랙티브는 미국 전역의 비디오 게임 산업 평가 위원회와 학부모들을 의도적으로 속인 것 같다."[주17]라고 말했다. 그녀는 "이 나라에서 가장 많이 팔린 게임인 〈GTA: 산 안드레아스〉가, 지금 수천 명의 아이 손에 들어가서 인터랙티브 포르노를 실행하게 한다. 법적인 대가를 치러야 한다…. 그 회사가 은행 잔고를 확인하며 웃음을 머금지 못하도록"이라고 말했다.

2005년 7월 26일, 테이크투에 또 다른 폭탄이 떨어졌다. 연방거래위원회의 조사를 받는다는 것이었다. 하원은 355 대 21의 표결로 '성인 전용'이라는 꼬리표를 피하고자 의도적으로 등급 위원회를 속이는 등 사기 행각을 벌였는지 아닌지를 연방거래위원회에서 확인해달라는 결의안을 통과시켰다. 연방거래위원회의 소비자 보호국 국장은 과징금을 부과하겠다고 위협하며, 이를 "심각하게 우려되는 문제"라고 했다.

락스타를 쫓는 것은 연방 기구만이 아니었다. 이어 7월 27일에는, 뉴욕 브롱크스 출신의 85세 플로렌스 코헨이라는 할머니가 회사를 상대로 민사소송을 제기했다. 코헨은 14세 손자를 위해 게임을 샀으며, 숨겨진 섹스 장면을 알게 된 후 환불받고 싶다고 했다. 허위 광고와 소비자 기만행위에 대한 불특정 액수의 피해보상도 함께 요구했다.

핫 커피가 영국과 다른 국가에서는 큰 논란을 상당히 피해갔지만, 호주에서는 등급 조사위원회가 등급을 취소한 후 판매, 광고, 유통을 불법으로 규정했다. 캘리포니아, 미시건, 일리노이 등 여러 주에서, M 등급 게임의 미성년자 판매를 금지하려는 투쟁을 강화했다. 릴랜드 이Leland Yee 의원은 락스타에 대해 "산업 전체가 이런 국면을 맞이하게 만든 건 바로 그들이다."라고 말했다. "락스타는 우리에게 거짓말을 했다." 56세의 이 의원은 자신을 수정헌법 1조의 수호자라고 불렀지만, 비디오 게임에 대해서만큼은 선을 그었다. 탁구와 팩맨의 차이도 구분 못 했지만 말이다. 그는 "제가 대학원에 다니던 시절에는 컴퓨터에 여전히 전구가 달려있었습니다."라고 말했다. "저는 핑퐁을 플레이하곤 했습니다. 있잖아요, 어떤 녀석이 공을 먹고 돌아다니는 게임."

2005년 10월 9일, 걸스카우트들에 둘러싸여 〈포스탈Postal〉과 〈맨헌트〉 같은 구식 비디오 게임이 돌아가는 테이블 뒤에 앉은 아놀드 슈왈츠제네거 캘리포니아 주지사(자신도 폭력적인 터미네이터 게임 시리즈의 주인공이었다)는 18세 이하 누구에게도 폭력적인 비디오 게임의 판매를 금지하는 법안인 AB 1179를 제정했다. 새로운 법안에 따르면 베스트바이와 월마트와 같은 소매업체는 위반 시마다 1,000달러의 벌금을 물게 되었다.

그 논란은 게임이라는 미디어에 대한 편견을 다시 한번 강화했다. 정치인들은 아이들이 게임을 현실과 혼동한다고 조바심을 냈지만, 정치인들이야말로 두 세계를 구분하는 데 있어서 게임 플레이어들보다 더 어려움을 겪는 것 같았다. 그들은 마치 게임 플레이어가 실제로 범죄를 저지르는 것처럼 게임에 대해 말했다. 샌프란시스코에 본사를 둔 비영리단체로 법안의 법적 근거를 제공한 커먼센스 미디어의 최고경영자 제임스 스타이어는 "당신은 누군가를 강간하는 사람이다. 당신은 자동차 뒷좌석에서 성매매 여성의 서비스를 받는 사람이다."라고 말했다.

다음 달 11월에는 클린턴과 리버만이 가족 오락 보호법을 도입했는데, 이 법은 무엇보다도 어린이에게 M 등급 게임의 판매를 금지하고 게임 산업의 등급제도와 소매업체의 시행 정책에 대한 정부의 감사를 허용하도록 했다.

반발이 거세지자, 인정받는 게임 디자이너 워렌 스펙터Warren

Spector*가 몬트리올 게임 개발자 컨퍼런스 무대에 올라 게임 업계에서 이전에는 거의 하지 않던 일을 했다. 바로 락스타와 GTA를 상대로 반격한 것이다. "GTA는 궁극적인 도시 깡패질 시뮬레이션이며, 그 사실은 부인할 길이 없다."[주171]라고 그는 말했다. "하지만 나는 그들이 천재적인 디자인 실력을, 문화를 타락시키는 방식 대신 풍요롭게 만드는 쪽으로 썼으면 좋겠다. 우리는 지금 문화적 표적의 한 가운데에 놓여있다."

게임 전문지인 게임 데일리의 사설도 이 같은 정서를 반영했다. "미국의 비디오 게임 산업은 문화전쟁에서 패배하는 길을 착실히 가고 있다."[주172]라고 경고했다.

"게임들이 전례 없는 상업적 인기를 누리는 시점에서 이런 일이 일어난다는 현실이 너무나 이해하기 힘들 따름이다."

계속해서 락스타를 향한 적대적인 기세는 멈추지 않았다. 심지어 로스앤젤레스시조차 락스타가 기만적인 마케팅과 불공정한 경쟁으로 캘리포니아주의 사업 규정을 위반했다고 주장하며 테이크투에 대해 소송을 제기했다. "탐욕과 속임수가 〈그랜드 테프트 오토: 산 안드레아스〉 스토리의 일부분이다."라고 LA시측 변호인이 말했다. "그런 의미에서, 그 퍼블리셔도 그 스토리 속 캐릭터들과 크게 다르지 않다."

코니 아일랜드에서 네온 핑크빛 대관람차가 천천히 도는 동안, 뉴욕시에는 어둠이 내렸다. 지하철 객차 한 대가 갱단이 모여 있는 근처의 역으로 천천히 들어왔다. 마치 영화 [워리어스]의 첫 장면처럼 보였지만, 정확히는 그렇지 않았다. 샘이 가장 좋아하던 어린 시절의 영화를 비디오 게임 버전으로 만들기 위해 락스타가 애정을 기울여 렌더링하고 촬영한 재현 영상이었다. 2005년 10월에 출시될 예정이

---

* 울티마 시리즈와 윙커맨더 시리즈, 시스템 쇼크를 만든 게임 디자이너.

었던 이 게임은, 플레이어가 워리어스 갱단의 새로운 멤버가 되어 영화에서 그대로 가져온 상황과 장면 속에서 라이벌 폭력조직들과 싸우면서 출세하는 내용이었다.

락스타의 캐나다 스튜디오인 락스타 토론토에서 아티스트와 프로그래머 50명으로 이루어진 팀이 이 게임을 위해 4년 동안 노력해왔다. 샘과 댄에게 있어서, 그것은 마치 어린 시절 꿈에서 환상의 세계를 가져와 현실로 만드는 느낌이었다. 샘은 기꺼이 그의 게임 속 가상 세계로 후퇴했다. 실제 생활에 찌든 느낌보다는 무엇이라도 좋았다. 부시 대통령이 머리 위를 날아가는 동안 뉴올리언스에서 사람들이 익사하고 있는 판에*, 연방 기구들이 기껏 우리를 잡으러 다닌다고? 어느 날 샘이 댄에게 말했다. "그들이 우리를 잡으러 온다. 우리가 뭘 하든 우리 목을 조를 거야. 그들은 신경도 안 써. 이건 미친 짓이야. [매드맥스2]에 나오는 어린애처럼, 톱니 달린 부메랑을 던져대고 있어."[주172]

샘은 또한 지금까지 가운데 가장 자전적인 게임인, 〈불리Bully〉**를 감독하고 있었다. 락스타 밴쿠버에서 개발한 이 게임은, 불워스 아카데미라는 기숙형 사립학교에서 제임스 "지미" 홉킨스라는 대머리에 통통한 문제아 신입생이 벌이는 모험이었다. 학교 문장이 새겨진 교복스웨터를 입고 선생님, 학생과 싸우는 그 지미는, 세인트 폴 학교에서 뛰어나왔다고 해도 이상하시 않았나. 지미가 제목의 그 '불리'는 아니었다. 지미는 악취 폭탄과 감자 총으로 불리들을 막아내는 약자였다. [아웃사이더], [호밀밭의 파수꾼], 그리고 [아직은 사랑을 몰라요Sixteen Candles] 같은 작품에서 따와서 고등학교 환경의 원형을 만든 게임이었다. GTA 플레이어가 게임 진행을 위해 마피아, 야쿠자, 삼합회의 환심을 사야만 했던 것처럼, 불리의 플레이어는 찌질이

---

* 2005년 허리케인 카트리나.

** 괴롭히는 놈 혹은 일진.

들, 운동부들, 도련님들을 끌어들여야 했다.

그러나 락스타 내부에서 개발자 집단은 이제 그다지 친하지 않았다. 업계의 반란군이라고 자칭한 지 몇 년이 지난 지금, 실제로 무법자 취급을 받는 현실은 그렇게 멋지게 느껴지지 않았다. 직원들은 사무실 책상에 조용히 웅크리고 앉아 키보드를 두드렸다. 테이블 축구와 오락실 게임기에는 먼지만 쌓이고 있었다. 락스타가 스캔들을 언론과 구체적으로 논의하기를 거부했기 때문에 홍보팀원들은 여전히 손가락만 만지작거리고 기다리고 있었다.

댄은 〈워리어스〉를 홍보하기 위해 뉴욕 타임스와 대화하기로 했지만, 핫 커피에 대해서는 언급하지 않았다. "물론, 사람들이 여러분이 하는 일을 이해하고 싶어 하지 않고 배우려 하지 않을 때는 좌절감을 느끼게 됩니다."[주174]라고 댄은 말했다. "우리 게임 중 아무 게임이든, 그 게임을 해보고 경험하고 생각해 봤다면야, 비판하고 싶어 해도 당연히 환영합니다. 하지만 많은 사람이 심지어 해보지도 않고 비판하는데, 매우 좌절하게 되죠. 상대적 무지 속에 살면서, 우리가 하는 일에 대한 무서운 이야기만 듣는 인구가 많습니다."

침묵의 우산*이 회사를 감싸는 모습을 예전 팀원들은 절망에 빠진 채 지켜보았다. 아직도 자신의 액션 게임 〈크랙다운〉을 작업하고 있던 데이브 존스는, "핫 커피를 그대로 두는 건 위험한 일이었고, 그들은 그렇게 하기로 선택했다."라고 생각했다. 전 BMG 인터랙티브의 수장이자 현재 유럽 캡콤의 전무이사인 게리 데일은, 락스타가 질문에 대한 답변을 거부하는 태도가 문제를 악화시킬 뿐이라고 생각했다. "그것이 오히려 상황을 악화시켰습니다. 누군가가 공개적으로 논의에 들어와서 초기에 싹을 잘랐어야 했죠. 그 대신, 표류하고 표류하도록 내버려 뒀습니다."

이면에서는 퍼블리셔 담당 브랜트 이사가 나서지 않았다고 탓하는

---

* 드라마 겟 스마트에서 나오는, 도청 방지를 위한 고깔 모양 장치.

이들도 있었고, 여러 악재로 락스타는 혼란에 빠졌다. CEO 아이벨러는 "샘은 극도로 좌절했다."라고 회상했다. "샘은 자신이 직접 지목되어 욕을 먹고 있다고 느꼈고, 다른 게임에는 다른 기준이 적용되고 있다고 보았다. 정치적 논쟁에 가까웠다."

킹은 "확실히 회사에 많은 영향을 미쳤다."라고 회고했다. "산만해지고, 시간 낭비에, 성장 기세는 둔화되고, 주요 자원도 다른 데로 돌려야 했죠." 결국, 그들이 그렇게 무적은 아니었던 것뿐이다. "제게는, 미국의 도덕과 역사에 대한 교육이었습니다. 아마도 핫 커피가 그걸 상징했던 거죠."

샘은 자신의 미션을 고수하면서 문화 전사들을 떨쳐내느라 수십 년을 보냈지만, 핫 커피는 그를 갉아먹고 있었다. 어떤 의미에서는 자신의 업적이 공격당하는 느낌이었다. "나는 그 게임이 핫 커피로 기억되는 것을 원하지 않는다."[주175]라며, 샘은 나중에 "게임의 정말 아름다운 결과물들은 가려지고, 그저 다른 무언가로만 알려졌다."라고 말했다.

수년 동안, 비디오 게임 비판론자들은 단순히 게임 안티 정도로 치부할 수 있었다. 그러니까, 현실과 동떨어진 정치인과 부모들 말이다. 거의 프로이트적이었다. 안티들은 엄마와 아빠를 나타냈다. 그러나 핫 커피 이후로, 아무리 잘못된 내용이더라도 선정적인 미디어가 GTA와 연관을 지어놓은 살인과 상해가 누적된 가운데 무언가가 달라졌다. 어느 날 아침 브로드웨이 사무실 밖에서 군중들이 외치는 구호 소리에서 어느 때보다 그 변화가 분명해졌다. "헤이, 헤이, 호, 호." 시위대가 소리쳤다. "락스타는 꺼져라!"

락스타 직원들이 창밖으로 내려다보았을 때, 밖에 보이는 것은 이전에 보았던 중년의 고집불통 떼거리가 아니었다. 그들은 처음 본 앳된 얼굴의 아이들이 벌떼처럼 모여 있는 걸 보았다. 주로 흑인인 어린이 150여 명이, "락스타 게임즈를 기소하라. 범죄자다." "락스타에게 수갑을 채워라. 청소년에게 말고." 같은 구호를 적은 수제 팻말을 들고 있었다. 평화중독자라고 불리는 시위대는 락스타에 반대하는 집회를 열기 위해 워싱턴 D.C에서부터 왔다. "이 게임들이 우리 어린이들을 범죄자가 되도록 훈련 시키고 있습니다."[주176]라고 모임의 어떤 지도자가 ABC 뉴스에 말했다. "우리 아이들은 킬러, 살인범, 강간범, 마약 복용자, 마약상이 되도록 훈련을 받고 있습니다."

인파가 몰려들자 아직 출근 전인 락스타 직원은 안전을 위해 뒷문을 통해 건물로 들어가라는 권고를 받았다. 시위대를 이끄는 이는 낯익은 백발의 사내였다. 하얀 와이셔츠에 파란 넥타이를 맨 그는, 등 뒤에서 아이들이 춤을 추는 와중에 확성기를 들고 구호를 외쳤다. 잭 톰슨이었다.

많은 비디오 게임의 마지막에는 보스 레벨이 있어서, 주인공과 가장 인상적인 적과 맞대결을 벌인다. 그러나 톰슨이 락스타에게 누군가 내려와 만나자고 요구했을 때, 아무도 오지 않았다. 그에게 락스타는 겁쟁이였다. 그는 자신이 게임을 증오하는 자가 아닌 그는 사랑을 위해 싸우고 있다 믿고 있었다. 더 높은 권능에 대한 사랑. 그의 아들 조니에 대한 사랑. 여기 그를 둘러싼 아이들을 위한 사랑. 이제, 누가 주인공이지?

괴롭히기
Bullies

23. Bullies

수배 레벨

★★★★★★

"내가 씨발, 너 죽여 버릴 거야!!!"

톰슨에게 온 이메일은 그렇게 적혀 있었다. 핫 커피에 대해 승리한 뒤, 익명의 게이머로부터 받은 이메일이었다. "나는 비디오 게임이 존나 짱이고, 내 인생 전부라고 생각한다. 그걸 모욕하는 건, 내 일생이 완전 쓰레기라고 하는 거나 마찬가지라고. 그래서 선생님, 내가 씨발 너 죽여 버릴 거야!!!"

톰슨의 받은 편지함에 있는 살해 위협은 이것만이 아니었다. "모든 사람이 당신을 미쳤다고 생각한다." 또 다른 메일이 말했다. "별명이 '미친놈 잭놈Wacko Jacko'인 이유가 그거고, 당신은 성추행범이나 똑같아. 그러므로 넌 게이야. 난 니가 싫고, 니가 잔인하게 살해당하면 세상이 더 좋아질 거야." 그리고 또 다른 것도 있었다. "이것은 스팸이 아닙니다. 당신이 총에 맞아 고통스럽게 죽을 때까지 같은 내용으로 수천, 또 수천 개의 이메일을 계속 보내는 건 시민으로서의 제 권리입니다."

비록 톰슨이 자신을 신의 사명으로 힘을 얻은 종교적인 십자군이라고 생각했지만, 그는 죽을 수 있는 존재이고, 게다가 자식이 있는 아버지였다. 이러한 위협을 가볍게 여길 수 없었다. 락스타 게임즈에서 시위하기 몇 주 전, 그는 예상 밖의 동맹군에게 도움을 구했다. 게임 언론이었다. 그는 살해 위협 내용을 '게임스팟'에 전달했는데, 편집자들은 그의 말을 믿지 않았다. "미쳤어요?"[주17] 톰슨이 반격했다. "사람들이 나를 죽이겠다고 협박하고 있다니까요."

톰슨은 더욱 높은 권력에게 향했다. 클린턴과 리버만. "〈그랜드 테프트 오토: 산 안드레아스〉를 상대로 성공을 거둔 뒤 지난 며칠 동안, 여러 비디오 게이머들이 저를 살해하겠다고 협박하고 있습니다."라고 상원의원들에게 서한을 보냈다. "제가 광장 시위에 참여했다고 그 보복으로 살해 위협을 받는 것은, 데이비드 월시 박사를 비롯한 심리학자들이 의회에서 증언했듯 폭력적인 비디오 게임이 플레이어의 태도를 변화시키는 효과가 있다는 점을 무척 설득력 있게 증명하고 있습니다."

톰슨은 양치기 소년이 아니었다. 나중에 텍사스에서 한 16세 게이머가 톰슨을 괴롭힌 혐의로 기소되었다. 톰슨은 이 소년에 관한 이야기를 여러 단체에 메일을 보내며 게임 플레이어와 게임 혐오자 간의 전쟁에서는 이런 일이 일반적이라고 적었다. "전달자를 저격하는 게 비디오 게임 업계의 전략입니다. 이번에는 텍사스에서 체포된 덕분에 효과를 보지 못했습니다. 오히려 역효과였죠."[주178]

그러나 그게 전부는 아니었다. 수많은 토크쇼, 수많은 단체 메일, 폭력적인 게임에 대한 많은 소송과 비난이 이루어진 지금, 톰슨은 문화전쟁에서 새로운 상대와 싸우고 있었다. 샘이 게임 혐오자들에게 포위된 것처럼, 그 또한 게임 플레이어들에게 당하고 있었다. 포럼과 게시판에서 "잭 씨발 비디오 게임 살인마!"라든지 "이 남자는 미친놈 인증!" 같은 제목으로 불붙기 시작했다. 그리고 나서는 그를 비난하는 '잭 톰슨을 멈춰라닷컴', '유행 타기 전부터 잭 톰슨 미워함닷컴' 같은 웹사이트와 블로그들이 생겼다. '잭 톰슨을 멈추려는 게이머 연합'이라는 청원 사이트도 등장했다.

게이머들은 하루에 몇 시간씩 악당들과 싸웠고, 톰슨은 회색 머리와 학교 선생 같은 태도가 있다 보니, 다스 베이더와 [더 월The Wall]의 선생과 [리치몬드 연애소동Fast Time at Ridgemont High]에 나오는 핸드 선생의 혼종처럼 여겨졌다. 한 게이머는 잭 톰슨의 이름을 새긴 화장실 휴지를 만들어 5달러 95센트에 팔았다. 판매자는 "내 똥꼬 닦는 것도 그한테는 과분하다."라고 썼다. 한 명은 톰슨에 관한 온라인 만화를 만들었다. "락스타는 범죄자야!"라고 미친 톰슨이 만화 속에서 외쳤다. "그들은 감옥에 가야 하고, 강간당해야 하고, 그다음엔 총 맞아야 한다." 익명의 말풍선이 "비디오 게임을 만든 죄로…?"라고 대답하고 있었다.

게이머들의 공세는 톰슨을 더욱 반항적으로 만들 뿐이었다. 톰슨은 "나를 파괴하기 위해 투입된 에너지의 양을 보면 그들도 이것이 중요한 일임을 알고 있다는 뜻이다."라고 말했다. 톰슨은 자신의 이메일, 집 주소, 전화번호(게이머들이 기뻐할 만하게도, 666이라는 번호가 들어있었다.)를 온라인에서 쉽게 알 수 있게 만들었고, 그에게 연락한 사람들에게 회신하는 것으로 유명해졌다. 그 대화는 결국 온라인에 풀렸다. 한 게임 기자가 인터뷰를 요청하기 위해 이메일을 보내자 톰슨은 "게임 업계에 작별을 고하라"고 답했다.

톰슨에게는 작별을 고하게 하고 싶은 새로운 게임이 있었는데 바로 〈불리〉였다. 제목 이외에는 거의 나온 게 없었는데, 톰슨은 출시되지도 않은 게임의 예언적인 버전을 그려내서 언론에 거품 같은 열망을 지펴줬다. CNN이 재빠르게 그에게 방송시간을 할애했다. 진행자인 루 돕스는 "오늘 밤, 우리 문화가 쇠퇴하고 있는 또 다른 불안한 사례가 나타나고 있습니다."라고 외쳤다. "올가을 출시될 새로운 비디오 게임은, 괴롭힘을 당한 아이들이 스스로 괴롭힘을 가하도록 부추깁니다."

톰슨은 "실제로 여러분은 여러분을 희생시킨 사람들에 대해 신체

303

적 복수와 폭력을 가하는 예행연습을 하게 되는 것"이라고 경고했다. "그리고 나면 여러분은 콜럼바인의 클리볼드나 해리스처럼, 궁극의 '불리bully'가 되는 것입니다."

이에 대응해서 톰슨은 더그 로엔스틴과 언론에 '겸손한 비디오 게임 제안'이라는 공개서한을 보냈다. 그는 "만약 아무 비디오 게임 회사라도, 2006년에 아래에 묘사하는 비디오 게임을 만들고, 제조하고, 배포하고, 판매한다면" 테이크투 CEO 아이벨러가 좋아하는 자선단체에 1만 달러짜리 수표를 기증하겠다고 약속했다.

그리고 톰슨은 폭력적인 게이머에게 맞아 죽은 소년의 유족이자 복수심에 불타는 아버지인 오사키 킴, 일명 O.K.로 플레이하는 게임을 묘사했다. 정글도와 야구방망이를 골라잡은 O.K.는, LA에서 뉴욕까지 비행기를 타고 가서, 아들의 살해범이 훈련을 받은 살인 시뮬레이터를 만든 회사 '테이크 디스'의 CEO가 사는 롱아일랜드의 자택에 도착한다. O.K.는 폴라 아이벨이라는 이름의 여성 CEO를 남편, 아이들과 함께 죽여 버림으로써 '정의'를 구현한다. '눈에는 눈'이라고 O.K.는 되뇌며, 아이벨 가족 희생자들의 잘린 뇌척수에 소변을 본다. 진짜 비디오 게임인 〈포스탈2〉에서 목이 잘린 경찰들에게 소변을 보는 것처럼.

"비디오 게임 변호사, 오락실 주인, 소매상을 죽인 후, 주인공은 최종 미션인 LA의 2006 E3 박람회로 간다. 그곳에서 마지막 괴물 같은 즐거운 광란으로, 모든 비디오 게임 업계 임원들을 학살한다." 톰슨은 이렇게 마무리 지었다. "어떻습니까, 비디오 게임 산업 관계자 여러분? 제게는 수표가 있고, 여러분께는 기술이 있습니다. 어차피 모두 판타지죠? 그런 게임으로 피해가 생길 일은 없겠죠? 어서요, 비디오 게임 거물 여러분. 타인을 표적으로 삼는 대로, 자신도 표적으로 삼으시길. 해보십시오."

거물들은 그 도전장을 받아들이지 않았지만, 플레이어들은 그렇게 했다. 한 모드 제작자들이 '인격 모독: 잭 톰슨 살인 시뮬레이터'라는 무료 게임을 출시했다. 〈GTA: 산 안드레아스〉의 모드로 만들어진 이 게임은, 톰슨의 허구적 분신인 밴맨Banman으로 플레이했다. 미션들은 보도된 제목을 고스란히 반영하여, 불리 게임을 가득 실은 트럭이 가게에 도착하는 것을 막는다든지, 게임에 비밀스러운 섹스 장면을 넣는 작업을 로엔스틴이 중단시킨다든지 하는 미션이 포함되어 있었다. 플레이어들은 게임 내에서 기자회견을 열 수도 있어서, 톰슨의 실제 발언들을 메뉴로 불러올 수 있었다. 또 다른 모드 제작팀은 그의 제안을 더 노골적으로 반영한 게임도 만들었다.

톰슨은 그것을 인정하지 않았다. 그는 게임폴리틱스라는 사이트에 보낸 메일에서 "그 모드에는 관심도 없고 코멘트도 하지 않을 것"이라고 말했다. 그는 자기 제안은 "비디오 게임 업계 전문가들이 보여준, 경찰, 여성, 동성애자, 또 다른 그룹들을 폭력적 비디오 게임을 통해 표적으로 삼는 강고한 위선과 무모함을 강조하려는 의도였다."라고 덧붙였다. "하지만 공평하게 말하자면, '겸손한 제안A Modest Proposal'의 저자인 조나단 스위프트를 그저 새로운 나이키 러닝화 이름이라고 생각하는 게이머 무리들이, 풍자를 이해할 수 있으리라고 기대하기 힘들다."

"시애틀의 강화 벙커"라고 스스로 이름 붙인 곳에서 지내던 인기 비디오 게임 웹툰 '페니 아케이드Penny Arcade'의 공동작가 마이크 크라울릭과 제리 홀킨스는 더 이상 참을 수가 없었다. 2005년 10월 17일, 그들이 반응을 올렸다. "저기요, 잭? 우리는 당신과 달리 어른 노릇을 할 겁니다"라고 그들이 썼다. "당신은 그 모욕적이고 환상에 불과한 1만 달러를 폴 아이벨러가 선택한 자선단체로 보내겠다고 말했죠. 우리는 아이벨러라면, 지난 8년 동안 670만 달러 이상을 모금한 엔터테인먼트 소프트웨어 협회 재단 쪽으로 당신의 존재하지도 않는 수표를 보냈으리라 생각합니다. 당신은 절대 하지 않을, 그리고 할 생각도 없었을 기부를 그냥 우리가 했습니다. 1만 달러. 그리고 당신 이름으로 냈습니다."

톰슨은 재미있어하지 않았다. 그는 시애틀 경찰서장에게 팩스로 편지를 보내 "이 조그만 갈취 공장을 폐쇄하든가 직원들을 체포하라."고 촉구했다. 크라훌릭과 홀킨스는 지역 경관들로부터 아무 연락도 받지 못했다. 소동이 끝난 후 홀킨스는, "하필 톰슨 같이 무능한 놈이 그 역할에 있다는 걸 별님께 감사해야 한다."라고 말했다. "우리의 두려워하는 건, 언젠가 지적이고 카리스마 있는 사람이 그 자리를 차지하는 것이다."

톰슨의 '겸손한 제안'은 큰 반발로 번졌다. 온라인을 통해 널리 배포된 공개서한을 통해, 톰슨이 연설에서 늘 인용하곤 했던 美 국립 미디어 가족 연구소의 데이비드 월시가 톰슨과 완전히 절연했다. 월시는 공개서한에서 "당신의 논평에는 극단적으로 과장된 표현이 들어있으며, 당신의 전술은 내가 무척 존경하는 인물들을 개인적으로 공격하는 내용이 포함되어 있다."라고 썼다.

톰슨은 월시를 "머저리"라고 일축했고, 월시는 이어지는 인터뷰에서 톰슨과 더욱 거리를 두었다. "우리는 종교적인 관점이 아니라, 과학과 공공 안전의 관점에서 접근한다." 그러나 후속 압박을 받자, 월시는 폭력적인 게임과 폭력적인 행동을 연관 짓는 확실한 증거가 부족하다고 인정했다. "이 연구들 중 어느 것도 결정적이지 않다."라고 그는 말했다. "나는 폭력적인 비디오 게임을 하는 것이 아이를 폭력적으로 만든다는 말은 절대 하지 않았다. 내가 말하고자 하는 것은 아이들에게 위험 요인이 있으므로, 여러 요인 속에 폭력적인 비디오 게임이 더해지면 가능성이 커진다는 것이다."

로엔스틴은 그동안에도 늘 톰슨에 대해 직접적인 언급을 피하려고 최선을 다했지만, 공개적으로 톰슨과 엮이지 않겠다고 선언했다. "내 공식적인 코멘트는, 우리가 톰슨의 작업에 대해 남길 코멘트가 없다는 것"이라고 말했다. "2010년이면 디지털 세대가 권력의 자리에 앉게 될 것이고, 그들이 편집 회의에 참석할 거고, 그들이 보도 여부 결정을 내릴 거고, 현재 정부와 문화 엘리트들이 위험하다고 여기는 것들은 그저 로큰롤 정도로 보일 것이다."

톰슨이 취약해지자, 락스타도 그에 대항하여 움직였다. 그들의 첫 번째 보복은 참 어울리게도, 게임 속에 등장했다. 2005년 10월 25일, 락스타는 PSP용 게임으로 그 플랫폼에서 가장 많이 팔린 게임이 된, 〈그랜드 테프트 오토: 리버티 시티 스토리즈〉를 발매했다. 톰슨은 게임을 홍보하는 락스타의 웹사이트를 방문했고, 놀라운 사실을 발견했다. 플레이어가 가상의 이메일을 클릭할 수 있었는데, 보낸 사람은 JT라는 이름으로, 생명과 안전을 위한 기술 부정 시민 연합Citizens United Negating Technology For Life And People's Safety, 약칭 C.U.N.T.F.L.A.P.S.라는 단체 소속이었다*.

"인터넷은 명백한 악"이라고 이 가상의 이메일은 이야기했다. "인터넷보다 더 나쁜 것은 컴퓨터 게임과 자유주의자들뿐이다…. 지난 주만 해도, 나는 수상스키를 열심히 하고 배를 타는 15살 여조카를 위한 정보를 찾기 위해 인터넷을 이용하고 있었다. 내 말을 믿어주셔야 한다. '10대 소녀 물놀이'라는 주제로 검색하는 것은, 마음 약한 사람들에게는 금물이다."

분노한 톰슨은 인터넷에 이번 공격에 대해 스팸 메일로 반격하면서, 락스타와 테이크투가 "가장 준법적이고 가장 효과적인 비판론자인 잭 톰슨이 사실은 성적 변태라고 생각하도록 부추긴다."라고 비난했다.

톰슨은 "자신이 '중독된' 것은 엔터테인먼트 산업의 사기꾼들을 잡아먹는 일, 그리고 골프뿐임을 전 세계에 보증할 수 있다."라고 덧붙였다.

---

* 대음순의 속어로, 비겁자를 여성 성기에 빗대어 욕하는 어법의 연장선임.

그러나 톰슨의 락스타와의 싸움은 절대 웃을 일이 아니었다. 2005년 11월에 톰슨은 알라바마주 페이엣으로 가서, 다시 락스타와 직접 맞대결을 벌였다. 이날은 데빈 무어 희생자들의 친인척들을 대신해 톰슨이 테이크투, 월마트와 게임스톱을 상대로 제기한 6억 달러의 민사소송에 대한 심리가 있는 날이었다. 무어는 게임스톱에서 〈GTA: 바이스 시티〉를 구매했었다. 그는 최근 살인죄로 유죄판결을 받고 사형을 선고받았지만, 톰슨은 게임 회사들이 대가를 치르기를 원했다.

2005년 11월 3일, 톰슨과 락스타 변호사들이 파예트 법정에서 맞붙었다. "그랜드 테프트 오토 시리즈는 독특합니다."[주179]라고 톰슨이 주장했다. "그 게임은 살인 시뮬레이터입니다. 그들이 전하는 사상은 어떻게 사람을 살해하고 살인을 즐길 것인가 하는 생각뿐입니다." 하지만 락스타 팀은 그것을 인정하지 않았고, 톰슨을 사건에서 제외해 달라는 신청서를 제출했다. "이것은 길거리 싸움이 아닙니다," 라고 락스타의 변호사 중 한 명이 말했다. "그가 법정을 서커스로 만들려고 하는데 그걸 그냥 놔둘 수 없습니다."

톰슨은 락스타가 자신을 바이섹슈얼에 소아성애자라고 꼬리표 붙였다면서 맹비난했다. 판사는 짜증 난 상태로, 톰슨이 인터넷을 통해 내뱉은 이메일과 보도자료들 한 무더기를 꺼냈다.

"왜 이런 일을 하셨습니까." 판사가 톰슨에게 물었다.

"형사재판이 끝난 후 '해 보라고' 하셨잖아요." 톰슨이 대답했다. "재판관님이 '해보라'고 하시는 것과 제가 생각하는 '해보라'에는 차이가 있습니다."

며칠 후, 판사는 톰슨의 사건 참가를 금지하는 명령을 내렸다. 이 판사는 "이러한 의사소통 대부분에 장황하고 분노한 연설들이 담겨 있는데, 법원은 그 내용을 기괴하고 유치하다고밖에 표현할 수 없다."[주180]라고 밝혔다. "만약 톰슨 씨가 계속 금지된, 관련 없는 내용으로 법원을 방해하면 법원은 법정 모독 방지 권한을 사용하겠습니다."

톰슨은 코랄 게이블스에 있는 자기 집으로 돌아와서, 문 앞에 쌓인 우편물을 보았다. 봉투들 사이에 소포 하나와 메모가 있었다. "요청하신 샘플입니다." 톰슨이 포장을 뜯어 보니, 그 안에는 "질 건조로 인한 불편함을 덜어주는 병변 보습제"라는 아스트로글라이드 실켄 시크릿 작은 병이 들어있었다.

게이머들! 톰슨은 생각했다. 그는 컴퓨터로 향해서 갔고, 그의 사명이 지시하는 대로 손가락으로 자판을 두드렸다. "친애하는 판사님께….".[주181]로 글을 시작했다. 비록 앨라배마 사건에서 제외됐지만, 이 사건의 판사가 락스타와 그 팬들이 여전히 "나를 표적으로 삼고 있음"을 알기를 원했다. 괴롭히는 쪽은 그들이지, 내가 아니었다. "락스타가 그들의 비디오 게이머 졸개들에게 제가 질 주름을 지칭하는 조직을 이끌고 있다는 명시한 것과 저와 제 아내에게 질 보습제가 배달된 일 사이에 연관성이 있을까요? 좋은 질문이자 공정한 질문이라고 생각하지 않으십니까, 판사님."

샘의 1인칭 시점에서 2006년 1월 겨울날 수도 워싱턴 DC의 연방거래위원회 건물 계단에 서 있었다. 그는 자발적으로 이곳에 와 있었다. 〈GTA: 산 안드레아스〉가 ESRB를 의도적으로 속여서 성인 전용 AO 등급을 회피했는지에 관한 거래위의 조사 질의에 답하기 위해서였다.

결국, 이렇게 되었다. 10년 전, 그는 데프잼의 미국을 침공하고자 꿈꾸던 영국의 젊은이일 뿐이었다. 이제 그는 미국의 수도, 권력의 핵심, 조지 W. 부시로부터 돌멩이 하나 던지면 닿을 거리에 있었다. 대체 무엇 때문에? 부시와 거짓말과 전쟁과 광기가 있었는데, 지금 미국은 게임 하나를 조사하는데 국민의 혈세를 쓰고 있다고? 게이머가 일반 대중의 눈에 무법자였다 해도, 이만큼이나 무법자처럼 보인 적은 없었다. 샘은 나중에 "나는 그 사람들이 우리를 짓뭉개려고 나왔다고 느꼈다."[주182]라고 회상하며 "만약 그들이 우리를 짓뭉갤 수 있었다면 절대적으로 그랬을 것"이라고 말했다.

키스 펜튼밀러 거래위 광고실무부 부장검사는, 명백히 수정헌법 제1조의 범위를 넘는 민감한 수사가 될 것을 알고 있었다. 그는 나중에 "해커들이 한 짓은 기술적으로는 불법이었다."라고 회상하며, "하지만, 해커들이 이런 일을 하도록 수년간 격려하거나 외면했다면, 그다지 좋아 보이지 않습니다."라고 말했다.

샘은 세 명의 정부 수사관 맞은편에 세 명의 변호사와 함께 앉았다. 연방 요원들은 모든 자료를 가지고 있었다. 엄청나게 많은 락스타 서류. 내부 이메일. 타임라인. 산 안드레아스의 그래픽 장면들. 그들의 질문을 들으며 샘의 머리가 핑핑 돌아갔다. '왜 이런 짓을 한 겁니까? 왜 그랬어요? 왜 그 말에 인용부호를 넣었나요?'

그때, 샘의 감정의 핵심을 찌르는 듯한 이메일이 수면 위로 떠 올랐다. 그는 "그 사람들은 대체 왜 그렇게 우리가 게임에서 하는 일에 신경을 쓰는지. 우리의 자유를 지키겠다며 '항구적 자유 작전 Operation Enduring Freedom'이라며 테러와의 전쟁을 벌이고 폭격을 해대면서, 정작 여기에서는 우리가 세금 내가면서 지켜달라고 하는 그 자유를 옭아매려고나 하잖아."[주183]

시계가 끝없이 똑딱거렸다. 한 시간. 두 시간. 4시간, 7시간. 심문은 9시간 동안 계속되었다. "심각한 거 맞죠?" 샘은 나중에 회상했다. "제가 아는 한, 그런 자리에 간 게임 디자이너가 많지는 않죠…. 이 게임에 대한 불타는 열망이 있다는 이야기로 거슬러 올라가는 셈이죠."

샘이 뉴욕으로 돌아왔을 땐, 과거의 한 조각이 문자 그대로 재가 되어있었다. 그들의 역사였던, 그리고 라이언의 아버지가 운영하는 회사인 브랜트 출판사와 락스타의 형제기업인 2K 게임즈가 여전히 입주해 있는 브로드웨이 575번지의 건물에서 5단계 대응 화재*가 발

---

* 최고등급의 화재로 거의 지역 내 모든 소방 관련 인력이 총 출동함.

생했다. 4,000만 달러어치 봄 컬렉션이 있던 렘 콜하스가 설계한 프라다 매장은, '죄책감 주식회사'라는 벽화와 함께 불길에 휩싸였다. 창고 화재의 원인이 의심스럽다는 소식이 전해지자, 한 게이머는 "잭 톰슨이 너무 건물 가까이에서 담배를 피우다 덜미를 잡혔다."라는 황당한 농담을 올렸다.

575번지만이 열기를 느낀 것은 아니었다. 홍보 업계의 올해의 10대 홍보 실책 리스트에 핫 커피가 선정되었고, 비즈니스 2.0 매거진에서도 그해 산업계에서 가장 멍청한 순간 중 하나로 선정되었다. 비즈니스 사이트 마켓워치는 "올해 지금까지 주당 53센트에서 56센트로, 수익률을 60% 이상 낮췄다…. 축하합니다, 폴!(주주 여러분께는 심심한 위로를.)"[주184]이라고 언급하며 올해 최악의 CEO에 테이크투 아이벨러의 이름을 올렸다.

'섹스, 거짓말, 비디오 게임'이라는 포춘 지의 특집기사에서[주185] 언론인 베서니 맥린은, 핫 커피가 발견될 무렵 회사를 괴롭혔던 금융 스캔들을 자세히 소개했다. 여기에는 최고재무책임자의 500만 달러 이상 주식 매각과 최고운영책임자의 2만 달러 옵션 행사 등이 포함됐다. 보도에 따르면 당시 테이크투의 퍼블리싱 담당 이사였던 브랜트는 400만 달러 이상을 가져갔다고 한다.

테이크투의 기업 드라마는 SEC 조사가 시작된 후 감사위원회 위원장으로 영입되었던 바바라 카친스키 전 미식축구리그 CFO의 사임과 함께 더욱 커졌다. 그녀의 변호인에 따르면, 그녀는 "고위 경영진과 이사회 사이의 관계가 점점 더 불건전하게 보였기 때문에, 크게 우려를 하게 되었다."라고 한다.

핫 커피의 여파로, 일부 사람들에게는 GTA가 전반적으로 거친 문화를 상징하게 되었다. 거친 문화는 게임을 넘어 노골적으로 잔인해서 '고문 포르노'라는 별명을 얻은 [쏘우Saw]나 [호스텔Hostel] 같은 블록버스터 공포 영화의 급성장에서도 보였고, [24] 같이 고문을 즐기는 TV 드라마로도 발전했다. 사실, GTA에서는 보행자들을 피비린내 나는 덩어리가 될 때까지 밟아버리는 것을 좋아하는 플레이어들이나, 심지어 게임에서 그런 살인 행각을 벌이는 동영상을 유튜브에서 교환하는게 딱히 문제가 있어서가 아니었다.

2006년 4월, 뉴욕 법무부 장관이자 주지사 유력 후보인 엘리엇 스피처가 비디오 게임의 폭력과 성에 대항하는 세간의 이목을 끄는 싸움에 합류했다. "14살짜리 아이가 비디오 게임 가게에 들어가서 성인 전용 AO 등급 딱지가 붙은, 그러니까 〈그랜드 테프트 오토〉 같은 게임을 사는 일을 금지하는 내용이 뉴욕주법 어디에도 없다. 그 게임은 자동차를 훔치고 사람을 때리는 플레이어에게 보상을 주는 게임이다. 아이들이 매춘부와 성관계를 하는 흉내도 낼 수 있다."라고 말했다. 그가 당선되면 그의 감시 아래에서 아무도 창녀와 성관계를 시뮬레이션하지 못하게 될 것이었다.

2006년 6월 2일, 테이크투와 락스타는 잘못을 인정하지 않은 상태로 거래위와 동의 명령에 돌입했다. 이번 합의사항의 하나로, 그들은 향후 게임 내 등급을 위한 관련 콘텐츠를 모두 공개하고 핫 커피 같은 것이 다시 디스크에 들어가지 않도록 시스템을 구축하기로 했다.

몇 달 동안 샘은 게임 혐오자들의 목소리가 머릿속에 들어오지 않게 하려고 싸웠으나, 그 압박감이 너무 커져만 갔다. 그는 나중에 언론인 해롤드 골드버그에게 공황 발작이 있었고 영원히 미국을 탈출하고 싶다고 말했다. 한 의사는 그의 트라우마를 교통사고 희생자의 트라우마하고 비교했다. 샘은 자기 게임에 빠져들려 애쓰며 락스타 노스와 함께 일하러 에든버러로 날아가고 있었다. 그러나 런던 집으로 돌아가는 기차 안에서 샘은 휴대폰으로 걸려온 전화를 받았고, 땅이 꺼지는 느낌을 받았다. 맨해튼 지방 검사가 핫 커피에 대배심 소환장을 발부하고 있다는 것을 알게 된 것이다. 싸움은 전혀 끝나지 않았다.

샘은 게임 업계와 세상을 등지고 싶었다. 리버티 시티 게임의 이상한 미션이 현실에 펼쳐진 것 같았다. 그들의 안식처이자 영감이었던 뉴욕시에서, 자신들의 수배 레벨을 막 최대치인 6성급으로 끌어올린 참이었다. GTA에서는 항상 쉬운 해결책이 있었다. 아무리 많은 경찰이 따라와도 차를 몰고 바디샵에 들어가 새로 페인트를 칠하면 수배 레벨이 0으로 떨어진다. 실생활에서는 그렇게 쉬운 일이 아니었다.

제이미는 어딨어? 그 질문이 락스타를 한 바퀴 돌았다. 제이미 킹. 락스타의 공동 설립자가 사라졌고, 그 이유를 아는 사람은 아무도 없는 것 같았다. 킹은 2006년 1월의 어느 날 퇴근한 그대로 돌아오지 않았다. 여러 락스타 스튜디오에서 다수의 게임이 제작되는 중에, 킹이 뉴욕에서 나온 주문사항을 전하려 출장을 나가는 일이 드물지는 않았다. "아마 출장 중일 거야."라고 말하는 사람도 있었다.

게리 포먼은 뭔가 더 불길한 일이 벌어지고 있을지도 모른다고 의심했다. 포먼은 킹이 핫 커피의 여파로 시무룩하고 고립된 듯이 보였음을 알아차렸다. 두 사람은 친했지만, 근년의 혼란에서 살아남기 위해 쌓아놓은 보호막 속으로 다시 파고들었을 뿐, 따로 그 사안에 대해 논의를 하지 않았다. 그러나 포먼은 한 테이크투 임원이 겉보기에는 아무것도 아닌 듯 그에게 말을 건네자 의심스러운 생각이 들었다. "고위 경영진들이 당신의 열렬한 팬인 거 아시죠? 저희가 잘 봐 드릴게요." 포먼은 그를 미심쩍은 듯이 쳐다보았다. 그는 나중에 "초현실적이었다."라고 회상했다. "이런 느낌이었어요. 그래, 나 여기 오래 있었어, 내가 이 사업을 일으켜 세웠거든, 너희가 나를 소중히 여기길 바라."

표류하는 듯한 느낌을 받은 건 포먼 뿐이 아니었다. 2006년 5월 6일 오전 오스트리아에서는 락스타 비엔나 소속 직원 100명이 출근하다가 스튜디오 입구에서 경비원에 의해 돌려보내지는 일이 생겼다. 락스타 비엔나는 〈맥스 페인Max Payne〉, 〈GTA: 바이스 시티〉 등의 게임을 작업해서 호평을 받은 스튜디오였다. 프로듀서 유리 호르네만이 재빨리 온라인에서 이 소식을 전했다. 그는 블로그를 통해 "오늘 아침 출근하면서 경비원들의 인사를 받았다."라고 밝혔다. "테이크 투는 락스타 비엔나 사무소를 현시점 부로 폐쇄했다. '플랫폼 전환 중 비디오 게임 사업과 우리 회사가 직면한 도전적인 환경 때문에' 그렇다더라."

아무런 경고도 없이 락스타 비엔나가 폐쇄되었다. 변동성으로 유명한 게임 업계에서도 이 같은 갑작스러움은 예사롭지 않았다. 블로그 등 SNS에 입소문이 퍼지자 익명의 직원을 포함한 게이머들이 이 난장판의 책임을 핫 커피에 돌렸다. 호르네만은 블로그를 통해 "핫 커피 대소동은 여러 면에서 우스꽝스럽지만, 업계 안팎에서 락스타 게임즈의 인기를 높이는 데는 도움이 되지 않았다."라고 밝혔다. "어느 쪽으로 생각하든, 그 사건 때문에 게임 개발이 누구에게나 좀 더 어려운 작업이 되었다."라고 말했다.

전직 락스타 직원이라고 주장하는 많은 블로그 논평자들이 화가 나서 내뱉었다. "락스타는 멋진 게 아니야. 이 위선적인 회사에서 일했던 직원들이 멋진 거지! 우리 모두에게 행운을 빌어줘!!!" 한 사람이 썼다. "열심히 일하는 직원들에게 이런 짓을 하다니, 누가 당신들을 위해 일하거나 일하고 싶어 하겠는가?"라고 또 다른 게시물이 올라왔다. 익명의 전 직원들이 배 아파서 하는 소리라고 치부할 수 없었다. 심지어 락스타와 〈맥스 페인〉 같은 블록버스터 게임을 작업하고, 〈듀크 뉴켐〉 등을 낸 베테랑 게임 퍼블리셔인 스콧 밀러도 끼어들었다.

"GTA 말고는 (그나마 그것도 자기들이 만든 게 아니라 DMA에서 구입한 브랜드), 락스타가 만든 게임 중에 정말 히트친 것이 무엇인가"라고 그가 게시했다. "맨헌트? 아니. 워리어스? 아니…. 큰 히트도 아니고, 그들이 직접 키운 브랜드도 아니지. 맥스 페인? 아님. …지금까지의 락스타는 단 한 번의 성공을 거두었고 나머지는 다른 여타 업체들이 내는 거나 도긴개긴 하다는 점에서 툼레이더의 퍼블리셔 에이도스와 다를 바 없지."

내리막길도 계속됐다. 2006년 5월, 락스타는 〈락스타 게임즈 제공 테이블 테니스Rockstar Games Presents Table Tennis〉라는 탁구 게임(샤또 마르몽에서 벌어진 전설적인 시합에 영감을 받았다.)을 발표했는데, 기술적으로 인상적이긴 했지만 망했다. 핫 커피를 둘러싼 소송이 거세지고 있는 가운데, 테이크투 주식은 금세 13%나 폭락했다. 그리고 킹에 대한 소식이 들려왔다. 그가 돌아오지 않는다는 것이었다. 아무도 그 이유를 몰랐고, 일탈 사례가 킹만 있는 것도 아니었다. '게임 데일리'는 락스타에서 벌어지는 탈출에 관한 기사를 실었다. 이 사이트는 "모회사 주가가 급락한 시기에 제이미 킹(락스타 공동 창업자), 마케팅 이사 2명 및 기타 인재들이 모두 떠나면, 수상한 냄새가 난다고 보아야 한다."[주186]라고 적었다.

진저리가 난 포먼이 도노반의 사무실로 진군했다. "이봐요, 그거 알아요?" 그는 도노반에게 말했다. "여기 프로세스를 좀 바꿔서, 이 끊임없는 크런치 모드를 끝내야 합니다." 그는 GTA 타이틀이 임박할 때 더 많은 사람을 할당하는 등, 전체 프로세스에 어떤 구조를 부여할 것인가에 대한 자신의 비전을 제시했다. "내가 하고 싶은 일은 이런 겁니다."라고 그는 말했다. "하지만 나는 그간 해온 이 모든 일을 겪으면서 정말 좌절감을 느낍니다. 더 좋게 만들고 싶고, 다음 레벨로 올리고 싶은데, 그럴 능력이 없어요."

포먼이 회상한 바로는, 도노반은 고개를 끄덕이며 앉아 바닥을 응시하고 있었지만 해줄 말이 없었다. 열린 의사소통이 락스타의 방식은 절대 아니었지만, 포먼은 도노반의 행동이 특히 이상하다는 걸 알았다. 포먼은 그저 그가 제안한 바가 어떤 영향을 미칠지 생각하느라 그랬는지, 아니면 자신이 없는 락스타에서의 삶이 어떻게 바뀔까 생각해보는 것인지 궁금해졌다. 포먼은 "여기서 바꿔야겠어요."라고 말을 이어갔다. "만약 할 수 없다고 말한다면, 더는 이곳은 제 자리가 아닙니다."

마침내 도노반은 침묵을 깼다. "일은 그대로 굴러갑니다."라고 그는 말했다. "우리는 잘하고 있어요."

포먼은 마치 자신이 어떤 대체 현실 속에 살고 있다는 느낌이었다. 그 순간에 깨달은, 더는 부인할 수 없게 된 현실 말이다. 그는 "이런 식으로는 안 됩니다"라고 말하고, 사직했다. 사무실에서 짐을 싸고 있을 때 콜비가 들어왔다. "샘과 테리가, 마음을 바꿔 달라고 부탁하라고 했다"고 그녀는 말했다.

"와우" 포먼이 말했다.

"'와우'라뇨?"

"오랫동안 친구로 지내온 만큼, 두 가지 일에 '와우'죠. 첫째, 그들이 당신을 여기로 보내 메시지를 전달했다는 사실이 거의 믿기지 않네요. 그리고 정말 싸구려 짓이긴 하지만, 그래, 이해는 할 수 있어요. 하지만 둘 중 어느 한 사람이라도 진심으로 그런 뜻이 있었다면, 둘 중 한 사람이나 아니면 두 사람 다 나와 직접 이런 대화를 나누고 있을 겁니다."

포먼은 떠났다. 그리고 찾아보고 싶은 사람이 누구인지 즉시 깨달았다. 바로 킹이었다. 공통의 지인인 사람을 찾아, 그 친구에게 킹에게 전화해달라고 부탁했다. 킹이 화답했고, 두 사람은 첼시의 한 식당에서 만났다. "내가 그만둔 거 알죠?" 포먼이 그에게 말했다.

"아니, 안 그랬을걸요." 킹이 말했다.

"그만뒀어요." 포먼이 말하고, 그의 마지막 며칠간 있던 일들을 킹에게 들려주었다. 포먼을 비롯한 다른 모든 사람이 몇 년간 알고 있었던 것처럼, 킹은 불편했고 불행했다.

킹은 마치 너무 오랫동안 양쪽 끝을 동시에 켜 놓은 촛불처럼, 왁스가 소진되었던 것이다. 포먼처럼 그는 핫 커피가 "락스타에게 끔찍한 일화"라고 여겼다. 드라마틱한 일이 가득했던 수년간의 나날들이 마침내 너무 많이 가버린 것이었다.

"나는 뭐랄까, 씨발 차라리 빈털터리가 낫겠다."라고 느꼈다고 킹이 나중에 설명했다. 킹은 다음 단계로 넘어가고 싶어 했고, 포먼과 그는 핫 커피가 상징하는 실수를 반복하지 않고 새로운 프랜차이즈와 새로운 아이디어를 기반으로 한 그들만의 회사를 설립하는 이야기를 나눴다. 킹은 "우리가 핫 커피에서 배운 점은 우리가 하고 있던 일에 대해 매우 솔직하게 드러내는 것"이라고 말했다.

포먼과 킹의 퇴사는, 락스타의 한 시대가 끝나는 시작에 불과했다. 2006년 9월의 어느 날, 도노반도 문밖으로 걸어 나갔고, 다시 돌아오지 않았다. 직원들은 그가 휴가를 냈다는 암시적인 소식만 들었다. 다음 달에는 브랜트가 회사를 사임했다. 테이크투가 자사의 1997년부터 2006년 4월 30일까지의 재무 결과를 재작성할 것이라고 발표한 직후였다. 브랜트는 스톡옵션을 역행한 일에 대해 유죄를 인정했고, 730만 달러의 벌금을 추가로 냈으며, 상장기업의 임원으로 근무하는 것을 평생 금지당했다. 테이크투는 그해 말까지 1억 8,490만 달러의 손실을 보았다.

샘은 직원들에게 정상적 느낌을 유지해주기 위해 자신만의 불굴의 방법으로 최선을 다했다. 2006년 12월의 연말 파티에 산타 복장과 빨간 핫팬츠를 입은 스트리퍼들로 나이트클럽을 가득 채웠다. 축제 분위기의 젊은 직원들이 번갈아 가며 거대한 얼음 덩어리에서 샷을 들이켰다. 이것은 락스타와 게임 업계 전체의 큰 진리 중 하나이다. 아무리 힘든 일이 생겨도, 아무리 많은 사람이 그만두어도, 아무리 큰 스트레스가 있고 업무 시간이 길어도, 아무리 착취당하고 노동 조직화 되지 않았더라도, 재미를 약속하면 기꺼이 뛰어들려는 새로운 세대의 개발자들이 늘 존재한다는 것이다.

샘이 붐비는 파티에서 건너편을 보았을 때, 윌리엄 롬프 만큼이나 그런 헌신과 미래의 약속을 의인화한 사람은 없었다. 단정하고 금발인 데다가 늘 입고 있는 스웨터와 넥타이를 맨 롬프는 마치 오랫동안 헤어졌던 하우저 형제의 미국인 사촌 같았다. 그는 기숙학교를 나와 뉴욕대의 명망 있는 경영학과에서 수련했고, 인생의 목표가 "영지가 있는 영국 귀족"이 되는 것이라고 했다.

하지만 하우저 형제처럼 그 또한 게임에 대한 열망이 있었고, 대학 졸업 후 임시로 시간을 보내려던 락스타에 전적으로 깊이 빠져들었다. 매일 16시간 동안 근무하며 수백 개의 컴퓨터 버그를 발견할 수 있었던 롬프는, 재빨리 경력을 쌓아서 품질보증 팀의 최고 자리에 올랐다. 그는 글자가 새겨진 락스타 자켓이 새로 나올 때마다 자랑스레 입고 다녔고, 하트의 노래 "바라쿠다"가 복도 아래 샘의 사무실에서 터져 나오는 것을 들으며 기꺼이 밤새워 일했다. 롬프는 그의 상사에게 이코노미스트지 기사를 보내주며 다음 미션을 구체화했다. 롬프는 훗날, "나는 모두 다 믿었다."라고 말했다.

롬프는 최근 떠난 사람들의 소식을 모두 알고 있었지만, 헌신이 흔들리지 않았다. 술기운을 빌려 샘에게 비틀거리며 다가가서는 "있죠, 내가 존나 사랑해요."라며 자신의 지지를 맹세했다. 이어서 그는 "그리고 여기를 사랑해요."라고 음악보다 크게 외쳤다.

샘은 "아냐"라고 대답했다. "내가 씨발 널 사랑해. 절대 이곳을 떠나지 마라. 절대로 씨발 나를 두고 떠나지 마." 롬프는 "영원히 여기 있겠다."라고 다짐했다.

그러나 다른 사람들은 그대로 머물지 않았다. 몇 주 뒤인 2007년 1월 12일, 도노반의 운명이 공식화됐다. 그는 돌아오지 않았다. 샘은 핫 커피 이후의 감정적인 트라우마가 그에게 너무 과했다고 나중에 말했다. 포먼은 이후 "락스타의 공개적인 이미지는 그들에게 매우 중요한 것이었는데, 균열이 보이기 시작했다고 생각한다."라고 말했다. 그날 포먼이 도노반을 만났을 때 그가 왜 그렇게 이상하게 굴었는지 분명해 보이는 느낌이었다. "그런 행동이 설명돼요. 이미 떠난 상태였던 것이죠."

2007년 3월, 주주들도 그런 게임에 이골이 났다. 몇몇 저명한 헤지펀드를 포함하는 투자자 그룹이, CEO 아이벨러와 테이크투 이사회 대부분을 밀어내기로 표결했다. 연례 주주 총회에서는, 회사가 매각될지도 모른다는 소문이 돌기 시작했다. (의미심장하게도, 그 두 가지 소식이 돌자 주가가 급등했다.)

많은 이들이 지적한 바로는, 잠재적 구매자들이 엄청나게 수익성이 높은 GTA 프랜차이즈와 SEC 조사 및 집단소송이라는 부정적인 측면 사이에서 저울질하고 있다고 했다.

락스타는 예전 BMG 인터랙티브 대표였던 개리 데일이 최고운영책임자로 복귀한다고 밝혔다. 한 회사 임원은 "락스타는 매우 건실한 조직이며 엄청난 깊이를 가지고 있다."[주187]라면서 "6백 명이 넘는 아티스트와 개발자, 마케팅 인력을 보유하고 있다."라고 말했다. "샘과 댄이 게리 데일과 함께 현재 대표를 맡고 있다. 역할은 모두 채워졌다."

잭에게 꽃을

Flowers for Jack

24. Flowers for Jack

꽃다발

〈그랜드 테프트 오토: 산 안드레아스〉에 등장하며 게임 내에
서는 무기로 분류됨. 꽃다발은 무기 인벤토리 11번 슬롯에
놓을 수 있음. 칼 존슨은 꽃다발을 무기로 사용될 수 있으며,
일반적인 주먹질보다 약간 더 큰 데미지를 입힘. [주188]

라스베이거스의 맑고 푸른 2007년 2월 어느 날, 야자수가 늘어
서 있고 번쩍거리는 그린 밸리 랜치 리조트에 게임 업계의 가장 큰
'꾼'들이 서성이고 있었다. 사상 최고의 베스트 셀러 컴퓨터 게임 프
랜차이즈 심즈를 만든 지적인 창작자 윌 라이트Will Wright가 비쩍 마
르고 기울어진 모습으로 담배를 피웠다. 고슴도치 머리를 한 클리피
B Cliffy B는 거친 슛템업 게임 〈기어스 오브 워Gears of War〉를 만든 당
돌한 천재였는데, 마이크로소프트 임원들과 수다를 떨고 있었다. 플
레이스테이션 전문가인 랭키 필 해리슨이 근처에서 잡담했다.

게임 업계 최대의 단독 행사인 2007년 DICE (디자인, 혁신, 소통, 오락)
회의에 온 이들이었다. 서커스 같아진 E3의 대안으로, 좀 더 고급지
고 내밀한 행사를 통해 산업계 리더들이 어울려서 평화롭게 홀덤 카
드게임이나 할 수 있는 자리였다. 하이라이트는 연례 인터랙티브 어
치브먼트 어워드(IAAs: Interactive Achievement Awards, 현 D.I.C.E. 어워드)
였는데, 게임 업계의 오스카상이나 다름없었다. 올해의 후보작들은

뭔가 급진적인 성향을 나타냈다. 한 시대의 종언이었다.

게이머와 나머지 세상 사이를 가르던 픽셀 벽이 사라지고 있었다. 첫 번째 GTA가 출시된 이후 10년 동안은 비디오 게임 컨트롤러가 복잡해서, 온갖 위협적인 버튼과 레버들만으로도, 어린이 세대와 베이비붐 세대의 잠재적 플레이어를 소외시키고 있었다. 보통 사람들이 책, TV 쇼, 노래, 영화를 소비하는 데에는 눈과 귀만 있으면 충분했지만, 게임을 소비하는 쪽으로 넘어오면 사람들 대부분은 열 손가락이 다 엄지손가락인 듯 혼란스러워했다. 아니, 그 엄지손가락조차 둔했다. 가상 세계에서 살아남는 데 필요한 눈과 손의 협응 능력이 부족한 그런 사람들을 썸비Thumbies*라고 불렀다.

그 영향은 경제적, 문화적으로 심대했다. 거대한 썸비 격차로 인해 수많은 고객을 놓치는 것은 물론, 국회의사당까지 미치는 사회정치적인 반발을 불러일으켰기 때문이다. 게임을 못 하는 정치인과 전문가들은 게임 대신 선정적일 때가 많은 짧은 비디오 클립을 보는 데에만 의존했다. 영상은 실제 게임 플레이와는 달랐다. 포르노를 보는 것이 성관계를 갖는 것과 완전히 다르듯이 말이다. 게임은 근본적으로 그리고 본질적으로 경험적인 매체다. 게임 혐오자들이 게임을 못 하면 게임 플레이어들을 미워하기 쉽고, 그 반대의 경우도 마찬가지다.

그래도 변화가 왔다. 2006년 말, 동작을 감지하는 제어장치를 갖춘 새로운 콘솔 닌텐도 Wii가 출시되며 변화가 시작되었다. 버튼을 정교하게 조합해 두드리는 대신에, 사람들은 Wii 리모컨을 잡고 마치 진짜 라켓을 든 것처럼 팔을 휘저으며 위 테니스를 할 수 있었다.

첫 4개월 동안 6백만 대 이상이 팔린 Wii는 미국에서 영국까지 세계에서 가장 빨리 팔리는 콘솔이 되었고, 닌텐도를 다시 업계 1위로 격상시켰다. Wii는 그래픽 화질이 떨어지고 경쟁사처럼 실사 같은 느낌은 부족했는데도 말이다. 출시 6개월 후, Wii는 소니의 플레이

* 엄지손가락=Thumb으로 만든 속어.

스테이션3와 마이크로소프트의 엑스박스 360을 합친 것보다 더 많이 팔렸다.

동시에, 기타 모양의 컨트롤러와 함께 연주하는 블록버스터 프랜차이즈 〈기타 히어로Guitar Hero〉가 게임이라는 미디어의 저변을 더욱 넓혔다. 스핀오프 게임인 〈록 밴드Rock Band〉는 10억 달러 이상을 벌었다. 점점 더 많은 사람이 온라인과 페이스북, 그리고 최근 출시된 아이폰에서 캐주얼 게임을 하면서, 썸비들의 수난은 완전히 끝나는 듯 보였다.

D.I.C.E.에서 한 시대가 끝난 것은 이뿐만이 아니었다. 업계가 어색하게 사춘기를 보내는 내내 얼굴마담 역할을 했던 엔터테인먼트 소프트웨어 협회장 더그 로엔스틴 시대도 끝이었다. 1994년 〈모탈 컴뱃〉 청문회가 이뤄진 해에 부임하여, 콜럼바인과 핫 커피 정국에서도 게임을 방어해 낸 로엔스틴은 이제 일을 그만두고 사모펀드 회사를 시작할 생각이었다. 하지만 그의 고별 연설을 들으려고 강당에 몰려든 게임 제작자들과 언론인들은, 그가 마지막으로 한 가지 문제를 해결하고 싶었음을 알게 되었다.

"논쟁적인 콘텐츠를 만들어놓고, 자기들의 창의적 결정을 방어할 때가 오면 뺑소니쳐버리는 퍼블리셔와 개발자들만큼 짜증이 나는 게 또 없습니다."[주189]라고 로엔스틴이 말했다. "만들고 싶은 걸 만들 권리를 원한다면, 경계선을 확장하고 싶다면, 저는 여러분의 권리를 보호하기 위해 나설 겁니다. 하지만, 빌어먹을, 당신들이 내린 그 창의적인 결정을 스스로 좀 나서서 지지하세요." 그 자리에 있던 사람들은 의아해했다. 로엔스틴은 계속했다. "논란이 되고 싶다면, 그것도 좋습니다. 그런데 상황이 심각해질 때, 머리 박고 숨지 마세요. 일어나서 자기가 만든 것을 지키세요."

로엔스틴이 락스타만 겨냥해서 하는 말이 아니었다. 그는 침묵하고 정치적 활동을 하지 않았던 게임 업계를 질책했다. 방청석에 있는 이들 가운데 몇 명이나 활동가 단체인 비디오 게임 유권자 네트워크에 가입했느냐고 물었더니, 올라오는 손이 거의 없었다. "한심하네요…! 우리가 아무리 잘해도, 사실 우리는 잘하지만, 군대 없이는 전쟁에서 이길 수 없습니다. 그리고 바로 여러분이 군대입니다. 그리고 이 자리에서 가장 많은 것이 걸려있는 사람 대부분이, 너무 게을러서 이 군대에 합류하지 않죠."

계속해서 그는 가장 악명 높은 문화 전사에게 그토록 넓은 플랫폼을 허락한 점에 대해, 게임 언론을 질타했다. "잭 톰슨에게 누구보다 더 많은 관심을 주는 이들이 누군지 아십니까? 바로 게임 언론입니다!" 로엔스틴이 화를 냈다. "게임 언론들이 잭 톰슨을 정당화했습니다. 모두가 잭 톰슨이 너무 힘이 세져서 화를 내는데 말이죠. 그냥 미친 짓 같네요."

게이머들은 자신들이 잭 톰슨을 잘 알고 있다고 생각했지만, 여러 면에서 그들은 잭을 전혀 알지 못했다. 잭은 작은 십자가가 그려진 손수건을 쓰고, 냉장고에는 부시 대통령 자석을 붙여놓았다. 하지만 그의 다른 버전을 짐작해 볼 흔적도 있었다. 살인마 잭이 아닌, 평범한 남자 잭.

그렇게 많은 시간을 대중문화의 흉악함과 싸우며 보내면서, 톰슨에게 놀라운 일이 일어났다. 톰슨 자신이 나름 힙해진 것이었다. 멋있다는 의미에서 힙한 게 아니라, 뭘 좀 안다는 측면에서 힙했다. 대중문화에 대한 지식은 그가 사명에 집착적으로 몰입한 덕분에 생긴 의외의 결과였다. TV 채널과 비디오 게임과 라디오 방송국을 몇 시간이고 계속해서 서핑하다 보니 쌓인 지식이었다. 아웃사이더였던 그는 블랙코미디 쪽으로 끌렸다. 톰슨이 가장 좋아하는 프로그램은 [알리 지Ali G]와 시트콤 [커브 유어 엔수지애즘Curb Your Enthusiasm]이었는데, 그는 이 쇼들을 DVR 가득 녹화해두었고 기억만으로도 대사를 인용할 수 있을 정도였다. 그는 여전히 프랭크 자파에게 호감이 가고 있었다. 그는 '자파는 선견지명이 있었던 것 같다.'라면서 '필모어 이스트에서 녹음한 라이브 앨범이 너무 좋다.'라고 말했다.

2006년 봄 어느 더운 아침, 톰슨은 지쳐 빠진 쉰다섯 살짜리 사교 클럽 고문 선배처럼 보였다. 카키색 카고 반바지에 색이 바랜 흰 폴로 셔츠를 입었고 수염은 안 깎아서 푸 만추Fu Manchu 캐릭터같이 자라나 있었다. 그는 물고기 수조 가까이에 포근한 리클라이너 의자에 앉아 쉬었다. '여어, 친구.'라는 말을 자주 썼다. 누군가가 이메일로 좋은 소식을 보내면, 그는 새빨간 36포인트 글씨로 "와 존나 좋음" 같은 문구를 써서 대답했다.

그가 젊음을 유지하는 비결은 문화전쟁만이 아니라 그의 아들도 있었다. 조니는 이제 14살이 되어 가고 있었는데, 집 수영장 옆에서 정기적으로 농구 망을 향해 슛을 던지는 다부진 체격의 아이였다. 옛 정을 생각해서 조니는 지금도 이따금 아버지의 명분을 도와주었다. 〈워리어스〉 비디오 게임 출시 당시에도, 조니는 점원이 M 등급 게임을 판매할지 아닌지 알아보러 책임감 있게 베스트바이로 향했다. 그의 아버지는 밖에서 비디오로 거래를 촬영했다.

그러나, 조니 역시 일종의 게이머가 되어있었다. 그는 부모님에게 엑스박스와 함께 소니 PSP 휴대용 게임기기를 구해달라고 간청했다. 어느 날 아침 조니는 라크로스 훈련장으로 향하기 전에 용기를 짜내어 아버지에게 요구했다. '아빠, 아빠만 괜찮다면, 내가 아빠 아들이라는 사실을 아무에게도 말하지 않고 싶어요.'라고 말했다.

며칠 후 톰슨이 이 이야기를 떠올리자, 얼굴이 풀리고 눈은 깜박거렸으며 입이 삐죽거리면서 말문이 막혔다. 수조의 여과기가 버르르 소리를 냈다. 이 어색한 순간에 그는 더는 무서운 문화 전사가 아니었다. 아이가 자라는 씁쓸한 현실을 마주한 한 명의 아버지일 뿐이었다. 아들에게 어떤 반응을 보였느냐고 묻자, 톰슨은 허리를 곧추세우고 눈을 가늘게 떴다. "그런 일을 겪게 해서 미안하지만, 내가 한 일에 대해서는 미안하지 않다고 했다."

사실, 핫 커피에 힘입어 게이머들을 상대로 한 톰슨의 싸움은 치열하게 전개되고 있었다. 한 무리의 플레이어는 전 세계에서 모금해서 톰슨에게 꽃다발을 보내어 화해 제스쳐를 과시하기도 했다. 캠페인을 기획한 이들은, 톰슨을 가리켜 '미국 정부와 언론의 히스테리성 반 청년 편향의 빛나는 사례'라고 불렀다.

'잭을 위한 꽃'이라고 이름 붙인 그 캠페인은 입소문을 타면서 전 세계에서 뉴스와 돈을 불러들였다. 톰슨은 꽃다발을 받은 다음, 테이크투로 전달하며 서신을 더했다. "당신들이 무모한 기획과 마케팅을 하고, 아이들에게 M등급 살인 시뮬레이터를 판매한 덕분에 지금 땅속에 누워있는 모든 사람을 추모합니다."

그러나 이것은 단순한 장미 전쟁이 아니었다. 톰슨의 〈불리〉에 대한 전쟁은 열기가 넘쳤고 효과적인 단계에 이르러 있었다. 그는 게임에서 싸우는 아이들의 화면 캡처 스크린 샷을 인터넷에 잔뜩 살포했는데, '청소년들이 가상의 급우들을 때리는 훈련을 할 수 있을 것'이라고 장담했다. 그는 자신이 사는 마이애미-데이드 학군(미국에서 4번째로 큰 학군)을 설득해서 테이크투가 〈불리〉를 출시하지 못하게 하고, 부모들에게 그 게임을 사지 않도록 촉구하는 결의안을 만장일치로 통과시켜 선 세계 게이머들을 놀라게 했다. 아직 출시되지 않은 그 게임을 본 사람은 아무도 없음에도 불구하고 말이다.

그는 거기서 멈추지 않았다. 2006년 6월 루이지애나 주 의회는 톰슨이 공동 집필한, 폭력적인 비디오 게임의 미성년자 판매를 금지하는 법안을 통과시켰다. 그 후, 9월에 톰슨은 락스타, 테이크투, 미국 소니사를 상대로 한 6억 달러짜리 부당 사망 소송을 주도했다. 코디 포시라는 10대가 〈그랜드 테프트 오토: 바이스 시티〉에서 영감을 받아 2004년 어느 날 텔레비전 앵커 샘 도날드슨의 뉴멕시코 목장에서

3명을 죽이게 되었다고 주장하는 소송이었다.

〈불리〉가 2006년 10월 말 나올 예정인 가운데, 톰슨은 월마트 등 주요 유통업체가 이 게임을 판매하지 못하도록 해달라는 탄원서를 제출했다. 게임이 플로리다의 공공장소 법을 위반했다는 이유였다. 워싱턴포스트가 톰슨의 '대단한 성공'이라고 불렀는데, 판사는 테이크투에게 실제로 그러한 법을 위반했는지를 확인하기 위해 〈불리〉를 사전공개 시연하라는 명령을 내렸다. 그러나 게임을 관람한 후, 마이애미-데이드 카운티 재판소 판사는 톰슨의 바람과는 달리 〈불리〉를 미성년자에 대한 게임 판매금지를 반대하는 판결을 내렸다. 결국, 이 게임은 13세 이상의 사람들에게 허용된, 틴T 등급을 획득했다.

톰슨은 판사가 락스타 직원에게 게임을 보여주게 한 것이 실수였다고 주장했다. 직원이 더 폭력적인 만남이 이뤄지는 대목을 피해서 움직였을 수 있기 때문이다. 〈불리〉의 동영상 하나가 온라인에 유출되었는데, 소년과 소년이 키스하는 모습이 나왔다. 톰슨은 판사에게 '판사님은 게임을 보지 못했다.'라고 말했고, '보신 것이 무엇인지도 모른다.'라고 말했다. 이어 톰슨은 판사에게 공개서한을 보내 '판사님은 헤아릴 수 없이 많은 어린이를 두개골 골절, 새총으로 인한 눈 부상, 야구방망이에 의한 구타의 길로 빠뜨렸다.'라고 말했다.

테이크투가 법정 모독을 선언하게 하려고 하자, 톰슨은 이에 응하여 또 다른 공개서한을 쏘아 올렸다. "강하게 나가시겠다고요? 나를 감옥에 처넣고 싶다고요? 그렇게 하면 어떤 일이 벌어질지 모르실 겁니다. 벼랑 끝에 서셨군요…."

2006년 10월 25일 오후 4시. 톰슨은 법정 모독 관련 심리를 위해 마이애미 법정에 앉아 있었다. 게임 사이트 '디스트럭토이드'의 기자는, 흔들리는 카메라로 진행 상황을 녹화해 [잭] (게임 〈불리〉의 로고와 같은 글씨체로 씀)이라는 단편영화로 만들어 온라인에 올렸다. 정장을 입고 앉아 모독의 정의를 인쇄한 포스터 패널을 움켜쥔 채로 판사에게

꾸지람을 듣는 톰슨의 모습을 본 게이머들은 그가 마지막 대가를 받았다며 기뻐했다. 재판장이 직접 톰슨을 상대로 변호사협회에 민원을 제기하겠다고 밝히는 장면은 종말의 시작을 알리는 듯했다.

변호사 자격 상실의 위기가 다가오는 와중에도, 톰슨은 판사에게 또 다른 공개서한을 보냈다. "판사님이 아이들에게 풀어버린 게임은… 귀하는 나처럼 10대 자식을 학교에 보내지 않으니 신경 안쓰는 겁니다." 톰슨은 물러서지 않았다. 하지만 〈맨헌트 2〉와 다음 GTA 게임의 출시를 막겠다고 고소 위협을 한 후에, 테이크투에서 임원들과 만나러 뉴욕에 오라고 전화했다고 주장했다.

톰슨은 뉴욕으로 가서, 테이크투의 새 CEO인 스트라우스 젤닉 Straus Zelnick의 중재인과 만났다고 했다. 그는 훗날 이것을 센트럴파크 서쪽의 이중 보안 임시 미팅이라고 불렀다. 톰슨은 중재인에게 "이봐요, 저는 당신들이 〈그랜드 테프트 오토〉와 기타 성인 등급 게임을 애들에게 파는 일을 멈추라고 하려고 왔어요. 만약 그렇게 하고, 소매상에게도 판매를 중단하라고 하면, 제가 기자회견을 해서 테이크투가 제가 만나본 가운데 가장 책임감 있는 사람들이라고 말하겠습니다."

그러나 테이크투는 그것을 받아들이지 않았다. '톰슨 씨, 우리는 전쟁 중입니다. 우리는 당신을 패배시키고 파괴하기 위해 무슨 일이든 할 겁니다'라고 들었다고 톰슨은 훗날 회고했다. 2007년 3월, 테이크투는 플로리다 남부 지방 법원에 구제를 청원했다. '톰슨은 입증되든 아니든, 테이크투는 물론 게임을 구매하여 대중에게 판매하는 소매상들에 대해서도 여러 번 법적 소송의 위협을 가한 이력이 있다'라고 청원에 적혀 있었다.

GTA와 다년간 싸워온 끝에 이제 톰슨은 벽에 부딪혔다. 결국, 위헌으로 판결된 그의 루이지애나 법을 비롯하여 폭력적인 게임을 금지하려는 노력은 실패하고 있었다. 그는 법정모독죄와 변호사 자격

상실에 직면했고, 테이크투가 회사와 합의를 보지 않으면 청구하려고 하는 변호사비를 포함한 수십만 달러의 소송비가 쌓여 있었다. 그는 나중에 회고했다. "쭈욱 보고, 안 되겠다고 말했습니다. 그래서 동의를 해줬죠."

2007년 4월 17일에 타결된 합의에서, 톰슨은 테이크투를 고소하거나, 고소하겠다고 협박하지 않을 것이며, 향후 모든 의사소통은 테이크투의 변호사를 통해서 하기로 합의했다. 간단히 말해서, 그의 락스타와의 공개 전쟁은 중단될 것이었다. 보스 레벨 클리어. 게임 오버.

오전 11시, 락스타. 윌 롬프에게는 아직 한밤중처럼 느껴졌다. 사내에서 가장 헌신적인 보병 중 하나이자 QAquality assurance 책임자이며 샘의 건실한 견습생인 그는 〈맨헌트 2〉를 테스트하는 또 다른 하루 16시간 근무를 시작했다. 논란이 되었던 2003년 스릴러의 초폭력적인 속편이었다. 그러나 피비린내 나는 참수와 거시기 터지는 사타구니 킥으로 가득한 끝없는 밤 말고도 그를 괴롭히는 것이 있었다.

롬프에게, 락스타에서 일하는 짜릿함이 지글거리며 꺼지기 시작했다. 그가 느끼기에, 시작은 킹(롬프는 그를 다정하게 '킹어'라고 불렀다)이 회사를 떠난 지 얼마 되지 않은 시점이었다. 킹이 있을 당시에는 그 사실에 충분히 감사하지 못했지만, 지나고 생각하니 킹이 자신에게 얼마나 완충 역할을 해줬는지 떠올리게 되었다. 예를 들어 길었던 하루의 일과를 마치면 어서 집에 가라고 격려한다든지 말이다. 롬프는 '제이미가 떠나자 상황은 엄청나게 변했다.'라고 회상했다.

사무실에서 지속적인 크런치 상황은 이제 조금도 누그러지지 않고 오히려 더 빡세졌다. 롬프는 가족, 친구, 여자친구와 접점이 끊기고 있었다. 그는 살아남기 위해 자가 치료에 들어갔다. 심야의 대마초 흡입으로 시작했고, '무덤' 근무를 끝내고 오전 9시에 집에 도착하면 잠들기 위해 타이레놀 4알과 버번위스키 한 잔을 들이켰다. 몇 시간 뒤에는 암페타민의 힘을 빌려 다시 출근했다.

완고한 마르크스주의자인 롬프는 자신의 일에 심혈을 기울이는 데 거리낌 없었고, 심지어 가장 암울한 시기에도 회사에 완전히 헌신했다. 친구들은 경악했지만, 그는 자신의 손목에 락스타 로고 문신을 새겨서 스스로 락스타 사람으로 낙인찍었다. 그러나 그의 몸과 마음은 싸움에서 지고 있었다.

그날 아침, 〈맨헌트 2〉에서 살생을 진행하다가, 그는 자신이 갑자기 무너지는 것을 느낄 수 있었다. 짜증 나는 동료가 밉살스럽게 컴퓨터 너머로 계속 나타났을 때의 일이었다. "야, 조까 씨발 내 책상에서 꺼져." 롬프가 말했다. "나 스트레스받고, 피곤하고, 계속 일하고 있어." "안 돼." 남자가 대답했다.

그는 펜을 움켜쥐고 "씨발아, 제발 좀 꺼져"라고 말했다. "아니면 찌를 거야."

한때 티베트에서 봉사하며 달라이 라마에게 개인적으로 칭찬도 받았던 사람의 입에서 나오기에는 이질감이 넘치는 말이었지만 그도 어쩔 수 없었다. 롬프는 컴퓨터 모니터에 비친 다가오는 인영을 보고 경고의 뜻으로 뒤로 손을 내질렀다. 그는 비명 소리를 듣고, 펜 끝이 그 동료의 손에서 부러져 나가는 것을 보고서야, 자신이 얼마나 심하게 거리를 잘못 판단했는지를 깨달았다. '윌이 방금 날 찔렀어!'라고 그 동료가 소리치면서 병원으로 달려갔다. 그의 비명에 겁을 먹었지만, 윌은 남아서 당면한 임무를 완수했다.

동요하는 이는 롬프 만이 아니었다. 지난해에 시작된 결별의 드라마는 거의 오페라 수준의 클라이맥스에 이르렀다. 브랜트, 아이벨러, 포먼, 킹, 도노반의 대탈출이 있었다. 주주들의 반란이 일어났다. 거래위 청문회도 있었다. 핫 커피에 대한 집단소송도 있었다. 게임들 역시 어려움을 겪고 있었다. 뛰어난 측면에도 불구하고, 〈불리〉 판매는 바닥이었다. 락스타의 첫 각색작인 〈워리어스〉도 비슷한 운명을 맞았다. 심지어 믿고 보는 캐시 카우인 GTA 조차 비틀거렸다. 2006년 10월에 출시된 소니 PSP 핸드헬드용 스핀오프인 〈GTA: 바이스 시티 스토리〉는 프랜차이즈 역사상 가장 적게 팔린 게임이었다. 〈맨헌트 2〉는 미국의 ESRB로부터 성인 전용 AO 등급을 받았으며 영국에서는 등급 분류를 거부당했다. M등급을 받기 위해 게임 내 폭력 묘사를 마지못해 줄였지만, 판매량은 실망스러웠다. 락스타의 홍보 담당자인 주니가에게는, 이번 추락이 핫 커피 이후의 업보처럼 보였다. 그는 나중에 '핫 커피는 락스타를 꽤 많이 망쳤고, 어떻게 보면 회사를 무너뜨렸다.'라고 말했다. '그것은 업계의 괴롭힘 가해자, 불리들이었다. 그리고 얼굴에 카운터 펀치를 날렸다.'

전직 락스타 프로듀서 제프 윌리엄스는 '전쟁 중의 삶'이라는 장문의 블로그를 올려 회사 내부의 삶을 폭로했다. 핫 커피 장면에 대해서 알고 있던 사람 중 한 명이라고 주장했을 뿐 아니라, 근무 조건에 대해서도 문제를 제기했다. 그는 '락스타 프로젝트는 죄다 거대한 오류 덩어리로 변했다.'라고 썼다. "나는 주로 그것을, 끔찍할 정도로 비효율적인 회사 구조, 그리고 자신들을 핫하다고 여기면서도 사실은 비디오 게임이나 마케팅에 대해 정말 아무것도 몰랐던 몇몇 개인들, 그 결합이라고 본다. 락스타는 황당할 정도로까지 거만했다."[주190] 그 블로그는 나중에 폐쇄됐다.

물론 많은 사람이 여전히 락스타에서 일했고, 일상 업무에 대해 다양한 의견을 가지고 있었다. 짐작건대, 그런 극적인 일에 굴하지 않고 꽤 행복하게 지내는 사람들도 있었을 것이다. 어쩌면 락스타도 많은 야망이 있는 회사들처럼 그냥 강하게 밀어붙이는 철야 작업 문화를 지닌 곳이었을 수도 있다. 그러나 락스타의 현직 직원들이 공개적으로 이야기를 하는 경우는 거의 없었기 때문에, 온라인 논평들이 게임 언론들 사이에서 큰 주목을 받았다. 인터넷을 통해 목소리를 내는 전직 직원들이 점점 많아지기 시작하자, 게임 업계 감시자들이 피 냄

새를 맡고 달려왔다. 샌프란시스코에 본사를 둔 멀티미디어 평가그룹 커먼센스 미디어의 최고경영자 겸 설립자인 제임스 스타이어는 '그들이 내놓았던 콘텐츠들을 보면, 너무도 불쾌하고 부적절하다.'라고 말했다. "그들이 이사회와 CEO급에서도 대규모 사기 행각을 벌였다는 사실이 놀랍지 않다. 인과응보의 때가 되었고, 잘 가시라고 말해주고 싶다." 모틀리 풀의 최고경영자 톰 가드너는 이렇게 요약했다. "여러분은 스톡옵션을 조작했고, 포르노를 숨겨 넣었으며, 회계 문제에 잘못된 경영까지 했다. 경영진은 최대한 좋게 봐도 무능했고, 나쁘게 보면 부정직했다."

그러한 평가들만으로도 락스타에게 충분히 상처를 입혔지만, 무엇보다도 가장 파괴적이었던 일은 상징적인 락스타 로고를 고안했던 디자이너 제레미 블레이크의 충격적 죽음이었다. 2007년 7월 10일 블레이크는 여자친구인 비디오 게임 디자이너 테레사 던컨이 그녀의 아파트에서 자살하여 죽은 것을 발견했다. 1주일 후 17일, 블레이크는 락스타 사무실을 나와 지하철을 타고 퀸즈의 록어웨이 해변으로 갔고, 그곳에서 벌거벗은 채로 물속으로 걸어 들어가는 것이 그의 마지막 모습이었다. 그의 시체는 뉴저지주 시 거트 해안 근처에 떠내려왔다. 블레이크가 몇 주 만에 두 번째로 자살한 사건으로, 락스타 회사 내 절망감이 더욱 악화하였다. 가족까지 있는, 그렇게 사랑받은 오랜 직원이 어떻게 스스로 목숨을 끊을 수 있었을까?

사무실의 나쁜 기운을 치료하기 위해 회사는 영적 치유사를 불러들였다. 치유사는 끝에 크리스탈이 달린 끈을 손에 잡고, 진자처럼 천천히 흔들었다. 그녀는 힙스터들과 게이머들의 책상, 컴퓨터, 엑스박스 컨트롤러, 책상 위의 잡다한 장식품들을 하나씩 지나갔다. 그녀는 빈 책상에 멈춰서서, '아주 강한 기운'이 느껴진다고 했다. 이 사건이 월스트리트 저널에 의해 보도되었다는 사실은, 락스타와 그들의 모회사의 미래에 대해 걱정하는 사람들에게 분명한 메시지를 보냈다. 새로운 시대가 시작되었다.

마치 새 시대를 기념하려는 듯, 회사는 샘의 36번째 생일을 맞이하여 트렌디한 시내의 술집에서 지금까지 가운데 가장 큰 파티를 벌였다. 양 갈래머리에 카우걸 복장을 한 아름다운 벨기에 스트리퍼들이 직원들의 목구멍에 술을 퍼부었다. 뒤쪽에서 락스타 직원들이 번갈아 가면서 거대한 풍선 스모 옷을 입고 서로를 흥겹게 내동댕이치며 놀았다.

하지만 진짜 중요한 일은 안에서 벌어지고 있었다. 그들은 식탁에 나란히 늘어서서 기름진 치즈 볼 과자를 준비했다. 전통대로, 토하는 데에 쓸 양동이도 전략적으로 배치했다. 락스타 직원들은 지갑에 손을 넣어, 내기에 걸 현금을 꺼냈다. 마치 옛날 그대로 같았다. 물론 사실은 그렇지 않았다. 다른 공동 창업자들이 사라진 지 오래인 지금은 지휘할 사람이 하우저 형제밖에 없었다. 런던에서의 어린 시절과 똑같았다. 이제 샘과 댄은 모든 사람에게 그들이 우뚝 서서 가장 잘하는 일을 해낼 수 있음을 증명해야 했다. 놀라운 게임을 만드는 일 말이다. 어떻게 해야 하는지는 알고 있었다. 자신들의 환상을 모든 것에 쏟아붓고 자신들만의 새로운 현실을 창조하면 된다.

검은 티셔츠를 입은 샘과 흰옷을 입은 대머리에 덩치 좋은 댄이 테이블 머리맡에 나타나자, 그들 주위로 락스타 직원들이 뭉쳐 들어왔다. 메스꺼워하는 선수들이 테이블의 더럽혀진 접시 위로 몸을 구부렸다. 샘이 제멋대로인 수염 아래로 히죽히죽 웃고, 댄은 다음 라운드에 출전하는 비틀거리는 먹보들을 향해 메가폰으로 소리쳤다. "치즈 볼 14번으로 넘어갑시다!" 댄은 굵은 영국식 억양으로 '1분에 치즈 볼 1개! 쉽죠! 전에도 해봤어요! 갑시다!'라고 말했다.

25장

뉴욕시
New York City

25. New York City

피날레

이제 당신은 마지막 선택을 하게 됩니다. 당신의 선택에 따라 전체 스토리와 게임의 마지막 세 미션이 어떻게 전개될지가 크게 달라집니다. 어떤 결과를 선택하시겠습니까? 돈 아니면 복수? [주191]

어느 늦은 밤, 브룩클린 코니 아일랜드 근처의 러시안 타운인 브라이튼 비치. 화려한 나이트클럽 안에서 젊은이들 한 무리가 번갈아 가며 노래방 기계를 이용하고, 보드카를 들이켜며 자기 접시에 있는 철갑상어 젤리를 집어 먹었다. 음습한 마피아 같은 사람들이 비밀스럽게 돌아다녔다. 일행을 안내하던 경호원은 공격이 시작되면 한 사람만 구할 수 있다고 했다. 지금 결정해야 했다.

그 젊은이들은 마피아가 아니었다. 락스타의 가장 야심찬 게임이될 〈그랜드 테프트 오토 Ⅳ〉의 조사를 위해 스코틀랜드에서 온 아티스트와 프로그래머들이었다. 이들은 경찰 한 명을 고용해 도시의 험악한 구역을 돌아보는 동안 보호를 받았다. 과거에 GTA 게임은 갱스터 영화와 잃어버린 시대를 모방했지만, 이번에는 그렇지 않았다. 락스타 사람들은 현재의 영광이 그대로 담긴 그들의 고향, 오늘날의 뉴욕을 목표로 삼았다.

이전 GTA의 리버티 시티도 항상 '빅 애플*'을 바탕으로 했지만, 그 도시의 미치고 아름다운 디테일을 모두 살아나게 할 기술이나 경험이 락스타에게 없었다. 이제 때가 온 것이다. 댄은 "비디오 게임이 다음 단계로 발전하려면, 애정 어린 찬사만으로는 곤란하다."[주192]라고 말했다. "실제 장소 자체를 참조해야죠…. 우리가 지금 뉴욕에 대해서 그렇게 못하면, 씨발 언제 하겠습니까."

강력한 새 프로세서와 고화질 그래픽으로 무장한 차세대 콘솔, 플레이스테이션3와 엑스박스 360이 이전보다 더 놀라운 디테일을 제공할 터였다. 댄이 플레이스테이션2가 2D에서 3D로 갔던 도약에 비유했는데, 이번에는 저화질에서 고화질로 가고 있었다. 락스타는 옥스포드 동물학부 졸업생 두 명이 설계한 획기적인 새 소프트웨어 엔진을 도입했다. 유포리아Euphoria라고 불리는 이 엔진은, 인간과 동물의 행동방식을 그리면서 인공지능과 생체역학을 유동적으로 결합했다. 근육이 움직이는 방식부터 신경계에 이르기까지, 인체의 해부학적 골격 구조를 중심으로 캐릭터를 만들 수 있었다. 샘은 엔진의 데모를 본 순간, 몸의 피가 빠르게 돌았다. "내가 꿈꾸던 거야. 그게 지금 실현되고 있어."[주193] 그는 말했다. "이거야. 당장 하자!"

현실성이 높아져서 차량을 다루는 방법부터 해변에 부딪히는 파도까지 모든 것에 활기를 불어넣었다. 물리 효과가 정교해져서 더 그럴듯한 반응이 가능해졌다. 예컨대 보행자가 차에 부딪혔을 때 자동차 충돌 테스트를 하는 더미 인형처럼 튕겨 날아가서 공중에서 빙글빙글 돌아간다 던가 하는 반응이 가능했다. 애니메이션이 개선되어 영화적 클로즈업을 더 많이 할 수 있었기에, 너무나 생생했다. 말하자면, 마피아 단원이 전화로 좋지 않은 소식을 들으면서 화가 나서 눈을 가늘게 뜨는 모습이 그럴듯하게 그려지는 것이다. 거대한 신용카드 네온 광고판에서부터 스카이라인 위의 검붉은 일몰에 이르기까

---

* 뉴욕의 애칭.

지, 풍부한 빛과 그림자가 리버티 시티를 수놓았다.

그러한 혁신은 보기에만 좋은 것이 아니었다. 새로운 팔레트로 더욱 정교한 수준의 스토리텔링과 기획이 가능해졌다. 댄의 6쪽짜리 기획안은 전쟁 중 배신으로 친우들이 살해당한 후 리버티 시티로 온 세르비아 국적의 니코 벨릭의 이야기였다. 다른 많은 이민자처럼 벨릭은 아메리칸 드림이 악몽에 가까움을 알게 된다. 벨릭의 사촌인 로만은 술고래에 시끄러운 택시 운전사였는데, 도박 빚을 좀 해결하기 위해 자질구레한 임무들을 할 때 벨릭의 도움이 필요했다. 다른 GTA들과 마찬가지로, 이어지는 미션은 각각 자기만의 싸움과 계획을 세운 일련의 하류 인생들과 갱을 만나게 했다. 벨릭이 깊숙이 들어갈수록 돈과 복수에 대한 욕구, 그리고 깊은 충성심 사이에서 균형을 맞추기가 곤란해졌다.

자신도 이민자였던 샘과 댄은, 낯선 환경에 던져진 니코가 악전고투하는 이야기에 끌렸다. 이탈리아계 미국인 마피아의 묘사를 워낙 많이 보았기에, 하우저 형제는 동유럽인 캐릭터가 특히 매력적이라고 생각했다. 댄은 "벨릭은 한편으로는 순수하다."[주194]라고 회상했다. "반면에 전투로 다져지고 세상에 지쳤다. 현대판 '미국에 도착하기'식 이야기라서 매우 흥미롭게 느껴졌다." 샘이 말하길, "막 새로 온 사람들은, 무언가를 증명하려고 오는 것이기에 진지하다. 그들은 씨발 겁이 없다."

플레이어를 벨릭의 세계에 최대한 몰입시키기 위해, 샘은 가상의 뉴욕에 밀도 높은 디테일을 할 수 있는 만큼 많이 채우는 쪽으로 집중하고 싶었다. 그 작업은 미친 듯이 야심 찼다. 그들이 늘 꿈꾸던 갱스터 영화를 만드는 데에 그치지 않고, 빅 애플을 그 광기 그대로 포착해내야 했다. "뉴욕을 전형적으로 보여주는 게 뭘까?"[주195] 댄이 물었다.

그 답을 찾기 위해, 락스타 노스의 프로그래머와 아티스트들이 카메라와 공책을 손에 들고 뉴욕에 도착했다. 이 점은 GTA의 위대하면서도 인정받지 못하는 아이러니 중 하나로 남아있었는데, 바로 미국에서 만들어진 가장 영향력 있는 시뮬레이션을 제작하는 사람들이 한 무리의 스코틀랜드인들이었다는 점이다. 50명 이상이 각 구역을 샅샅이 뒤지며, 적당한 느낌을 얻기 위해 사람들과 장소 사진을 수천 장씩 찍었다. 샘은 브라이튼 해변으로 매주 산책을 하러 가기 시작했다.

개발자들은 노래방, 나이트클럽, 식당, 옷가게들을 돌아다녔다. 브라이튼 해변의 공중화장실까지 연구하며, 러시아 노인들이 세면대 위에서 겨드랑이털을 깎는 모습을 감탄하며 지켜보기도 했다. 지나가는 사람의 사진을 찍었다는 이유로 협박을 받는 일도 비일비재했다. 할렘에서는 어떤 남자가 카메라를 치우지 않으면 총을 쏘겠다고 경고했다.

너무 이상하거나 강박적이라고 간주하는 디테일은 없었다. 그들은 에든버러에 있는 개발자 책상 위에 플라스마 TV를 걸어놓고, 뉴욕의 영상을 쉴 새 없이 돌렸다. 건축에서부터 하수도에 이르기까지 뉴욕시에 관한 책을 거의 도서관 규모로 연구했다. 각 지역의 적절한 인종 구성을 확인하려고 인구 조사 자료를 훑었다. 뉴욕시의 다른 차량 대비 택시의 비율을 정확히 알기 위해 택시와 리무진 위원회를 들들 볶기도 했다.

그들은 뉴욕 상공의 하늘을 겨냥한 타임-랩스 비디오카메라를 설치했는데, 그저 종일 하늘이 어떻게 변했는지 보기 위해서였다. 그저 택시와 자동차의 흐름을 알기 위해 뉴욕의 교통 패턴이 담긴 DVD를 몇 시간 동안 시청했다. 거리의 자동차 종류에 있어 정확성을 확보하기 위해, 자동차 판매 보고서도 조사했다. 오디오 엔지니어들은 캐릭터의 주머니에 들어있는 동전의 숫자에 맞는 소리를 내려고 몇 시간씩 보냈다.

150명 이상의 아티스트와 프로그래머들이 작업에 몰두한 끝에,

〈GTA Ⅳ〉가 탄생했다. 6개월 동안 그들은 리버티 시티의 상세한 지도를 만들었다. 알곤킨(맨해튼)에서 브로커(브룩클린)에 이르는 실제 뉴욕시를 바탕으로 한 다섯 개 지구에 걸쳐 액션이 펼쳐질 것이었다. 각각의 지구들은 실제 뉴욕시의 장소들을 면밀하게 재현했다. 상징적인 행복의 여신상, 타임스퀘어 스타일의 스타 정션에서 번쩍이는 불빛, 브루클린/브로커 다리, JFK공항과 비견되고 듀크(퀸즈)에 있는 프랜시스 국제공항. 락스타 직원들은 그래픽으로 구현된 이 별난 도시가 현실의 꿈 버전이라고 주장했지만, 〈GTA Ⅳ〉는 뉴욕시에 바쳐진 가장 열정적인 러브 레터 중 하나였다.

이야기의 윤곽이 잡히고 도시의 지도가 그려지자, 아티스트들이 캐릭터를 창조했다. 이마가 넓고 코가 구부러졌으며 세르비아인다운 맵시가 있는 벨릭. 그가 사귀는, 멋스러운 피코트를 입고 인종적 특성이 불분명한 소녀 미셸. 드레드 머리에 마약을 지닌 자메이카 밀수업자 리틀 제이콥. 레인보우 후드티를 입은 코카인 왕 트레이 "플레이보이 X" 스튜어트. 거리에서 우발적으로 벌어지는 상호작용을 포착하기 위해, 별난 행인들도 다양하게 만들었다. 마약쟁이, 매력적인 중년 여성, 힙스터, 핫도그 판매상까지. 그들은 대화에서 복장에 이르기까지 모든 세부 사항을 정확하게 만들려 애썼다. 행인들이 적절하게 옷을 입게 하려고, 뉴욕시의 스타일리스트들을 고용하여 가상의 옷을 디자인시키기도 했다.

댄과 그의 팀은 스토리를 컷 씬과 미션으로 나누었다. 근원적으로는 〈GTA Ⅳ〉의 핵심은 여전히 레이싱과 슈팅 게임이었지만, 플레이어를 풍부하고 멋진 리버티 시티의 세계 곳곳을 여행시키기 위한 미션들이 고안되었다. 적 하나를 쓰러트리기 위해 플레이어는 일련의 사다리를 타고 공사장 지붕으로 올라간 다음, 근사한 노을이 마을에 드리우는 타이밍에 건물 사이를 건너뛰어야 했다. 또 다른 임무에서는 쾌속정을 타고 도시 주변을 돌면서 코카인 딜러들을 쫓아 항구의 러시아인들을 소탕해야 했다. 그러는 사이 플레이어에게 게임의 방향에 영향을 미치게 되는 도덕적 선택지가 주어진다. 예를 들어, 복수인가, 거래인가. 남자들끼리 밤을 보내려던 로만을 바람맞히면, 그에 따라 로만의 신뢰도가 낮아진다.

액션 시퀀스는 자연스럽게 전환되어 쪼개졌다. 샌 안드레아스에서 스토리에 롤플레잉 게임 요소를 도입했다면, 〈GTA IV〉는 내부를 활기 넘치게 해서 오픈 월드의 풍부함을 확장하는 쪽을 택했다. 싸구려 저글러와 애틋한 사랑 노래를 부르는 가수들을 구경하는 나이트클럽 방문. 10핀 미니 게임까지 구현된 볼링장 데이트. 〈불리〉에서 쇄신한 실사 장면을 발판 삼아, 〈GTA IV〉의 일상적 순간들은 숭고할 정도로 평범했다. 플레이어는 밤에 리버티 시티를 통과하는 조용한 지하철에 하염없이 타고 있거나, 비누 거품이 벨릭의 훔친 자동차를 감싸는 동안 세차장에 앉아 있을 수 있었다.

새로운 콘솔에서 온라인 기능이 확장되면서, 락스타는 가상 세계를 향상할 새로운 수단을 가지게 되었다. 미션이 원본 디스크로 끝나지 않았다. 마이크로소프트는 락스타에 약 5천만 달러를 지급하고 엑스박스 360용 추가 에피소드 2개를 독점적으로 배포했다(게다가 처음으로 PS3 버전 게임과 같은 날 출시되었다). 〈GTA IV〉는 또, 멀티플레이어 온라인 버전도 만들 예정이었다.

과거에는 GTA 주인공이 공중전화 부스 사이를 뛰어다니며 호출을 받았으나, 〈GTA IV〉는 이제 동시대의 통신기술을 따라잡고 있었다. 〈GTA IV〉에는 전화를 주고받을 수 있고 심지어 폭력조직의 보스와 여자친구에게 문자 메시지를 보낼 수 있는 핸드폰이 포함되어 있었다. 가짜 웹사이트가 100개 이상 있는 게임 내 인터넷도 있었다(거래 광고용 크랩리스트닷컴, 소셜네트워킹용 프렌즈위드아웃페이스닷컴 등). 무엇보다, 벨릭의 아파트에는 TV가 있어서 플레이어가 앉아서 세 가지 방송 채널 (PBS 스타일의 "리버티 시티의 역사"에서 코미디언 리키 저베이스Ricky Gervais)와 캣 윌리엄스Katt Williams가 직접 픽셀 버전으로 등장하는 스탠드업 코미디 공연까지)을 볼 수 있었다.

게임 작업이 진행되면서 규모도 커졌다. 예산은 게임 역사상 가장 많은 1억 달러에 육박했고, 개발 기간도 곧 3년을 넘었다. 환경은 다른 GTA 게임의 4배 크기로 커졌으며, 도시가 3개, 구역이 12개, 그리고 주변을 둘러싼 숲이 44㎢에 달했다. 라디오 방송국도 18개나 있어서 신기록을 세울 예정(레게를 틀어주는 터프 공, 러시아 춤곡의 블라디보스토크 FM 등)이었다. 총 218개 트랙이 준비되었고, 아마존과 계약해서 플레이어가 직접 게임 내 음악을 다운로드 내려받을 수 있도록 만들 계획이었다. 락스타는 1979년 노래 "워크 더 나이트Walk the Night"에 대한 판권을 얻기 위해 사설탐정을 고용하기까지 했다.

그들은 뉴욕의 뉴스 라디오 방송인 존 몬톤을 고용해서, 게임에 등장하는 비슷한 방송을 녹음하도록 했다. 하우저 형제의 아버지를 기리기 위해 샘은 게임에서도 "재즈를 제대로 하자"고 했다. 월터 하우저는 마일즈 데이비스, 존 콜트레인, 찰리 파커의 곡을 추천했다. 83세의 재즈 전설, 로이 헤인즈는 〈GTA IV〉에 곡을 넣을 것이라는 소식을 듣고는, "젊은이들이 게임에서 그 곡을 듣겠네. 그럼 진짜 멋지겠군."이라며 기뻐했다. 샘과 댄은 심지어 게임에 색소폰을 연주하는 아버지의 모습도 포함했다.

락스타는 861명의 성우를 고용하여 폭력배, 보행자, 웨이트리스의 역할을 맡겼다. 대사를 모두 합하면, 중국어와 스페인어, 러시아어를 포함해 8만 개 이상이었다. 더불어, 어두운 골목에서 HD급 화질에 암시적으로 오랄 섹스를 하는 창녀들도 있었다. 비록 M등급의 선을 넘어서는 장면은 전혀 없고 숨겨진 장면도 없긴 하지만.

〈GTA IV〉에 대해서, 락스타는 한때 모드 제작에 친화적이었던 최종 사용자 사용권 계약EULA을, 리버스 엔지니어링 및 저작권 보호 우회 금지로 변경했다. 오랜 시간 동안 락스타 직원이었던 제로니모

바레라는 MTV 뉴스에서 말했다. "우리에게 '핫 커피' 상황이 올까요? 절대 아니죠."[주196]

옛 도시. 조감 시점. 자동차 한 대가 에든버러시를 관통한다. 샘은 〈GTA Ⅳ〉의 개발을 확인하기 위해 에든버러에 왔다. 첫 GTA 게임이후 10년이 지났고, 많은 것이 바뀌었다. 더는 절대 던디에 있는 술집 건너 합숙하며 일하던 괴짜들의 오합지졸 뭉치가 아니었다. 샘은 날렵한 현대식 건물에 차를 세우고, R★ 로고만 표시되고 보안팀이 앞에서 제지하는 로비로 성큼성큼 걸어 들어갔다. 위층에서 그는 직원 수십 명이 깔끔하고 질서 정연한 사무실에서 일하고 있는 모습을 보았는데, 아케이드 게임기 두어 개, 〈슈퍼 오프 로드Super Off Road〉와 〈슈퍼 스트리트 파이터2 터보Super Street Fighter II Turbo〉만이 특징적이었다.

한 층에는 업계에서는 품질 보증QA이라고 알려진 게임 테스터들이 24시간 교대 조 3개 팀으로 사무공간을 채우고 게임의 매 순간을 넘나들며 비일관적 부분, 결함, 프로그래밍 버그 등을 찾았다. 플레이어가 난이도를 선택할 수 있게 해주는 많은 게임과는 달리, GTA는 그러한 맞춤형 프로그램을 제공하지 않았다. 대신, QA 팀이 게임을 하고, 하고 또 해봐서 평균적인 플레이어가 3번 이내의 시도로 임무를 완수할 수 있도록 과제의 적절한 난이도 균형을 맞추려 했다. 추격 씬에 차가 너무 많으면? 줄여야 한다. 건물 사이를 뛰어넘기에는 공간이 너무 넓으면? 좁힌다.

그러나 샘에게는 게임을 확인하는 자신만의 의례적인 방법이 있었다. 그 안에 빠져드는 것이었다. 화면 앞에 앉아, 그는 컨트롤러를 한대 잡고 니코Niko를 가상의 거리로 걷게 하기 시작했다. 머리 위 열차선로 아래에 있는 상점들을 지나쳤다. 낡아빠진 회색 건물들, 크고 빛바랜 아파트 단지들을 지나갔다. 노란 택시가 줄줄 지나갔다. 산들

바람에 신문이 펄럭이고 있다. 김이 모락모락 나는 수레에서 핫도그를 꺼내는 상인이 있었다.

샘은 그것을 느낄 수 있었다. 현실의 무게. 시뮬레이션 세계는 그가 꿈만 꾸던 방식으로 불신을 거두어냈다. 바로 이거였다. 그는 차를 털러 갔지만, 운전사는 호락호락하지 않았고 그를 뒤쫓기 시작했다. 샘은 우뚝 멈춰 섰다. "이제는 도망치지 않을 거야"[주197]라고, 그는 생각했다. "지금 씨발 붙어보자고, 친구."

그가 남자를 마구 때릴 준비를 하고 서 있을 때, 차가 갑자기 지나가더니 쾅!—하고 그 친구를 애처로운 인형처럼 허공으로 날려 보냈다. 이번 충돌은 게임의 인공지능이 가져온, 그냥 무작위 사건일 뿐이었다. 샘이 오랫동안 갈망해 온, 살아 숨 쉬는 세계가 눈앞에 살아났다. 그는 나중에 "우리가 항상 GTA에 바라던 방식"이라고 회상했다. "지금까지는 그저 불가능했을 뿐이었다."

차에 올라타면서 샘은 가고 싶은 곳이 있었다. 스타인웨이 맥주집. 니코가 스타우트 맥주를 여러 잔 들이킬 수 있고, 한 광고에 따르면, "술에 취한 뚱뚱한 늙은이들이 붐비는 방에서 날카로운 도구들을 던지는 모습을 지켜볼 수 있는" 곳. 현실에서 샘의 다트 실력은 형편없었다. 하지만 다트 미니 게임은 샘이 〈GTA IV〉에서 가장 좋아하고 가장 잘하는 오락거리 중 하나였으며, 그가 실제로 이길 수 있는 게임이었다.

샘은 스타인웨이의 담장이 둘러쳐진 정원 앞에 차를 세우고, 오렌지색 아치 밑으로 걸어 들어갔다. 야외 정원에 발을 들여놓은 다음, 붉게 단풍이 든 나무들을 따라 걸었다. 빨강, 하양, 파랑의 파라솔 사이로 플라스틱 깃발이 내걸렸고, 그 아래 흰색 플라스틱 테이블에서 술꾼들이 서로 어울렸다. 그는 현관문을 지나 류트로 음악이 연주되는 술집으로 들어갔다. 오른쪽 호두나무 색 긴 바에는 바텐더 한 명이 맥주 기계 앞에 서 있었고, 왼쪽으로는 초록색 벽을 따라 부스가 여럿 늘어서 있었다. 바 정면에서 오른쪽으로 가면, 빨강, 검정, 초록, 하얀색이 누더기가 되어있는 다트판이 보였다. 놀 시간이었다.

왼쪽 컨트롤러 스틱 위로 엄지손가락을 올린 채 다트를 겨냥하고, 버튼을 한 번 눌러 날려 보냈다. 아일랜드 음악이 들려오는 가운데, 샘은 다트 끝이 보드에 박힐 때 나는 만족스러운 탁 소리를 들었다. 다트를 날릴 때마다, 샘은 현실의 자신이 조금씩 탈물질화하는 것을 느꼈다. 세포는 픽셀로, 피는 전기로 바뀌면서, 더는 샘이 아니게 될 때까지 게이머는 게임에 몰입했다. 그는 니코였다.

샘은 이전에도 항상 자신의 게임에서 자신의 또 다른 자아들과 어떤 관계를 맺었지만, 불신을 완전히 접기에는 대개 약간의 장애가 있었다. 〈GTA〉와 〈GTA2〉에서는 위에서 내려다보는 시점이, 〈GTAⅢ〉에서는 침묵하는 주인공이, 〈바이스 시티〉에서는 리오타의 목소리가. 그러나 이번에는 다르게 느껴졌다. 〈GTA Ⅳ〉의 기술과 디자인은 어떤 마법 같은 무언가를 창조하고자 공모한 것 같았다. 샘은 "니코는 이제 나에게 있어 진짜 사람이다."[주198]라고 생각했다.

이런 연결된 느낌은 게임 속 다른 인물들과의 관계에까지 확대됐다. 어떤 한 사람과 친구가 되면 그가 헬리콥터를 가져다준다. 다른 누군가의 신뢰를 얻으면 그는 중요한 연락처를 소개해 준다. 샘이 특히 감동적이라고 생각한 장면에서, 니코는 화가 난 15명의 알바니아인 무리로부터 로만을 구해야 했다. 사촌이 도와달라고 소리를 지르는 와중에 샘이 급히 버튼을 누르는 동안, 그는 속에서 소용돌이치는 감정에 놀라움을 느꼈다. 그는 나중에 "폴리곤 한 뭉치에게 감정을 갖게 된다니, 매우 심오하다."[주199]라고 회상했다.

샘은 어느 날 아침 뉴욕 브루클린 다리 위를 운전하다가 이 일의 함의를 깨달았다. 저 멀리 그가 수년 전 코뮌에서 다른 사람들과 함께 살았던 사우스 스트리트 시포트 위로 고층 건물들이 솟아 있었다. 그들은 자신들의 환상을 살려내고, 그들이 하고 싶은 게임을 만들고,

나아가 새로운 세대에게 게임을 중요한 무언가로 만들어주고자 미국에 왔다. 그들은 소호의 거리에서부터 국회의사당까지 이 꿈을 위해 싸워왔다. 그들은 칭송받고 비방당하고, 보상받고, 벌금을 물었으며, 살인과 결혼, 자살과 출산으로부터 살아남았다. 그리고 심지어 지역에서 가장 높은 건물들이 부서지고 무너지는 모습도 보았다.

하지만 그 모든 사건을 지나, 이 놀라운 도시가 남아있었다. 뉴욕. 어린 시절 그가 자기 침실에 앉아 슬레이어의 노래를 들으며 꿈꿔왔던 장소. 이제 이 도시를 그가 나눠줄 차례였다. 해체하고 복제하고 시뮬레이션으로 만들어서 말이다. 누구나 플레이할 수 있는 디스크에 담긴 살아 숨 쉬는 세계. 몇 주 동안 그는 에든버러에 있으면서 리버티 시티에 몰입해있었지만, 이제 뉴욕 시티가 그의 앞에 있었고, 그의 내면에서도 무언가가 바뀌었다. '왜 다르게 느껴지지 않는 걸까?' 그는 궁금했다. 그때 생각이 덮쳤다. 시뮬레이션 된 세계가 너무나 생생하게 살아났기 때문에, 다른 느낌이 들지 않았던 것이다. "떠나온 것 같지 않았다."라고 그는 깨달았다. "나는 여기 계속 있었으니까".

2008년의 주식시장 붕괴도 게이머들의 〈GTA Ⅳ〉 구입을 막지 못했다. 2008년 4월 29일 이 게임이 출시되자, 역대 가장 성공적인 엔터테인먼트 제품 발매가 되어 기네스 세계 기록을 깼다. 그 어떤 게임, 영화, 앨범보다 더 큰 성공이었다.

출시 첫날에만 3억 1천만 달러 이상을 벌어들인 〈GTA Ⅳ〉는, 박스 오피스 챔피언이었던 [스파이더맨 3]와 시리즈의 마지막 책이었던 [해리 포터와 죽음의 성물]까지 제치고 1위에 올랐다. [다크 나이트]조차 전혀 경쟁이 되지 않아서, 〈GTA Ⅳ〉가 5대 1로 더 많이 팔렸다. 발매 첫 주가 끝날 때까지는 5억 달러 이상에 600만 장 이상이 팔렸다. 일렉트로닉 아츠사는 테이크투를 적대적 합병하려고 20억 달러로 시도했다고 보도되었는데, 성공하지 못했다.

리뷰를 집계하는 메타크리틱 사이트에 따르면, 〈GTA IV〉는 역대 최고의 리뷰 평점을 받은 게임이 됐다. 게임스팟은 그것을 "시리즈에서 지금까지 최고"[주200]라고 불렀다. 게임 인포머는 "게임의 판도를 완전히 바꾼다."[주201]라고 했다. 게임스파이는 이 게임을 "곧바로 고전의 반열에 오를 만하며, 이전에 해본 어떤 게임과도 다르다. 많은 훌륭한 책과 영화가 그렇듯이, 게임이 끝난 후 등장인물들에 무슨 일이 일어날지 알고 싶을 것이고, 그들의 아메리칸 드림이 모두 이루어지기를 바라지 않을 수 없다."[주202]라고 했다. 〈GTA IV〉는 주요 게임업계의 상을 거의 모두 휩쓸었다.

과거에는 새로운 GTA마다 논란이 그들을 괴롭혔지만, 지금은(시카고 교통 당국이 폭력을 부추길 것을 우려해 〈GTA IV〉 버스 광고를 철수시킨 일을 제외하고는) 뭔가 달라졌다. 주류 언론은 샘이 늘 주창했던 한 가지에만 초점을 맞추고 있었다. 바로 게임 그 자체 말이다. 런던의 선데이타임스는 〈GTA IV〉가 "엔터테인먼트의 미래를 상징한다."[주203]라면서 "영국이 만들어낸 현상의 정점"이라고 평가했다.

세스 시젤Seth Schiesel은 뉴욕 타임스에서 "게임의 진정한 스타는 도시 그 자체"[주204]라고 말했다. "뉴욕처럼 생겼다. 뉴욕처럼 들린다. 뉴욕 같은 느낌이다. 리버티 시티는 거의 뉴욕 냄새까지 날 정도로 꼼꼼하게 만들어졌다." 뉴욕 매거진의 한 블로거는 이렇게 썼다. "이 게임은 마침내, 짜증을 폭발시키지 않고 참아내던 우리 능력이 도시환경으로 방해받을 때마다 저질러보고 싶다고 상상하는 모든 일을 해볼 수 있게 해줄 것이다. 오늘 아침 6번 열차를 놓치게 했던 그 남자에게 박치기하거나, 서라운드 사운드를 크게 틀어놓은 성질 나쁜 옆집 이웃 거실에 탱크로 밀고 들어간다든지 말이다."[주205]

모두가 그렇게 환영한 것은 아니었다. 던디에 있는 원래의 GTA팀 중 일부는 이 시리즈가 〈바이스 시티〉 이후로 유머 감각을 잃고 있

다고 생각했다. 게리 펜은 "〈GTA IV〉는 너무 우울하다."라고 한탄
했다. "매우 심각한 프랜차이즈가 되었다"라고 브라이언 배글로우가
말했다. 퓰리처상을 받은 소설가 주노 디아스Junot Diaz는 월스트리트
저널 기고문에서, GTA 시리즈의 오랜 팬임을 인정하면서도 〈GTA
IV〉가 진정한 예술로 발돋움하는 데 실패했다고 생각한다고 밝혔다.
그는 "성공적인 예술은 베일을 벗기고 세상을 선명한 시각으로 볼 수
있게 해준다."라면서 "성공적인 예술은 여러분을 찢어놓고 다시 이
어붙이며, 여러분의 의지와는 상관없을 때가 많다. 그 과정에서 거친
방식으로 여러분의 한계와 취약성에 대해서 상기시켜주고, 그 과정
에서 더 인간적으로 만들어준다."라고 썼다. "〈GTA IV〉가 그렇게 해
주는가? 나한테는 그렇지 않다. 젠장, 난 이 빌어먹을 게임을 좋아하
는데도 말이다."

하지만 궁극적으로는, 빌어먹을 좋은 게임이 되는 것만으로도 충
분했다. 〈GTA IV〉를 통해, 락스타는 마침내 현실과 환상의 벽을 깨
고 주류 엔터테인먼트로 존경받는다는 평생의 목표를 달성했다. 댄
은 "영화가 더 높은 예술 형태이고 비디오 게임은 영화와 같아져야
한다는 느낌이 있었다."[주206]라고 말했다. "이제는, 우리나 다른 몇몇
회사도 제품을 만들고 있으니까 다시는 그렇게 생각하지 않는다. 그
냥 다를 뿐이고, 비디오 게임은 영화가 못하는 일을 할 수 있다."

게임에 있어 최초의 전장 가운데 하나였던 영국에서는, 〈GTA IV〉
가 축하를 받았을 뿐 아니라, 영국에서 가장 존경받는 기관 중 하나
인 옥스포드에게 동력이 되어주기도 했다. 옥스포드 대학이 〈GTA IV〉의
엔진을 만든 회사의 지분을 보유했기 때문에, 이 게임으로 돈을 벌게
된 것이었다. 대학 대변인은 그것을 "대단한 성공"[주207]이라고 불렀다.

10여 년간의 싸움과 배신, 꿈과 악몽 끝에 게임 플레이어들이 해
냈다. 비디오 게임은 이제는 그렇게 무법자처럼 보이지 않았고, 업계
에서 가장 영향력 있는 플레이어인 샘도 마찬가지였다. 서른여섯 살

이 된 이 사람은 이제 브루클린에 있는 나뭇잎이 우거진 거리의 갈색 벽돌집에서 아내와 아이들과 함께 살고 있었다. 미국 시민이 되기 위한 오랜 귀화 과정까지 거쳤다. 그렇게 하나의 상징처럼 된 미국 게임들을 만든 후, 그 자신도 이제 미국인이 되었다.

샘이 극복해 온 역경을 돌이켜보면, 마치 자신이 만든 게임을 하며 성장한 한 세대 전체를 대변하는 듯했다. 그는 어느 날 기자에게 "역경이 우리의 결심을 훨씬 더 강하게 만들었다."[주208]라고 이야기했다. "어떤 면에서는 부정적인 뭐가 일어나야만 사람들을 모두 바닥에 딱 버티고 서게 하고, 계속해서 갈망하고 의욕이 생기게 할 수 있는 것 같습니다. 이 모든 시간이 지나고도 우리가 여전히 이렇게 배고프고, 야심 차고, 미쳐버릴 수 있다는 사실은 좋은 징조라고 봅니다. 왜냐하면, 지금 우리를 흔들어 댈 수 없다면, 우리에게 무슨 짓을 할 수 있겠어요?"

미션이 완료되었고, 이 게임은 끝났다. 다른 게임이 시작될 시간이었다. "내가 성취해야 할 것이 뭐가 남았냐고요?"[주209] 샘이 물었다. "모두요."

에필로그. 끝까지 무법자들

자유롭게 돌아다니기
당신의 조직에 넣을 사람들을 선택하려면, '뒤로 가기' 버튼을 누른 다음 플레이어를 개별적으로 초대하면 됩니다. 조직 초대를 받은 경우, '뒤로 가기'를 누르고 초대를 수락하십시오.

〈그랜드 테프트 오토〉가 아마 당대 다른 어떤 엔터테인먼트 제품보다도 그 십 년을 규정짓는 것이리라. 로엔스틴이 말한 대로 "혁신적 산업의 성장을 대변한, 결정적인 창작품"이었다. 그러나 프랜차이즈의 시작부터 최고의 성과인 〈GTA Ⅳ〉까지 걸렸던 그 십여 년에는, 게임 업계의 어색한 청소년기 이상의 의미가 있었다. 미디어 역사상 가장 혁신적인 시기 중 하나이기도 했다.

플레이어들이 리버티 시티를 탐험하지 않을 때는, 유튜브에서 페이스북, 문자 메시지에서 트위터까지 강력한 새로운 도구들을 가시고 놀고 있었다. 우리의 TV와 전화와 컴퓨터 스크린 반대편에 새로운 세계가 나타났다. 이번 밀레니엄을 시작할 때에 우리는 트윗 트윗하는 소리는 새들 우는 소리라고 생각했다. 그 10년이 끝나갈 즈음에는, 온라인의 이상한 나라 트위터를 들여다보지 않고는 오래 버티지 못하게 되었다. 기술이 인류의 최선을 끄집어냈다고 생각하든 최악을 끄집어냈다고 여기든 혹은 둘 다 조금씩이라고 생각하든, 삶은 결코 이전과 같지 않아졌다.

비디오 게임도 마찬가지다. 게임을 영화만큼 진지하게 받아들여지게 하려던, 샘 하우저의 꿈은 이루어졌다. GTA는 게임 산업에서도 스콜세지 영화에 해당하는 무언가를 가질 수 있게 했다. 예술적이고 웃기고 어둡고 폭력적이고 사실성 높은 무언가 말이다. 일종의 레트로 미래 스릴러인 〈바이오쇼크〉에서, 〈콜 오브 듀티〉와 같은 군사 슈팅에 이르는 게임 프랜차이즈들이 GTA와 함께 영화적 스토리텔링의 새로운 물결이 되어주었다. 컨트롤러를 손에 쥐고 참가한 사람들만을 위해 만들어진 스토리였다.

게임이 스토리텔링 매체로 성숙해지는 외에도, 게임은 거대한 사업이 되었다. 2010년에 600억 달러 규모였던 세계 게임 산업은 이후 5년 이내에 900억 달러 이상을 달성할 것으로 예상하였다. 여드름이 난 10대 소년이 지하실에서 게임을 한다는 고정관념이 마침내 사라지고 있었다. 소셜 게임이나 캐주얼 게임으로 불리는 새로운 세대의 온라인 게임이 대유행했다. 많은 경우 무료로 다운로드를 받고 플레이할 수 있는 이 게임들은 노골적이고 접근하기 쉬웠는데, 예를 들어 페이스북에서 가장 큰 히트를 친 〈팜빌FarmVille〉이라는 농장 시뮬레이터가 그것이었다. 매일 6,200만 명의 사람들이 가상의 옥수수를 수확하고 있었다.

한때 꿈같은 이야기였던 모바일 게임이 손가락 수백만 개가 화면을 밀거나 당기게 만들었다. 제작비가 비교적 적게 들고 개발이 용이한 모바일 게임은 스타트업 개발의 새로운 황금기를 낳았다. 〈GTA Ⅳ〉에 150명으로 이뤄진 팀과 1억 달러의 예산이 있던 반면, 모바일 게임 히트작은 노트북과 꿈이 있는 용감한 코더 한 명도 만들 수 있다. 핀란드의 물리학 게임 〈앵그리 버드Angry Birds〉가 바로 그런 사례였는데, 초현실적인 전제에도 불구하고(납치범 돼지들에게 새총으로 새를 날린다니?) 아이폰 세대의 팩맨이 되었다.

캐주얼 게임이 엄마들(그리고 할머니들)을 유혹하는 동안, 콘솔도 향유 층을 넓혔다. 닌텐도 Wii의 성공에 힘입어 마이크로소프트와 소니는 자체적인 동작 감지 컨트롤러인 키넥트와 무브를 선보였다. 플레이어는 더는 마이클 잭슨처럼 춤을 추는 엄지손가락이 필요하지 않았다. 단순히 팔을 흔들거나 뛰거나 소리를 질러 플레이를 할 수 있었다.

블록버스터의 시대는 끝났을지도 모른다는 게임쇼 행사에서 떠도는 속삭임에도 불구하고, GTA가 개척한 큰 예산의 대하 서사극은 계속 나왔다. 사실 〈GTA IV〉의 블록버스터 판매 기록이 깨지는 데는 그리 오래 걸리지 않았다. 〈GTA IV〉 발매 이후 최근의 챔피언은 밀리터리 슈팅 게임인 〈콜 오브 듀티:블랙 옵스Call of Duty:Black Ops〉로, 첫 주에만 6억 5천만 달러 이상을 벌어들였다. 게임 산업은 3D TV와 같은 기술 혁신의 시험장이었고, 새로운 블록버스터의 물결은 항상 코앞에 있었다.

더 광범위한 게임이 더 많은 인구 집단을 공략함에 따라, GTA의 십년 이후 또 다른 급격한 지형 변화가 일어났다. 바로 사회정치적 싸움이 가라앉았다는 것이다. 부시 시대는 끝났고, 오바마 시대가 시작됐다는 신호로 받아들이는 이들도 있었다. 댄은 "마침내 우리가 그 논쟁에서 벗어나고 있는 것 같다."[주21]라고 말했다. "관중들이 서른 살이 넘어가고 있어서 모든 일이 좀 우스꽝스러워진 것 같다."

핫 커피는 온갖 골칫거리에도 불구하고 게임 산업을 더 강하게 만든 사건으로 인정받았다. 이 사건은 ESRB가 제출 절차를 다듬도록 압박해서, 다시는 이런 값비싼 스캔들이 일어나지 않도록 했다. 밴스는 "우리가 이전에 다루지 않았던 문제들을 다루도록 강요했다."라고 말했다. "10년 전에는 상점들이 M등급 게임을 사려는 미성년자의 20%에 대해서만 신분증 확인을 했는데, 지금은 80%다." 핫 커피는 "비판론자들에게 우리가 그런 것을 지지하지 않음을 보여줄 기회를 줬다."라고 로엔스틴은 말했다.

동시에, 비디오 게임이 폭력에 미치는 영향에 대한 추측도 희미해졌다. "비디오 게임 폭력 효과 연구 문헌의 출판 편향 증거"라는 제목의 한 메타분석 연구에서, 텍사스 A&M 국제 대학교의 행동, 응용과학 및 범죄학과의 크리스토퍼 퍼거슨 박사는, 그가 "논쟁 사안에 대한 체계화된 편향"이라고 부른 현상이 존재하며 과잉 서술되거나 잘못 도출한 연구결과들을 낳았다고 했다.

"누구도 폭력적인 게임과 실제 세계의 폭력적인 행동 사이에 인과 관계를 보여주지 않았다."라고 하버드 의대 정신건강 및 미디어 센터 정신의학과 셰릴 올슨 교수가 말했다. "이전 세대의 오락 매체와 마찬가지로, 우리는 아마 오늘날의 게임들을 그리운 마음으로 바라보게 될 것이다. 그리고 우리 손주들은 도대체 그게 다 무슨 소동이었는지 의아해할 것이다."

2010년 11월, 심의가 미국 대법원에 도달했다. 미성년자에게 폭력적인 비디오 게임을 판매하거나 대여하는 것을 금지하는 논쟁적 캘리포니아 법에 대한 청문회가 열렸다. 닌텐도의 어디서나 볼 수 있는 영웅 마리오와 같은 가짜 콧수염과 빨간 모자를 쓴 사람이 끼어있는 시위대가, 정의를 부르짖으며 계단에 올랐다. 청문회 과정에서 캘리포니아주 검찰총장은 "특정 범주의 비디오 게임에서 나타나는 폭력 수준" 때문에 법이 필요하다고 주장했다.

보수 성향의 안토닌 스칼리아 판사는 그림 동화 같은 폭력적인 이야기에도 그러한 제한이 적용되어야 하는지에 대해 의문을 제기했다. "그것도 금지할 겁니까?" 스칼리아는 말했다. 다음 해 2011년 6월에 와서, 대법원은 결국 캘리포니아의 폭력 게임 금지를 완전히 폐지하기로 판결했다. "이들 전에 있었던 보호된 책, 연극, 영화처럼 비디오 게임 또한 아이디어 그리고 심지어 사회적 메시지를 전달한다. 캐릭터, 대화, 줄거리, 음악과 같은 많은 친숙한 문학적 장치와 미디어 특유의 특징(플레이어의 가상 세계와의 상호작용 등)을 통해서 이루어진다."라고 스칼리아가 썼다. "그것만으로도 수정헌법 제1조의 보호를 받을 만하다."

게임과의 전쟁에서 보여준 위선은 많은 사람의 기억에서 사라지지 않았다. 특히 얼마 전 GTA의 가상 매춘에 반대하는 캠페인을 벌였던 스피처 뉴욕 주지사가 실제 매춘으로 체포되었을 때 말이다. 그러나 우리에게 낯익은 한 플레이어는 이 토론에 불참했다. 바로 잭 톰슨이었는데, 그는 스스로 예기치 못한 결말을 맞이했다. 테이크투와 합의해서 다시는 고소하거나 직접 대응하지 않기로 했음에도, 톰슨은 처음에는 계속 목소리를 높였다. 그는 〈GTA Ⅳ〉를 "이 나라에서 소아마비 아래로 가장 심각한 아동들에 대한 공격"이라고 불렀고, 법적으로 테이크투와 직접 접촉이 금지되었기에, 그 대신 테이크투의 회장 스트라우스 젤닉의 어머니에게 공개로 편지를 썼다. "바로 지금, 이 순간, 당신의 아들은 미국의 10대 소년들에게 〈GTA Ⅳ〉를 최대한 많이 팔기 위해 무슨 일이든 하고 있다. 당신이 그를 보이스카우트로 키웠다고 주장하는 이 나라에서 말이다."라고 톰슨은 썼다. "보이스카우트보다는 히틀러유겐트 쪽인 것 같다"

그러나 그의 법적 싸움은 곧 끝났다. 2008년 9월 25일에 플로리다주 변호사협회는 "피항소인의 광범위한 비행과 완전한 반성 결여" 때문에 톰슨을 영구적으로 자격 박탈하기로 의결했다. 연방 법원은 톰슨의 수많은 소송이 "남용적이고 의도적 방해 행위"라고 판결했다. 그 판결은 게이머들에게 마치 서쪽의 사악한 마녀가 녹는 느낌이었고, 유튜브 비디오와 온라인 만화가 되어 인터넷을 가득 채웠다.

그러나 톰슨은 곧 GTA보다 더 높은 소명을 발견했다. 2011년 1월 그는 성직에 합류하기 위해 온라인에서 리폼드 신학교에 등록했다고 밝혔다. 마이애미 뉴 타임스는 "가상 목사로서 톰슨은 그 자신에게는 거듭 거부당했던, 절대적이고 영원한 정의를 찾아 나설 수 있을 것."이라고 보도했다. 톰슨은 "31년 동안 변호사협회와 엔터테인먼트 업계를 상대로 했던 싸움은 썩 괜찮은 시간이었다."라고 말했다. "그렇게 오래 버텼다니 놀랍다."

GTA가 십 년을 걸어오며 갈등이 마무리되는 동안, 한 가지 의문점이 남았다. 바로 '락스타 게임'이 남긴 유산과 미래였다. 〈GTA Ⅳ〉의 성공에도 불구하고 회사는 과거를 완전히 벗어날 수 없었다. 2009년 9월, 테이크투는 게임의 AO 버전을 회수하기 위해 이미 지출한 약 2,500만 달러 외에 핫 커피로부터의 집단소송을 해결하기 위한 2,000만 달러를 추가 지불할 것이라고 발표했다.

석 달 후, 락스타의 침묵의 벽은 전에 없이 산산조각이 났다. '락스타 샌디에이고 직원들의 결의에 찬 헌신적 아내들'이라고 자칭한 이들이, 〈미드나잇 클럽: 로스엔젤레스〉와 〈레드 데드 리뎀션〉을 작업 중인 샌디에이고 스튜디오의 열악한 근무 환경을 주장하는 공개 블로그를 작성했다. 그들은 "직원을 서서히 인간성을 빼앗긴 기계로 바꾸는" 하루 12시간 6일 근무 일정에 대해 호소했다.

부인들은 "현재의 락스타 경영진이 직원들에 대해 적절한 보상은 하지 않은 채 권력에 대한 갈증만 키웠다."라고 말했다. 나아가 "마지막 〈그랜드 테프트 오토〉 게임은 10억 달러가 넘는 수익을 올렸다. 직원들 없이는 이런 성공도 없었을 텐데 그 사람들에 대한 인정과 보상은 어디 있는가."[주21]라고 끝맺었다. 그들은 "직원들의 가족에게 행해진 건강, 정신적, 재정적 손해에 대한 보상"을 요구하며 법적 조치를 다짐했다.

이 블로그는 락스타의 전 직원이라고 주장하는 사람들의 비슷한 주장을 촉발시켰다. 한 명은 회사를 반지의 제왕에 나오는 암흑 군주의 모든 것을 보는 불타는 눈, '사우론의 눈'에 비유했다. 락스타NYC는 말을 아꼈다. 최소한, 직접 발언은 말이다. '사우론의 눈' 언급 직후, 이 회사는 '눈이 보고 있다.'라는 제목으로 사이키델릭한 월페이퍼 이미지를 연달아 홈페이지에 올렸다. 한 이미지에서, 거대한 눈이 번개를 쥐고는 폭발하는 R★ 아이콘 위를 내려다보고 있었다. 부인들은 웃지 않았고, 락스타 샌디에이고 직원 100명 이상과 함께 집단소송을 벌였다. 블로그 도이스틱은 2009년 4월, 락스타가 275만 달러에 이 단체와 법정 밖에서 합의했다고 보도했다.

이듬해, 호주의 게임 제작사 팀 본디가 개발하고 락스타가 출시해서 비평가들의 호평을 받은 탐정 스릴러 〈LA 느와르L.A. Noire〉의 출시 직후에도 근로조건에 대한 비슷한 의혹이 불거졌고, 국제게임개발자협회 IGDA의 조사를 촉발했다. 브라이언 로빈스 IGDA 의장은 "당연히, 하루 12시간씩의 오랜 크런치 근무에 대한 보고가 사실이라면 절대 받아들일 수 없는 일입니다. 관련된 개인, 최종 제품, 그리고 업계 전체에 유해한 일입니다."라고 말했다. 어떤 이들은 이제 엔터테인먼트 산업의 다른 부분들과 마찬가지로 게임 산업도 마침내 노조화해야 할 때라고 느꼈다.

회사에 대한 사심 없는 헌신을 가장 모범적으로 보여준, 샘의 후예였던 윌 롬프조차도 결국에는 부서졌다. 5년간의 긴 작업 끝에, 그는 크런치 근무에 마침내 무너졌다. 〈그랜드 테프트 오토 Ⅳ〉가 출시되기 고작 3주 전이었다. 어느 날 그는 책상에서 친구를 올려다보며, 스트레스를 더는 견딜 수 없어 이번 주 남은 기간은 쉬어야 한다고 말했다. 떠난 지 몇 시간 만에, 그는 그의 락스타 메일계정이 닫혔다고 말했다. 직원이 회사에서 나갈 때 드물지 않은 관행이었지만, 갑작스러워 보였다.

더는 자신의 100%를 내줄 수 없었던 롬프는, 돌아오지 않기로 했다. 그동안 했던 일에도 불구하고 〈GTA Ⅳ〉의 제작진 크레딧에서 이름이 빠질 것이라고 상정하고, 그는 회사에 마지막 전화를 걸었다. 친구에게, 네가 내 이름을 지우는 사람이었으면 한다고 부탁하려고 말이다. 그는 이후 "내가 사랑하고 신뢰하는 사람이 해주기를 원했다."라고 회상했다. 결국, 롬프는 다시 일어나서 청소하고 유수 게임 퍼블리셔의 QA 책임자로 취직했다. 그러나 우여곡절에도 불구하고 그는 여전히 락스타와 깊은 연결고리를 느꼈다. "사실 좀 돌아가고 싶어요." 롬프는 나중에 웃으며 말했다.

희비가 엇갈린 락스타 베테랑은 롬프 뿐이 아니었다. 공동 창업자 게리 포먼과 함께 자신의 회사인 4mm 게임즈를 론칭한 제이미 킹, 일정한 혼돈 없이는 위대한 것을 만들 수도 없다고 말했다. 킹은 "우리는 결코 쉬운 길을 믿지 않았다."라고 했다. "쉬운 방식으로는 놀라운 것을 창조하지 못한다." 결국, 게임의 인지도를 현재 지점으로 끌어올린 요인은 바로 이런 강박관념이었다. 킹은 "게임은 지금 매우 멋진 취급을 받아요. 이제는, 영화 속에서도 등장인물이 게이머면 여자랑 잔다고!"라고 말했다.

많은 사람이 락스타의 성공을 모방하기란 쉽지 않음을 깨달았다. GTA의 원조 크리에이터인 데이브 존스는 5년 넘게 걸려 멀티플레이어 온라인 도시 액션 게임 〈APB: All Points Bulletin〉을 만들었지만, 2010년 7월 출시후 실망스러운 판매에 오래지 않아 서비스를 중지했다. 스타트업 캐시미어게임즈를 출범시키기 위해 락스타를 떠났던 페르난데스와 포프도 회사가 해체되면서 비슷한 운명을 맞았다. 포프는 셀프-헬프 전문의인 디팩 초프라Deepak Chopra를 위해, GTA와 매우 다른 게임을 만들었다. 그는 "게임이라는 것이 지닌 모든 놀라운 수단을 동원하되, 긍정적인 일을 하는 것."이라고 말했다. "비디오 게임으로 우리는 창조하거나 파괴합니다. GTA로 우리는 확실히 파괴를 하고 있었죠." 다른 회사의 프로듀서인 페르난데스는 책상 위에 샘의 말을 적어놓고 있었다. "항상 위대함을 위해 싸워야 한다, 라는 말이었죠. 안일하게 되면 죽은 것이다. 위대함을 위해 싸우는 게 아니라면 죽은 것이다."

락스타는 여전히 많은 싸움을 했다. 2010년 5월 18일, 이 회사는 오픈 월드 웨스턴 게임 〈레드 데드 리뎀션〉를 출시했다. 그 게임은 악명이라는 먼지 폭풍 속에서 도착했다. 궁지에 몰린 샌디에이고 스튜디오에서 나온 데다가, 호주에서 한 게임 기자가 게임을 긍정적으로 평가하라고 압박한 락스타의 이메일을 공개하자 해고된 일이 논란의 핵심이었다. 그는 "사설로 가장한 광고나 쓰기 위해 언론인이 된 것이 아니다."라고 말했다.

하지만, 락스타는 그의 도움이 필요하지 않았다. 광활한 일몰 풍경과 구세계의 거침(그리고, 당연히 말 강도)으로 무장한 〈레드 데드 리뎀션〉은 비평적으로도 상업적으로 히트를 했다. 이 게임은 8백만 장 이상 판매되고 수많은 상을 휩쓸며 2010년 가장 빨리 팔린 타이틀이 되었다. 무엇보다도, 락스타가 한 가지밖에 못하는 회사가 아니었음을 증명했다. 플레이어들이 샌 안드레아스의 가상 LA인 로스 산토스를 무대로 하는 〈GTA V〉를 열광적으로 기다릴 때는, 마치 미래의 어떤 것이라도 나올 수 있을 것 같았다. 레스 벤지스 프로듀서는 "우리는 바깥세상 전체를 시뮬레이션할 때까지, 멈추지 않을 것."[주212]이라고 말했다.

그동안, 팬들을 위한 작은 선물이 준비되었다. 2010년 6월 22일, 〈레드 데드 리뎀션〉의 구매자들에게 무료 보너스가 제공되었던 것이었다. 락스타는 탄광 캠프 습격에서부터 소떼 보호에 이르기까지 게임을 위한 새로운 미션 팩을 만들어냈지만, 여기에 반전이 있었다. 게이머는 혼자서 바스락거리는 대신 온라인에서 팀을 이뤄 최대 3명의 다른 게이머와 협력할 수 있었다.

패거리 의식은 락스타 사람들에게 항상 필수적인 무엇인가였다. 자신이 속한 개발자 집단에서부터 게임 속 시뮬레이션 생활까지 말이다. 이제 전 세계에서 많은 플레이어 패거리가, 말 위에 올라서 함께 석양을 향해 떠났다. 얼마 전까지만 해도 그렇게 외부자처럼 보이던 이들에게, 썩 잘 어울리는 피날레였다. 그러나 앞으로 어떤 일이 닥쳐오더라도, 자신들이 어디서 왔는지 결코 잊지 못할 것이다. 레드 데드 리뎀션 미션 팩에 락스타가 붙인 이름이 그것을 보장했다.

끝까지 무법자들.

알림

일류 에디터이자 게이머인 코니 샌티스테반, 그리고 와일리&선스 출판사의 모든 분들에게, GTA에 관한 책의 가능성을 알아봐 주셔서 감사드립니다. 제니 헬러, 크레이그 애커스 및 하퍼콜린스의 모든 분에게, 이 이야기를 GTA가 시작되었던 영국으로 전해주셔서 감사합니다.

제 에이전트를 맡은 맥코믹&윌리엄스의 데이빗 맥코믹, 그리고 창작 아티스트 에이전시의 샤리 스마일리와 티파니 워드에게 감사합니다.

여지껏 이 책을 인도해주신 다른 분들께도 감사드립니다: 여러 해 동안 비디오 게임 기사를 저에게 할당해주신 매리 앤 네이플스, 로라 놀란 및 여러 편집자님들. 오랜 기간 와이어드에서 제 편집자를 맡으신 크리스 베이커에게, 원고를 읽고 코멘트해주셔서 감사합니다.

늘 그렇듯 친구와 가족들, 그리고 특히 이 책을 읽어주셨더라면 했던 아버지께 감사드립니다.

참고

　이 책의 일부분은 필자가 작성했던 롤링 스톤, 살롱, 와이어드, 월간 일렉트로닉 게임, 게임 프로 등 여러 매체의 글들을 일부 포함하고 있습니다.

　또한 여러 해동안 다음 분들과 했던 인터뷰도 참조했습니다: 데이브 존스, 샘 하우저, 댄 하우저, 테리 도노반, 제이미 킹, 개리 포먼, 브라이언 배글로, 케빈 라일스, 폴 아이벨러, 제레미 포프, 마크 페르난데스, 질리언 텔링, 애론 가벗, 필 해리슨, 더그 로엔스틴, 사이먼 하비, 데이빗 노팅엄, 코리 웨이드, 데이빗 월시, 윌 롬프, 개리 데일, 잭 톰슨, 커크 유잉, 빌 린, 제프 카스타나다, 콜린 맥도날드, 개리 펜, 롤 스크랙, 마트 엣, 맥스 클리포드, 토드 주니가, 로드니 워커, 롭 플라이셔, 코리 웨이드, 댄 수, 크리스핀 보이어, 스콧 밀러, 이언 헤더링튼, 스트로스 젤닉, 리렌드 이, 페니아케이드의 제리와 마이크, 루터 캠벨, 워렌 스펙터, 윌 라이트, 헨리 젠킨스, 웨인 버크너, 도나 버크너, 아만다 헤더링튼, 크리스 캐로, 마이클 가튼버그, 마이클 팩터, 크레이그 앤더슨, 더그 젠타일, 그리고 익명을 희망한 경우를 포함한 다른 여러 분들.

주석

프롤로그. 게임 플레이어 대 게임 혐오자

[주1] "creating tapestries" "The 2009 Time 100: Sam and Dan Houser," Time, April 30, 2009, www.time.com/time/specials/packages/article/0,28804,1894410_1893836_1894428,00.html.

[주2] "a hit machine" "Rockstar Execs Keep Low Profile: Videogame Company Creates Its Own Rockstars," Variety, April 18, 2008.

[주3] "one of the leading lights" "Studio Is Prize in Takeover Duel: Intense 'Grand Theft' Creator Wows Gamers—and Electronic Arts," Wall Street Journal, May 12, 2008, A1.

[주4] "the kids" Ibid.

[주5] "We are going to destroy" "Florida Attorney on Manhunt for Rockstar, Jack Thompson Seeks to 'Destroy' Take-Two Label," Posted July 30, 2004, GameDaily, http://biz.gamedaily.com/features_new/jack_thompson/.

[주6] "The concept of a glorified shop" United States District Court Southern District of New York in Re Take-Two Interactive Securities Litigation, Consolidated Third Amended Class Action Complaint for Violations of Federal Securities Laws, Exhibit B-3, Filed 9/15/08.

1. 무법자

[주7] "A bank robber" "Studio Is Prize in Takeover Duel: Intense 'Grand Theft' Cre-ator Wows Gamers—and Electronic Arts," Wall Street Journal, May

12, 2008, A1.

[주8] "Sam's broken hand" Harold Goldberg, All Your Base Are Belong to Us: How Fifty Years of Videogames Conquered Pop Culture (New York: Three Rivers Press, 2011), 216.

[주9] "running the track" Stacy Gueraseva, Def Jam, Inc.: Russell Simmons, Rick Rubin, and the Extraordinary Story of the World's Most Influential Hip Hop Label(New York: One World Ballantine, 2005), 17.

[주10] "Why is everyone" "Sam Houser: The First Global Superstar of Gaming," Independent, July 10, 2000, www.independent.co.uk/news/business/analysis-and-features/sam-houser-the-first-global-superstar-of-gaming-694096.html.

2. 워리어

[주11] "lit the fuse" Jack Thompson, Out of Harm's Way (IL: Carol Stream, 2005), 116.

[주12] "God's people" Ibid.

[주13] "Time Warner is" Ibid., 117.

[주14] "I got my first" "At Your Leisure, Sam Houser, Video Game Designer," Express, October 23, 1999.

[주15] "the recording industry's" "David and Goliath Are Interacting, Bertelsmann and Upstart Plan Music Label for CD-ROMs," Los Angeles Times, September 10, 1993, 1.

[주16] "Because they are" David Kushner, discussion of Lieberman hearings, Masters of Doom (New York: Random House, 2003), 154–158.

[주17] "dangerous, violent" "You Can Run but You Can't Hide," Scotsman, March

19, 1994.

3. 레이스 'n' 체이스

[주18] "To say that" "Have a Blast with the Lads from 'Lemmings,'" Scotsman, December 20, 1996, 17.

[주19] "We think David Jones" "Turning a Redundancy Cheque into Millions," Scotsman, May 4, 1994.

[주20] an estimated £3.4 million pounds "Games Firm in £1.5m Legal Action," Herald (Glasgow), July 30, 1997, 4.

[주21] "They will treat computer companies" "That's Quite Some Game, Boy," Herald (Glasgow), May 20, 1995, 31.

4. 구랑가!

[주22] five hundred thousand machines "Sony Plays for Millions in Games Gamble," Guardian, March 19, 1995, 5.

[주23] "our biggest launch since the Walkman" "Sega, Sony Battle New Systems Vie for Players," Cincinnati Post, June 20, 1995, 6C.

[주24] "Once we made you able to kill" "Get Your Game On," Raygun, Summer 1999.

[주25] "If the game isn't coming together properly" Harold Goldberg, All Your Base Are Belong to Us: How Fifty Years of Videogames Conquered Pop Culture (New York: Three Rivers Press, 2011), 219.

5. 햄스터 먹기

[주26] "a master manipulator" "Driving Publicity to the Max," Scotsman, December 3, 1997, 3.

[주27] "I do understand" "Minister Condemns Car Crime Computer Game," Parliamentary News, May 20, 1997.

[주28] "We simply cannot allow children" "Car-Theft Computer Game Accused of Glamorising Violent Crime," Scotland on Sunday, July 20, 1997, 6.

[주29] "It is deplorable" "Criminal Computer Game That Glorifies Hit and Run Thugs," Daily Mail, November 24, 1997, 20.

[주30] "This game is sick" "Ban Criminal Video Game," News of the World, November 23, 1997, 21.

[주31] "The BBFC" "DMA's Joy-Rider Game in Dock," Scotland on Sunday, November 23, 1997, 1.

[주32] "Sick car game boss" "Sick Car Game Boss Was Banned from Driving," News of the World, December 21, 1997, 21.

[주33] "the computer genius" "Criminal Computer Game That Glorifies Hit and Run Thugs," Daily Mail, November 24, 1997, 20.

[주34] "It is quite a shock" "Big Game Hunter," Sunday Times, October 31, 2004, 1.

[주35] "We are being moral" "Car-Theft Computer Game Accused of Glamorising Violent Crime," Scotland on Sunday, July 20, 1997, 6.

[주36] "People assume that computer games" Ibid.

[주37] "Though not up to moral standards" http://web.archive.org/web/20030105021602/www.gemonthly.com/reviews/gta/index.htm, accessed July 28, 2011.

[주38] "GTA is a gas," www.allgame.com/game.php?id=9363&tab=review, accessed July 28, 2011.

6. 리버티 시티

[주39] "I want to create" "Game Boy," Forbes, May 20, 1996, 276.

[주40] "We're going to get killed" "Fatherly Advice on Facts of Financial Life," Crain's New York Business, October 12, 1998, 34.

[주41] "My first drug experience" "Drugs, Juggs, and Speed," Spin, July 1999, 70.

[주42] 50 GTA madness had even spread to Brazil "Brazil Bans Sale of 'Dangerous' Computer Game," Reuters, March 1, 1998.

[주43] "A top-selling Scots computer game" "Game Cheats," Sunday Mail, March 22, 1998.

[주44] "one of the most original" "The Complete History of Grand Theft Auto," Games-Radar, http://a3.gamesradar.com/f/the-complete-history-of-grand-theft-auto/a-2008042314506193050, accessed July 29, 2011.

[주45] "The game's gleeful embrace" "Grand Theft Auto for DOS," MobyGames, www.mobygames.com/game/grand-theft-auto/mobyrank, accessed July 28, 2011.

[주46] "It won't win any awards" "Grand Theft Auto Reviews," GameSpot, www.gamespot.com/pc/adventure/grandtheftauto/review.html, accessed July 28, 2011.

[주47] "shock-schlock game" "Grand Theft Auto for DOS," MobyGames, www.mobygames.com/game/grand-theft-auto/mobyrank, accessed July 28, 2011

7. 갱 전쟁

[주48] "Respect-O-Meter" Grand Theft Auto 2, Manual, 7, Rockstar Games, 1999.

[주49] "the Rockstar brand will finally deliver" "Take-Two Interactive Software, Inc. Subsidiary Rockstar Games Announces Highly Anticipated 1999 and 2000 Video Game Lineup," Business Editors, Business Wire, February 23, 1999, 1.

[주50] "What the fuck" Harold Goldberg, All Your Base Are Belong to Us: How Fifty Years of Videogames Conquered Pop Culture (New York: Three Rivers Press, 2011), 220.

[주51] "London in the sixties" "Gathering of Developers Urges Drivers to Get on the Wrong Side of the Road with Grand Theft Auto: London 1969," Business and Entertainment Editors, March 15, 1999, 1.

[주52] "We're about doing games" "Drugs, Juggs, and Speed," Spin, July 1999, 70

8. 이 게임을 훔쳐라

[주53] "Three weeks into the future" GTA2 Manual, 2.

[주54] "A game player" Steven Kent, The First Quarter (Bothell: BWD Press, 2000), 440.

[주55] "Video games don't teach people to hate" "A Room Full of Doom," Time, May 24, 1999, 65.

[주56] "The Grand Theft Auto franchise has proven" "Take-Two Interactive Soft-ware, Inc. Announces That Its Grand Theft Auto Franchise Is Topping Euro-pean Charts," Business Editors, Business Wire, May 19,

1999, 1.

[주57] "chess-like 2D graphics" "Familiar Car Theme Given Better Twist," Southland Times, August 20, 1999, 13.

[주58] "This is a cultural product" "Dan Houser's Very Extended Interview about Everything Grand Theft Auto IV and Rockstar," Variety, April 19, 2008.

[주59] "a computerized version" "Cyber City Virtually a Whole New Way of Life," Scotland on Sunday, September 12, 1999, B8.

[주60] "Oh, man, if we do this in proper 3D" "Grand Theft Auto: The Inside Story," Edge, March 17, 2008.

9. 락스타 로프트

[주61] "Some of your" Grand Theft Auto III Manual, Rockstar Games, 2001, 10.

[주62] "This is the game business" "Get Your Game On," Raygun, Summer 1999.

[주63] "As far as I can ascertain" "Organisers of the Grand Theft Auto 2 Video Game Launch Reacted with Some Shock to Freddie Foreman's Dramatic Snub for Their Party Yesterday," Sun, October 20, 1999, 6.

[주64] Take-Two announced it would be shipping "Take-Two Interactive Software, Inc.'s Rockstar Games Division Begins Global Shipment of GTA2," Business, High Tech and Entertainment Editor, October 21, 1999, 1.

[주65] "That was a humbler" Harold Goldberg, All Your Base Are Belong to Us: How Fifty Years of Videogames Conquered Pop Culture (New York: Three Rivers Press, 2011), 228.

[주66] "Everyone working on the project" "Grand Theft Auto: The Inside Story," Edge, March 17, 2008.

10. 미국 최악의 장소

[주67] "Oh, my God" "Rockstar Envisions the Future: President Sam Houser Discusses the Upcoming Next-Gen Wars, PS2 Duke Nukem, GTA, and Austin Powers," IGN, November 1, 2000, http://ps2.ign.com/articles/087/087203p1.html, accessed July 28, 2011.

[주68] "to make the first interactive" "Rockstar's Sam Houser Mouths Off," IGN, September 10, 2001.

[주69] "To me, as a film nut" Ibid.

11. 비상사태

[주70] "Liberty City is" GTA III Manual, 7.

[주71] "We're trying to do everything" "Senators Vow Legislation to Curb Sale of Violent Games," Newsbytes, January 25, 2001.

[주72] "If I'm entrusted with the presidency" "The 2000 Campaign: The Vice President; Gore Takes Tough Stand on Violent Entertainment," New York Times, September 11, 2000, www.nytimes.com/2000/09/11/us/2000-campaign-vice-president-gore-takes-tough-stand-violent-entertainment.html?pagewanted=2, accessed July 28, 2011.

[주73] "A spokesman for Rockstar" "Video Gamers Can Experience WTO All Over Again PLAYSTATION 2: 'State of Emergency' Offers a Virtual Urban Riot over Actions of the 'American Trade Organization," News

Tribune, May 28, 2001, A1.

[주74] "Thanks to Rockstar Games" "Nothing Beats a Relaxing Riot," Herald Sun, June 1, 2001, 34.

[주75] "I think the video game industry" "Why Rockstar Games Rule," Wired, July 2002.

[주76] "we'd better put the fucking hammer down" "Grand Theft Auto: The Inside Story," Edge, March 17, 2008.

[주77] "Q: Will we be able to hijack" "Dan Houser Chat," cited in Gouranga! www.gouranga.com/nf-september01.htm, accessed July 28, 2011.

[주78] "This beautiful city" Harold Goldberg, All Your Base Are Belong to Us: How Fifty Years of Videogames Conquered Pop Culture (New York: Three Rivers Press, 2011), 232.

[주79] "Rest assured the game will be phenomenal," www.gouranga.com/september01.htm#h426, accessed July 28, 2011.

12. 범죄는 짭짤하다

[주80] "an insanely well-made and fun game" "Grand Theft Auto III," cited in MobyGames, www.mobygames.com/game/grand-theft-auto-iii/mobyrank, accessed July 28, 2011.

[주81] "makes an offer you can't refuse" Ibid.

[주82] "shatters the standards" Ibid.

[주83] "every bad boy's dream" "Holiday Games Preview," Entertainment Weekly, November 16, 2001.

[주84] "You become like Emerson's transparent eyeball" "Vice City," Rolling Stone, November 7, 2002.

[주85] "acts of sexualized violence" "Sexual Violence 'Way Beyond' Toughest Rating," Sunday Herald Sun, December 16, 2001.

[주86] "newer breeds of increasingly sophisticated games" "Violence Makes Games 'Unsuitable for Children,'" Observer, December 16, 2001, 13.

[주87] "We saw what happened in Columbine " "Rep. Joe Baca Speaks against Computer Games," Market Call, CNNfn, May 16, 2002.

[주88] "the exaggerated claims" "School Shooting Reignites Game Violence Fears," Gannett News Service, May 13, 2002.

[주89] "Despite the industry's reputation" See "Life During Wartime – Working at Rock-star Games," AlphabetCityblog, web.archive.org/web/20070804084043/http://badasscat.blogspot.com/2007/07/rockstar.html, accessed July 28, 2011.

[주90] "makes every effort" "Sex, Violence in Children's Computer Games under Scrutiny," Knight Ridder Tribune News Service, February 7, 2003, 1.

[주91] "like selling cigarettes" "Video Game Maker Finds Shock Value," Los Angeles Times, April 7, 2002, C1.

[주92] "If you realize PlayStation owners" "Vice City," Rolling Stone, November 2002.

[주93] "Why are we having this conversation?" "Dan Houser's Very Extended Interview about Everything 'Grand Theft Auto IV' and Rockstar," Variety, April 19, 2008.

[주94] "We adhere very strictly" "Rockstar's Sam Houser Mouths Off," IGN, September 10, 2001.

[주95] "Can looting, drive-by-shootings" "Hit Video Games Overshadow Company's Woes," New York Times, May 6, 2002, C1.

[주96] "With all this stuff about Enron" Ibid.

13. 바이스 시티

[주97] "hands-down the grooviest era" "Grand Theft Auto: The Inside Story," Edge, March 17, 2008.

[주98] "It's like, be cool" Ibid.

14. 램페이지

[주99] "Malvo liked playing in the sniper mode" "Disclosures May Help Malvo's Defense; 6 Witnesses Described Teenager's Obedience," Washington Post, July 24, 2003, B01.

[주100] "Women are the new target" "Video Industry Gets 'F' for Christmas; Group Cites Prostitutes and Violence," Washington Times, December 20, 2002, A13.

[주101] "Everyone knows what's in this game" "Crackpot or Crusader?" January 31, 2003, http://money.cnn.com/2003/01/29/commentary/game_over/column_gaming/, accessed July 28, 2011.

[주102] "They're not afraid" "New York Firm Buys Carlsbad, Calif., Video Game Developer," Knight Ridder Tribune Business News, November 21, 2002, 1.

[주103] "You wouldn't expect" "FOUL PLAY; X Sells . . . the Top Video Games for Christmas Have Murder, Car-Theft and Lapdancing Assassins . . . and They're Top of Kids' Wish-Lists," Daily Record, December 19, 2002, 8.

[주104] "Oh, you're Jamie King!" "The Utopians," New Yorker, March 20, 2006, 108.

15. 캐시미어 게임즈

[주105] "There isn't a" Grand Theft Auto: San Andreas, Manual, Rockstar Games, 11.

[주106] "Man, how the hell" "Grand Theft Auto: The Inside Story," Edge, March 17, 2008.

16. 그랜드 데스 오토

[주107] During Will's deposition "Metropolitan Property and Casualty Insurance vs. Wayne Buckner et al." in the Court of Appeals at Tennessee, Knoxville, December 2, 2008.

[주108] "Their favorite was one called" "Nut Cases' Wide Swath of Destruction/ Oak-land Gang Ran 'Wild,' Killing, Robbing at Random, Police Say," San Francisco Chronicle, February 10, 2003.

[주109] "The goal is to destroy" "Wal-Mart Pulls Video Game after Highway Shootings 'Grand Theft Auto' Simulates Shootings," Columbus Dispatch, December 2, 2003.

17. 보이즈 인 더 후드

[주110] "While much of Vice City's violence" "Vice in America," CBS New York, November 6, 2003.

[주111] "advocate the killing" "Video's No Game to Haitians/They Say It's Violent, Racist," Newsday, November 25, 2003, A06.

[주112] "We believe that it was the purposeful intent" "Group Blasts Video Game/ Haitian-Americans Say It Is Racist; Threaten Legal Action,"

Newsday, November 26, 2003, A27.

[주113] "This racist game" "Suit Threatened over 'Racist Game,'" Calgary Herald, November 30, 2003, A6.

[주114] "We empathize with the concerns" "Haiti Vows to Sue over Video Game; Game Encourages Users to 'Kill the Haitians,'" CNN, December 1, 2003.

[주115] "It's disgraceful, it's vulgar" "Fury over Sick New Vid Game," Mirror, December 11, 2003, 33.

[주116] "As with literature, movies, music" "Statement from Take-Two Interactive Software and Rockstar Games," cited in "Software Maker Removes Offensive Remarks about Haitians and Cubans from Video Game," www.heritagekonpa.com/archives/Haiti%20Press%20 Release.htm, December 9, 2003.

[주117] "I'm outraged against Rockstar" "Haitians Protest Video Game," Newsday, December 16, 2003, A61.

[주118] "It was something" "Grand Theft Auto: The Inside Story," Edge, March 17, 2008.

18. 산 안드레아스의 섹스

[주119] "On a good date" Cited in www.muchgames.ca/guides/ps2/gtasa.txt, accessed August 9, 2011.

[주120] "What are we doing here?" Ibid.

[주121] "We have put an enormous amount" "Rockstar Announces Grand Theft Auto: San Andreas," Business Wire, March 1, 2004.

[주122] "'Jennifer,' he typed" United State District Court Southren District of New York in Re Take-Two Interactive Securities Litigation, Consolidated Third Amended Class Action Complaint for Violations of Federal Securities Laws, Exhibit B-3, Filed 9/15/08.

[주123] "Kolbe wasn't encouraging" Ibid., 1.

[주124] "We need to move VERY fast" Ibid. 1.

[주125] "As you know" "Report of Special Litigation Committee of Nominal Defendant Take-Two Interactive, Inc.," United States District Court Southern District of New York, February 16, 2007, 40.

[주126] "This game should be banned" "Murder by PlayStation," Daily Mail, July 29, 2004.

[주127] "Unfortunately, here is the Situation" United State District Court Southern District of New York in Re Take-Two Interactive Securities Litigation, Consolidated Third Amended Class Action Complaint for Violations of Federal Securities Laws, Exibit B-5, Filed 9/15/08.

[주128] "This is WAY" United States District Court Southern District of New York in Re Take-Two Interactive Securities Litigation, Consolidated Third Amended Class Action Complaint for Violations of Federal Securities Laws, Exhibit B-10, Filed 9/15/08.

[주129] "That's not good" Ibid.

[주130] "Who..." Ibid.

[주131] "This is shame" Ibid, Exhibit B-12.

[주132] "I Know" Ibid.

[주133] "I believe this is the right time" "Take-Two Founder Resigns Amid Probe," Associated Press, March 17, 2004, http://accounting.smartpros. com/x42886.xml.

[주134] "Hi, can we confirm" United States District Court Southern District of New York in Re Take-Two Interactive Securities Litigation,

Consolidated Third Amended Class Action Complaint for Violations of Federal Securities Laws, Exhibit B-13, Filed 9/15/08.

[주135] "This stuff was so cool" Ibid., Exhibit B-14.

[주136] "If you and the crew feel" Ibid., B-14.

19. 어둠을 해제하라

[주137] "The modding scene" United States District Court Southern District of New York in Re Take-Two Interactive Securities Litigation, Consolidated Third Amended Class Action Complaint for Violations of Federal Securities Laws, 47.

[주138] "a stunning milestone" "Grand Theft Auto: San Andreas," MobyGames, www.mobygames.com/game/grand-theft-auto-san-andreas/mobyrank, accessed July 28, 2011.

[주139] "extraordinary—something that I believe" Ibid.

[주140] "a terrific unending" Ibid.

[주141] "just as disturbing" "Pick a Number It's Sequel Season," New York Times, November 11, 2004, www.nytimes.com/2004/11/11/technology/circuits/11game.html?ex=1101182925&ei=1&en=97892a034956e34c.

[주142] "even though there's a lead" "If You Play 'San Andreas,' You'll Be a Black Male. Does It Matter?" Chicago Tribune, November 1, 2004, www.chicagotribune.com/features/chi-0411010009nov01,0,2316605,full.story.

[주143] "underscores what some critics" "The Color of Mayhem," New York Times, August 12, 2004, www.nytimes.com/2004/08/12/technology/

circuits/12urba.html.

[주144] "explore any additional content" Report of Special Litigation Committee of Nominal Defendant Take-Two Interactive, Inc., United States District Court Southern District of New York, February 16, 2007, 42.

[주145] "We will get the sex" Ibid.

[주146] "And may I say how happy" Ibid.

[주147] "Yes we will go" Ibid.

[주148] "sex is going to be released" Ibid., 43.

[주149] "Grand Theft Auto is a world governed" "Can a Video Game Lead to Murder?" 60 Minutes, March 5, 2005.

[주150] "Life is like a video game" "Life Is a 'Video Game,'" Tuscaloosa News, December 2, 2004.

[주151] "I was enjoying this" Jack Thompson, Out of Harm's Way (Tyndale, IL: Carol Stream, 2005), 167.

[주152] "Dad, I think it's great" Ibid., 185.

[주153] "SEX . . . KISSING" United States District Court Southern District of New York in Re Take-Two Interactive Securities Litigation, Consolidated Third Amended Class Action Complaint for Violations of Federal Securities Laws, 45.

[주154] "I never EVER thought" Report of Special Litigation Committee of Nominal Defendant Take-Two Interactive, Inc., February 16, 2007, Exhibit F.

20. 핫 커피

[주155] "consistently meet or exceed" See http://money.cnn.com/magazines/ fortune/fortune_archive/2005/08/22/8270037/index.htm.

[주156] "They found it" United States District Court Southern District of New York in Re Take-Two Interactive Securities Litigation, Consolidated Class Action Complaint for Violations of Federal Securities Laws, 25.

[주157] "unlock this gem" "Report of Special Litigation Committee of Nominal Defendant Take-Two Interactive, Inc.," United States District Court Southern District of New York, February 16, 2007, 44.

[주158] "We don't have to do anything" Report of Special Litigation Committee of Nominal Defendant Take-two Interactive, Inc. United States District Court Southern District of New York, February 16, 2007, 44.

[주159] "[W]hen we originally" Ibid.

[주160] "is the entire sex animation" United States District Court Southern District of New York in Re Take-Two Interactive Securities Litigation, Consolidated Second Amended Class Action Complaint for Violations of Federal Securities Laws, 25.

[주161] "We locked it away" Ibid., 4.

[주162] "There is some sexualized content" "Report of Special Litigation Committee of Nominal Defendant Take-Two Interactive, Inc.," United States District Court Southern District of New York, February 16, 2007, 45.

[주163] "The integrity of the ESRB" "Statement by ESRB President Patricia Vance regarding Grand Theft Auto: San Andreas Modification," ESRB, July 8, 2005.

[주164] "Today, one of the most popular" "ESRB Investigating San Andreas Minigame," GameSpot, July 8, 2005, www.gamespot.com/news/6128759.html.

[주165] "Well, that's pretty damn clear" "Rockstar Officially Denies Making Hot Coffee," Kotaku, July 13, 2005.

[주166] "We are sure that . . . Rockstar Games" United States District Court Southern District of New York in Re Take-Two Interactive Securities Litigation, Consolidated Third Amended Class Action Complaint for Violations of Federal Securities Laws, Exhibit F-122.

21. 성인 전용

[주167] "after a thorough investigation" "ESRB Concludes Investigation into Grand Theft Auto: San Andreas; Revokes M (Mature) Rating," ESRB, July 20, 2005, www.esrb.org/about/news/7202005.jsp.

22. 체포!

[주168] "Question" See http://answers.yahoo.com/question/index?qid=200805 17185445AAA5cBY, accessed August 9, 2011.

[주169] "Wait a minute" "Motormouth: A GTA Q&A," 1up, www.1up.com/features/sam-houser-speaks, accessed July 28, 2011.

[주170] "It looks like Take-Two Interactive" "Hidden Sex Scenes Spark Furor over Video Game," Los Angeles Times, July 21, 2005.

[주171] "GTA is the ultimate urban thuggery" "Warren Spector Questions GTA at Montreal Keynote," November 4, 2005.

[주172] "The video game industry" "Why the Video Game Industry Is Losing the Culture War," GameDaily, September 29, 2005, www.businessweek.com/innovate/content/sep2005/id20050929_066963.htm.

[주173] "These guys are out to get us" Harold Goldberg, All Your Base Are Belong to Us: How Fifty Years of Videogames Conquered Pop Culture (New York: Three Rivers Press, 2011), 239.

[주174] "Certainly it's frustrating" "Gangs of New York," New York Times, October 16, 2005.

[주175] "I don't want that game" "Grand Theft Auto: The Inside Story," Edge, March 17, 2008.

[주176] "These games are training our children" "Controversy over New Video Game 'Bully,'" WABC Eyewitness News, October 31, 2006, http://abclocal.go.com/wabc/story?section=news/local&id=4711946.

23. 괴롭히기

[주177] "Are you crazy?" "Rumor Control Update: Bush Bros. in Madden, x05 Lands in Amsterdam, Revolution Pics . . . Again," GameSpot, August 8, 2005.

[주178] "Shoot the messenger' is the video game industry's strategy" "Teen Charged with Harassing Antigame Activist," GameSpot, December 9, 2005.

[주179] "These Grand Theft Auto games" "Lawyer Pushes to Have Standing in Video Game Lawsuit," Tuscaloosa News, November 4, 2005.

[주180] "Most of these communications" "Judge Stands by Fayette Decision,"

Tuscaloosa News, November 22, 2005.

[주181] "Dear Judge" See http://forums.kombo.com/showthread.php?t=12737, accessed October 1, 2010.

[주182] "I felt those people" "Motormouth: A GTA Q&A," 1up, www.1up.com/features/sam-houser-speaks, accessed July 28, 2011.

[주183] "Why are they so concerned" Harold Goldberg, All Your Base Are Belong to Us: How Fifty Years of Videogames Conquered Pop Culture (New York: Three Rivers Press, 2011), 240.

[주184] "so far this year it has sliced" "Worst CEO: Paul Eibeler of Take-Two," MarketWatch, December 8, 2005, www.marketwatch.com/story/correct-worst-ceo-of-the-year.

[주185] In a feature story in Fortune "Sex, Lies, and Videogames," Fortune, August 22, 2005.

[주186] "When Jamie King (a Rockstar co-founder)" "Employee Exodus at Rockstar Games," GameDaily, www.gamedaily.com/articles/features/employee-exo-dus-at-rockstar-games/69151/?biz=1.

[주187] "Rockstar is a very robust organization" "Terry Donovan Leaves Rockstar," GameSpot, January 12, 2007.

24. 잭에게 꽃을

[주188] "Flowers" See http://gta.wikia.com/Flowers, accessed August 9, 2011.

[주189] "The publishers and developers who make controversial content" "D.I.C.E.: Low-enstein Ends ESA Career with a Bang," Gamasutra, February 8, 2007.

[주190] "The problem is poor working conditions" See http://games.slashdot.

org/story/06/07/07/2122206/Employee-Exodus-at-Rockstar-Games, accessed July 28, 2011.

25. 뉴욕시

[주191] "Finale" Tim Bogen and Rick Barba, Grand Theft Auto IV, Brady Games Signature Series Guide, 234.

[주192] "If videogames are going to develop" "Dan Houser's Very Extended Interview about Everything 'Grand Theft Auto IV' and Rockstar," Variety, April 19, 2008.

[주193] "That's my dream" Ibid.

[주194] "On the one hand" "Motormouth: A GTA Q&A," 1up, www.1up.com/features/sam-houser-speaks, accessed July 28, 2011.

[주195] "What epitomizes New York?" "Dan Houser's Very Extended Interview about Everything 'Grand Theft Auto IV' and Rockstar," Variety, April 19, 2008.

[주196] "Are we going to have" "Grand Theft Auto IV Developer Announces Release Date, Says Whether There Will Be Another 'Hot Coffee,'" MTV News, January 24, 2008.

[주197] "I'm not running" "Grand Theft Auto: The Inside Story," Edge, March 17, 2008.

[주198] "Niko is a real person" Ibid.

[주199] "The idea of having feelings" "Motormouth: A GTA Q&A," 1up, www.1up.com/features/sam-houser-speaks, accessed July 28, 2011. 267 "I didn't feel like I'd left" "The Making of Grand Theft Auto IV," Edge, March 18, 2008, www.next-gen.biz/features/making-grand-theft-auto-iv?page=2.

[주200] "the series' best" "GTA IV Review," GameSpot, April 28, 2008.

[주201] "it completely changes" MetaCritic, www.metacritic.com/publication/ game-informer?sort_options=metascore&filter=games&num_ items=30, accessed July 28, 2011.

[주202] "an instant classic" "Grand Theft Auto IV," GameSpy, April 27, 2008.

[주203] "embodies the future" "Grand Theft Auto IV Embodies the Future of Enter-tainment," Times, April 26, 2008.

[주204] "The real star of the game" "Grand Theft Auto Takes on New York," New York Times, April 28, 2008.

[주205] "It will finally allow us" "Is Grand Theft Auto IV the Perfect New York City Stress Reliever? Yes," New York Magazine online, March 31, 2008, http://nymag.com/daily/entertainment/2008/03/is_grand_ theft_auto_iv_the_perfect.html.

[주206] "There was a sense that" "Dan Houser Interview: Rockstar Games's Writer for GTA 4 and The Lost and Damned," Telegraph, January 28, 2009.

[주207] "a huge success" "Oxford to Profit from GTA IV," Cherwell.org, May 2, 2008, www.cherwell.org/content/7385.

[주208] "It's made our resolve" "Grand Theft Auto: The Inside Story," Edge, March 17, 2008.

[주209] "What have I got left" "MCV Legends: Sam Houser," MCV, July 11, 2008.

25. 에필로그. 끝까지 무법자들

[주210] "It feels at last" "The Driving Force behind Grand Theft Auto," Times,

November 13, 2009.

[주211] "The last Grand Theft Auto" "Wives of Rockstar San Diego Employees Have Collected Themselves," Gamasutra Blogs, January 7, 2010, www.gamasutra.com/blogs/RockstarSpouse/20100107/4032/Wives_of_Rockstar_San_Diego_employees_have_collected_themselves.php.

[주212] "Until we've simulated the world" "The Driving Force behind Grand Theft Auto," Times, November 13, 2009.